Copyright © 2020 by Kerri Maniscalco
Publicado mediante acordo com a autora,
aos cuidados de Baror International, Inc.,
Armonk, New York, U.S.A.
Todos os direitos reservados

Design da capa © Liam Donnelly
Design do mapa © Virginia Allyn
Imagens do miolo © Shutterstock,
© Freepik e © Bon Orthwick

Tradução para a língua portuguesa
© Flávia Souto Maior, 2022

Diretor Editorial
Christiano Menezes

Diretor Comercial
Chico de Assis

Diretor de Novos Negócios
Marcel Souto Maior

Diretor de Mkt e Operações
Mike Ribera

Diretora de Estratégia Editorial
Raquel Moritz

Gerente Comercial
Fernando Madeira

Gerente de Marca
Arthur Moraes

Gerente Editorial
Marcia Heloisa

Editora
Nilsen Silva

Adap. de Capa e Miolo
Retina 78

Coordenador de Arte
Eldon Oliveira

Coordenador de Diagramação
Sergio Chaves

Designer Assistente
Aline Martins

Preparação
Fernanda Marão

Revisão
Laís Curvão
Retina Conteúdo

Finalização
Sandro Tagliamento

Impressão e Acabamento
Braspor

DADOS INTERNACIONAIS DE CATALOGAÇÃO NA PUBLICAÇÃO (CIP)
Jéssica de Oliveira Molinari - CRB-8/9852

Maniscalco, Kerri
  Reino das Bruxas : Irmandade Mística / Kerri Maniscalco ; tradução de Flávia Souto Maior. – Rio de Janeiro : DarkSide Books, 2022.
  336 p.

  ISBN: 978-65-5598-209-1
  Título original: Kingdom of the Wicked

  1. Ficção norte-americana 2. Ficção infantojuvenil
  I. Título II. Maior, Flávia Souto

21-3195   CDD 813.6

Índice para catálogo sistemático:
  1. Ficção norte-americana – Juvenil

[2022, 2024]
Todos os direitos desta edição reservados à
DarkSide® Entretenimento LTDA.
Rua General Roca, 935/504 — Tijuca
20521-071 — Rio de Janeiro — RJ — Brasil
www.darksidebooks.com

JAMES PATTERSON *apresenta*

KERRI
MANISCALCO

REINO DAS BRUXAS

IRMANDADE MÍSTICA

~~DARKSIDE~~

TRADUÇÃO
FLÁVIA SOUTO MAIOR

*Para minha avó Victoria Marie Nucci
e minha tia Caroline Nucci.*

*E para meus bisavós — que imigraram
de Sciacca, na Sicília, para os Estados
Unidos —, cujo restaurante inspirou
grande parte desta história.*

*Este livro pode ser uma história de
fantasia, mas o amor de família
nestas páginas é bem real.*

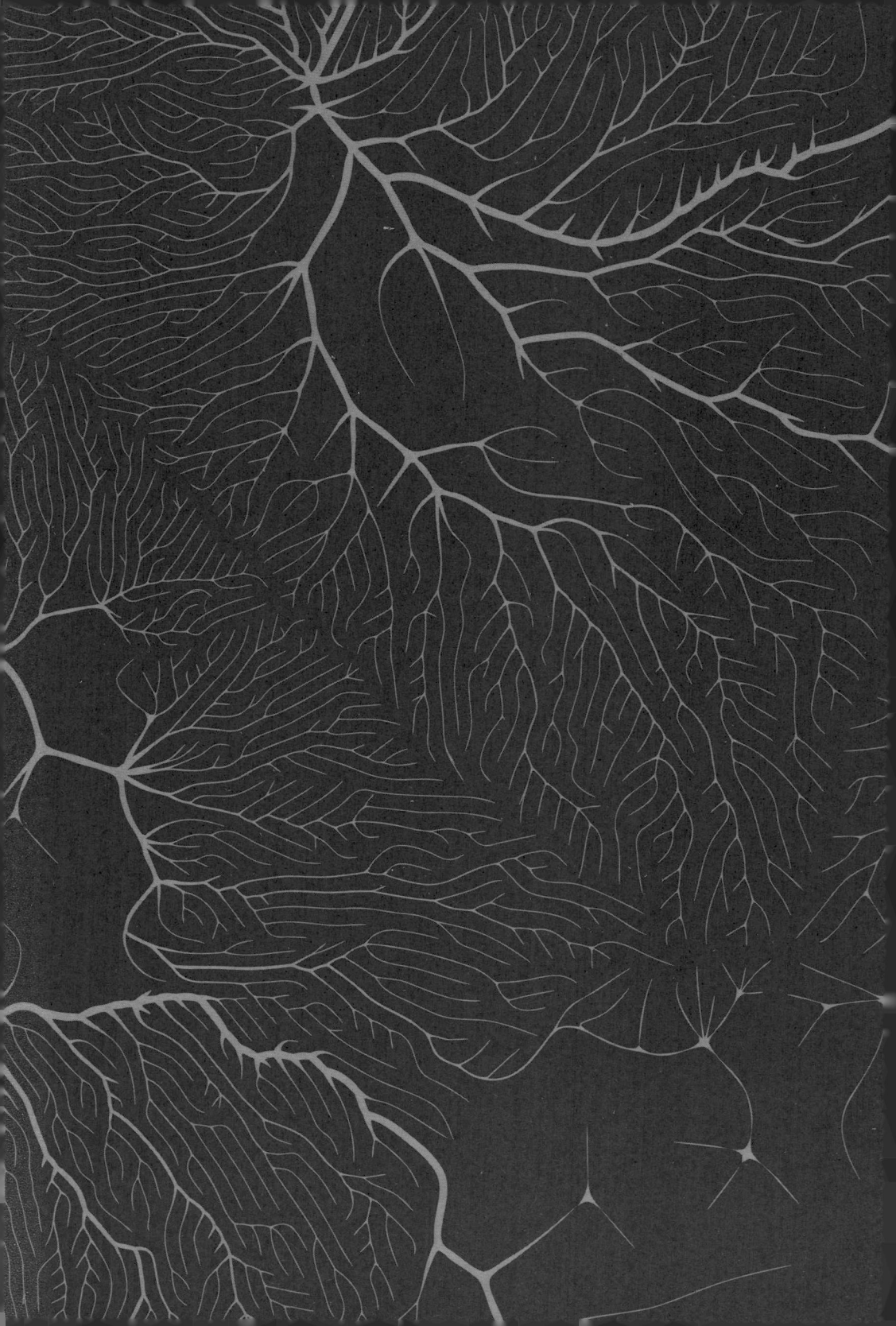

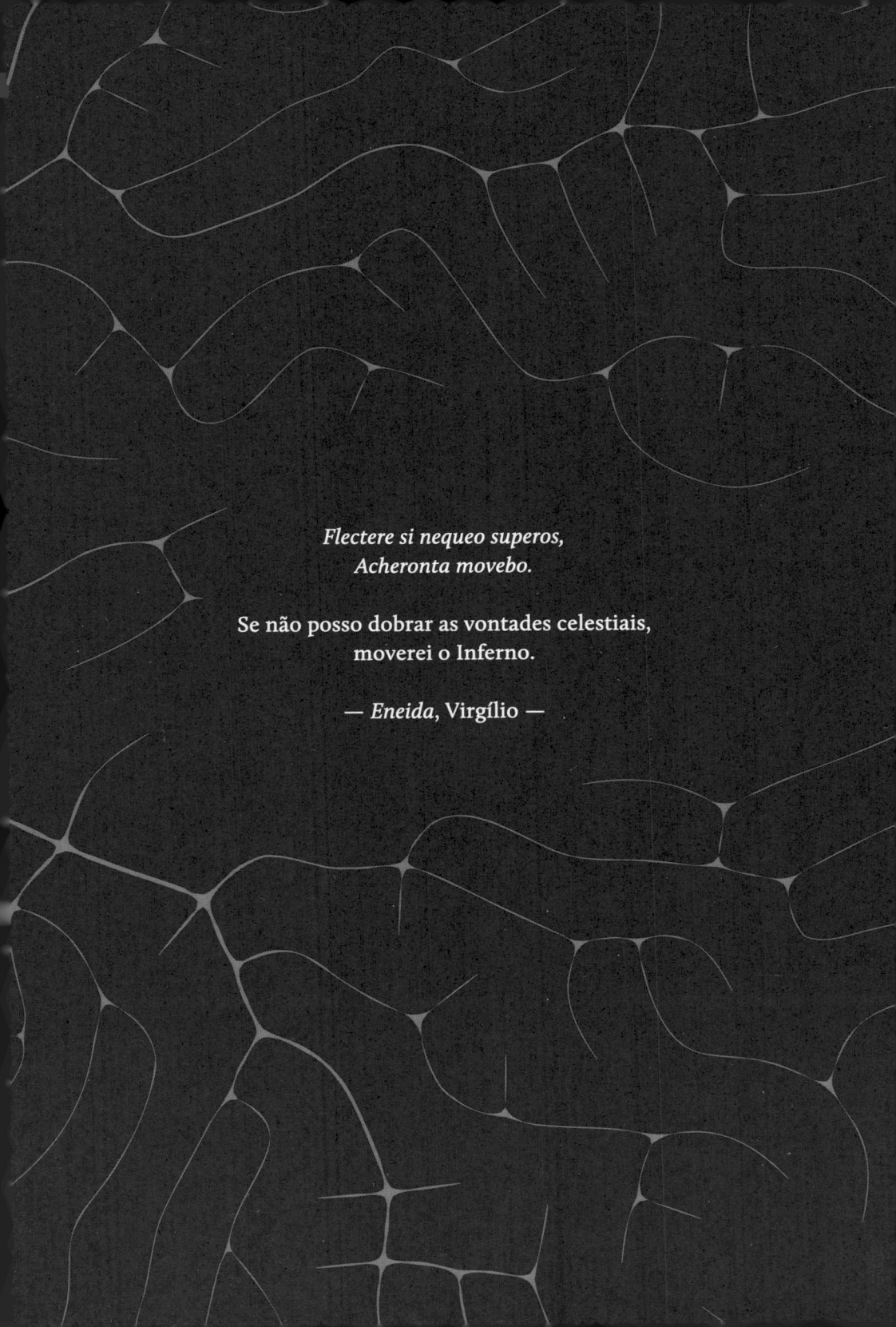

*Flectere si nequeo superos,
Acheronta movebo.*

Se não posso dobrar as vontades celestiais,
moverei o Inferno.

— *Eneida*, Virgílio —

PRÓLOGO

o lado de fora, a brisa balançava o sino dos ventos de madeira. Ao longe, as ondas quebravam na praia, e os sussurros furiosos da água ficavam cada vez mais altos, como se o mar fosse um mago evocando violência. Fazia quase uma década que, naquela data, a tempestade seguia o mesmo padrão. Logo depois, as trovoadas chegavam mais rápidas que a maré, lançando raios que pareciam chicotadas elétricas pelo céu implacável. O diabo exigia retribuição. Um sacrifício de sangue pelo poder roubado.

Não era a primeira vez que ele tinha sido amaldiçoado por bruxas. E não seria a última.

De sua cadeira de balanço, nonna Maria monitorava as gêmeas enquanto entoavam os encantos de proteção que lhes havia ensinado, cada uma com um *cornicello* bem apertado entre as mãozinhas. Afastando o uivo do vento da mente, ela prestava atenção às palavras que Vittoria e Emilia, concentradas e com as cabeças de cabelos escuros inclinadas para baixo, sussurravam sobre os amuletos em forma de chifre.

"Pela terra, pelas pedras, pelo luar, abençoe essa família, abençoe este lar."

As meninas estavam entrando no oitavo ano de vida, e a nonna tentava não se preocupar com a velocidade com que estavam crescendo. Ela se cobriu melhor com o xale, pois os calafrios a atingiam mesmo na pequena cozinha. Aquilo tinha pouca relação com a temperatura que fazia do lado de fora. Por mais que ela tentasse ignorar, o enxofre infiltrava-se pelas rachaduras, acompanhado da brisa com perfume de pluméria e laranja, eriçando os cabelos grisalhos que ela prendera na altura da. Se estivesse viva, sua própria avó humana teria chamado aquilo de mau agouro e passado a noite de joelhos na catedral, agarrada ao rosário, rezando para os santos.

O diabo estava à espreita. Ou um de seus irmãos perversos.

Uma lasca de preocupação deslizou com a rapidez e a suavidade de uma de suas facas de cozinha, alojando-se perto do coração da nonna. Fazia muito tempo desde o último avistamento dos Malvagi. Quase já não se falava mais dos Perversos, exceto em histórias contadas para assustar crianças e mantê-las na cama à noite.

Naqueles novos tempos, os adultos riam das antigas lendas populares, quase esquecidos dos sete príncipes que dominam o Inferno. Nonna Maria nunca riria disso; as lendas estavam gravadas em sua mente, marcadas com uma sensação profunda de terror. Sentia formigar a região entre os ombros como se os olhos escuros das criaturas estivessem grudados nela, observando-a das sombras. Era uma questão de tempo até que fossem procurá-la.

Se é que já não a estavam procurando. Ninguém roubava do diabo e escapava ileso.

Ela voltou a se concentrar nas gêmeas. Como o agitado mar Tirreno, naquela noite as meninas estavam inquietas. Uma agitação que anunciava problemas ocultos. Os encantos de Vittoria eram proferidos com pressa, e Emilia se atrapalhava, tentando acompanhar.

Gravetos estalaram no fogo. O som era como o de um ossinho da sorte se quebrando sobre livros de feitiços; um alerta por si só. A nonna agarrou os braços da cadeira de balanço e as articulações de seus dedos ficaram da cor das amêndoas sem pele que estavam na bancada.

"*Calmati!* Mais devagar, Vittoria", repreendeu ela. "Você vai ter que começar de novo se não fizer do jeito certo. Quer recolher terra de sepultura sozinha no escuro?"

Para a consternação da nonna, Vittoria não pareceu tão assustada quanto deveria. Vagar por um cemitério sob a luz da lua cheia e uma tempestade furiosa parecia interessante para a criança. Ela franziu os lábios e balançou a cabeça.

Foi Emilia que respondeu, no entanto, advertindo a irmã com um olhar.

"Vamos tomar mais cuidado, nonna."

Para mostrar que estava falando sério, Emilia ergueu o frasco de água benta que elas tinham recolhido no mosteiro e virou sobre os amuletos, derramando uma gota em cada um. Prata e ouro. Uma oferta de equilíbrio entre luz e escuridão. Um presente pelo que havia sido roubado anos atrás.

Assim como é em cima, é embaixo.

Mais calma, a nonna observou enquanto elas terminavam o encanto, aliviada ao ver as faíscas brancas que surgiram nas chamas antes de voltarem a queimar, avermelhadas. Mais um ano, mais uma vitória. Elas tinham enganado o diabo mais uma vez. Em breve chegaria o dia em que os encantos não funcionariam, mas a nonna não queria pensar nisso naquele momento. Ela olhou para o parapeito da janela, satisfeita com as fatias secas de laranja posicionadas em fileiras uniformes.

Havia ramos de lavanda pendurados para secar sobre a cornija, e a pequena ilha de pedra estava coberta de farinha e ervas perfumadas esperando para serem amarradas em delicados buquês. Verbena, manjericão, orégano, salsinha e folhas de louro. Os aromas se misturavam de maneira agradável. Algumas ervas seriam usadas no preparo do jantar comemorativo, outras nos encantos. Uma vez concluído o ritual de proteção, elas poderiam se deleitar com uma boa ceia.

A nonna olhou para o relógio sobre a cornija. A filha e o genro logo chegariam do restaurante da família, trazendo alegria e ternura.

Com ou sem tempestades e maus agouros, tudo ficaria bem no lar dos di Carlo.

As chamas abrandaram e Emilia se sentou, roendo as unhas, um péssimo hábito que a nonna estava determinada a romper. A menina cuspiu um pedaço de unha e ameaçou jogá-lo no chão.

"Emilia!" A voz da nonna ecoou alto no pequeno cômodo. A menina tomou um susto, abaixou a mão e olhou para ela meio sem graça. "No fogo! Você sabe que não pode deixar nada para os que praticam *le arti oscure*."

"Desculpe, nonna", murmurou Emilia. Ela mordeu o lábio e a avó ficou esperando a pergunta que já sabia que viria. "Pode nos contar de novo sobre a magia das trevas?"

"Ou sobre os Malvagi?", acrescentou Vittoria, sempre interessada em histórias sobre os Perversos, mesmo nas noites em que as meninas eram proibidas de proferir tais nomes. "Por favor?"

"Não devemos falar das trevas em voz alta. Isso atrai problemas."

"São só histórias, nonna", Emilia disse em voz baixa.

Se aquilo ao menos fosse verdade... Nonna Maria esboçou um encanto de proteção na altura do coração, finalizando-o com um beijo na ponta dos dedos, e suspirou. As gêmeas trocaram sorrisos triunfantes. Era impossível privar as meninas das lendas, mesmo que isso enchesse a cabeça delas de sonhos com os sete príncipes do Inferno. Nonna temia que romantizassem muito os demônios. Decidiu que era melhor lembrá-las do porquê precisavam ter cuidado com belas criaturas sem alma.

"Lavem as mãos e me ajudem a abrir a massa. Vou contando enquanto vocês fazem os *busiate*."

Os sorrisos das duas aqueceram o frio que a nonna ainda sentia, causado pela tempestade e seus alertas. A massa em forma de parafuso com molho de tomate era um dos pratos preferidos das meninas. Elas ficariam felizes quando soubessem que a *cassata* já estava gelando. Embora o pão de ló com recheio de ricota fosse uma especialidade de Páscoa, as meninas amavam comê-lo no dia do aniversário.

Mesmo com todas as precauções que tomavam, a nonna não sabia quanto de doçura permaneceria na vida delas no futuro, de modo que as mimava com frequência. E ela nem precisava de grandes incentivos para fazer isso. O amor de avó era um tipo específico de magia poderosa.

Emilia pegou o pilão na prateleira e, concentrada, reuniu azeite de oliva, alho, amêndoas, manjericão, queijo pecorino e tomates-cereja para o pesto *alla Trapanese*. Vittoria tirou o pano úmido de cima do montinho de massa e começou a abri-la como a nonna havia lhe ensinado. Tinham 8 anos de idade e já se viravam bem na cozinha. Não era de se surpreender. Entre a casa e o restaurante, praticamente cresceram em uma cozinha. Ambas olharam para cima por entre cílios grossos, com expressões idênticas de expectativa.

"E então? Não vai contar a história?", perguntou Vittoria, impaciente.

A nonna suspirou.

"Existem sete príncipes demoníacos, mas apenas quatro que os di Carlo devem temer: Ira, Avareza, Inveja e Soberba. Um vai desejar seu sangue. Outro vai capturar seu coração. Outro vai roubar sua alma. E o outro vai tirar sua vida."

"Os Perversos", Vittoria sussurrou em um tom quase reverente.

"Os Malvagi são príncipes demoníacos que saem à noite, vorazes e obstinados, procurando almas para roubar para seu rei, o diabo, até serem expulsos pelo amanhecer", continuou a nonna, oscilando lentamente na cadeira de balanço. A madeira rangeu, encobrindo o som da tempestade. Ela apontou com a cabeça para os afazeres na cozinha, certificando-se de que elas seguiriam o combinado. As meninas se puseram a trabalhar. "Os sete príncipes são tão corrompidos pelo pecado que, quando atravessam para nosso mundo, não suportam ficar na luz e são amaldiçoados a sair apenas no escuro. Foi uma punição enviada por La Prima Strega muitos anos atrás. Bem antes de o homem pisar na terra."

"Onde está a Primeira Bruxa?", Emilia perguntou com um quê de ceticismo na voz fina. "Por que nunca mais foi vista?"

A nonna pensou na resposta com cuidado.

"Ela tem seus motivos. Devemos respeitá-los."

"Como são os príncipes demoníacos?", perguntou Vittoria, embora fosse provável que já tivesse decorado essa parte.

"Eles parecem humanos, mas seus olhos cor de ébano ficam vermelhos e a pele é dura como pedra. Independentemente do que vocês fizerem, nunca devem falar com os Perversos. Se os virem, escondam-se. Se chamarem a atenção de um príncipe demoníaco, ele não desistirá até conseguir pegá-las. São criaturas das trevas, nascidas da escuridão e do luar. Eles buscam apenas destruição. Protejam o coração; se eles tiverem a chance, vão arrancá-lo de seus peitos e se fartar com seu sangue, enquanto evaporam pela noite."

Não importava que fossem criaturas desalmadas que pertenciam ao diabo, ou que as matariam de imediato, as gêmeas sentiam-se encantadas por aqueles misteriosos príncipes do Inferno.

Uma um pouco mais do que a outra, como mostraria o destino.

"Mas *como* vamos saber quando encontrarmos um deles?", perguntou Vittoria. "E se não der para ver os olhos?"

A nonna hesitou. Elas já tinham ouvido muita coisa, e se a antiga profecia fosse verdadeira, temia que o pior ainda estivesse por vir.

"Vocês vão saber."

Imersa em tradições familiares, nonna Maria havia ensinado às gêmeas formas mágicas de se esconder de humanos e de criaturas das trevas. Todo ano, no dia do aniversário, elas reuniam ervas do pequeno jardim nos fundos da casa e faziam encantos de proteção.

Usavam amuletos consagrados com água benta, terra de sepultura recém-revolvida e feixes cintilantes de luz da lua. Recitavam palavras de proteção e nunca falavam dos Malvagi em noites de lua cheia. E, o mais importante, usavam os amuletos o tempo todo, sem nunca os tirar.

O *cornicello* de Emilia era feito de prata, e o de Vittoria, de ouro. As meninas não tinham permissão para juntá-los, ou algo terrível aconteceria. Segundo a nonna, seria como forçar o sol e a lua a compartilharem o céu, fazendo o mundo ficar em um crepúsculo eterno. Ali, os príncipes do Inferno poderiam escapar de sua prisão de fogo para sempre, matando e roubando almas de inocentes até o mundo humano se transformar em cinzas — como seu reino obscuro.

Depois que devoraram o jantar e o bolo, o pai e a mãe das gêmeas lhes deram beijos de boa-noite. No dia seguinte, elas começariam a ajudar na movimentada cozinha do restaurante da família. Seria a primeira vez que atenderiam os clientes oficialmente. Empolgadas demais para dormir, Emilia e Vittoria, acomodadas no colchão que compartilhavam, ficaram rindo e balançando os amuletos em forma de chifre uma em frente à outra como se fossem espadinhas de fadas, fingindo lutar com os Malvagi.

"Quero ser uma bruxa natural quando crescer", disse Emilia mais tarde, deitada na dobra do braço da irmã. "Vou cultivar todo tipo de erva. E ter minha própria *trattoria*. O cardápio vai ser feito de magia e luar. Como o da nonna."

"O seu vai ser ainda melhor." Vittoria a abraçou mais forte. "Até lá, vou ser rainha e você vai poder ter o que quiser."

Uma noite, elas decidiram ser corajosas. Havia se passado quase um mês de seu oitavo aniversário e os alertas da nonna Maria pareciam ter sido feitos há uma vida. Vittoria empurrou o amuleto para a irmã, determinada.

"Aqui está", ordenou ela. "Pegue."

Emilia hesitou apenas por um instante antes de segurar o chifre dourado na palma da mão.

Uma luz tremeluzente cor de lavanda e preta explodiu dos amuletos, assustando Emilia o suficiente para deixar o colar da irmã cair. Vittoria logo o colocou de volta, arregalando os olhos castanhos enquanto a luz cintilante se apagava abruptamente. As meninas ficaram em silêncio. Não sabiam se por medo ou fascínio. Emilia flexionou a mão, tentando entender a sensação de formigamento que se espalhava sob a pele. Vittoria observava, com o rosto encoberto pela sombra.

Por perto, um cão do Inferno uivou para a lua, embora mais tarde elas tivessem se convencido de que era apenas o vento gemendo pelas ruas estreitas da região. Elas nunca contaram a ninguém o que haviam feito e nunca falaram sobre a estranha luz roxa e preta.

Nem entre elas. E, sobretudo, não contaram nada à nonna Maria.

Como fingiram que o incidente nunca acontecera, Emilia não disse à irmã que havia passado por uma transformação irreversível. Daquela noite em diante, sempre que segurava seu *cornicello* e se concentrava, via o que chamava de *luccicare*. Um brilho leve, ou aura, ao redor de uma pessoa.

As únicas exceções eram ela e a irmã.

Vittoria nunca disse nada sobre também ter esse novo talento. Foi o primeiro de muitos segredos que as irmãs guardariam uma da outra. E que se provariam fatais para uma delas.

I

Dez anos depois

Nonna Maria estava correndo de um lado para o outro na cozinha, como se tivesse tomado todas as gotas de café expresso do restaurante. Ela estava frenética. Minha irmã gêmea estava atrasada para o trabalho no turno do jantar, e nossa avó via aquilo como o presságio de uma maldição, principalmente porque Vittoria tinha saído na noite que antecedia um dia santo. A deusa cuida de nós.

O fato de a lua estar cheia e em um tom pútrido de amarelo fez a nonna ficar murmurando alertas que costumavam fazer meu pai trancar as portas. Felizmente, meu tio Nino e ele estavam no salão do restaurante com uma garrafa bem gelada de limoncello, servindo o aperitivo aos clientes. Ninguém saía do Mar & Vinha sem bebericar o licor e sentir a profunda satisfação e felicidade que sucedia uma boa refeição.

"Pode zombar o quanto quiser, mas não é seguro. Demônios rondam as ruas, procurando almas para roubar." Nonna picava dentes de alho para os camarões, a faca saltando veloz pela tábua de corte desgastada. Se não tomasse cuidado, perderia um dedo. "Sua irmã é imprudente por estar fora." Ela parou e imediatamente voltou a atenção para o pequeno amuleto em forma de chifre em meu pescoço. Linhas de preocupação gravaram um caminho profundo ao redor de seus olhos e boca. "Você viu se ela estava usando o *cornicello*, Emilia?"

Nem me dei ao trabalho de responder. Nunca tirávamos nossos amuletos, nem mesmo para tomar banho. Minha irmã violava todas as regras, menos aquela. Principalmente depois do que aconteceu quando tínhamos 8 anos... Fechei rapidamente os olhos, desejando esquecer aquela lembrança. A nonna ainda não sabia sobre o *luccicare* que eu conseguia ver cintilando ao redor dos humanos quando segurava meu amuleto, e esperava que ela nunca soubesse.

"Mamma, por favor." Minha mãe olhou para o teto como se a deusa do céu pudesse enviar uma resposta para suas preces na forma de um raio. Só não sabia se o raio seria direcionado para a nonna ou para minha mãe. "Vamos terminar o turno do jantar antes de nos preocuparmos com os Perversos. Temos problemas mais urgentes no momento." Ela apontou com a cabeça para a frigideira. "O alho está começando a queimar."

Nonna murmurou alguma coisa que parecia muito com *"O mesmo vai acontecer com a alma delas no Inferno se não as salvarmos, Nicoletta"*, e eu mordi o lábio para conter um sorriso.

"Há alguma coisa errada. Estou sentindo. Se Vittoria não chegar logo em casa, eu mesma vou atrás dela. Os Malvagi não vão ousar roubar a alma dela perto de mim." Nonna acertou uma cavalinha com o cutelo e a cabeça do peixe voou no chão de calcário.

Suspirei. Podíamos ter usado a cabeça para fazer caldo de peixe. Minha avó estava ficando *mesmo* perturbada. Justo ela, que havia nos ensinado o valor de aproveitar todas as partes de um animal.

Ossos, no entanto, podiam ser usados só para caldos, nunca para feitiços. Pelo menos eram essas as regras da família di Carlo. *Le arti oscure* eram estritamente proibidas. Coloquei a cabeça do peixe em uma vasilha, para mais tarde levá-la para os gatos da viela, e tentei não pensar em magia das trevas.

Servi um pouco de vinho gelado para a nonna e acrescentei fatias de laranja e cascas cristalizadas da fruta para adoçar. Em instantes, a condensação surgiu na taça como orvalho da manhã. Eram meados de julho em Palermo, o que significava que o ar era sufocante à noite, mesmo com as janelas abertas permitindo que a brisa entrasse.

Estava bem quente na cozinha, mas mesmo durante os meses mais frios eu prendia meus cabelos compridos por causa das altas temperaturas geradas pelo calor dos fornos.

A *trattoria* da família di Carlo, Mar & Vinha, era conhecida na Sicília por servir uma comida deliciosa. Toda noite, as mesas ficavam lotadas de clientes famintos, todos ansiosos para degustar as receitas da nonna. Filas se formavam nos fins de tarde, independentemente do clima. A nonna dizia que o segredo eram os ingredientes simples, além de um toque de magia. As duas afirmações eram verdadeiras.

"Aqui está, nonna." Não devíamos usar magia fora de casa, mas sussurrei um feitiço rápido e, usando as gotas da condensação que pingavam sobre a pedra, deslizei a bebida pelo balcão à frente dela. Ela parou um pouco de se preocupar e tomou um gole do vinho tinto doce. Minha mãe balbuciou um agradecimento quando minha avó virou as costas, e eu sorri.

Não sabia por que a nonna estava tão agitada. Fazia algumas semanas — mais ou menos desde nosso aniversário de 18 anos — que minha irmã gêmea faltava em alguns turnos do jantar no restaurante e chegava em casa escondida bem depois do pôr do sol, com as bochechas coradas e um brilho nos olhos escuros. Ela estava mudada. E eu suspeitava de que tivesse a ver com um certo jovem vendedor do mercado.

Domenico Nucci Junior.

Eu tinha dado uma espiada no diário dela e visto o nome dele rabiscado nas margens, mas logo fui tomada pela culpa e o coloquei de volta sob a tábua de madeira do piso, onde ela o escondia. Ainda dividíamos o quarto no segundo andar de nossa pequena e apertada casa, então, por sorte, ela não notou que eu estava bisbilhotando.

"Vittoria está bem, nonna." Entreguei a ela um pouco de salsinha fresca para decorar o camarão. "Já disse, ela anda de conversa com um rapaz da família Nucci, que vende *arancini* perto do castelo. Com certeza ele está ocupado hoje à noite com as comemorações que antecedem o festival. Aposto que ela está entregando os bolinhos de risoto a todos que exageraram na bebida. Eles precisam de alguma coisa para absorver todo aquele vinho litúrgico." Dei uma piscadinha, mas o medo de minha avó não diminuiu. Coloquei o restante da salsinha na mesa e a abracei. "Nenhum demônio vai roubar a alma dela, ou comer seu coração. Juro. Logo ela vai chegar."

"Espero que um dia você leve os sinais das deusas a sério, *bambina*."

Quem sabe um dia. Mas eu tinha ouvido histórias sobre príncipes demoníacos de olhos vermelhos a vida toda e até então não tinha encontrado nenhum. Não me preocupava que as coisas fossem mudar de repente. Para onde quer que os Perversos tivessem ido, parecia ser permanente. Eu os temia na mesma medida que achava que os dinossauros voltariam da extinção para dominar Palermo. Deixei a nonna com os camarões e sorri enquanto a música se infiltrava por entre os sons de facas cortando e colheres misturando. Era meu tipo preferido de sinfonia, um som que permitia que eu me concentrasse totalmente na alegria da criação.

Senti o cheiro perfumado de alho e manteiga.

Cozinhar era uma combinação de magia e música. O som dos ovos se quebrando, o chiado da *pancetta* atingindo uma frigideira quente, o tilintar metálico de um batedor de arame tocando na lateral de uma tigela, até mesmo as batidas rítmicas de um cutelo sobre uma tábua de madeira. Eu adorava todos os detalhes de estar na cozinha com minha família. Não conseguia imaginar uma forma mais perfeita de passar as noites.

O Mar & Vinha era meu futuro e ele prometia estar repleto de amor e luz. Principalmente se eu conseguisse economizar, comprar o imóvel ao lado e expandir os negócios da família. Eu vinha testando novos sabores de outras regiões da Itália e gostaria de, um dia, criar meu próprio cardápio.

Minha mãe cantarolava enquanto moldava frutas com marzipã.

"Ele é um bom rapaz. Domenico. Formaria um bom par com Vittoria. A mãe dele é sempre muito agradável."

Nonna jogou a mão enfarinhada para o alto, balançando-a como se uma união com um Nucci fosse pior que o cheiro das ruas próximas ao mercado de peixe.

"Bah! Ela é nova demais para se preocupar com casamento. E ele não é siciliano."

Minha mãe e eu sacudimos a cabeça. Eu tinha a impressão de que as raízes toscanas dele pouco tinham a ver com a reprovação da nonna. Se dependesse dela, moraríamos em nossa casa de sempre — nosso pequeno canto de Palermo — até nossos ossos se transformarem em pó. Nonna achava que ninguém poderia zelar por nós tão bem quanto ela. Ainda mais se fosse um mero rapaz humano. Domenico não era descendente de bruxas como meu pai, portanto, a nonna achava que não podíamos confiar nosso segredo a ele.

"Ele nasceu aqui. A mãe dele é daqui. Tenho certeza de que isso o torna siciliano", argumentei. "Deixe de ser rabugenta. Isso não combina com uma pessoa doce como a senhora."

Ela pigarreou, ignorando minha tentativa de cativá-la. Nonna era uma grande cabeça dura, como diria meu avô. Ela pegou uma colher de pau e apontou em minha direção.

"E as sardinhas que apareceram na praia? As gaivotas nem tocaram nelas. Sabe o que isso significa? Significa que *elas* não são tolas. O diabo está agitando os mares, e elas não querem saber de suas oferendas."

"Mamma", minha mãe resmungou e colocou a pasta de amêndoas sobre a mesa. "Um barco que transportava querosene bateu nas rochas ontem à noite. O óleo matou os peixes, não o diabo."

Nonna lançou à minha mãe um olhar que faria qualquer alma despreparada cair de joelhos.

"Você sabe muito bem que isso é um sinal da chegada dos Malvagi, Nicoletta. Eles vieram cobrar. Você ficou sabendo dos corpos. O momento condiz com o que foi profetizado. Isso também é coincidência?"

"Corpos?" Minha voz ficou aguda. "Do que vocês estão falando?"

A nonna fechou bem a boca. Minha mãe virou a cabeça, esquecendo-se mais uma vez do marzipã. Elas trocaram olhares tão profundos e expressivos que senti um arrepio.

"Que corpos?", insisti. "O que foi profetizado?"

O restaurante estava mais movimentado do que o normal, pois nos preparávamos para o fluxo de pessoas que participariam do festival no dia seguinte, então fazia dias que eu não ouvia as fofocas que rondavam o mercado. Não tinha ouvido falar nada sobre corpos.

Minha mãe olhou para minha avó como se dissesse *"Você começou, agora termine"*. E voltou a modelar os doces. A nonna se acomodou em uma cadeira que mantinha perto da janela, segurando a taça de vinho com firmeza. Uma brisa afastava o calor opressivo. Ela fechou os olhos trêmulos, como se absorvesse o frescor. Parecia exausta. O que quer que estivesse acontecendo, era ruim.

"Nonna? Por favor, me conte. O que aconteceu?"

"Duas meninas foram assassinadas na semana passada. Uma em Sciacca. E uma aqui. Em Palermo."

Sciacca — uma cidade portuária de frente para o mar Mediterrâneo — ficava quase diretamente ao sul de onde vivíamos. Era uma pequena joia em uma ilha repleta de tesouros visuais. Era impossível imaginar um assassinato ali. O que era ridículo, já que, para a morte, não há distinção entre Paraíso e Inferno.

"Que horror!" Larguei a faca, sentindo meu coração bater mais rápido. Encarei minha avó. "Elas eram... humanas?"

O olhar triste da nonna já disse tudo. *Streghe*. Engoli em seco. Era por isso que ela insistia em falar sobre o retorno dos Perversos. Estava imaginando uma de nós descartada nas ruas, nossas almas sendo torturadas por demônios no Inferno, nosso sangue escorrendo por rachaduras na pedra, reabastecendo a magia da Terra. Estremeci, apesar do suor que se formava em minha testa. Não sabia o que pensar sobre os assassinatos.

A nonna me repreendia com frequência por ser cética demais, mas eu ainda não estava convencida de que a culpa era dos Malvagi. As lendas antigas revelavam que os Perversos eram enviados para fazer acordos e coletar almas para o diabo, não para matar. E ninguém os havia visto vagando pelo nosso mundo nos últimos cem anos.

Os humanos, no entanto, matavam uns aos outros o tempo todo e certamente nos atacavam quando ficavam desconfiados do que éramos. Rumores de que havia um novo grupo de caçadores de *strega* chegaram até nós na semana anterior, mas não tínhamos visto nenhuma evidência deles. Mas se bruxas estavam sendo assassinadas, eu estava mais propensa a acreditar que a culpa era de humanos fanáticos. O que significava que precisávamos ter ainda mais cuidado para evitar sermos descobertas. Sem encantos simples onde pudéssemos ser vistas. Eu costumava ser cuidadosa até demais, mas minha irmã não era. A forma preferida dela de se esconder era ficar bem à vista.

Talvez a nonna tivesse razão em se preocupar.

"O que a senhora quis dizer com os Malvagi virem para cobrar?", perguntei. "Ou com isso ter sido profetizado?"

A nonna não parecia contente com meus questionamentos, mas viu a determinação em meus olhos e soube que eu continuaria perguntando. Ela suspirou.

"Algumas lendas dizem que os Perversos vão voltar à Sicília a cada poucas semanas, a começar de agora, procurando algo que foi roubado do diabo."

Aquela lenda era nova.

"O que foi roubado?"

Minha mãe ficou quieta e voltou a moldar o marzipã. A nonna tomou o vinho devagar, olhando para dentro da taça, como se pudesse adivinhar o futuro na polpa que boiava na superfície.

"É uma dívida de sangue."

Aquilo não parecia nem um pouco ameaçador. Antes que eu pudesse interrogá-la mais a fundo, alguém bateu à porta lateral, por onde recebíamos os suprimentos. Sobrepondo-se ao som das conversas do pequeno salão, meu pai pediu para o tio Nino entreter os clientes. Passos pesados percorreram o corredor, e a porta se abriu.

"*Buonasera, signore* di Carlo. Emilia está?"

Reconheci a voz grave e sabia o que ele tinha ido perguntar. Havia apenas um motivo para Antonio Vicenzu Bernardo, o mais novo membro da irmandade sagrada, ir me procurar. O mosteiro vizinho dependia de doações e caridade, então uma ou duas vezes por mês eu preparava um jantar para eles em nome do restaurante de minha família.

Enquanto a nonna balançava a cabeça fazendo que não, sequei as mãos em um pano de prato e coloquei o avental sobre a bancada. Desamarrotei a parte da frente de minha saia escura, olhando feio para a farinha espalhada no corpete. Eu parecia uma rainha de cinzas e provavelmente estava cheirando a alho.

Contive um suspiro. Dezoito anos e romanticamente amaldiçoada para sempre.

"Emilia, por favor."

"Nonna, já tem bastante gente nas ruas celebrando antes do festival de amanhã. Prometo que não saio da via principal, faço o jantar bem rápido e ainda trago a Vittoria na volta. Chegaremos em casa quando a senhora menos esperar."

"Não." A nonna se levantou da cadeira e me levou de volta, como se eu fosse uma galinha desobediente, para a bancada e a tábua de corte que eu havia abandonado. "Você não pode sair daqui, Emilia.

Esta noite não." Ela segurou o próprio *cornicello*, com expressão de súplica. "Deixe outra pessoa doar comida hoje, ou você vai acabar se juntando aos mortos naquele mosteiro."

"Mamma!", repreendeu minha mãe. "Isso é coisa que se diga?"

"Não se preocupe, nonna", afirmei. "Não pretendo morrer por um bom tempo."

Dei um beijo em minha avó, peguei um pedaço de marzipã do prato de minha mãe e o coloquei na boca. Enquanto mastigava, enchi uma cesta com tomates, manjericão fresco, muçarela caseira, alho, azeite de oliva e um frasco pequeno de vinagre balsâmico que o tio Nino tinha comprado em uma viagem recente a Modena. Não era tradicional, mas eu havia feito alguns testes e amava o sabor de algumas gotas de balsâmico acrescentadas no final da receita.

Peguei ainda um pote de sal e um filão de pão que havíamos assado mais cedo e saí depressa da cozinha antes que entrasse em mais uma discussão.

Dei um sorriso cordial para o *fratello* Antonio, desejando que ele não ouvisse a nonna praguejando contra ele e todo o mosteiro ao fundo. Ele era jovem e bonito para um membro da irmandade, e apenas três anos mais velho que Vittoria e eu. Seus olhos tinham cor de chocolate derretido, e seus lábios sempre deixavam antever um sorriso doce. Ele tinha crescido na casa vizinha à nossa, e eu sonhava em me casar com ele. Foi uma pena ele ter feito voto de castidade; tinha certeza de que metade do Reino da Itália não se importaria em beijar seus lábios carnudos. Incluindo eu.

"*Buonasera, fratello* Antonio." Levantei a cesta de suprimentos, ignorando como era estranho chamá-lo de "irmão" quando eu tinha alguns pensamentos *muito pouco* fraternais em relação a ele. "Andei fazendo mais uns experimentos e vou preparar um tipo de *bruschetta caprese* para a irmandade hoje à noite. Pode ser?"

Para o bem dele, eu esperava que sim. Era rápido e fácil, e por mais que o pão ficasse mais saboroso pincelado com azeite e levemente tostado, não era preciso usar fogo no preparo.

"Parece divino, Emilia. E, por favor, pode me chamar só de Antonio. Não é preciso haver cerimônia entre dois velhos amigos." Ele fez um aceno tímido com a cabeça. "Seus cabelos estão muito bonitos."

"*Grazie.*" Levantei o braço e passei os dedos em uma flor. Quando éramos mais novas, comecei a colocar flores de laranjeira e pluméria nos cabelos para me diferenciar de minha irmã gêmea. Lembrei a mim mesma que Antonio agora estava envolvido com o Senhor Todo Poderoso e não estava dando em cima de mim.

Não importava o quanto, às vezes, eu desejasse que não fosse bem assim.

Enquanto ele ignorava o som de uma panela atingindo o chão de pedra, eu me contraía por dentro. Nem imaginava o que a nonna poderia jogar em seguida.

"A maior parte da irmandade só retorna ao mosteiro mais tarde", disse ele, "mas eu posso ajudar, se você quiser."

Os gritos da nonna ficaram mais altos. Antonio foi educado o bastante para fingir não escutar os terríveis alertas sobre demônios matando jovens mulheres na Sicília e roubando suas almas. Olhei para ele e sorri, esperando que não parecesse uma careta.

"Seria ótimo."

A atenção dele se voltou para o restaurante quando os gritos da nonna nos alcançaram, e uma pequena ruga se formou em sua testa. Ela costumava ser cuidadosa perto dos clientes, mas se começasse a gritar sobre magia das trevas e encantos de proteção a ponto de Antonio conseguir ouvir, o movimentado restaurante de nossa família estaria arruinado.

Se havia uma coisa que os humanos temiam tanto quanto os Malvagi eram as bruxas.

REINO DAS BRUXAS
IRMANDADE MÍSTICA

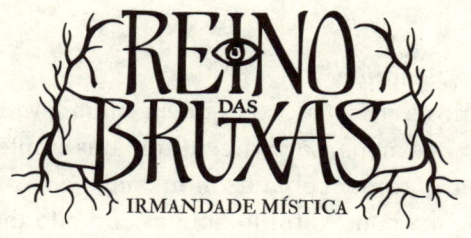

2

Eu não estava pensando no diabo quando entramos no mosteiro. Nem nos demônios, aqueles perversos ladrões de almas, que a nonna jurava que estavam vagando pela terra outra vez. E embora Antonio fosse um colírio para os olhos, não me distraí com a leve curva de sua boca. Ou com a mecha de cabelo castanho que caía sobre sua testa sempre que ele olhava para mim, desviando os olhos logo depois.

Na verdade, eu estava pensando em azeite de oliva.

Por algum motivo, o corredor estava com um cheiro de tomilho queimado, o que me fez pensar em qual seria o sabor de azeite de oliva aromatizado com tomilho e pincelado sobre torradas. Comecei a sonhar mais uma vez com meu próprio restaurante — o cardápio que eu aperfeiçoaria. Uma porção de *crostini* seria um antepasto fantástico. Eu cobriria as torradinhas com uma porção de cogumelos fatiados e salteados com manteiga, alho e um pouco de vinho branco. Talvez até salpicasse um pouco de queijo pecorino e salsinha para amarrar os sabores...

Entramos no cômodo em que ficavam os utensílios de cozinha e arquivei aquelas ideias em minha pasta de receitas mental para me concentrar na tarefa que tinha pela frente. Peguei duas tábuas de corte e uma tigela grande no armário e coloquei tudo sobre a pequena mesa.

“Vou picar os tomates, você corta a muçarela em cubos.”

"Como quiser, *signorina*."

Ambos pusemos a mão na cesta que eu tinha levado e os dedos de Antonio roçaram nos meus. Logo tirei os tomates e fingi não ter sentido um pequeno tremor tomar conta de mim com o contato inesperado.

Cozinhar sozinha com Antonio em um cômodo meio escuro e em uma parte quase esquecida do prédio não era um jeito ruim de passar o tempo. Se ele não tivesse entregado a vida ao Senhor, aquilo poderia ser o início de algo entre nós.

Agora, sem que ele soubesse, éramos inimigos.

Ele pertencia à igreja e eu era uma bruxa. E não apenas uma *strega* humana que usava magia popular contra mau-olhado e rezava para santos católicos. Minha família era outra coisa, algo não totalmente humano. Nosso poder era temido, não respeitado. Junto de outras doze famílias de bruxas que viviam em segredo em Palermo, éramos verdadeiras Filhas da Lua. Descendentes de uma deusa de verdade. Havia mais famílias espalhadas pela ilha, mas, pela segurança de todos, não interagíamos entre nós.

Nossa magia era peculiar. Embora passasse só pela linha matriarcal, não se manifestava em *todas* as mulheres. Minha mãe, filha de uma bruxa, não tinha nenhuma habilidade sobrenatural. A menos que a capacidade dela de fazer pães e bolos contasse, e eu acreditava piamente que deveria contar. Só uma pessoa abençoada pela deusa poderia fazer sobremesas como minha mãe fazia.

Certa vez, existiu um conselho composto pelos membros mais velhos de cada família de bruxas. A nonna era a líder em Palermo, mas o coven se desfez logo depois que Vittoria e eu nascemos. As histórias sobre o motivo da derrocada do coven eram obscuras, mas segundo as informações que consegui coletar, a velha Sofia Santorini tinha invocado a magia das trevas e alguma coisa deu errado, deixando sua mente fragmentada. Alguns disseram que ela usou um crânio humano durante sessões de divinação. Outros declararam que foi um espelho preto. Mas todos concordavam quanto ao resultado: a mente dela tinha ficado presa entre mundos.

Os humanos desconfiaram do que consideraram uma loucura repentina. Rumores sobre o diabo se seguiram. Em pouco tempo, nosso mundo passou a ser perigoso demais para bruxas de verdade se encontrarem, mesmo em segredo. Então as treze famílias de Palermo adotaram um código rígido de silêncio e cortaram relações.

Humanos tinham essa mania engraçada de culpar o diabo por coisas das quais não gostavam. Era estranho que fôssemos chamadas de perversas quando eles eram os que gostavam de nos ver queimando.

"E então, fora os demônios invadindo nossa cidade, como você está?" Antonio nem tentou esconder o sorriso. "Que bom que você tem um membro da irmandade sagrada zelando por sua pobre alma."

"Você é terrível."

"É verdade, mas você não acredita mesmo nisso." Seus olhos escuros brilhavam quando joguei um pedaço de tomate nele. Meu rosto estava pegando fogo. Ele desviou do tomate com facilidade. "Ou pelo menos espero que não."

"Jamais direi."

Voltei a dar atenção ao tomate suculento que cortava em cubos. Certa vez, quando éramos mais novos, usei um feitiço da verdade para saber se Antonio correspondia aos meus sentimentos. Para minha felicidade, ele correspondia, e o mundo pareceu se alegrar com a descoberta. Quando contei à nonna o que havia feito, ela me fez passar um mês limpando a cozinha de cabo a rabo, sozinha.

Não foi bem a reação que eu esperava.

A nonna disse que feitiços da verdade — embora não fizessem explicitamente parte da magia das trevas — nunca deviam ser usados em humanos porque faziam parte de *Il Proibito*. O Proibido se referia a poucos feitiços, mas eles tinham consequências graves.

O livre-arbítrio era uma das leis mais básicas da natureza nesse mundo, acima dos conceitos de magia de luz ou das trevas, e *nunca* se devia mexer com ele. Por isso os feitiços da verdade não eram permitidos. Ela usava a velha Sofia Santorini como exemplo sempre que questionávamos suas regras rígidas.

Mas nem toda bruxa de nossa comunidade compartilhava da visão da nonna. Quando o coven se separou, algumas famílias, como a de minha amiga Claudia, voltaram-se abertamente à magia das trevas. Acreditavam que magia era magia e que ela podia — devia — ser usada como a bruxa desejasse. Sangue, ossos... Praticantes de magia das trevas diziam que eram ferramentas viáveis. Vittoria tentou usar essa lógica com a nonna quando tínhamos 15 anos e acabou tendo que limpar o banheiro durante uma semana inteira.

"E amanhã, você está pensando em dar uma escapada do restaurante para comemorar?" Antonio terminou de cortar a muçarela e começou a picar o manjericão fresco.

"Talvez. Depende do movimento e da hora que fecharmos o restaurante. Para dizer a verdade, é possível que eu vá para casa testar algumas receitas novas, ou ler."

"Ah! Que jovem devota, lendo o bom livro sagrado."

"Mais ou menos isso." Sorri, olhando para a tábua de corte.

O romance que eu estava lendo era de fato um *bom livro*, mas não tinha nada a ver com o *bom livro sagrado*. Eu me segurei para não contar a ele sobre o último capítulo que havia lido, em que o herói expressa seu amor de muitas formas exuberantes e estarrecedoras. Imaginei que, tecnicamente, seu vigor *poderia* ser considerado milagroso. Pelo menos *eu* passei a acreditar em perspectivas impossíveis.

"E você, planejou alguma atividade divertida com a irmandade?"

"Diversão é algo muito subjetivo. Provavelmente vamos ficar mais ou menos perto do andor, fazendo coisas muito sérias e sagradas."

Eu não duvidava daquilo. Depois que a mãe de Antonio faleceu de repente no último verão, ele surpreendeu a todos ao sair de casa e iniciar a vida religiosa. Concentrar-se em regras estritas o ajudou com o luto. Agora ele estava muito melhor e eu estava feliz por ele, mesmo que significasse que nunca ficaríamos juntos.

"Toma." Entreguei o filão de pão a ele. "Fatie o pão enquanto eu tempero o restante."

Coloquei os tomates cortados em uma tigela e juntei a muçarela e o manjericão. Depois coloquei um pouco de azeite de oliva, o alho picado e uma pitada de sal, tudo em uma rápida sequência. Como o pão não estava tostado e a irmandade não comeria de imediato, acrescentei um pouco de vinagre balsâmico e misturei tudo. Não era bem a apresentação que eu gostaria, mas era mais importante a comida ficar saborosa e não deixar o pão empapado.

"Como foi sua viagem?", perguntei. "Fiquei sabendo que teve que abafar rumores sobre transmorfos."

"Ah, sim, os hereges que vieram da região de Friuli depois da Inquisição estão contando umas histórias interessantes. Guerreiros poderosos, cujos espíritos deixam o corpo em forma de animal, retornaram para proteger as plantações de forças malignas." Ele riu. "Pelo menos é a história que nos contaram no vilarejo para onde me mandaram. Estão convencidos de que existe uma congregação de espíritos na qual uma deusa está ensinando a eles formas de se protegerem do mal. É difícil combater antigas crenças." Ele me encarou e vi que um mundo de inquietações efervescia dentro dele. "Sua nonna não é a única que acredita que os demônios estão entre nós."

"Eu..."

Uma voz surgiu no corredor, baixa demais para distinguirmos as palavras. Antonio levou um dedo à frente dos lábios. Quem quer que fosse, falou de novo, um pouco mais alto. Eu ainda não conseguia entender o que estava sendo dito, mas não parecia alguém amigável. Tateei a mesa à procura de uma faca. Uma figura encapuzada surgiu das sombras e estendeu devagar os braços em nossa direção.

"Pagãos-*s-s*."

Arrepios percorreram meu corpo como um exército de mortos-vivos. Os gritos da nonna sobre demônios foram substituídos por meu medo real de caçadores de bruxas. Eles tinham me encontrado. E não havia como eu usar magia na frente deles, ou de Antonio, sem revelar meu segredo.

Saltei para trás tão rápido que tropecei na saia e caí dentro da cesta de suprimentos. Talheres se espalharam pelo chão. O frasco de meu vinagre balsâmico especial se espatifou.

Antonio agarrou um rosário de madeira que estava escondido sob sua túnica e deu um passo à frente, colocando-se entre mim e o intruso.

"Em nome de Jesus Cristo, ordeno que vá embora, demônio."

De repente, a figura se inclinou para a frente e... começou a rir. O terror deixou de fluir por meu corpo e logo foi substituído pela raiva. Eu me afastei da parede e olhei feio para aquela pessoa.

"Vittoria."

Minha irmã gêmea parou de rir e tirou o capuz.

"Ah, desculpem. Estou me lembrando da expressão no rosto de vocês, e ela é ainda mais hilária da segunda vez."

Antonio se afastou devagar, olhando para a miscelânea de vidro e vinagre com a testa franzida. Respirei fundo e contei até dez em silêncio.

"Não teve graça nenhuma. E você me fez quebrar meu vidro de balsâmico."

Vittoria recuou diante dos cacos de vidro espalhados pelo chão.

"Ah, Emilia. Sinto muito." Ela atravessou o pequeno cômodo e me esmagou em um grande abraço. "Quando chegarmos em casa, você pode quebrar meu perfume preferido de sálvia branca e lavanda para ficarmos quites."

Soltei um longo suspiro. Sabia que ela estava dizendo a verdade; ela me entregaria de bom grado o frasco e me observaria quebrá-lo em pedacinhos, mas eu nunca escolheria a vingança.

"Prefiro uma taça do preparado de limoncello com vinho que você faz."

"Vou fazer uma jarra inteira." Ela deu dois beijos barulhentos em minhas bochechas, depois olhou para Antonio. "Você é muito intimidante com todas essas ordens do senhor, irmão Antonio. Se eu fosse um demônio, com certeza teria sido banida de volta ao Inferno."

"Da próxima vez, vou jogar água benta e expulsar o demônio de dentro de você."

"Hmm. Acho que você vai precisar de uma boa quantidade para fazer isso funcionar, principalmente se eu o invocar bem aqui."

Ele sacudiu a cabeça e se virou para mim.

"É melhor eu ir embora. A irmandade precisa de minha ajuda para os preparativos de amanhã. Não se preocupe com o vinagre derramado. Depois eu volto para limpar tudo. Obrigado mais uma vez pela comida, Emilia. Depois do festival vou viajar por um tempinho para refutar mais rumores supersticiosos, mas espero te ver quando voltar."

Nem dois segundos depois que ele saiu, minha irmã idiota começou a dançar em volta do cômodo, fingindo dar um beijo apaixonado no que presumi ser Antonio.

"Ai, Emilia. Espero te ver quando eu voltar. De preferência nua, em minha cama, gritando o nome do senhor."

"Pare com isso!", gritei, morrendo de vergonha. "Acho que dá para ele escutar!"

"Ótimo." Ela balançou os quadris de maneira sugestiva. "Talvez assim ele comece a ter algumas ideias. Não é tarde demais para ele deixar a irmandade. Não existe lei nem decreto dizendo que depois de ordenado ele precisa ficar para sempre. Existem formas *muito* mais interessantes de se conectar à religião. Talvez você possa tomar um banho de água benta e mostrar para ele."

"Você está blasfemando demais."

"E *você* está vermelha como um tomate. Por que não conta a ele o que sente? Ou talvez devesse apenas dar um beijo nele. A julgar pelo modo como ele olha para você, duvido que se incomodaria. Além disso, o pior que pode acontecer é ele começar a falar sobre sua ordem religiosa e você ter que estrangulá-lo com o rosário."

"Chega, Vênus. Basta de bancar a casamenteira por hoje."

Peguei na mão dela e saímos do cômodo às pressas, e foi um alívio ver que o corredor estava vazio.

Nada de Antonio. Nem nenhum outro membro da irmandade sagrada. Graças à deusa. Percorremos rapidamente os corredores escuros e não paramos de correr até o mosteiro não passar de uma mancha na noite.

No conforto da cozinha de nossa casa, Vittoria pegou laranjas sanguíneas, limoncello, vinho tinto e uma garrafa de *prosecco*. Eu a observava da bancada enquanto ela adicionava todos os ingredientes em uma jarra de maneira metódica. Uma xícara disso, um pouco daquilo, algumas cascas cristalizadas — poções e perfumes eram onde a magia dela mais brilhava, e isso se estendia com frequência em coquetéis. Era um dos poucos momentos em que ela ficava séria, e eu adorava vê-la perdida na felicidade pura.

Minha boca salivava enquanto ela fatiava laranjas. Aquela era, de longe, minha bebida preferida. Vittoria se inspirava na sangria, que nos últimos anos também tinha se tornado popular na França e na Inglaterra. Algumas famílias inglesas que haviam se mudado para Palermo tinham levado suas receitas, somando-se à nossa história já eclética. A nonna dizia que, na verdade, os espanhóis tinham sido influenciados por um antigo vinho romano com especiarias chamado hipocraz. Não me importava a origem, eu simplesmente amava o sabor do suco de laranja misturado ao vinho e às bolhas efervescentes do *prosecco*.

Vittoria mergulhou uma colher na mistura, mexeu com vigor, experimentou e me serviu uma taça generosa. Pegou a garrafa de limoncello e fez sinal para subirmos as escadas.

"Rápido, Emilia, antes que alguém acorde."

"Por onde você andou?" Fechei a porta do quarto com cuidado. "A nonna estava prestes a usar todo o nosso azeite para ver se o mal tinha entrado no Mar & Vinha, e talvez no restante da ilha, se fosse possível."

Segurando a garrafa de limoncello, Vittoria desabou sobre o colchão e sorriu.

"Estava invocando o diabo. Um livro antigo sussurrou seus segredos para mim e eu resolvi aceitá-lo como meu marido. Eu até te convidaria para o casamento, mas tenho quase certeza de que a cerimônia vai ser no Inferno."

Olhei feio para ela. Se não quisesse me contar a verdade, tudo bem. Ela podia esconder seu romance secreto com Domenico pelo tempo que quisesse.

"Você precisa parar de chamar tanta atenção para si mesma."

"Ou o quê? Os Malvagi vão chegar e roubar minha alma? Talvez eu a venda para eles de uma vez."

"Ou as coisas vão acabar mal para nossa família. Duas garotas foram assassinadas na semana passada. Ambas eram bruxas. Antonio disse que na última cidade que ele visitou as pessoas comentaram que tinham visto transmorfos. Não é hora de ficar fazendo piadas sobre o diabo. Você sabe como os humanos ficam. Primeiro são transmorfos, depois demônios e é só uma questão de tempo até se voltarem contra as bruxas."

"Eu sei." Vittoria engoliu em seco e desviou o olhar. Abri a boca para perguntar o que ela estava fazendo no mosteiro, mas ela voltou a olhar para mim, agora com malícia. "E então, andou tomando algum vinho ou bebida especiais ultimamente?"

Deixei minha pergunta para lá. "Vinho ou bebida especiais" era um código para "sentido de bruxa sobrenatural". Com frequência, ela usava códigos para discutir assuntos que queríamos esconder dos humanos ou de avós enxeridas. Recostei no travesseiro e dobrei os joelhos. Antes de contar minha história, sussurrei um feitiço de silêncio para encobrir o som de nossas vozes.

"Uma noite dessas eu sonhei com um fantasma..."

"Espere!" Vittoria colocou o limoncello de lado e pegou seu diário, deixando pena e tinteiro a postos. "Conte tudo. Todos os detalhes. Como era o fantasma? Viu algum contorno brilhante ou sombra, ou foi mais uma sensação? Ele falou com você? Quando isso aconteceu? Foi logo que você pegou no sono ou no meio da noite?"

"Foi mais perto do amanhecer. Cheguei até a pensar que estava acordada."

Tomei um gole de minha bebida e contei a ela sobre o estranho sonho — a voz desencarnada que sussurrava baixo demais para que desse para entender alguma coisa além do que parecia a linguagem absurda dos sonhos —, acreditando que não passava de minha imaginação fértil em ação, e não os primeiros sinais do horror que estava por vir.

3

Quebrei rapidamente as carcaças de peixe para fazer caldo, ignorando o barulho das espinhas se partindo. Já estávamos no meio dos preparativos para o jantar no restaurante quando me dei conta de que havia esquecido minha cesta no mosteiro. Como era um dia santo e as multidões já estavam nas ruas, teria que esperar até o Mar & Vinha fechar para buscar minhas coisas.

Talvez fosse uma benção das deusas. Como a irmandade estaria fora celebrando La Santuzza — a Santinha —, eu não teria que me preocupar em encontrar Antonio. Não queria *mesmo* dar de cara com ele depois das brincadeiras constrangedoras de Vittoria na noite anterior. Ela sabia muito bem ser ousada e descarada, e as pessoas a adoravam por isso. Infelizmente, aquela era uma habilidade que eu não dominava.

Olhei para minha irmã, que havia passado a manhã toda quieta. Coisa rara. Alguma coisa a incomodava. Na noite anterior, depois que contei sobre meu sonho, ela pareceu prestes a me confidenciar algo.

Em vez de falar, ela colocou o diário de lado, virou de costas para mim e dormiu. Fiquei imaginando se tinha brigado com o namorado secreto. Talvez tivesse combinado de encontrá-lo no mosteiro e ele não apareceu.

"Sei que o movimento vai ser grande hoje à noite", Vittoria disse de repente, interrompendo meus pensamentos, "mas vou ter que sair um pouco mais cedo."

A nonna passou pela minha mãe, que estava preparando café para servir com a sobremesa, e colocou uma cesta cheia de pequenos caracóis sobre a bancada, apontando com a cabeça para minha irmã gêmea.

"Cozinhe isso para o *babbaluci*." Ela deu uns tapinhas na mão de minha irmã. "Não deixe ferver demais. Não queremos que fique borrachento."

Ergui as sobrancelhas, esperando a nonna proibir minha irmã de sair. Ela não disse nada. Enquanto Vittoria cozinhava alguns punhados de caracóis por vez, a nonna picava alho e colocava uma panela com azeite no fogo. Logo estávamos todas no mesmo ritmo, e eu deixei de pensar nos incômodos de minha irmã para aprimorar meu caldo de peixe. Eu a faria me contar tudo mais tarde.

Vittoria tirou os caracóis da água fervente e a nonna os acrescentou ao alho e óleo, fritando de leve e finalizando com sal, pimenta e salsinha fresca. Ela sussurrou uma benção sobre os pratos, agradecendo aos alimentos por sua nutrição e aos caracóis por seu sacrifício. Era uma atitude pequena, e não necessariamente mágica, mas eu podia jurar que deixava a comida com um sabor melhor.

"Nicoletta?", a nonna chamou. Minha mãe arrumou a última bandeja de sobremesa e jogou um pano sobre o ombro. "Leve essa tigela de *babbaluci* para o seu irmão e diga para ele sair e oferecer para as pessoas que estão na fila."

E atrairia mais gente para nossa *trattoria*. A nonna podia não usar magia *diretamente* nos clientes, mas dominava a arte de atrair humanos usando seus próprios sentidos. Só de sentirem o cheiro do alho frito, muitos clientes famintos encheriam nossas mesas.

Assim que minha mãe saiu da cozinha, a nonna apontou a colher de pau para nós.

"Vocês viram o céu hoje de manhã? Estava vermelho como o sangue do diabo. Hoje não é uma boa noite para sair. Fiquem em casa, estudem seus grimórios e costurem milefólio desidratado no forro da saia. Tem muita coisa para fazer em casa. Estão usando os amuletos?" Tirei o meu de dentro do corpete. Vittoria suspirou e fez a mesma coisa. "Ótimo. Vocês não os tiraram do pescoço, não é?"

"Não, nonna." Ignorei o peso do olhar de minha irmã sobre mim. Tecnicamente, eu não estava mentindo. *Ela* tinha tirado o amuleto quando tínhamos 8 anos; eu tinha ficado com o meu. Até onde eu sabia, nenhuma de nós tinha removido os amuletos depois disso.

A nonna respirou fundo e pareceu se acalmar.

"Graças à deusa. Vocês sabem o que pode acontecer."

"Nosso mundo vai ser reduzido a pesadelos e cinzas." Vittoria esticou os braços como se fosse um demônio cambaleante e lento. "O diabo vai vagar livremente. Vamos nos banhar no sangue de inocentes, nossas almas vão ser amaldiçoadas e ficar no Inferno por toda a eternidade."

"Você não deveria provocar as deusas que estão enviando sinais, Vittoria. Esses amuletos podem libertar os príncipes demoníacos. A menos que você queira ser responsável pela volta dos Malvagi a este mundo, depois de terem sido banidos por La Prima, eu prestaria atenção aos alertas."

Os resquícios de humor deixaram o rosto de minha irmã. Ela se concentrou na última leva de caracóis e segurou seu *cornicello* com força. Engoli em seco, me lembrando do cão do Inferno que tínhamos escutado naquela noite, tanto tempo atrás. A nonna tinha que estar errada — seu alerta não passava de uma superstição. O diabo e seu mundo demoníaco estavam aprisionados. Além disso, a nonna sempre dizia que nossos amuletos não podiam ser *juntados*. Eu não tinha deixado eles se tocarem — apenas segurei o da minha irmã enquanto ainda usava o meu. Os príncipes do Inferno estavam onde deviam estar. Nenhum demônio estava vagando pela Terra. Estava tudo bem.

Ainda assim, quando nossa avó virou as costas, Vittoria e eu trocamos um longo olhar.

4

Fiquei olhando fixamente para o mosteiro escuro, sem conseguir desfazer a sensação de que ele também olhava para mim, mostrando suas presas com um ar cruel de escárnio. Isso era um sinal de que, pelo jeito, a superstição da nonna tinha conseguido me intimidar. A menos que uma bruxa poderosa tivesse lançado um feitiço desconhecido para animizar calcário e vidro, aquilo não passava de uma construção vazia.

"*Grazie*, nonna." Balbuciei para mim mesma, sem sentir um pingo de gratidão.

Segui para uma porta de madeira que ficava em uma área bem escura. Dobradiças grossas de ferro rangeram em protesto quando entrei. Nas vigas logo acima, um pássaro levantou voo; suas asas batiam em sincronia com meu coração.

O Mosteiro dos Capuchinhos ficava a menos de um quilômetro e meio de nosso restaurante e era uma das construções mais adoradas em Palermo. Não por causa de sua arquitetura, mas devido às catacumbas localizadas no interior de suas paredes sagradas. Eu até gostava dele durante o dia, mas não conseguia ignorar o calafrio que tomava conta de mim no escuro. Agora que ele estava completamente vazio, uma premonição lúgubre espalhava-se por meus sentidos. Até o ar parecia tenso, como se estivesse prendendo a respiração pela descoberta de algo perverso.

Os prenúncios da nonna sobre demônios continuavam me assombrando conforme eu avançava pelo mosteiro silencioso e tentava me fortalecer contra uma crescente sensação de terror. Não queria *mesmo* pensar em monstros ladrões de almas de olhos vermelhos invadindo nossa cidade, principalmente quando estava sozinha.

Cruzei os braços e caminhei depressa por um corredor escuro repleto de corpos mumificados. Eles haviam sido posicionados em pé, com vestimentas centenárias de sua escolha.

Tentei não notar os olhares vazios e sem vida conforme avançava apressada. Era o caminho mais rápido para o cômodo em que eu havia deixado minha cesta, e xinguei a irmandade por aquele arranjo assustador.

Mas aquilo nunca tinha incomodado minha irmã. Quando éramos mais novas, Vittoria queria lavar e preparar os corpos dos falecidos. A nonna não aprovava seu fascínio pelos mortos e achava que aquilo poderia levar a uma obsessão com *le arti oscure*. Fiquei dividida quanto a isso, mas não fez diferença — a irmandade escolheu nossa amiga Claudia para a tarefa.

Nas raras tardes em que não estávamos trabalhando e podíamos caminhar na praia, pegando conchas para as Consagrações da Lua, Claudia contava histórias sobre os corpos mumificados. Eu contorcia os dedos do pé na areia quente, tentando dispersar os arrepios, mas Vittoria se inclinava para a frente com um brilho ávido nos olhos, ansiosa por qualquer bocado de informação que Claudia nos desse.

Naquele momento, eu fazia o possível para não me lembrar daquelas histórias mórbidas.

Uma janela se abriu bem no alto, permitindo a entrada de uma brisa forte pelo corredor. Cheirava a terra revolvida e sal, como se uma tempestade soprasse ali dentro. *Fantástico*. A última coisa de que eu precisava era ter que correr para casa na chuva.

Movimentei-me rapidamente pela escuridão. Havia uma tocha acesa em cada extremidade do longo corredor, deixando a maior parte do meu caminho nas sombras. De esguelha, percebi um movimento e fiquei paralisada. *Eu* tinha parado de andar, mas o som de tecido roçando na pedra continuou pelo tempo de um bom suspiro, até ficar em silêncio também. Alguém ou *alguma coisa* estava ali comigo.

Meu corpo inteiro estava tenso. Balancei a cabeça. Já estava assustada por causa do Malvagi e minha mente estava me pregando peças. Provavelmente era Vittoria de novo. Reuni um pouco de coragem e me obriguei a olhar para trás, verificando a fileira de corpos mumificados silenciosos e vigilantes em busca de minha irmã.

"Vittoria, é você?" Olhei para as sombras e quase gritei quando uma delas formou uma silhueta mais densa, surgindo de trás dos corpos. "Quem está aí?"

Ninguém respondeu. Pensei nos rumores que Antonio tinha mencionado no dia anterior e imaginei um transmorfo escondido no escuro. Os pelos de meus braços se eriçaram. Eu *podia jurar* que havia olhos cravados em mim. Pequenos sinos de alerta soaram em minha cabeça. Havia perigo por perto. A nonna tinha razão — não era uma boa noite para sair de casa. Já estava calculando a velocidade com que conseguiria fugir quando ouvi um bater de asas sobre as vigas. Suspirei de alívio. Não era nenhuma aparição, nem transmorfo mitológico ou demônio que me observava. Apenas um passarinho perdido. Provavelmente eu o tinha assustado mais do que ele me assustou.

Continuei avançando devagar pelo corredor e segui para o cômodo adiante, ignorando a tensão em meus ossos. Entrei na sala onde havia esquecido a cesta e recolhi tudo, enfiando minhas coisas de volta na cesta, o tempo todo com as mãos trêmulas.

"Pássaro idiota."

Quanto mais rápido eu guardasse minhas coisas, mais rápido poderia buscar Vittoria no festival e ir para casa. Então pegaríamos uma garrafa de vinho *emprestada* e iríamos para a cama, bebendo e rindo das frases terríveis da nonna sobre o diabo, aquecidas e confortáveis na segurança de nosso quarto.

O som de uma bota raspando na pedra me fez paralisar. Não dava para confundir aquilo com o bater de asas de um pássaro. Fiquei ali, quase sem respirar, no silêncio. Segurei meu *cornicello* para me sentir protegida.

Então alguma coisa começou a me chamar com sutileza. Devagar e insistente; um zumbido tênue que eu não conseguia ignorar. Só a deusa sabe como eu estava tentando. Não era um som estritamente físico, era mais como uma sensação peculiar na boca do estômago. Cada vez que eu pensava em fugir, ela ficava mais forte.

Com a mão livre, peguei a faca que estava em minha cesta e caminhei na ponta dos pés pelo corredor, parando em cada câmara para escutar. Meu coração batia forte a cada passo. Estava quase convencida de que ele poderia parar de bater se eu não me acalmasse.

Dei mais um passo, depois outro. Cada um era mais difícil que o anterior. Esforcei-me para abafar minha própria pulsação, mas nenhum outro som surgiu da escuridão. Era como se eu tivesse conjurado o chamado a partir do medo. Mas aquela *sensação*...

Segui mais para o interior do mosteiro.

No finzinho do corredor, parei em frente a um cômodo com a porta entreaberta. O que quer que estivesse me chamando conduzia para dentro dele; era o que eu sentia. Era um leve puxão no centro do corpo, um chamado contra o qual eu não tinha esperança de lutar. Não sabia que tipo de magia estava em jogo, mas a sentia com nitidez.

Soltei o amuleto, prendi a respiração e me esgueirei para dentro, ciente do que me atraía. A nonna sempre censurava minha capacidade de me movimentar sem ser percebida, mas, naquele momento, essa característica parecia ser mais uma bênção do que uma maldição.

Do lado de dentro, o aroma era uma mistura de tomilho, alguma substância metálica e parafina queimada. Precisei de um momento para minha visão se ajustar, mas assim que consegui enxergar, tive que conter a surpresa, me perguntando como não o havia notado. Talvez fosse por sua imobilidade sobrenatural.

Agora que eu estava ciente de sua presença, não conseguia desviar os olhos. Estava escuro demais para distinguir suas feições com clareza, mas os cabelos eram de um tom próximo ao de ônix, quase iridescente, como as asas de um corvo sob a luz do sol. Era alto e forte, parecia um soldado romano, embora se vestisse como um cavalheiro elegante.

No entanto, havia algo nele que me fez permanecer nas sombras, com medo de ser descoberta.

Ele se agigantava sobre um corpo coberto com uma mortalha. Em minha mente borbulhavam dezenas de suposições. Talvez o amor da vida dele tivesse morrido tragicamente antes que pudessem viver seus sonhos juntos, e ele estivesse zangado com o mundo. Talvez ela tivesse falecido tranquilamente durante o sono. Ou talvez fosse a bruxa assassinada que a nonna tinha mencionado no dia anterior.

Aquela cujo corpo foi descoberto em nossa cidade.

Aquele pensamento foi como um balde de água fria vertido sobre mim. Parei de criar fantasias e me concentrei no cômodo com mais afinco. Um estranho sortimento de velas meio apagadas estavam posicionadas em círculo ao redor do altar de pedra onde o corpo jazia. Senti o aroma de tomilho no ar novamente.

É estranho um humano acender velas e queimar ervas. Eu me lembrei do perfume de tomilho da noite anterior e fiquei imaginando se aquele homem estava no mosteiro enquanto Antonio e eu cozinhávamos a alguns cômodos de distância.

Com o coração pulsando rápido, olhei fixo para o homem, tentando entender se ele era a fonte da magia que originalmente chamou minha atenção. Não devia ser. Nada me atraía a ele, a atração era apenas por aquele cômodo. Sem aviso, a pressão do ar de repente me pareceu errada, como se alguma distorção estivesse acontecendo no espaço à nossa volta. Até as sombras pareciam se curvar, submissas.

Certo. Era uma ideia absurda. Primeiro, demônios invisíveis estavam me seguindo pelos corredores, e agora isso. Não havia nada de ameaçador em um jovem se despedindo da garota que amava. Colocar velas ao redor de um corpo também não era tão estranho assim. Muitas pessoas acendiam velas ao rezar para seu deus. Mais uma vez, minha...

Então de repente ele se curvou na direção do corpo, com as mãos pairando sobre a região do coração, e eu pensei que ele puxaria a mortalha e daria um último beijo de despedida em sua amada. Quando ele tirou a mão de baixo do tecido, os dedos estavam cobertos de sangue. Devagar, parecendo estar sob algum tipo de transe diabólico, ele levou os dedos à boca e os *lambeu*. Por um instante, fiquei olhando, sem conseguir processar o que tinha visto.

Tudo que havia dentro de mim começou a zumbir e ficou imóvel. Medo e fúria se misturaram em cacofonia enquanto eu compreendia a sensação inicial e inata de que algo estava errado.

Meu corpo foi preenchido por alertas que esbravejavam sobre demônios sedentos de sangue, mas minha raiva era irracional. Aquela não era uma das criaturas das trevas, nascidas da escuridão e do luar, como nonna havia contado. Aquele monstro bem humano tinha invadido as catacumbas e cometido o mais vil dos atos; havia provado o sangue dos mortos. Antes que desse tempo de dar atenção aos alertas que minha avó havia martelado em nossa cabeça dura desde o dia de nosso nascimento, eu já estava saindo de meu esconderijo, gritando como se *eu* fosse uma criatura selvagem da noite.

"Pare!"

Não sei se foi pela ordem bruta em minha voz, ou pelo agudo ensurdecedor dela, mas o estranho se afastou alguns metros com movimentos rápidos demais para detectar. Havia outra coisa estranha... algo... Peguei meu *cornicello* e me concentrei na aura dele; seu *luccicare* não era lavanda, mas preto com brilhos multicoloridos e manchas douradas. Parecia o quartzo titânio da nonna. Eu nunca tinha visto nada parecido.

Ele alternou o olhar entre a faca de cozinha que eu estava segurando e o corpo sobre a mesa, provavelmente avaliando sua próxima ação. Pela primeira vez, notei a adaga em sua mão. Uma serpente dourada com os olhos cor de lavanda e presas à mostra adornava a peça, retorcendo-se ao redor do cabo. Era linda. Perversa. Fatal.

Por um instante, achei que ele a apontaria direto para o meu coração.

"Fique longe dela", alertei, dando um pequeno passo em sua direção. "Ou vou gritar alto o suficiente para atrair todos os *fratelli* deste lugar."

Era mentira. Todos da irmandade estavam fora, cumprindo suas obrigações com Santa Rosalia. Até onde eu sabia, erámos apenas eu e ele naquele mosteiro. Como estávamos nas profundezas das catacumbas, ninguém ouviria meus gritos se ele partisse para cima de mim. Mas eu não estava indefesa.

Soltei o amuleto e levei a mão na direção do giz consagrado sob o luar que a nonna insistia que carregássemos nos bolsos secretos da saia, pronta para me ajoelhar e traçar um círculo de proteção. Seria eficaz contra um humano e me protegeria contra qualquer ameaça sobrenatural. Hesitei; se ele fosse um caçador de bruxas, usar magia revelaria meu segredo.

Ele abriu a boca, prestes a dizer o que quer que uma pessoa diria depois de ser pega lambendo sangue dos mortos, quando seu olhar recaiu sobre a região próxima ao meu peito. O calor de seu olhar quase queimou meu vestido. Ele tinha provado sangue e tinha a pachorra de olhar para mim como se eu fosse outra iguaria colocada no mundo apenas para seu prazer. Ou era por...

"Mentirosa." A voz dele era grave, rouca e elegante. Uma lâmina serrilhada envolvida em seda. Todos os pelos de meu braço se arrepiaram.

Antes de eu soltar uma enxurrada de xingamentos, ele fez a última coisa que eu esperaria: deu meia-volta e fugiu. Na pressa para sair, sua adaga de serpente caiu no chão. Ou ele não percebeu, ou não se importou. Aguardei, com a faca de cozinha em riste, a respiração ofegante. Não ouvi passos, apenas uma leve crepitação, como fogo. Surgiu e desapareceu rápido demais para se ter certeza.

Se ele saísse das sombras para me atacar, eu me defenderia usando tudo que estivesse ao meu alcance, por mais que aquilo me deixasse nauseada. Outro instante se passou. Depois outro. Esforcei-me para abafar as batidas altas de meu coração, tentado ouvir sinais de passos.

Não havia som nenhum além de meu batimento cardíaco desembestado.

Ele não voltou. Pensei em ir atrás dele, mas vi que nem meu fôlego, nem minhas pernas bambas estavam cooperando. Olhei para baixo, imaginando o que o havia deixado tão perturbado, e vi meu *cornicello* brilhando no escuro. Como...?

O chamado mudo voltou a ficar forte, insistindo que eu o ouvisse com atenção. Empurrei os sussurros para os recônditos de minha mente. Não precisava de mais nenhuma distração. Meu coração levou alguns minutos para retomar o ritmo e notar que o corpo sobre a mesa não estava onde a irmandade colocava os novos cadáveres para serem lavados e preparados para a mumificação.

Na verdade, aquela sala não parecia ser usada para nada. Observei o cômodo, notando uma camada grossa de poeira. Além do altar de pedra no meio, era uma sala pequena esculpida em calcário. Não havia prateleiras, caixas nem armários. Tinha cheiro de mofo e ar parado, como se tivesse ficado fechada por centenas de anos e sido aberta recentemente. O bolor tinha um odor muito mais forte do que o aroma de tomilho que eu sentira antes.

Um formigamento desconfortável brotou no alto de minha coluna e desceu até os dedos dos pés. O estranho tinha ido embora, então não havia dúvida de que era o corpo que me chamava. O que não era um bom sinal. Nunca havia tido o prazer de falar com os mortos e não achava a ideia muito agradável. Queria sair correndo e *não* espiar o que havia embaixo da mortalha, mas era impossível resistir.

Agarrei a faca e me obriguei a chegar perto do corpo, obedecendo àquela força silenciosa e insistente, amaldiçoando minha consciência o caminho todo. Antes de olhar para o corpo, peguei a adaga do estranho do chão, substituindo minha frágil faca de cozinha por ela. Seu peso oferecia um pequeno alívio. Se o bebedor de sangue depravado voltasse, eu teria uma arma muito melhor para ameaçá-lo.

Tentando me reconfortar, me virei para o corpo coberto, enfim cedendo ao seu chamado. Não deixei que o medo invadisse meu coração enquanto puxava a mortalha de seu rosto.

Fiquei em silêncio pelo tempo de uma respiração completa até que meu grito rompeu a calmaria do mosteiro.

REINO DAS BRUXAS
IRMANDADE MÍSTICA

5

A magia é uma entidade viva, que respira; ela progride com a energia que recebe. Como todas as forças da natureza, não é boa nem ruim, apenas carrega em si a intenção do usuário. Se alimentada com amor, floresce e cresce. Se nutrida com ódio, devolve o mesmo ódio multiplicado por dez.
— Notas do grimório di Carlo —

O rosto que eu encarava era uma cópia do meu. Olhos castanhos, cabelos castanho-escuros, pele bronzeada pelo sol e pela ancestralidade que compartilhávamos. Cheguei mais perto, tirando com hesitação uma mecha de cabelo da testa de Vittoria e recolhendo a mão diante do calor que ela ainda emanava.

"Vittoria? Consegue se mexer?"

Seus olhos estavam fixos e vazios. Esperei ela piscar, depois cair na gargalhada. Ela nunca conseguia conter o riso por muito tempo.

Vittoria não se mexeu. Eu também não respirei. Fiquei parada, olhando para ela, paralisada entre a negação e o terror. Não conseguia compreender o que via. Puxei meus cabelos com força. Eu a havia visto uma ou duas horas atrás.

Só podia ser mais uma de suas pegadinhas idiotas.

"Vittoria?", sussurrei, na esperança de obter uma resposta. Segundos viraram minutos. Seu olhar estava fixo, não piscava. Talvez estivesse inconsciente. Estiquei o braço e a sacudi um pouco. "Por favor. Faça alguma coisa."

Mesmo com os olhos abertos, ela parecia tranquila, deitada e coberta com uma mortalha até o queixo. Era como se estivesse em um transe profundo e um príncipe fosse chegar em breve para acordá-la com um beijo. Algo se contorcia dentro de mim. Aquilo não era um conto de fadas. Ninguém chegaria para desfazer o feitiço da morte. Mas *eu* estava ali para resgatar minha irmã.

Se eu tivesse saído mais cedo do restaurante, talvez pudesse ter feito algo para salvá-la. Ou talvez aquela fera assassina tivesse me levado no lugar dela. Ou eu deveria ter insistido para ela ouvir os conselhos da nonna e ficar em casa. Eu podia ter contado à nossa avó sobre os amuletos. Havia centenas de escolhas diferentes diante de mim, e eu não tinha feito nada. Talvez se... Fechei os olhos, combatendo a onda de escuridão que me assolava.

Tudo ficou ainda pior.

Aquilo tinha que ser outra fantasia vívida que eu havia criado. Não podia ser real de jeito nenhum. E ainda assim, quando abri os olhos de novo, não havia como negar que Vittoria estava morta.

Um gotejamento constante invadiu meus pensamentos. Era um barulho muito estranho, muito mundano. E eu me concentrei nele com atenção. Ajudou a abafar o zumbindo insistente e os sussurros que eu ainda estava ouvindo.

Talvez a loucura estivesse chegando.

O gotejamento diminuiu. A ausência dele significava alguma coisa. Eu não conseguia pensar naquilo. Os estranhos sussurros por fim silenciaram de tal forma que eu mal conseguia ouvi-los. Como se o que quer que os tivesse causado estivesse se afastando.

Um choro rompeu o silêncio crescente. Levei um instante para me dar conta de que vinha de mim.

A sala girou até eu quase desmaiar. Minha irmã gêmea. Minha melhor amiga. *Morta*. Nunca mais beberíamos, daríamos risada nem planejaríamos o futuro. Ela nunca mais zombaria das superstições da nonna ou saltaria das sombras para me assustar. Nunca mais brigaríamos e faríamos as pazes. Ela nunca mais insistiria para eu ser mais ousada, nem me diria para agarrar meus sonhos com unhas e dentes. Sem ela, eu não sabia quem eu era. Muito menos como seguir em frente.

"Não."

Sacudi a cabeça, me recusando a aceitar. Havia magia e truques em jogo. Vittoria não podia estar morta. Ela era jovem, vibrante e muito cheia de *vida*. Vittoria era a que mais dançava nos festivais, a que adorava a lua e a deusa da noite e das estrelas com mais ênfase, e sempre fazia todos se sentirem como se fossem seus melhores amigos. Eu não sabia quem era aquela pessoa imóvel e silenciosa.

Com lágrimas nos olhos, puxei a mortalha. Ela estava de branco, como uma oferenda. Um vestido de seda delicado, enfeitado com renda. Eu nunca o tinha visto. Não éramos pobres, mas certamente não podíamos comprar um vestido como aquele. A menos que ela tivesse economizado ao longo de vários verões.

O gracioso corpete estava destruído, o *cornicello* havia desaparecido, seu...

Gritei. Seu coração tinha sido arrancado do peito. O buraco era irregular e cheio de fúria. Era uma fenda preta e vermelha em seu corpo, tão anormal que eu sabia que, mesmo que vivesse mil anos, nunca apagaria aquela visão da memória. Fiquei olhando para o sangue, finalmente compreendendo a origem do gotejamento incessante. O sangue se acumulava sob o corpo e respingava do altar.

Havia tanto sangue. Parecia... Caí de joelhos, vomitando tudo que havia em meu estômago. Senti ânsia de vômito de novo, até não restar mais nada.

Fechei os olhos, e a imagem que vi foi ainda mais terrível.

Tentei respirar fundo várias vezes, mas a vertigem não melhorou.

Agora que tinha visto o sangue, só conseguia sentir o cheiro metálico da morte. Estava em todos os lugares, permeando tudo. Fiquei quente e fria em instantes.

Escorreguei para a frente e me inclinei sobre a pedra. Tentei me levantar e caí de novo. Estava coberta com o sangue de minha irmã gêmea. Eu me encolhi de lado e estremeci. Era um pesadelo. Logo acordaria, tinha que acordar. Pesadelos não duravam para sempre. Eu só tinha que sobreviver àquela noite.

Depois tudo ficaria bem.

Não sei quanto tempo fiquei lá, tremendo e chorando no chão, mas pelo menos uma hora ou duas se passaram. Talvez mais. Eu precisava buscar ajuda.

Não que naquele momento alguém pudesse salvar Vittoria.

Com os braços fraquejando, enfim consegui me levantar e olhei para minha irmã, incapaz de aceitar a verdade diante de mim.

Assassinada.

A palavra ecoava dentro de mim como um dobre de finados. O medo se juntou ao desespero. Minha irmã tinha sido assassinada. Eu precisava buscar ajuda. Precisava de um lugar seguro. Precisava... Risquei com a lâmina da adaga daquele estranho a palma da minha mão e a coloquei, ensanguentada, sobre o corpo de minha irmã.

"Juro por minha vida que o responsável por isso pagará por tudo que fez, Vittoria."

Olhei para ela uma última vez e saí correndo como se o diabo estivesse atrás de minha alma amaldiçoada.

6

Os foliões me empurravam, derrubando vinho em suas túnicas e vestidos, rindo e tentando me puxar para dançar. Para compartilhar de sua alegria. Para comemorar a vitória da vida sobre a morte que sua santa abençoada lhes trouxe muitos anos atrás.

Atordoada, passei pelo restaurante escuro, já fechado havia algum tempo, e segui para nosso bairro. A barra de minha saia estava ensopada de sabe-se lá o quê. O material grudou em meus tornozelos e coçava demais. Continuei andando, ignorando o desconforto. Não tinha o direito de sentir nada, uma vez que minha irmã jamais voltaria a sentir.

"Uma bruxinha completamente sozinha."

Era apenas um sussurro, mas a voz me fez estremecer. Dei meia-volta e fiquei olhando para a rua vazia.

"Quem está aí?"

"Lembranças, assim como corações, podem ser roubadas."

A voz estava bem atrás de mim. Virei, com o coração disparando, e... nada.

"Isso não é real", murmurei. Minha mente só estava me provocando com coisas horríveis por ter encontrado o corpo mutilado de minha irmã. Parecia que meu demônio fantasma invisível tinha encontrado uma voz — um pensamento tão ridículo que eu nem conseguia considerar verdadeiro.

"Vá embora."

"*Ele quer lembrar, mas só esquece. Em breve ele chegará.*"

"Quem? O homem que fez isso com Vittoria?"

Girei, e minha saia se retorceu ao meu redor. Não havia vivalma na rua. Na verdade, a rua parecia assustadoramente quieta, como se alguém tivesse extinguido toda a vida. Nenhuma casa estava com as luzes acesas. Não havia movimento ou barulho. Também não dava para ouvir a agitação e a empolgação do festival.

Uma neblina densa e anormal deslizou pelo chão e se enrolou em meus pés, trazendo consigo um cheiro de enxofre e cinzas. A nonna teria dito que se tratava de um sinal de que os demônios estavam por perto. Eu me perguntei se algum humano assassino estaria escondido nas sombras, esperando com uma faca.

"Quem está chegando?", perguntei, me sentindo cada vez mais presa a um pesadelo terrível. Fechei os olhos e me obriguei a voltar à realidade. Não podia desmoronar agora. "Quando eu abrir os olhos, tudo vai estar normal."

E estava. Não havia neblina sulfúrica, sons de famílias reunidas fluíam pelas janelas abertas, e a bagunça dos bêbados do festival ecoava por toda parte.

Esfreguei os braços e corri para casa. Demônios fantasma. Vozes desencarnadas. Neblina diabólica. Sabia exatamente o que estava acontecendo: eu estava sofrendo de histeria. E aquele *não* era um bom momento para nada disso. O corpo de Vittoria precisava ir para casa, para os rituais fúnebres. Eu teria de afastar meu desespero e minhas desilusões o suficiente para fazer isso por ela.

Depois de mais alguns minutos caminhando com apatia por ruas familiares, parei na frente de nossa casa de pedra, sob a treliça coberta de pluméria, incapaz de formular as palavras que tinha que dizer. Não fazia ideia de como dar a notícia à minha família.

Em instantes, eles estariam arrasados como eu.

De agora em diante, nossa vida nunca mais seria a mesma. Imaginei o grito de minha mãe. As lágrimas de meu pai. O horror no rosto da nonna, percebendo que todas as medidas que tomou para nos salvar do mal tinham sido inúteis.

Vittoria estava morta.

Devo ter gritado ou feito algum ruído. Uma faixa de luz dourada cortou a escuridão e rapidamente esmoreceu. A nonna estava na janela, esperando. Devia estar lá desde que chegou em casa. Preocupada e aflita. Seus alertas sobre o diabo agitando os mares e o céu ficando da cor de seu sangue já não pareciam antigas superstições tolas.

A porta se abriu antes que eu terminasse de subir os degraus da frente de nossa casa e alcançar a maçaneta.

A nonna começou a balançar a cabeça, lacrimejando enquanto segurava seu *cornicello*. Não precisei dizer nada. O sangue que manchava minhas mãos já dizia o suficiente.

"Não." Seu lábio inferior tremia. Nunca tinha visto tamanho desespero e pânico no rosto da nonna. "Não. Não pode ser."

O vazio se expandiu dentro de mim. Todos os ensinamentos, os amuletos... Tudo fora em vão.

"Vittoria está..." Engoli em seco, quase sufocando. "Ela está..."

Olhei para a adaga de serpente que ainda segurava, mas que não me lembrava de ter pegado. Fiquei me perguntando se aquela havia sido a arma que tinha tirado a vida de minha irmã. Segurei-a com mais força.

A nonna deu uma olhada para a adaga e me envolveu em seus braços, me segurando com força junto ao seu corpo.

"O que aconteceu, bambina?"

Enterrei o rosto em seu ombro, sentindo o perfume familiar de especiarias e ervas. Abraçar a nonna tornou tudo real. Todo aquele maldito pesadelo.

"Seus piores temores."

Imagens rápidas de minha irmã sem o coração atravessaram minha mente, e o fio de força que me restava arrebentou, me jogando na escuridão.

⚜

Um dia depois de enterrarmos minha irmã, eu estava sozinha em nosso quarto, com um livro fechado no colo. Tudo estava quieto. Eu amava dias tranquilos como aquele, quando minha irmã gêmea saía para suas aventuras e eu me aventurava com um de meus personagens preferidos. Um bom livro era uma forma própria de magia, à qual eu podia me entregar sem temer ser descoberta por aqueles que nos perseguiam. Eu amava fugir da realidade, principalmente nos períodos complicados. Histórias tornavam tudo possível.

Minha atenção se voltou para a porta, como havia acontecido a manhã toda, procurando um sinal de que Vittoria estava prestes a entrar correndo, com o rosto corado e um sorriso largo. Tudo permaneceu imóvel.

No andar de baixo, uma colher batia no caldeirão de ferro fundido. Um minuto depois, o aroma de ervas estava no ar. A nonna estava fazendo velas encantadas sem parar. Ela as acendia para a *polizia*, para ajudar a guiá-los em suas investigações. Pelo menos era o que ela dizia. Mas eu vi a vela com zimbro e beladona, um pouco de sal e uma pitada de pimenta. Era uma receita exclusiva da nonna, e não era usada para clareza.

Deixei o livro de lado e desci as escadas, gravitando em torno da cozinha. Não estava com fome, mas me sentia vazia, oca. Não tinha vontade de cozinhar nem de criar, e não conseguia imaginar que voltaria a me sentir leve e livre. Viver em um mundo sem minha irmã parecia obscuro e errado.

A nonna me encarou.

"Venha se sentar, Emilia. Vou preparar alguma coisa para você comer."

"Não precisa, nonna. Eu mesma posso fazer alguma coisa."

Fui até a adega e quase chorei quando vi a jarra do preparado de limoncello com vinho que Vittoria tinha feito para mim. Estava intocado.

Fechei a porta rapidamente e me sentei na beirada da banqueta mais próxima.

"Aqui está." A nonna colocou uma tigela de ricota adocicada na minha frente, com uma expressão gentil. "Sobremesas sempre descem com mais facilidade."

Fiquei mexendo a mistura cremosa.

"Acha que alguém descobriu... o que nós somos? Talvez Vittoria tenha feito alguma piada sobre o diabo ou demônios com o humano errado."

"Não, bambina. Não acredito que tenha sido um humano que a atacou. Não com os sinais que andamos recebendo. Ou a dívida de sangue."

Já tinha me esquecido da misteriosa dívida de sangue. Parecia que uma eternidade tinha se passado desde que a nonna havia nos falado sobre aquilo.

"Você acha que a dívida de sangue foi responsável pelo assassinato de Vittoria?"

"Hmm. Era parte de um acordo antigo feito entre La Prima e o diabo. Alguns acreditam que La Prima amaldiçoou os Perversos, outros acham que o diabo amaldiçoou as bruxas. Um dia, chegou um aviso: 'Quando sangue de bruxa for derramado na Sicília, escondam suas filhas. Os Malvagi chegaram'. Agora já são três bruxas assassinadas."

"Isso não significa que os Perversos as mataram. E os caçadores de bruxas? Não acha mais lógico que sejam eles do que a realeza demoníaca escapando do Inferno? A senhora sabe tão bem quanto eu como os humanos temem as bruxas e como estão dispostos a cometer os mesmos pecados de que as acusam. Antonio me disse que em um vilarejo não muito longe daqui estão convencidos de que transmorfos estão mancomunados com uma deusa. Talvez alguém tenha visto Vittoria sussurrar um encanto e a matou."

"O diabo agitou os mares e fez o céu sangrar. O que mais vai te convencer de que o perigo está batendo à sua porta e que isso não tem nada a ver com mortais? O que um humano ia querer com o coração de uma bruxa?"

Respirei fundo, tentando acalmar a raiva que se formava dentro de mim. Não era hora de acreditar em histórias passadas de geração em geração. Era hora de filtrar os fatos que faziam mais sentido. Começando com a primeira vítima em Sciacca — mais de uma semana antes do assassinato de Vittoria —, nenhuma família de bruxas tinha apresentado informações sobre a chegada dos Perversos. Até que novas evidências ou provas fossem descobertas sobre os príncipes demoníacos, eu continuaria com minha teoria de que o responsável havia sido um humano.

"Nós vamos falar com a polícia, nonna?"

"Se investigarem demais e descobrirem o que somos, acha que seu destino vai ser diferente do de sua irmã?"

Fiz que não com a cabeça. Não queria brigar com minha avó. Também não conseguia pensar em uma forma de dizer à polícia que a culpa podia ser de caçadores de bruxas sem lançar suspeitas sobre nós.

Estava tão frustrada que queria gritar. Minha irmã gêmea tinha sido assassinada. Ninguém que a conhecia jamais desejaria seu mal. O que significava que *só podia* ser um estranho, ou alguém que tivesse descoberto o que ela era. Segundo a nonna, as outras duas vítimas também eram bruxas. Aquilo não era apenas coincidência — era uma relação. Uma mulher com um pouco de poder era aterrorizante para alguns.

Cerrei as mãos e me concentrei na dor de minhas unhas afundando na pele. Alguém escolheu machucar Vittoria. E eu queria saber quem. *Por quê.*

O que Vittoria fez horas anteriores ao ataque? Ela não costumava visitar o mosteiro, mas eu a havia visto lá duas vezes em dois dias.

Era possível que estivesse se encontrando com o estranho de cabelos escuros lá. Mas para quê? Eu não fazia ideia. Ela podia estar secretamente envolvida com ele. Ou talvez o assassino a tivesse arrastado para lá. Talvez ela nem o conhecesse e ele tivesse interceptado Vittoria quando ela estava a caminho de outro lugar.

Não conseguia me lembrar a que horas ela havia saído do Mar & Vinha. Aquele dia tinha começado como outro qualquer. Tínhamos acordado, trocado de roupa, compartilhado a refeição matutina e ido trabalhar com nossa família nos preparativos para o dia movimentado do festival.

Eu nem tinha perguntado para onde ela ia. Não sabia que ela nunca mais voltaria.

Lágrimas ameaçaram a escorrer, mas eu as contive. Se pudesse voltar no tempo, faria tudo diferente. Apertei a base das mãos contra os olhos e me forcei a me recompor.

"Não é fácil para nenhum de nós, Emilia", a nonna disse. "Esqueça isso. Deixe as deusas se vingarem. A Primeira Bruxa não vai permitir que as coisas fiquem por isso mesmo. Pode acreditar, ela tem um plano para os Malvagi. E aprimore seus encantos de proteção. Sua família precisa de você."

"Não posso ficar aqui parada enquanto a pessoa que a matou está livre. Por favor, não me peça para confiar em uma bruxa que nem conheço, ou em deusas que nem tenho certeza se existem de verdade. Vittoria merece justiça."

De olhos marejados, a nonna segurou meu rosto entre as mãos.

"Deixe isso de lado por sua família. Nada de bom virá se bater em portas que deveriam permanecer fechadas. Encontre perdão e aceitação em seu coração, ou as trevas vão se infiltrar e te destruir."

Pedi licença e voltei para o andar de cima. Precisava ficar sozinha. Deitei na cama, assombrada pelas lembranças daquela sala amaldiçoada onde havia encontrado Vittoria.

Repassei-as diversas vezes com detalhes excruciantes, tentando entender o que havia levado minha irmã até o mosteiro. Estava deixando passar algo fundamental. Algo que poderia me ajudar a encontrar o assassino de Vittoria.

Fechei os olhos e me concentrei o máximo que pude, fingindo estar de volta àquela sala com o corpo dela. Fiquei pensando em como ela estava vestida. Não fazia ideia de onde havia conseguido o vestido branco. Não estava usando aquela roupa da última vez em que a vi. O que levantava a questão do que ela estaria fazendo naquela tarde. Estaria prestes a se casar com Domenico em segredo? Ou tinha planejado outra coisa?

Também havia o mistério de seu *cornicello* desaparecido. A nonna nos dizia para nunca tirarmos os amuletos e, com exceção daquela única vez aos 8 anos, nunca os tiramos. Ou pelo menos *eu* nunca tirei. Talvez minha irmã tivesse tirado, mas eu não conseguia entender o motivo. Não precisávamos ver, nem sequer acreditar totalmente nos Perversos para temê-los. As histórias de nossa avó eram aterrorizantes o suficiente. Vittoria zombava das superstições dela, mas saía para revolver terra de sepulturas, roubava frascos de água benta e consagrava nossos amuletos sob a luz da lua cheia todo mês, ao meu lado.

Deitei de lado, examinando essas questões muito perturbadoras; se ela não tinha tirado o amuleto de proteção, quem havia feito isso e onde ele estava agora?

Se um caçador de bruxas descobriu quem era ela, era possível que tivesse levado o amuleto como troféu. Talvez suspeitasse que fosse um objeto realmente mágico, diferentemente dos amuletos confeccionados por humanos. Meus pensamentos se voltaram mais uma vez para aquele estranho de cabelos escuros. Ele com certeza não era membro da irmandade sagrada, já que vestia roupas muito elegantes. E não parecia ser do tipo que entregava a vida a Deus. Parecia hostil demais para religião. Eu nunca tinha visto um caçador de bruxas, então não podia excluir essa possibilidade. Talvez fosse um ladrão; ele com certeza se movimentava com facilidade pelas sombras.

Eu me odiei por não ter ido atrás dele quando tive a oportunidade. Quando fugiu, levou todas as minhas respostas com ele. Só que nem tudo estava perdido. Sentei na cama, com o coração batendo depressa, e abri a gaveta de minha mesa de cabeceira. O metal reluzia. Ele tinha cometido um grande erro; tinha deixado cair sua adaga. Com certeza, alguém, em algum lugar, reconheceria uma arma tão singular.

Meus pensamentos se acalmaram. Era isso. Eu tinha algo em que me concentrar além de ficar em frangalhos, revivendo aquela noite.

Respirei fundo algumas vezes, me preparando para a próxima onda de lágrimas, e jurei que, de uma forma ou de outra, encontraria o estranho misterioso e descobriria quem ele era, o que estava fazendo e como conheceu minha irmã.

E se ele fosse a pessoa que a roubara de mim, eu o faria pagar com a própria vida.

7

Não importava quanto eu batesse o pé e tentasse parar o tempo, três semanas se passaram desde que enterramos minha irmã. Três semanas deitada na cama dela, no quarto que dividíamos, chorando nos lençóis que lentamente perdiam seu perfume de lavanda e sálvia branca.

Em dias bons, eu descia até a cozinha, me sentava diante do fogo e encarava as chamas. Eu me imaginava queimando. Não como nossas ancestrais, na estaca. Uma brasa de raiva se acendia devagar dentro de mim, reduzindo a cinzas a pessoa que eu costumava ser.

Às vezes minha raiva efervescente era a única indicação de que eu ainda estava viva.

Depois que finalizávamos o jantar no restaurante, a nonna ficava lançando olhares cautelosos em minha direção, murmurando encantos de boa saúde e bem-estar enquanto examinava o grimório de nossa família. Ela não entendia o ódio que me consumia. Não enxergava como eu ansiava por vingança.

A vingança era agora uma parte de mim, tão real e necessária quanto meu coração ou meus pulmões. Durante o dia eu era uma filha dedicada, mas, quando caía a noite, eu vasculhava as ruas, movida pela necessidade de consertar um erro terrível. Não havia encontrado quem conhecesse o estranho misterioso ou reconhecesse sua adaga mortal, e ficava me perguntando se as pessoas simplesmente não queriam admitir alguma coisa por medo de represália. Cada dia que passava alimentava minha ira crescente.

O homem de cabelos escuros tinha as respostas de que eu precisava. E eu estava perdendo o pouco de paciência que ainda me restava. Havia começado a rezar para a deusa da morte e da fúria, fazendo todo tipo de promessa para que ela me ajudasse a encontrá-lo.

Até então, a deusa não havia demonstrado interesse nenhum.

"*Buonasera*, nonna." Coloquei meu estojo de facas sobre o balcão da cozinha de nossa casa e me sentei em uma banqueta. Meus pais insistiam que eu passasse algumas horas no restaurante todos os dias. Nossas condições financeiras só permitiram fechar o Mar & Vinha por uma semana para lamentar a morte de Vittoria. Depois, querendo ou não, a vida teve que continuar. Minha mãe ainda chorava com a mesma frequência que eu, e meu pai não estava muito melhor. Mas eles fingiam ser fortes por mim. Se podiam tentar, o mínimo que eu podia fazer era me arrastar para o restaurante e fatiar alguns legumes antes de voltar a me afundar em meu luto.

"Emilia, me passe a cera de abelha e as pétalas secas."

Encontrei alguns quadradinhos de cera e um montinho de flores desidratadas no aparador. A nonna estava fazendo velas encantadas e, a julgar pelas cores — branco, dourado e lilás —, estava trabalhando com alguns encantos diferentes. Alguns para clarividência, alguns para sorte e outros para paz.

Nenhum de nós havia tido muita paz nas últimas semanas. A *polizia* associou o assassinato de minha irmã ao das duas outras garotas. Aparentemente, elas também tiveram o coração arrancado, mas não havia suspeitos nem pistas. Juraram que não era por falta de esforço da parte deles. Mas, depois dos primeiros encontros, pararam de ir à nossa casa e ao restaurante. Pararam de fazer perguntas. Jovens mulheres morreram. A vida continuou. Era assim que o mundo funcionava, pelo menos de acordo com os homens.

Ninguém se importava que Vittoria tivesse sido abatida como um animal. Alguns rumores mais cruéis até mesmo sugeriam que ela devia ter merecido. Que, de alguma forma, teria pedido para que tal coisa acontecesse, por ser ousada demais, ou confiante demais, ou profana demais. Se ao menos fosse mais calma, ou mais subserviente, poderia ter se safado. Como se alguém merecesse ser assassinado.

Minha família quase pareceu aliviada quando o assunto mudou para novos escândalos. Queriam lamentar e retornar para as sombras, desejavam escapar do escrutínio dos vizinhos e da polícia.

Vendedores bisbilhoteiros do mercado iam ao restaurante, comiam em nossas mesas, ansiando por novidades, mas minha família sempre teve muita prática na manutenção de segredos para deixar escapar qualquer coisa.

"Claudia passou por aqui", disse a nonna, interrompendo minha infinitas preocupações. "De novo."

Suspirei. Minha amiga parecia estar desesperada, para se dispor a conversar com a nonna. Como a família de Claudia praticava magia das trevas e como nós não devíamos interagir com outras bruxas por motivos de segurança, nossa antiga amizade era motivo de tensão para as duas famílias. O que eu estava fazendo era péssimo, mas a estava evitando, pois ainda não estava pronta para compartilhar nossas lágrimas e luto.

"Um dia desses eu passo na casa dela."

"Hmm."

Observei o caldeirão que a nonna pendurou sobre o fogo na cozinha, sentindo o cheiro da mistura de ervas. Amava quando ela extraía seus próprios óleos. Agora, mal podia testemunhar o processo sem pensar em minha irmã e nas vezes em que ela implorou para a nonna fazer algum sabonete ou creme especial.

Vittoria adorava criar perfumes, assim como eu adorava misturar ingredientes e fazer molhos. Ela ficava sentada onde eu estava, debruçada sobre poções secretas, ajustando a receita até acertar o perfume. Algumas notas florais, um toque cítrico, e ela sempre acrescentava um fundo de alguma coisa picante para equilibrar. Ela dava gritinhos de satisfação e nos fazia usar sua última criação até enjoarmos. Um outono, ela fez tudo com laranja sanguínea, canela e romã, e eu jurei que nunca mais nem *olharia* para nenhuma dessas coisas. As lembranças eram muito...

Afastei-me da bancada e dei um beijo em minha avó.

"Boa noite."

A nonna respirou fundo, como se quisesse compartilhar palavras sábias ou consoladoras, mas só deu um sorriso triste.

"*Buona notte*, bambina. Durma bem."

Subi as escadas, temendo o quarto vazio e silencioso que já fora repleto de alegria e risadas. Por um instante, pensei em me torturar observando a nonna fazendo velas encantadas de novo, mas o sofrimento deixava minhas pálpebras pesadas e afundava meu coração.

Tirei o vestido de musselina e vesti uma camisola fina, tentando não lembrar que Vittoria tinha uma igual. A única diferença eram os laços: os da minha camisola eram azuis, e os da camisola de Vittoria, rosados. O ar de verão estava quente, prometendo outra noite agitada em que eu ficaria me revirando na cama.

Caminhei descalça e abri a janela.

Fiquei olhando para além dos telhados, imaginando se o assassino de Vittoria vagava pelas ruas naquele momento, perseguindo outra garota. Nas proximidades, jurei ouvir o uivo de um lobo. Uma única nota pesarosa pairou no ar, arrepiando minha coluna de cima a baixo.

Na pressa para deitar, derrubei um copo d'água. O líquido escorreu para um lugar que eu havia esquecido: o espaço nas tábuas do piso onde Vittoria escondia seus pequenos tesouros: flores secas, bilhetes do último garoto que a amara, seu diário e os perfumes que fazia.

Atravessei o quarto correndo, caí de joelhos e quase quebrei as unhas ao levantar a tábua. Lá dentro estavam todos os objetos de que eu me lembrava.

Encontrei também uma daquelas fichas de casa de jogo com um sapo de coroa desenhado em uma das faces e duas folhas grossas de pergaminho preto amarradas com um barbante combinando. Sequei-as na camisola, esperando não ter arruinado essa preciosa parte de minha irmã gêmea. Minhas mãos tremiam conforme eu os desenrolava. Raízes douradas demarcavam as bordas, a tinta brilhava em contraste com a escuridão da página avantajada. Eram feitiços arrancados de um grimório que eu nunca tinha visto. Passei os olhos pelo manuscrito, mas não consegui identificar para o que era usado. Listava ervas e velas de cores específicas e instruções em latim. Coloquei as folhas de lado e puxei o diário dela para o meu colo.

Estava disposta a apostar minha própria alma que aquela era a chave para desvendar o que ela vinha fazendo — e em quem tinha confiado por engano — nos dias e semanas que antecederam sua morte.

Toquei o couro marcado. Segurar o diário de Vittoria me fez sofrer com as lembranças. À noite, ela escrevia nele constantemente, registrando tudo, desde cada um dos meus sonhos estranhos até as sessões de divinação de Claudia, anotações sobre seus perfumes, feitiços e encantos, e receitas de novas bebidas. Eu não tinha dúvida de que ela também contava a este diário todos os segredos que escondia de mim.

Bastava eu abrir o caderno e descobriria tudo que precisava saber.

Hesitei. Ali estavam seus pensamentos secretos. Eu não queria cometer mais uma violação, sobretudo depois de ela ter sofrido tanto. Fiquei em silêncio, refletindo sobre o que ela me encorajaria a fazer. Ouvi com facilidade a voz dela em minha mente, me dizendo para parar de pensar na queda e pular de uma vez. Vittoria se arriscava. Ela fazia escolhas difíceis, principalmente se fosse para ajudar sua família.

Para descobrir quem a tinha matado, eu precisava refazer seus passos, mesmo que fosse desconfortável. Respirei fundo e abri o diário.

Ou teria aberto, se as páginas não estivessem coladas.

Puxei um pouco mais, evitando danificá-lo, preocupada que a água o tivesse estragado. O caderno não abriu. Puxei com toda minha força. Ele nem entortou. Cheguei mais perto da parede, posicionei o pé na beirada da capa de trás e os dedos na parte da frente, tentei abrir e… nada. Uma suspeita obscura começou a pairar sobre mim.

Sussurrei um feitiço de revelação e joguei uma pitada de sal para trás, por cima do meu ombro, para ter sorte para decifrar o encanto. Teias de aranha indistintas em um tom violeta-azulado surgiram ao redor do diário em um emaranhado como o de vinhas espinhosas. Minha irmã fechara o diário usando um feitiço que eu nunca tinha visto.

Isso significava que ela *sabia* o quanto seus segredos eram perigosos.

8

Vittoria tinha feito bem mais do que se envolver com magia das trevas. Não consegui abrir o diário usando força, então tentei um feitiço de reversão, queimei ervas que me ajudariam a ter clareza, acendi velas e orei para todas as deusas em que consegui pensar, mas o diário teimoso não revelou nenhum de seus segredos.

Joguei o caderno no chão e praguejei. Vittoria tinha usado um feitiço que eu nunca encontraria. Isso podia significar que ela descobrira que eu tinha espiado seu diário algumas semanas antes. Ela *realmente* não queria que eu descobrisse seu segredo. E aquilo me deixou ainda mais determinada a descobrir o porquê.

Fiquei andando de um lado para o outro em nosso pequeno quarto, observando o sol nascer devagar. Eu precisava de um plano. Além de um ou outro feitiço da verdade proibido, eu conhecia pouco de magia das trevas e como ela funcionava. A nonna dizia que a magia das trevas demandava um pagamento, uma vez que ela tirava de alguma coisa, em vez de usar o que já havia. Eu ficaria feliz em sacrificar o que fosse preciso para conseguir o que queria. Tinha uma boa pista e nenhuma forma de acessá-la. A não ser... Sorri quando uma ideia me ocorreu. Eu não tinha conseguido desfazer o feitiço, mas conhecia alguém que poderia conseguir: Carolina Grimaldi.

Carolina era tia de Claudia e havia acolhido a sobrinha em sua casa quando seus pais partiram para os Estados Unidos, alguns anos atrás. Ela era bem versada em magia das trevas e, aos poucos, estava ensinando a Claudia tudo que sabia. Eu não queria envolver minha amiga, então decidi ir diretamente à fonte de seu conhecimento. Carolina tinha uma banca no mercado e, se eu me apressasse, talvez conseguisse falar com ela antes que abrisse a barraca.

Peguei uma bolsa, enfiei as folhas do grimório e o diário ali dentro e saí correndo.

A nonna apareceu no meu caminho, franzindo a testa.

"O diabo está te perseguindo?"

Eu esperava que não, mas era impossível ter certeza.

"Não que eu saiba."

"Ótimo. Então você pode parar um minuto e me contar aonde está indo com tanta pressa a essa hora."

"Eu..." Quase confessei tudo, mas pensei em minha irmã. Vittoria tinha seus segredos e estava disposta a levá-los para o túmulo. Tinha que haver um bom motivo. "Pensei em passar no mercado para comprar alguns temperos antes de começarmos os preparativos para o jantar. Tive uma ideia para um molho novo."

A nonna ficou me encarando, tentando enxergar através de minhas mentiras. Sua expressão era um misto de decepção e desconfiança. Eu não tinha demonstrado muito interesse em comida nem em criatividade desde a morte de Vittoria. Quando já estava me convencendo de que ela me mandaria voltar para o quarto com uma lista de encantos para treinar, ela saiu da frente.

"Não demore. Temos muito o que fazer."

"*Signora* Grimaldi!"

Ergui a barra da saia e saí correndo pelas ruas. A sorte finalmente estava ao meu lado. Encontrei Carolina pouco antes de ela atravessar a rua para chegar ao mercado.

Quando me avistou, Carolina protegeu o rosto do sol e foi para a sombra de uma viela próxima.

"Emilia. Meus pêsames..."

"Estou com pressa, *signora*. Preciso de ajuda com uma coisa... delicada." Tirei o diário da bolsa e olhei ao redor para ter certeza de que estávamos sozinhas. "Tem um encanto aqui que eu nunca vi. Espero que possa me ajudar a descobrir o que é e como desfazê-lo."

Ela deu um passinho para trás, olhando para o diário como se ele fosse uma criatura abominável.

"Nada nesse mundo fará o que você espera. Devolva isso ao lugar onde o encontrou, menina. A mera presença desse objeto os atrai."

"Atrai quem?"

"Os Perversos. Essa magia tem o fedor do mundo deles. Esse objeto quer ser encontrado."

Encarei Carolina e fiquei imaginando que a nonna tinha, de alguma forma, descoberto meu plano e falado com a bruxa obscura antes de me encontrar.

"Este é o diário de minha irmã. Não é nenhum livro demoníaco."

Carolina apontou com a cabeça para minha bolsa.

"Me mostre o que você tem aí." Dei mais uma olhada sutil nos arredores antes de tirar as folhas do grimório. Entreguei-as a ela e vi a cor se esvair rapidamente de seu rosto. "É um feitiço de invocação."

"Eu... não estou entendendo. Por que minha irmã iria precisar de um feitiço de invocação?"

"Talvez ela estivesse tentando controlar um demônio."

Analisei as folhas pretas.

"Impossível. Todos os demônios estão aprisionados no Inferno. Estão presos há quase cem anos."

Carolina riu.

"É isso que a nonna te diz? Vá para casa, tente invocar um desses e veja o que acontece. A menos que tenha um objeto que pertença a um príncipe do Inferno, esses feitiços devem chamar apenas um demônio inferior. Eles são fáceis de controlar e costumam trocar informações por pequenos favores ou bugigangas. E posso afirmar que *nem todos* estão aprisionados no submundo. Quase todas as bruxas, tanto as que rezam para as deusas da magia de luz como as que cultuam as trevas, sabem disso."

Fiquei olhando para a bruxa obscura.

"Está dizendo que minha irmã invocava demônios e pediu favores a eles antes de morrer?"

"Não temos como saber o que ela estava fazendo, mas garanto que esses feitiços são estritamente para invocação. Duvido que um demônio tenha ajudado sua irmã sem algum tipo acordo. Eles não fazem caridade. Sempre precisam ganhar alguma coisa em troca." Ela olhou para mim, e sua expressão ficou mais suave. "Esqueça o que eu disse, menina. Não se meta no mundo dos demônios. O que quer que sua irmã estivesse fazendo... Você não vai querer se envolver nisso."

Ela falava como a nonna.

Agradeci a ela e me despedi, seguindo rapidamente para o Mar & Vinha. Em vez de respostas, tinha mais perguntas. Se Carolina estivesse certa ao afirmar que o feitiço no diário de Vittoria não era desse mundo, abri-lo seria impossível. A menos que... Uma ideia se formou lentamente, uma ideia que fez meu coração pulsar mais depressa. Se minha irmã *tivesse* invocado um demônio, talvez tivesse usado a magia dele para lacrar o diário. Não podia imaginar nenhum outro motivo para minha irmã gêmea invocar um demônio além desse.

Apesar das histórias que a nonna nos contava na infância, Vittoria sabia que eu não acreditava de verdade nos príncipes demoníacos. Eu não era tão cética a respeito de demônios menores, mas achava que estivessem aprisionados em seu mundo, sem meios para escapar. Seria o jeito perfeito de ela garantir que eu nunca destravasse o segredo que escondia tão desesperadamente. E Vittoria quase acertou, exceto por um detalhe.

Ela nunca poderia ter previsto como sua morte me transformaria. Nada neste mundo ou em outro me impediria de desvendar seu assassinato. E eu o *desvendaria*.

Ponderei diferentes teorias enquanto trabalhava, mal conseguindo me concentrar no Mar & Vinha. Fiquei tentando pensar como minha irmã. Alguns pensamentos eram muito bizarros, outros eram mais plausíveis. Mas uma ideia se destacou. Foi ela que avaliei com cuidado no decorrer do dia.

Talvez por parecer bem impossível. Ou talvez porque Vittoria não acreditasse nessa palavra. Seja qual fosse o motivo, a ideia permaneceu comigo enquanto eu picava vegetais e limpava minhas facas.

Pensei nela voltando para casa.

Enquanto vestia a camisola e penteava o cabelo.

Ela me assombrava, e eu a acolhia.

Mais tarde, quando já estava na cama, peguei as folhas do grimório. Passei os olhos sobre a inscrição desconhecida e sorri. Era meu primeiro sorriso verdadeiro em semanas, e era obscuro e malicioso, como estavam sendo meus pensamentos ultimamente.

Vittoria havia tentado invocar um demônio. Quanto mais eu pensava naquilo, mais aceitava a verdade. Na noite seguinte, eu tentaria invocar um também. E, se desse certo, faria um acordo com ele. Em troca de um pequeno favor, eu lhe pediria para desfazer o feitiço do diário. Não havia nada a perder; ou a invocação seria bem-sucedida, ou não seria. Nunca saberia o que aconteceu com minha irmã se não deixasse as dúvidas de lado e tentasse. Com isso, minha decisão estava tomada.

Eu só precisava de alguns ossos.

O dia seguinte no restaurante foi uma tortura, mas consegui aproveitar meu tempo na cozinha. Reuni tudo que estava listado na página do grimório e ninguém suspeitou de nada. Exceto, talvez, a nonna. Minha avó ficou me encarando do outro lado da bancada, entoando algo em voz baixa, como se pudesse ler minha mente e conjurar um feitiço para extirpar meus pensamentos antes que criassem raízes.

Mal sabia ela que eu vinha cultivando aquela ideia desde a noite anterior. Tinha plantado o botão de um plano e o cultivado, incitando-o a florescer. Agora ele já estava totalmente desenvolvido. Eu sabia o que precisava fazer.

Só precisava de material e oportunidade.

A nonna nos disse para nos escondermos dos Malvagi, recitarmos nossos encantos e consagrarmos nossos amuletos com raios prateados de luar e água benta, nunca falarmos dos Perversos em noites de lua cheia e fazermos tudo que uma boa bruxa faria. Senão eles roubariam nossa alma.

No final, o monstro que temíamos não veio do Inferno. Veio do privilégio.

O homem debruçado sobre minha irmã — com roupas sofisticadas e uma adaga cara — merecia punição como qualquer outro. Ele não podia simplesmente pegar o que quisesse sem encarar as consequências. Eu tinha quase certeza de que as pessoas para quem mostrei a arma a reconheceram, mas se negaram a se manifestar contra o homem por medo das consequências. Ele poderia ser poderoso e abastado, mas a justiça o encontraria.

Eu garantiria isso.

Ainda não sabia se ele agira sozinho ou se era membro dos misteriosos caçadores de *strega*, mas isso não importava. Ele era o único presente naquela noite. Primeiro eu o caçaria e depois tentaria saber mais. Se houvesse mais pessoas como ele, eu lidaria com elas em seguida.

Fiz um plano para manter minha família em segurança enquanto rastreava o assassino de Vittoria. Em vez de um, eu faria dois acordos. Primeiro, invocaria o demônio e o faria desfazer o encanto que selava o diário de Vittoria; depois o faria localizar o homem de cabelos escuros. Por sorte, ter um objeto que pertenceu a ele, como a adaga de serpente, facilitaria a busca.

Um demônio que eu pudesse controlar era a resposta para minhas preces.

Pelo jeito, eu havia me enganado: a deusa da morte e da fúria não tinha ignorado meus pedidos. Ela estava apenas aguardando o momento certo, esperando que meu desespero se transformasse em algo que ela pudesse usar. Um graveto era apenas um pedaço de madeira quebrada até ser transformado em uma lança. O luto me partiu ao meio. A fúria afiou meus pedaços e eles se transformaram em uma arma.

Era hora de usá-la.

9

A magia de ossos, quando usada de forma errada, pode fazer parte das artes proibidas. Usar ossos de animais — assim como garras, unhas, presas, conchas e penas — permite que uma bruxa se conecte com o submundo. Devem ser coletados com ética, não por meio de sacrifício como geralmente pensam os humanos. Para canalizar seu poder, crie um círculo de ossos e acrescente ervas e objetos de intenção.

— Notas do grimório di Carlo —

Fiquei na entrada da caverna, ouvindo o mar batendo nas rochas, furioso e insistente.

A rajada de água salgada ultrapassava o penhasco, espirrando na pele exposta de meus braços e do pescoço. Talvez a água refletisse meu humor. Ou talvez ela sentisse a obscuridade do pergaminho enrolado que eu levava comigo. Eu certamente sentia.

Bruxas têm conexão com a terra e canalizam os poderes dela para dentro de seus próprios poderes. Eu não me surpreenderia se o mar estivesse desconfiado do que estava por vir — o poder das trevas que eu estava prestes a soltar em nosso mundo. O mar podia estar preocupado, mas eu não estava. Tive que esperar horas até a nonna enfim pegar no sono na cadeira de balanço para eu poder reunir tudo de que precisava e escapar de fininho. O pouco de inquietação que ainda sentia foi ofuscada pela determinação em seguir com meu plano.

Não fazia ideia de como Vittoria tinha encontrado aquelas páginas de grimório — mais um mistério para acrescentar a uma lista que só aumentava —, mas eu as usaria a meu favor. Uma rajada forte de vento me obrigou a adentrar um pouco mais na caverna. Não sabia para onde estava indo quando saí de casa, mas fui atraída para aquele lugar. Quando éramos crianças, sempre que possível, Vittoria encontrava motivos para nos aventurarmos ali. Até parecia que ela estava comigo, naquele momento, me conduzindo.

O ar noturno estava agradável, mas senti arrepios, como se fossem garras afiadas em minha pele. Levantei a lamparina, tentando não me encolher diante das sombras que dançavam ao redor da luz. Invocar um demônio — em uma caverna úmida, onde meus gritos não poderiam ser ouvidos caso alguma coisa desse errado — não era algo que eu teria imaginado para minha vida três semanas antes.

Antes de tudo isso, ficaria feliz em passar as noites criando receitas para o Mar & Vinha. Leria um romance *caliente* e desejaria que um certo *fratello* renunciasse por uma noite à promessa que havia feito a Deus e direcionasse sua adoração a mim. Mas isso foi antes de encontrar o corpo profanado de Vittoria.

Meus desejos giravam em torno de duas coisas: descobrir quem tinha assassinado minha irmã gêmea e o porquê.

Bem, em três coisas, se considerarmos meu sonho de estripar o cretino que a matou. Mas isso era mais que um desejo. Era uma promessa.

Satisfeita por não ter nada à espreita na caverna em que eu estava — como ratos, cobras ou outras surpresas desagradáveis —, apoiei a lamparina em uma pedra reta e a cesta com os materiais na terra dura. Eu tinha estudado o feitiço de invocação até ficar vesga, mas ainda assim estremeci um pouco quando peguei os itens de que necessitava.

Velas pretas, folhas de samambaia, ossos de animais, um pequeno frasco com sangue de animal e um pouco de ouro. Eu não tinha muito ouro à disposição, então levei a adaga de serpente dourada. Parecia adequado que a lâmina do estranho misterioso fosse usada para encontrá-lo.

Se tudo corresse bem, um demônio menor ficaria confinado no círculo. Sabia que ele não conseguiria sair da área delimitada, mas não estava nem um pouco empolgada em ficar sozinha em um lugar escuro com um monstro do Inferno. Mesmo que ele fosse fácil de controlar e estivesse circunscrito pela magia.

Olhei mais uma vez para a folha com as anotações feitas com tanto cuidado, protelando. Para que a invocação desse certo, era necessário seguir *à risca* as regras do ritual. Qualquer desvio poderia soltar o demônio pelo mundo. Primeiro, eu tinha que fazer o círculo, alternando velas, folhas de samambaia e ossos. Em seguida, colocaria o pequeno frasco de sangue dentro do círculo. Depois teria que convidar formalmente um demônio para se juntar a mim, usando latim, a língua nativa deles.

Hesitei. Latim não era minha disciplina preferida entre as que a nonna tentava nos ensinar. Havia muitas palavras parecidas com definições bem diferentes. Qualquer pequena mudança de significado poderia resultar em um desastre. Isso seria menos preocupante se eu não soubesse apenas o básico de magia das trevas. Ou se o feitiço de invocação de Vittoria tivesse uma frase antiga confiável em vez de apenas indicar que uma frase era necessária, de acordo com a intenção da bruxa.

Minha intenção era descobrir o que minha irmã estava fazendo antes de morrer, depois encontrar o homem que a assassinou e matá-lo. No entanto, violência e vingança sanguinária não eram a forma mais educada de abrir uma invocação. E eu estava preocupada com as consequências da invocação que faria. Por sorte, eu havia pensado bastante no que queria do demônio. Não queria oferecer a ele nenhuma oportunidade de escapar do círculo, e com certeza não queria que ele me ferisse, então decidi por *Aevitas ligati in aeternus protego*. Que se traduz mais ou menos por "Vinculado para sempre em proteção eterna".

Parecia uma boa ideia incluir este "para sempre", em se tratando de garantir que um demônio não pudesse sair do círculo. E, se fosse forçado a me proteger, não poderia me atacar. Para a última parte do feitiço, precisava preparar uma saída. Aparentemente, demônios eram criaturas com regras rígidas e necessitavam respeitá-las, então se eu convidasse um deles para se juntar a mim, precisaria desconvidá-lo formalmente e mandá-lo de volta ao seu mundo. Era aconselhável ter boas maneiras, mas eu não tinha certeza se cumpriria *aquela* parte muito bem.

Respirei fundo.

"Muito bem, Emilia. Você consegue."

Arrumei com cuidado os objetos em um círculo. Osso. Samambaia. Vela. Por causa dos comprimentos variados, eles pareciam raios de um sol oculto. Acendi as velas e caminhei pelo perímetro, com o crânio de um pássaro encostado junto ao peito, a última peça de que eu necessitava para completar o círculo. Titubeei.

Se colocasse o último osso na formação, o círculo estaria pronto.

Inspirei e expirei devagar. Não fazia ideia de que tipo de demônio responderia ao meu chamado. Alguns pareciam humanos, outros eram pesadelos ambulantes, segundo a nonna. Ela nunca nos descrevera a aparência deles em detalhes, o que naquele momento eu não sabia se era uma boa coisa. Eu era muito boa em imaginar criaturas perversas com presas e garras pontudas, que andavam para trás e tinham muitas pernas.

Nuvens passavam na frente da lua, criando um efeito distorcido nas paredes da caverna. Mais arrepios percorreram minhas costas. A deusa da tempestade e do mar não estava contente.

Olhei para o crânio em minhas mãos, pensando se queria mesmo seguir por aquele caminho. Talvez eu devesse apagar as velas, voltar para casa e ir para a cama, esquecer essa história de demônios, caçadores de bruxas e diabo. A nonna sempre dizia que quando a escuridão fosse convidada a entrar, imediatamente os problemas iriam atrás dela.

Um vislumbre do rosto de minha irmã — olhos escuros com um quê de malícia, lábios curvados para um dos lados — passou por minha cabeça. Antes de perder a coragem, me abaixei e coloquei o último osso no lugar. A quietude tomou conta do espaço, calando os apelos das ondas. Segurando o frasquinho de sangue, me aproximei da beirada do círculo. Uma potente rajada de vento invadiu a caverna.

Morcegos guincharam e voaram em minha direção. Centenas. Gritei, levantando as mãos para me proteger enquanto eles voavam furiosos ao meu redor como uma tempestade viva. Ao longe, ouvi o barulho de vidro se quebrando. Caí de joelhos, cobrindo a cabeça à medida que pequenas asas e garras arranhavam meu cabelo e pescoço. Então, com a mesma rapidez que surgiram, os morcegos se foram, e a caverna ficou em silêncio.

Depois de algumas respirações profundas e trêmulas, afastei devagar uma mecha de cabelo do rosto. Durante o breve ataque, os fios se soltaram da trança. Longos cachos soltos faziam cócegas em minhas costas como aranhas, provocando mais arrepios. Pétalas de flores cobriam o chão como soldados caídos em um combate imprevisto. Eu tinha esquecido que havia um túnel isolado no fundo da caverna.

Fiquei séria, furiosa comigo mesma. Se eu podia invocar um demônio, podia superar um bando de morcegos.

Teoricamente.

Levantei, sentindo minhas pernas trêmulas, e removi a poeira do corpo, voltando minha atenção ao círculo de invocação e contraindo os músculos diante do vidro quebrado cintilando sob a luz do luar. Havia sangue espalhado no chão ao redor do perímetro, o que não era nada bom para mim. Ele precisava estar *dentro* dos limites para atrair o demônio.

"Morcegos idiotas dos infernos."

Eu não tinha outro frasco de sangue, e voltar até o restaurante demoraria uma eternidade. O feitiço precisava ser lançado à noite, e faltava apenas algumas horas para amanhecer. Eu nunca conseguiria ir e voltar a tempo.

Olhei ao redor, desesperada o suficiente para matar alguma coisa, se necessário. É claro que agora que eu *precisava* de um morcego, cobra ou alguma criatura dessas, não havia nenhuma. Chutando pedras e murmurando o tipo de linguagem grosseira capaz de enlouquecer minha mãe e a nonna, olhei mais uma vez para as misteriosas folhas de grimório de Vittoria.

Não estava especificado que era necessário usar sangue *de animal*. Era apenas aconselhável.

Reacendi as velas e peguei a adaga de serpente, concluindo que precisaria dela de qualquer modo para completar o feitiço. Não era mais hora para hesitação e interrupções. Gostando ou não, se eu quisesse desfazer o feitiço lançado sobre o diário de Vittoria, essa era minha melhor opção.

Se eu tivesse que oferecer um pouco de meu próprio sangue, seria um preço pequeno a pagar.

Ignorei a dor e arrastei a lâmina sobre o antebraço; eu precisaria cozinhar depois, de modo que não poderia cortar a palma das mãos. O metal brilhava como se estivesse satisfeito com a oferenda. Sem querer pensar muito que aquela era uma lâmina que se regozijou em um sacrifício de sangue, posicionei o braço sobre o círculo de invocação e comecei a recitar assim que as primeiras gotas atingiram o chão.

"Pela terra, pelo sangue, pelos ossos. Convido-te. Vem, entra no mundo dos homens. Junta-te a mim. Vinculado a este círculo até eu te mandar embora. *Aevitas ligati in aeternus protego.*"

Fiquei imóvel, aguardando. Esperando a terra rachar, os portões do Inferno se abrirem, hordas de caçadores de bruxas correrem até mim ou meu coração parar. Nada aconteceu. Estava prestes a começar a recitar a frase de novo quando começou. Fumaça subia em espirais dos limites do círculo, como se estivesse presa em um pote, sem passar para o restante da caverna. Ela pulsava com energia e acariciava minha mão quase que com afeição. Soltei a adaga e puxei o braço, segurando-o junto ao corpo até aquela sensação cessar.

Mal podia acreditar no que estava acontecendo. Uma onda mais forte de escuridão se deslocou ao redor do círculo, obstruindo por completo a visão de seu interior. Uma luz escura e cintilante surgiu do centro. Mal dava para respirar. Um som parecido com o de uma fogueira crepitando no inverno precedeu a chegada do demônio. Consegui. Havia realmente invocado uma criatura do Inferno! Se não desmaiasse com o choque, seria um verdadeiro sucesso. Com o coração alvoroçado, esperei a fumaça se dissipar.

Como se atendesse a um desejo não verbalizado, uma brisa fantasma levou a fumaça embora, revelando um homem alto, de cabelos escuros. Ele estava com as costas musculosas viradas para mim e vestia apenas uma calça preta de cintura baixa. Não era nem um pouco parecido com o que eu esperava de um demônio menor. A pele de subtom dourado brilhava à luz das velas, a perfeição aveludada era quebrada apenas por algumas tatuagens cintilantes. Sua beleza era uma afronta à aparência que o mal deveria ter. Fiquei pensando se eu deveria agradecer por ele não ter cauda de serpente nem chifres macabros.

O demônio girou sem sair do lugar, como se estivesse se aclimatando ao local. Seu peito e tronco eram definidos de forma a indicar que ele estava familiarizado com armas. Minha atenção recaiu sobre uma tatuagem dourada, de aparência metálica, que começava no dorso da mão direita e subia pelo braço até o ombro. Uma serpente terrível. Não tive tempo para assimilar os detalhes porque ele agora estava de frente para mim. Suspirei quando finalmente o encarei. Íris douradas e escuras, com pontos pretos, me encaravam.

Belo. Raro. E letal. Mesmo que a nonna dissesse que eles tinham olhos vermelhos, eu tinha certeza do que ele era.

"Impossível", sussurrei.

Ele ergueu uma sobrancelha. Sua expressão era tão humana que esqueci, por um segundo, como ele tinha chegado à caverna. Ele não existia. Porém, ali estava ele, desafiando todas as minhas expectativas. Alto, de cabelos escuros e levemente agitado. Não conseguia parar de olhar para ele, preocupada que fosse fruto de minha imaginação ou prova de loucura. Tinha usado magia das trevas. Talvez esse delírio temporário fosse o preço a pagar.

Era muito mais fácil acreditar naquilo do que aceitar que eu havia feito o impossível — havia invocado um dos Perversos para este mundo. O que era algo muito, *muito* ruim.

Sua aparência era bastante humana, mas ele era a materialização de um pesadelo.

Criatura imortal da noite, sedenta por sangue e ladra de almas. Combati o ímpeto de me afastar do círculo e continuei olhando para ele. Havia uma tempestade em seus olhos. Era como ficar na beira de uma praia escura, observando os raios dançarem pelo mar, aproximando-se cada vez mais. Calafrios de medo percorriam minhas costas enquanto ele me encarava, provocador. Seria sempre grata por tê-lo também vinculado à proteção. Por instinto, segurei meu *cornicello* para me proteger.

Ele parecia pronto para... *Minha deusa da fúria.* O *luccicare* dele era preto e dourado. Eu só tinha visto isso uma vez. Eu o reconheci em um lampejo; imediatamente soltei o *cornicello* e peguei a adaga do chão. *A adaga dele.*

O cabo estava frio como a fúria gélida que percorria minhas veias.

"Vou te matar", rosnei.

E parti para cima dele.

10

Os ossos do círculo se espalharam. A lâmina talhou uma linha fina ao longo de seu peito rígido. Era para ter perfurado o coração dele. E isso teria acontecido se ele não tivesse recuado com tanta rapidez. Senti uma dor estranha e abrasadora sob a pele. Não quis pensar no que aquilo poderia significar — que talvez a mistura de nosso sangue na estranha lâmina tivesse criado um encanto próprio. Ou que talvez o encanto de proteção também evitasse que eu o acertasse com um golpe fatal.

Ele arrancou a adaga com facilidade e a jogou no chão.

Cerrei a mão e mirei bem no centro do corpo dele. Foi como acertar um muro.

O demônio ficou parado, permitindo que eu continuasse atacando. Enquanto eu me exauria com chutes e socos, ele olhava com calma ao redor da caverna, me irritando ainda mais com sua indiferença. Ele não parecia muito preocupado, e eu fiquei me perguntando quantas vezes ele tinha sido invocado e atacado logo em seguida. Ele analisou o círculo e voltou a prestar atenção em mim, observando o corte recém-feito em meu braço. Ele franziu a testa de leve, mas logo escondeu.

"Por. Que. Você. Não. Sangra? Monstro!"

Eu o chutava e o socava com selvageria. Meu ódio e ira eram tão fortes que quase me embriaguei com sua intensidade.

Olhei para seu rosto a tempo de vê-lo fechar os olhos, como se estivesse aproveitando aqueles sentimentos obscuros. A nonna dizia que demônios atraíam emoções para si, permitindo que se misturassem às suas. Pela expressão em seu rosto, estava começando a achar que era verdade.

Indignada, parei de socá-lo e me dei um segundo para recuperar o fôlego e me recompor. O sangue escorria pelo meu braço e pingava no chão. Mas não era dele. Era do corte que eu tinha feito para invocá-lo. Não me importava de sangrar até secar se o levasse para o Inferno comigo.

"Só um conselho, bruxa. Gritar 'vou te matar' tira o elemento surpresa do ataque." Acertei um golpe rápido em seu estômago, e ele gemeu. Meus socos estavam ficando mais lentos, e ele não parecia nem um pouco abalado. "Você não vai conseguir me matar, mas isso pode aprimorar suas habilidades."

"Talvez eu não possa te matar, mas vou encontrar outras formas de te fazer sofrer."

"Acredite, sua mera presença já é sofrimento suficiente." Gotas de sangue chiavam dentro do círculo. Aquela estranha queimação sob minha pele estava ficando cada vez mais insuportável, mas eu estava zangada demais para prestar atenção naquilo. "Que feitiço usou, bruxa?"

"*Vaffanculo a chi t'e morto*", disse, ofegante.

Eu não sabia se ele tinha entendido o xingamento, mas deve ter deduzido que tinha algo a ver com fornicar com membros mortos da família. Ele parecia pronto para *me* arrastar para o Inferno. Cambaleou para trás em um rompante, praguejando:

"*Que feitiço usou?*"

"Bem, considerando que você está aí parado, furioso e incapaz de atacar, eu diria que foi um feitiço de invocação, demônio." Cruzei os braços. "E um de proteção."

De repente, uma luz dourada piscou em meu braço antes de desbotar para um lilás. Uma tatuagem no mesmo tom de roxo — duas luas crescentes idênticas, lado a lado, rodeadas por um anel de estrelas — apareceu na parte externa de meu antebraço, queimando quase tão violentamente quanto minha ira.

Fiquei ali, ofegante, até a queimação cessar. Percebi que ele olhava para o próprio braço e rangia os dentes. Pelo visto, ele também estava sentindo aquela dor terrível.

Ótimo.

"Sua bruxa com sangue de demônio. Você me *marcou*."

Uma tatuagem pálida havia aparecido em seu antebraço esquerdo. Duas luas crescentes em um círculo de estrelas. Por um instante, pareceu que ele mal compreendia como eu tinha conseguido fazer algo tão improvável. Sinceramente, eu também não sabia por que de repente tínhamos tatuagens iguais, mas preferia morrer a admitir isso a ele.

Podia ser o preço da magia das trevas que eu havia usado para invocá-lo. Quase gargalhei. Carolina me dissera que o feitiço invocaria um demônio menor, mas não acreditei muito. Comecei a me perguntar se estava tendo um pesadelo, pois não tinha como eu *realmente* ter invocado um príncipe do Inferno. Eu precisaria de muito mais magia para controlar uma criatura como ele.

"Isso é impossível."

"Nisso estamos de acordo." Ele estendeu o braço em minha direção. "Repita o que disse no feitiço. Precisamos reverter isso antes que seja tarde demais. Só restam alguns preciosos minutos."

"Não."

"Você não tem ideia do que fez. Preciso saber as frases *exatas*. Diga agora, bruxa."

Eu tinha quase certeza de que o que eu havia feito, além de irritá-lo de maneira majestosa, deixava garantido que nenhum de nós morresse pelas mãos um do outro. As tatuagens provavelmente eram uma espécie de vínculo mágico. Liberá-lo desse vínculo para que ele pudesse arrancar meu coração, como tinha feito com minha irmã, era a última coisa que eu faria.

"Inacreditável", zombei. "Exigindo coisas quando você não tem nenhum poder aqui." A expressão dele era de pura repulsa. Esperava que fosse um reflexo da minha. "*Eu* preciso saber quem você é e por que matou minha irmã. Já que não vai voltar para a dimensão do Inferno sem minha permissão, sugiro que siga as regras do meu jogo."

Não pude afirmar com certeza, mas houve uma mudança na atmosfera, e tive a estranha impressão de que o poder dele transpareceu, me envolveu e depois se afastou. Suas narinas estavam dilatadas. Ele estava com ódio da correia de magia que coloquei nele e lutava para se soltar.

Dei um sorrisinho maldoso enquanto o observava. Se ele me odiava até então, tinha passado a me odiar multiplicado por dez. Perfeito. Parecia que finalmente estávamos nos entendendo.

"Um dia vou me livrar desse vínculo. Pense nisso com muito cuidado."

Eu me aproximei dele, erguendo o rosto.

"Um dia vou encontrar um jeito de te matar. Pense *nisso* com muito cuidado. Agora me diga quem é você e por que queria Vittoria morta."

Ele deu um sorriso que faria qualquer homem molhar as próprias calças, mas me recusei a temê-lo.

"Muito bem. Como você tem pouquíssimo tempo para me manter aqui e já gastou minutos preciosos com aquela tentativa ridícula de assassinato, vou fazer seu joguinho. Sou o Príncipe da Ira, general da guerra e um dos Sete Temidos."

Antes que eu piscasse, ele passou o dedo por minha garganta, parando na veia. Temor puro tomou conta de mim. Afastei a mão dele e saí do círculo de invocação. Notei os ossos espalhados e me apressei para colocá-los de volta no lugar.

O sorriso dele ficou ainda mais perverso.

"Parabéns, bruxa. Você conseguiu ganhar minha atenção. Espero que esteja preparada para as consequências."

Ele exalava arrogância. Apenas um tolo não ficaria aterrorizado diante da fera que eu sentia estar à espreita sob a pele dele. Ele irradiava um poder vasto e ancestral. Não duvidava que ele fosse capaz de acabar com minha vida apenas com a força do pensamento.

Mesmo assim, retorci o canto dos lábios.

Então, sem aviso, me inclinei para a frente e comecei a gargalhar. O som reverberou nas paredes da caverna, amplificando-se até eu ter vontade de tampar os ouvidos. Segurei minha barriga, que ondulava com a explosão. Talvez eu *estivesse* ficando louca. A noite tinha passado de mal a pior mais rápido do que eu poderia imaginar. Não conseguia acreditar que eu havia invocado um príncipe do Inferno. Não conseguia acreditar que demônios da realeza existiam. O mundo estava de pernas para o ar e de cabeça para baixo.

"Que alegria saber que a morte iminente seja algo tão divertido", disse ele. "Isso torna o massacre ainda mais gratificante. E prometo que sua morte não vai ser rápida. Vou desfrutar a matança."

Fiz um gesto de desprezo com a mão como se ele fosse tão apavorante quanto uma mosca. Dava para *sentir* a raiva que vibrava dentro dele sendo direcionada para mim. Ainda assim, eu tinha a sensação de que ele estava se segurando. E muito. Era perturbador.

"Diga-me, por favor, por que está rindo tanto?"

Endireitei o corpo e sequei o canto dos olhos.

"Como devo te chamar? Vossa alteza? Ó, um dos Sete Temidos e Poderosos? Senhor General, Comandante do Inferno? Ou Príncipe Ira?"

Um músculo de sua mandíbula se distendeu e ele me encarou, sério.

"Um dia, você vai me chamar de Morte. Mas, por enquanto, Ira é o suficiente."

O REINO DAS BRUXAS
IRMANDADE MÍSTICA

11

Os príncipes do Inferno nunca revelam o verdadeiro nome aos inimigos. Só podem ser invocados por meio de um objeto que pertence a eles, acrescido de uma poderosa emoção. Seus poderes estão ligados aos pecados que representam. Cuidado, pois são seres egoístas que desejam usar você para o próprio proveito.

— Notas do grimório di Carlo —

"Ira?"

Não me preocupei em disfarçar o tom incrédulo. Não bastasse o melodramático "você vai me chamar de Morte", toda aquela noite execrável tinha deixado de ser divertida de um jeito meio "isso não pode estar acontecendo, ó destino cruel". Para começar, eu havia ficado convencida de que um caçador de bruxas matara Vittoria por ela ser quem era, mas então descobri que o assassino era uma das criaturas das quais nos escondemos a vida toda. Depois, o demônio que matou minha irmã estava ao meu alcance e eu não podia feri-lo...

Acho que *realmente* irritei alguma deusa para ser punida de forma tão horrível. Aquele nome idiota e seus títulos eram minhas menores preocupações, mas a raiva que ele emanava enquanto eu ria me deixou com vontade de atormentá-lo.

"Isso é ridículo. Não vou te chamar pelo nome de um sentimento. Esse é seu nome verdadeiro?"

Ele me paralisou com um olhar frio enquanto eu recuperava a adaga.

"Meu nome verdadeiro não é da sua conta. Dirija-se a mim pelo título de minha Casa. Mas você também pode me chamar de Vossa Alteza Real do Desejo Inegável. Essa é sempre uma opção aceitável. Também não vou me importar se você quiser se curvar para mim. Um pouco de humilhação nunca é demais. Posso lhe conceder a dádiva de uma morte rápida.

Retorci os lábios involuntariamente.

"Tem certeza de que é da Casa Ira? Se eu não soubesse, diria que você é o general de um batalhão insignificante, formado por descamisados pertencentes à Casa Narcisista."

A expressão dele não era nada amigável.

"Estou lisonjeado. Se sente tanta repulsa por mim, por que não me liberta?"

"Nunca."

"É uma palavra perigosa. Se eu fosse você, evitaria falar com tanta resolução. A tendência é que tais resoluções *nunca* persistam."

Eu me forcei a respirar. Antes de conhecê-lo, queria respostas. Agora queria cortá-lo em mil pedacinhos sangrentos e dá-lo de comer aos tubarões.

"Por que você matou minha irmã?"

Ele andava de um lado para o outro dentro do círculo de invocação, provavelmente testando sua força.

"É isso que acha que eu fiz? Que eu arranquei o coração de sua irmã?"

"Você estava parado sobre o corpo dela, *lambendo o sangue dela dos dedos*, seu animal nojento." Furiosa, inspirei e o observei atentamente, mas foi em vão. Sua fisionomia era desumanamente vazia de expressão. Ele não deixava nenhum pensamento transparecer por meio de emoções. Sem pensar, levantei a mão e agarrei meu *cornicello* mais uma vez. "*Por que* você matou minha irmã?"

"Não matei."

"Por que eu deveria acreditar em você?"

"A morte dela foi muito inconveniente."

"*Inconveniente?*" Apertei o cabo da adaga, ponderando sobre a velocidade com que conseguiria enfiar a lâmina em seu coração antes que ele me acertasse. Não que ele tivesse me acertado. Na verdade, ele nem tinha encostado em mim enquanto eu o chutava e socava. Um comportamento um pouco estranho para um demônio da guerra. Balancei a cabeça. Meu encanto de proteção estava funcionando, estar intacta não tinha nada a ver com a consciência dele. "É, imagino que deve ter sido muito inconveniente para *você* encontrar minha irmã assassinada. Então por que estava no mosteiro?"

Uma fraca luz dourada e cintilante irrompeu para o alto e voltou para a terra como uma cachoeira. Demorei um pouco para me dar conta de que ele só estava me respondendo por causa do círculo de invocação. E, pelo visto, resistia à obrigação. Sentindo-me destemida, pisei perto da linha de ossos e perguntei mais uma vez:

"Por que você estava lá aquela noite?"

O ódio queimava nos olhos dele.

"Por sua irmã."

"O que queria com ela?"

Ele deu um sorriso que era mais uma promessa de vingança do que diversão.

"Ela fez um acordo com meu irmão. Eu vim cobrar."

Eu me virei depressa, tentando esconder minha surpresa. Suspeitava que Vittoria tivesse feito um pacto com um demônio para colocar o feitiço no diário, mas não imaginava que ela teria invocado um dos Perversos. Minha atenção foi parar na cesta que eu tinha levado. O diário dela estava escondido a poucos metros de distância. Carolina disse que ele atraía os Malvagi, e eu fiquei me perguntando se Ira estava sentindo sua presença. Não queria que ele colocasse as mãos demoníacas no que quer que houvesse ali, então resolvi desistir de pedir que ele desfizesse o feitiço. Voltei a encará-lo:

"Quais eram os termos do acordo?"

"Não tenho certeza."

Estreitei os olhos. Era óbvio que ele estava mentindo, mas não havia como obrigá-lo a dizer a verdade. A menos que eu usasse os feitiços Proibidos. E aquilo parecia ser magia das trevas demais para uma única noite. Eu só estava disposta a provocar o Destino até certo ponto.

"O que você fez com o coração dela?"

"Nada." Ele rangeu os dentes. "Ela já estava morta quando cheguei."

Eu me encolhi. Por mais que não houvesse nada particularmente cruel no que ele disse, a declaração fria da morte da minha irmã ainda doía.

"Por que você está tão preocupado com as palavras do feitiço?"

Dessa vez, a resposta demorou muito mais para chegar, como se ele estivesse escolhendo as palavras com bastante cuidado.

"Para respeitar as regras, preciso compreender o que você chama de feitiço de proteção. Saber as palavras exatas vai me ajudar a garantir que os outros as respeitem. Somos regidos por regras severas nos Sete Círculos, e as punições são grandes quando essas regras são violadas", disse ele.

"Por 'outros' você está se referindo a mim?"

Ele negou com a cabeça.

"Quem, então?"

"Meus irmãos."

Sabia que havia sete príncipes demoníacos, mas não achei que fossem parentes. Imaginar que demônios tinham famílias era perturbador.

"Todos os demônios têm que seguir essas regras ou só príncipes do Inferno?"

"Já que estamos revelando segredos, eu gostaria de saber quantas bruxas vivem nesta ilha e o nome da anciã do coven de cada cidade. Depois você pode me dizer onde está o grimório da Primeira Bruxa. Aí estaremos quites." Ele deu um sorriso malicioso ao ver meu olhar de indignação. "Foi o que pensei. Mas gostaria de saber a parte em latim do feitiço que usou nesta noite."

Pesei os prós e os contras de contar a ele a frase usada no feitiço de proteção. Ele não poderia me machucar, isso já tinha ficado claro. E também não poderia reverter o feitiço. Só eu podia fazer isso.

"*Aevitas ligati in aeternus protego.*"

Por um instante, ele pareceu nem respirar. Ficou me encarando, parecendo horrorizado. Uma sensação profunda de satisfação tomou conta de mim. Não era todo dia que uma bruxa provocava tanto medo em um príncipe demoníaco, principalmente no poderoso demônio da guerra.

"Não tem nenhum comentário maldoso a fazer?", perguntei, sem me preocupar em esconder o tom presunçoso. "Tudo bem. Sei que foi impressionante."

"O que é impressionante é como você está errada." Ele cruzou os braços, mais uma vez mantendo o semblante inexpressivo. "Independentemente de sua prosaica tentativa de usar magia das trevas, vou te oferecer um acordo. A duração é negociável, mas a forma como vamos selar o vínculo não é."

Senti o rosto esquentar. A nonna dizia que os acordos dos Malvagi quase sempre envolviam beijos. Que, uma vez que seus lábios tocavam os de alguém, aquela pessoa perdia totalmente o juízo. Sempre desejando mais, chegando ao ponto de oferecer a alma por mais um pouco do pecado perverso no qual se viciou. Não sabia se aquilo era verdade, mas não estava nada disposta a descobrir.

"Prefiro morrer a me sujeitar a beijar você, demônio."

Ele me olhou de cima a baixo com uma expressão de quem se estava se divertindo. Descaradamente observou, devagar e com cautela, meu corpo, minha postura, a forma como eu segurava a adaga apontada para seu coração. Se prestou alguma atenção nos ossos que nos cercavam, não passou de uma olhadela. Quando ele voltou a me encarar, havia algo obscuro à espreita em seu olhar, forjado nas profundezas do Inferno.

Arrepios percorreram minha coluna, que formigou em alerta. Ele não era um príncipe de contos de fadas. Não havia uma coroa dourada em sua cabeça sombria, tampouco a promessa de segurança esperando em seus braços esculpidos e tatuados. Ele era morte e fúria e fogo, e qualquer pessoa idiota o bastante para se esquecer disso seria consumida por suas chamas.

"Um dia, você vai implorar por um beijo meu." Ele chegou tão perto que eu poderia apunhalá-lo com a adaga. Um calor emanava dele. E me envolvia. Uma gota de suor escorreu entre meus ombros, descendo pelas costas. Estremeci. Ele cheirava a hortelã e a dias quentes de verão, o que destoava demais da escuridão de seu *luccicare*. "Pode ser que você odeie. Ou ame. Mas a tentação vai crescer por essas suas veias repletas de magia, acabando com todo seu juízo. Você vai querer que eu te salve do tormento infinito e te dê tudo que você ama odiar. E, quando eu fizer isso, você vai ansiar por mais."

Passou por minha cabeça uma imagem dele me encostando contra a parede, as pedras pontiagudas como garras em minhas costas, seus lábios suaves, porém exigentes, me saboreando. Minha boca ficou seca como os ossos do círculo de invocação. Eu preferiria vender minha alma a estar com ele.

"Não se preocupe", sussurrou ele, roçando os lábios na pele delicada de meu pescoço. Paralisei. Ele tinha se movido com tanta rapidez que eu nem percebi. "Você teria que ser a última criatura dos dois reinos combinados para que eu te desejasse, bruxa. Talvez nem isso fosse suficiente para me atrair. O que estou oferecendo é um tratado de sangue."

12

Nunca faça um pacto com um demônio, sobretudo com um príncipe do Inferno. As mentiras dos Malvagi são como açúcar: doces, mas fatais quando ingeridas em grande quantidade ao longo do tempo. Cuidado: são poucos os antídotos possíveis para um veneno tão perverso.

— Notas do grimório di Carlo —

Meu coração retumbou quando ele se aproximou, ressoando quase tão alto quanto as ondas que batiam no penhasco logo abaixo. Ele se demorou um instante, para só então se afastar, como se não tivesse apenas ouvido, mas saboreado os batimentos ritmados e primitivos. Fiquei me perguntando se ele os associava a tambores de guerra e se provocavam nele um desejo por batalha. Em mim, certamente provocavam. Muitas emoções rodopiavam dentro de mim, dificultando minhas decisões. O possível acordo entre Vittoria e o irmão dele. O tratado de sangue com Ira. Toda essa noite estranha e impossível. Eu mal conseguia assimilar o fato de que os Perversos eram reais, e um deles estava diante de mim, me oferecendo um acordo.

"E então?", perguntou ele. "Você aceita de bom grado meu tratado de sangue?"

"Você nem se preocupou em explicar *por que* está me oferecendo este tratado. Então não."

Ele respirou fundo, como se o simples ato de ter que explicar a uma bruxa fosse exaustivo.

"Pelos termos de seu feitiço de *proteção*, devo garantir sua segurança. O feitiço me impede de causar mal a você, mas também exige que eu te ofereça proteção contra os outros. Um pacto de sangue entre nós vai alertar outros demônios de que você é um membro temporário da Casa Ira, e, por conta disso, eles não vão te matar ou desfigurar de forma hedionda. É isso. Concorda com o pacto de sangue?"

Não me desfigurar *de forma hedionda* não era a mesma coisa que *não* me desfigurar. Eu o encarei com seriedade. Após um instante, balancei a cabeça devagar.

"Não, acho que não concordo. Você ficará preso aqui até eu te liberar, e não pretendo invocar nenhum outro demônio. Portanto, não preciso de sua *proteção*."

"Em primeiro lugar, estou preso a este círculo por três dias. E não até você me liberar. Seu... encanto de proteção é diferente. Ele vale, infelizmente, por toda a eternidade." Ele girou os ombros, mas isso não pareceu desfazer a tensão que havia neles. "Em segundo lugar, o tratado de sangue vai me permitir sentir quando você estiver em perigo. Sem ele, não posso garantir sua segurança. E isso vai me fazer violar as regras que *você* estabeleceu quando criou o feitiço."

"É mesmo?" Meu tom o acusava de ser o pior mentiroso que eu conhecia. "Não importa. Quando seu tempo acabar, vou te libertar para que volte para o Inferno, não para o mercado do centro da cidade."

"Sangue de um demônio semimorto. Este foi seu primeiro feitiço de invocação, não foi?" Ele me observava com atenção. Olhei feio, mas não neguei. Ele suspirou. "Que ótimo, estou vinculado a uma novata incompetente até o fim dos tempos. Faça um favor a nós dois e não aceite minha oferta. Prefiro mesmo não ser seu cachorrinho."

"Você teria que vir sempre que eu te chamasse?"

"Não exatamente. Mas, como já disse, eu saberia quando você precisasse de mim."

"Por que está preocupado em me proteger?"

"Não estou. Mas, graças ao seu feitiço, sou obrigado a fazer isso, ou corro o risco de ter meus poderes reduzidos. Então estou aderindo aos termos. *Alguns* de nós aceitamos com cortesia nosso dever."

Claro que sim. Quando um feitiço os obriga a isso.

"Como *exatamente* funciona a proteção?"

"Os demônios vão sentir a proteção e pensar duas vezes antes de fazer mal a você. Não quer dizer que todos serão persuadidos a desistir de te matar, mas eles vão refletir se devem continuar ou não. Eles terão consciência de que podem ser vítimas de minha ira por interferirem em questões da Casa."

Por mais que eu detestasse admitir, ter o demônio da guerra como anjo da guarda não seria nada mal. Não era preciso confiar, nem mesmo gostar dele. Só era preciso acreditar em meus instintos. Naquele momento, eles me diziam que ele não era responsável por assassinar minha irmã. Eu tinha quase certeza de que o acordo era mais benéfico para ele, mas eu conseguiria encontrar uma forma de usá-lo a meu favor. E, mesmo se não conseguisse, não importava. Ira não parecia querer me ver morta, e eu precisava estar viva para descobrir o que aconteceu com Vittoria.

"Está bem. Aceito sua oferta de um tratado de sangue."

"De bom grado?", perguntou Ira.

Confirmei com a cabeça.

"Então me entregue a adaga", pediu ele.

Titubeei, me lembrando do encanto de proteção que eu havia lançado sobre ele. Pela primeira vez desde que aparecera na caverna, Ira parecia exultante enquanto eu deslizava a arma para suas mãos estendidas. Antes que eu mudasse de ideia, ele cortou o dedo e o apertou para que algumas gotas de sangue se formassem. O ferimento se fechou logo em seguida.

"Eu vou ter que... beber isso?"

Ele olhou rapidamente em minha direção.

"Que tipo de histórias te contaram sobre nós?"

"Perversos, depravados e bebedores de sangue", falei baixinho. Ele provavelmente tinha me ouvido, porque não pediu mais nenhuma explicação.

"A menos que você goste de beber sangue. Misturar o meu com o seu já basta."

Reagi à provocação com um olhar firme, levantei o braço, que ainda sangrava, e ele pressionou o dedo em meu ferimento. Ele parecia tão enojado com aquilo quanto eu. Rangi os dentes; trocar sangue com um demônio não era o que eu chamaria de noite ideal, mas lá estávamos nós.

"Repita comigo, eu... seja lá qual for seu nome completo, aceito de bom grado este tratado de sangue com a Casa Ira pelo período de seis meses."

"Seis *meses*?" Afastei meu braço e cerrei as mãos. "Que absurdo! E se eu não quiser sua proteção por tanto tempo?"

Ele massageou as têmporas.

"E o que você quer, bruxa? Por que você me invocou?"

"Quero descobrir quem matou minha irmã."

"E?"

Hesitei. A ideia inicial tinha sido invocar um demônio para desfazer o feitiço no diário de minha irmã. Mas agora eu não queria que Ira soubesse que o diário existia. Pelo menos não até que eu descobrisse por que Carolina havia dito que eles viriam procurar por ele.

"Só isso."

"Você está mentindo."

"E você não está?"

Ele fez que não com a cabeça.

"Estar vinculado a você me impede de mentir. Seria... indelicado de minha parte."

"Ah, é claro. É preciso ter boas maneiras para arrancar o coração de um inimigo." Olhei para ele, avaliando sua reação. Não podia apenas acreditar nele, não sem provas. "Se sua magia não estivesse atrelada ao feitiço de proteção, você me machucaria?"

"Se fosse preciso, sim."

E ele não parecia muito descontente com a ideia. Pelo menos eu sabia que ele estava me dizendo a verdade sobre ser incapaz de mentir. Ele ficou aguardando uma resposta, mas preferi esperar. A nonna sempre dizia que era possível obter muita coisa observando o silêncio. Ele era um demônio da guerra, mas eu também entendia de estratégia. Não demorou muito para ele dizer alguma coisa.

"Acredite no que quiser, mas estamos alinhados no mesmo objetivo: encontrar o assassino de sua irmã."

Ele e eu não estávamos alinhados em nada e nunca estaríamos. A fúria se espalhou pela caverna, mais rápida e poderosa do que o vento que uivava do lado de fora. Ele me lançou um olhar entediado que fez meu sangue ferver ainda mais.

"Por que você está preocupado em fazer justiça por minha irmã?"

"Não estou", respondeu ele. "Não me confunda com um humano de nobres intenções."

"Se quer que eu confie em você o suficiente para fazer um acordo de sangue, ou sei lá como é chamado, preciso saber *por que* você quer desvendar o crime."

Ele ficou em silêncio por um instante, parecendo decidir qual informação iria compartilhar.

"Quero deter o assassino antes que ele ataque outra vez. Claro que me aliar a você não é o ideal, mas, se recebi essas cartas para o jogo, vou usá-las a meu favor. Você é uma bruxa, como todas as vítimas antes de sua irmã, e também é ligada à vítima mais recente. Em algum momento, acredito que você me será útil para atrair o assassino. Portanto, gostaria de sentir quando você estiver em perigo para que eu possa eliminar a ameaça."

Abri a boca, mas ele ergueu a mão para me impedir de falar.

"Não vou dar mais nenhum detalhe, a menos que concorde com o pacto de sangue."

Ira não estava mentindo. Ele não me diria mais nada, a menos que eu concordasse com o trato. Eu poderia aceitar a oferta *de bom grado*, mas, pensando bem, eu não tinha outra opção. Pensei em minha irmã e na hora soube o que ela faria. Respirei fundo.

"Vai me dizer mais sobre o envolvimento de minha irmã com seu irmão?"

"Vou compartilhar todas as informações necessárias."

Demônio ardiloso. *Todas as informações necessárias* não era o mesmo que *todas* as informações. Olhei para ele, tentando entender a sensação desconfortável que crescia dentro de mim. Ele alegava que o pacto de sangue fazia parte do feitiço de proteção que utilizei, mas eu não tinha certeza se aquilo era verdade. Pensei no fato de tê-lo vinculado a mim. Ele disse que sentiria quando eu estivesse em perigo, mas eu não gostava da ideia de que ele sempre fosse saber onde eu estaria. Demônios podiam ter normas e regras de conduta, mas eu não sabia nada sobre elas.

Talvez ele achasse que arrastar alguém para o Inferno, para reinar por toda a eternidade, fosse uma espécie de honraria.

"Então me responda só mais uma pergunta", disse. "Além de não poder mentir, o que mais os demônios são proibidos de fazer?"

Ele demorou um pouco para responder.

"Também não podemos entrar na casa de um humano sem sermos convidados. Podemos usar nossos poderes, mas não para causar danos físicos diretos. E, depois de invocados, somos obrigados a permanecer neste mundo até o convite ser retirado."

"Se eu retirasse o convite, você teria que partir de imediato?"

"Sim. Temos um acordo?"

Ele parecia relaxado, casual. Mas seus olhos estavam focados, atentos. Ele queria muito que eu concordasse com sua oferta. Pensei nas histórias que a nonna nos contava quando crianças, sobre como nunca podíamos confiar nos Perversos. O próprio Ira tinha sido citado.

Eu queria muito ser mais parecida com minha irmã gêmea. Mas não conseguia deixar de ser eu mesma.

"Não, príncipe Ira. Não aceito seu tratado de sangue."

13

Uma bruxa nunca deve fazer um tratado de sangue com um príncipe do Inferno. O tratado permite que aquele que foi invocado tenha uma ligação direta com a bruxa. Não se sabe quanto tempo dura o laço ou se pode ser rompido. Nunca se esqueça: estabelecer um laço a partir do amor é tão perigoso quanto um laço criado a partir do ódio.

— Notas do grimório di Carlo —

A nonna deu uma olhada para a adaga presa à minha cintura e começou a cortar o frango como se estivesse visualizando o crânio de alguém. Antes de sair da caverna, confisquei a arma de volta e Ira ficou mais ou menos com a mesma cara que a nonna estava fazendo. Se ela estava contrariada vendo a arma do príncipe demoníaco, nem queria imaginar como ficaria perturbada se soubesse da tatuagem mágica que compartilhávamos.

Eu tinha vestido uma blusa de mangas compridas e esvoaçantes para escondê-la. Antes de ir para a cama, inspecionei as duas luas crescentes dentro do círculo de estrelas. A tinta cintilava como o luar. Embora a tatuagem me vinculasse a Ira, ela não me incomodava. Era delicada e bonita.

Poft. Poft. A nonna batia no pobre frango com uma concentração fora de série. Pelo menos o prato do dia estaria macio e deixaria nossos clientes com água na boca. Ainda bem que algumas pessoas ainda tinham apetite. Eu tinha perdido o meu.

Ignorei a agitação que sentia no estômago toda vez que pensava nos acontecimentos da noite anterior. Se a nonna soubesse que eu não só tinha invocado um dos Malvagi, mas também quase feito, de bom grado, um tratado de sangue com ele... Fechei os olhos e resisti ao ímpeto de me deitar.

Em vez de bater no frango, a nonna poderia fazer uma caminhada até o penhasco mais próximo.

Olhei para o pequeno relógio sobre o fogão. Eu queria terminar os preparativos do jantar e voltar antes do anoitecer para a caverna onde Ira estava preso. Dessa vez eu exigiria respostas. Além de sua nobre posição no Inferno, eu não sabia nada sobre ele. Apenas que ele *era* o diabo e tinha seus próprios objetivos diabólicos.

Apesar das incógnitas a respeito de Ira, eu tinha certeza de pelo menos dois fatos. O primeiro era que ele queria encontrar o assassino de minha irmã e talvez matá-lo, quem quer que fosse. E o segundo era o desejo de fazer um pacto de sangue comigo. Eu não tinha nenhuma intenção de levar a cabo aquele pacto repulsivo, mas essa vontade dele me dava uma excelente vantagem na hora de interrogá-lo. O irmão dele também teve interesse em fazer acordos com bruxas, e eu queria saber por quê.

Se seus irmãos demônios não eram os responsáveis pela morte de minha irmã gêmea, era ainda mais provável que os responsáveis fossem caçadores de *strega*. Não deixava de ser prudente ter Ira por perto para me proteger enquanto algum fanático cheio de ódio por bruxas estava à solta arrancando corações. Eu deixaria o príncipe demoníaco lutar com ele e correria para um lugar seguro. E se eles se destruíssem no processo? Problema deles.

Fatiei cogumelos para o molho e os levei à frigideira com o alho e as chalotas já refogadas na manteiga. Fazia meu trabalho de forma mecânica; a cozinha não tinha mais a magia de antes. Mas não ajudava nada ficar olhando o tempo todo para o relógio. Deixar um demônio sozinho a tarde toda era preocupante. Fosse ele um príncipe do Inferno ou algo pior, ainda era inegavelmente perverso.

Ao nascer do sol, antes de deixar a caverna, lancei um feitiço de contenção extra que não foi muito bem aceito por ele. Ele não podia me machucar por causa do encanto de proteção, e eu estava bem confiante de que ele não estava mentindo quando disse que ficaria preso por três dias, mas preferi tomar as devidas precauções.

Principalmente porque aquilo o tinha deixado furioso. A nonna nos disse que os Malvagi não suportavam a luz do sol, então eu pretendia voltar antes do anoitecer, caso meu feitiço não tivesse funcionado ou ele tivesse dado um jeito de desfazê-lo.

A nonna colocou o rolo de macarrão de lado e entregou a travessa de frango para minha mãe passar na farinha. Ela ficou me olhando fatiar mais cogumelos enquanto tirava a rolha de uma garrafa de vinho Marsala e vertia um pouco em uma frigideira quente. Fingi não perceber.

"Distrações na cozinha podem causar acidentes, Emilia." Ela limpou as mãos e jogou a toalha sobre o ombro. "Precisa se sentar?"

Parei de picar os cogumelos e a encarei.

"Estou bem, nonna. Apenas cansada."

E um bocado ansiosa devido aos acontecimentos nas últimas 24 horas. Era difícil aceitar que os monstros das histórias da minha infâncias eram reais. Eles não tinham olhos vermelhos, dedos em forma de garra ou chifres. As criaturas do Inferno eram elegantes, majestosas, educadas. Isso bagunçou minha ideia de como o mal se apresentava ao mundo. Ira deveria ter dentes pontiagudos e babar, e não ser uma beldade sem camisa que qualquer artista adoraria pintar.

"Nicoletta, tem algum conselho para sua filha?"

A nonna se dirigiu à minha mãe para pedir ajuda, mas mamma estava imersa em sua própria tristeza. Ela colocou um pedaço de frango em uma tigela com farinha temperada com sal e pimenta, sacudiu o excesso e o colocou em uma frigideira quente. A manteiga estalou e espirrou, satisfeita com a oferenda.

Minha mãe pegou outro pedaço de frango e repetiu o procedimento. Ela trabalhava com base na memória corporal, sem ter nenhum pensamento consciente. Desviei o olhar.

A nonna segurou meu queixo, me obrigando a encarar seus olhos resolutos.

"Seja qual for a confusão que você está procurando, ela acaba hoje à noite, Emilia. A lua está quase cheia e não é hora de ficar brincando com forças que você não sabe controlar. *Capisce?*"

"Não estou procurando confusão nenhuma, nonna." Apenas a invoquei, pensei. "Está tudo bem. *Eu* estou bem, juro."

A nonna soltou meu rosto e se afastou, balançando a cabeça.

"Nada está bem, menina. Faz um mês que nada está bem, e imagino que continuará assim por um bom tempo. Vittoria se foi. Nada vai trazê-la de volta. É duro, mas é a verdade. Você precisa aceitar isso e viver seu luto. Deixe a vingança de lado ou ela vai amaldiçoar todos nós."

⌒⌒⌒

"*Quanto* você disse que essa camisa custa?" Olhei feio para Salvatore, o ladrão que se dizia vendedor. Balancei a roupa de preço abusivo para ele. "Nós dois estamos falando da mesma camisa, certo? A que está com os cotovelos praticamente esfarrapados?"

"É um valor justo." Do outro lado da banca de mercadorias, ele ergueu as mãos e deu um passinho para trás. "Carolina está vendendo as dela por bem mais. Pode olhar."

Sal indicou com a cabeça a banca do outro lado da travessa. Ele tinha razão, mas todo mundo na região chamava — e admirava — a tia de Claudia, Carolina, de "trambiqueira". Mas só as pessoas ricas que gostavam de passear pelo mercado lotado pagavam aqueles preços absurdos. Eu achava que tinha mais a ver com o fato de que ela enfeitiçava a mercadoria para ficar irresistível para essa clientela. Tentei não olhar na direção da banca para não correr o risco de ser chamada por ela e interrogada sobre como tinha sido minha invocação de demônio.

Até mesmo os praticantes de magia das trevas temiam os Perversos.

Entreguei as moedas a Sal e enfiei a camisa na bolsa, resmungando. Por mais que eu quisesse ficar e pechinchar por aquela péssima peça de roupa, o sol logo se esconderia, e eu precisava me certificar de que o demônio ainda estava preso no círculo.

Eu me apressei em meio à multidão daquele fim de tarde, ignorando os comerciantes que me chamavam para experimentar queijos, comidas ou um lindo par de brincos. A menos que pudessem me vender um feitiço demoníaco para destrancar o diário de minha irmã, não tinha interesse em nada.

"Emilia?"

Parei no final da rua que dava para o trecho íngreme e sinuoso que levava à caverna abandonada. Talvez tivesse imaginado a voz dela. Fechei os olhos, rezando para que não passasse de um truque de minha imaginação. Não estava pronta para esse encontro e, mesmo que estivesse, a luz do dia estava acabando. Criaturas perversas saíam à noite, e eu conhecia pelo menos uma que desejava escapar de seu cárcere.

"Emilia! *É você*, graças às estrelas. Estava torcendo para você passar por aqui."

Respirei fundo e dei meia-volta para encarar minha amiga.

"Oi, Claudia. Como…"

Ela me abraçou muito forte, me esmagando, e suas lágrimas repentinas ensoparam meu colarinho.

"Já passou um mês inteiro e ainda não consigo acreditar. Mesmo depois de tê-la visto no caixão." Claudia se afastou um pouco e sacudiu os cachos escuros. Seus cabelos estavam mais curtos que da última vez em que eu a vira. Estavam muito bonitos. "Andei tendo uns… sonhos muito estranhos. Minha tia acha que são mensagens urgentes."

Averiguamos a rua, mas não havia ninguém próximo o suficiente para nos escutar. Por "sonhos", minha amiga queria dizer "visões". A magia de Claudia era mais forte no campo da divinação. Às vezes, suas visões eram mais que visões. Outras vezes, não eram. O problema é que nunca dava para dizer quando era um presente das deusas da visão e das premonições e quando era apenas fruto da imaginação.

Fiquei chateada por tê-la deixado se preocupar sozinha com os possíveis significados. Vittoria costumava fazer anotações e uma porção de perguntas diferentes. Desejei desesperadamente que ela estivesse ao meu lado naquele momento.

"O que você viu?"

Claudia olhou ao redor.

"Acho que foi mais um alerta do que uma visão de verdade."

Independentemente do que fosse, ela tinha ficado assustada. Minha amiga parecia apavorada. Cheguei mais perto e peguei na mão dela.

"O que foi?"

"Não sei… Vi asas pretas e um jarro vazio que enchia e esvaziava. Tudo era muito estranho. Acho que trevas terríveis estão chegando", disse ela. "Ou já chegaram."

Arrepios percorreram meu corpo. Engoli a vergonha. Não havia dúvida de que Claudia tinha me visto invocando Ira. Atrair um príncipe do submundo do Inferno era uma enorme façanha. Eu não tinha a menor ideia dos abalos mágicos que poderiam ter sido desencadeados. A ordem natural do mundo havia sido perturbada. Eu trouxera para ele algo que não lhe pertencia. Era o tipo mais obscuro de magia que existia, e não fiquei surpresa por uma bruxa obscura ter sentido.

"Talvez seja só a forma que seu subconsciente encontrou para explicar que Vittoria..."

"É, acho que você tem razão", ela logo concordou. "Domenico também está arrasado. Ele visita o mosteiro pelo menos três vezes por semana para rezar."

Fiquei feliz que a conversa desviou do Grande Mal que eu tinha convidado para nosso mundo, mas pensar em minha irmã deitada no mosteiro suscitava sensações terríveis. Tentei não prestar atenção no rosto molhado de lágrimas de Claudia. A última coisa que eu queria era começar a chorar e aparecer de olhos vermelhos e rosto inchado para confrontar Ira. Queria projetar destemor e fúria, e não chegar com cara de choro e o nariz escorrendo.

Foi o único pensamento que me impediu de desabar. Bem, isso e saber que o amante secreto de minha irmã estava rezando tanto. Com meu luto e o desejo de destrancar o diário dela, eu tinha me esquecido completamente dele.

"Eu não sabia que era público que eles estavam..."

Eu não sabia muito bem como chamar aquele relacionamento. Não diria cortejar, porque Domenico não tinha falado com meu pai, e Vittoria certamente não tinha falado sobre ele. Se eu não tivesse visto o nome dele escrito no diário dela, nem saberíamos que ela gostava dele. Aquele pensamento era doloroso, então o escondi bem lá no fundo, onde não poderia me machucar, junto dos outros sentimentos desagradáveis que eu vinha acumulando.

"Domenico falou alguma coisa sobre isso?"

"Não sei direito. Ele não comentou nada. Geralmente, ele se fecha em uma das salas vazias, acende velas de sete dias e fica por lá até depois da meia-noite. Acho que ele está lá agora, na verdade. Ele sempre parece muito triste."

Eu queria falar com ele e sabia que devia, mas ainda não me sentia pronta. Achei que seria cruel aparecer, já que era a imagem quase exata de sua amante assassinada. A verdade era que eu não estava pronta para confrontar um dos segredos de minha irmã sem partir o que restava de meu coração.

Claudia pegou no meu braço e fomos andando pela via principal.

"*Fratello* Antonio está preocupado com você. Já que foi você que..." Ela engoliu em seco. "Ele voltou da viagem para averiguar rumores sobre transmorfos. Seria bom falar com ele, não acha? Talvez ele possa te confortar de alguma forma."

Conforto era a coisa mais distante de vingança que eu conhecia. Eu não queria nada disso. A irmandade me aconselharia a fazer orações e a acender velas, como Domenico. Nenhuma dessas sugestões ajudaria a vingar minha irmã ou desfaria o feitiço que lacrava o diário. Mesmo que eu confessasse os desejos mais obscuros de meu coração, não havia nada que Antonio pudesse fazer para me ajudar. Ele era só um humano.

Sorri, sabendo que Claudia dizia tudo aquilo de coração. E ela já tinha preocupações suficientes por causa de suas visões desconcertantes.

"Vou falar com ele. Logo. Juro", respondi.

Claudia analisou meu rosto.

"Não se esqueça de me visitar quando estiver no mosteiro. Estou com saudade. Não consigo nem imaginar pelo que você está passando, mas você só precisa ficar sozinha se quiser. Por favor, lembre-se de que ainda está viva e é amada. E, se me permitir, posso ajudar."

Imaginei como seria se eu confirmasse os medos dela a respeito do sonho que teve e contasse tudo que eu havia feito na noite anterior; sobre o demônio que eu havia arrancado do submundo e escondido no nosso. E não um demônio qualquer, mas, se ele estivesse dizendo a verdade, um príncipe da guerra. Um demônio tão cruel e poderoso que era a própria materialização da ira.

Se Claudia soubesse o que eu pretendia fazer em seguida, será que ainda estaria disposta a me ajudar?

Observei a determinação em seus olhos e percebi que era possível que sim.

"Eu..." Respirei fundo. Não confiaria esse segredo a Ira, e Carolina não pôde ajudar, mas talvez Claudia pudesse. Tirei o diário de minha irmã da bolsa. "Tem um feitiço nele que eu não consigo desfazer. Sua tia disse que a magia não era desse mundo. Disse que possivelmente a origem é demoníaca."

Claudia arregalou os olhos enquanto passava os dedos sobre a capa.

"É... ancestral."

"Acha que consegue descobrir que tipo de magia foi usada?"

Ela acenou vigorosamente com a cabeça.

"Posso tentar, com certeza."

"É perigoso", alertei. "Você não pode contar para ninguém que está com esse diário, nem mostrar para ninguém."

"Não vou. Prometo."

Deixei o diário com ela. Estava me preparando para continuar a caminhada quando uma sombra surgiu sobre minha amiga e sussurrou:

"Ele está aqui."

"O quê?" Dei um gritinho e cambaleei para trás. Era a mesma voz desencarnada que eu tinha ouvido na noite da morte de minha irmã. Nunca esqueceria aquele tom. "Quem é?"

"Quem é o quê?" Claudia olhou à nossa volta e chegou mais perto para me estabilizar. "Você está bem, Emilia? Parece que viu o diabo."

"Eu..."

"Você ouviu isso?" Passei a mão pelos cabelos e puxei os fios perto da raiz. Não havia nada ali. Nenhuma sombra ameaçadora e nenhum alerta terrível do além. Talvez eu precisasse mesmo ir à igreja. Quanto mais preces, melhor. "Não foi nada. Achei que você tivesse falado mais alguma coisa."

Claudia não pareceu muito convencida, mas, depois de um segundo de tensão, ela me deu um abraço de despedida e prometeu descobrir tudo que pudesse sobre o feitiço misterioso.

Ouvi a voz da nonna em minha cabeça enquanto saía às pressas do centro da cidade, olhando o tempo todo para trás para ver se estava sendo seguida. Ela tinha razão. *Nada* estava bem.

E eu estava começando a achar que nunca voltaria a ficar.

14

"Vista esta camisa. Ninguém deveria ter que se submeter a *isso* a noite toda, demônio."

Ira agarrou a camisa um segundo antes de ela atingir seu rosto e torceu o nariz. Sinceramente, eu entendia a reação. Camurça marrom amarrotada, cotovelos desgastados e cordões entrecruzados no peito. Ele olhava como se eu tivesse arrastado uma carcaça em decomposição e lhe dito para esfolá-la e costurar uma jaqueta com o couro.

"Não", retrucou ele, determinado.

"Não?" Inclinei a cabeça como se não tivesse escutado muito bem.

"Parece que você enfiou esta coisa de qualquer jeito no fundo de uma gaveta e deixou guardada por meses. Está fedendo a algo que foi usado para limpar entranhas de porco." Ele jogou a camisa de volta para mim. "Arrume uma coisa mais adequada, ou lide comigo como estou."

"Como é que é?" Fui até a fileira de ossos e cruzei a linha sem hesitar. Fiquei cara a cara com ele, espumando. Um lampejo selvagem em meus olhos o desafiava a me dizer *não* novamente. "Vista. A. Camisa. *Agora*."

"Te incomoda tanto assim me ver desse jeito? Teve pensamentos pecaminosos a meu respeito ontem à noite?" Ele deu um sorriso cheio de malícia. "Essa é a especialidade de meu irmão, mas, não tema, todos somos talentosos entre quatro paredes."

"Porco."

"Gostaria de rolar na lama comigo?"

"Vai sonhando", respondi, cheia de fúria.

"Não quero." Juro que a temperatura caiu para combinar com a frieza de seu tom de voz. "Vocês *nos* chamam de perversos, mas as bruxas são criaturas vingativas sem alma e sem escrúpulos." Ele apontou com a cabeça para a adaga presa à minha cintura. Parecia ridiculamente deslocada em contraste com minha saia esvoaçante e a blusa de mangas. Mas não importava. Ele não a teria de volta. "Pode me esfaquear, se quiser, mas eu não vou vestir essa monstruosidade."

"Você está falando sério? É só uma camisa." Eu o observei e não compreendi a expressão que havia em seus olhos. "Preciso mesmo lembrar que você não está em condições de fazer exigências nem de se recusar a fazer o que eu mando?"

O aborrecimento dele se uniu ao meu em profano matrimônio.

"Aqui vai uma pequena lição, já que você infelizmente parece ser tão pouco instruída, bruxa. Invocar não quer dizer *possuir*. A contenção não é para sempre."

Ele se aproximou de tal forma que, ficando onde eu estava e sentia o calor de seu corpo, ou recuava para encará-lo. Demorei um pouco para me afastar, mas dei um passo para trás.

Era inacreditável que ele quisesse ficar discutindo sobre roupas enquanto eu tentava entender o que podia ser aquele fantasma particular do Inferno. *Se* aquilo fosse mesmo real e não alguma criação sinistra produzia por minha mente para me assombrar.

"Eu posso e vou me recusar a fazer o que você pedir sempre que eu quiser", disse ele, e sua voz saiu grave e assustadora. "*Nunca mais* cometa o erro de achar que tem qualquer poder sobre mim além do feitiço que me prende aqui. E nem ele não vai durar."

Ele respirou fundo, como se estivesse gostando da raiva que emanava de mim. Pensei em socá-lo outra vez, mas me contive.

"Você não vai conseguir desfazer o feitiço sem mim, demônio."

"Talvez não. Mas feitiços de contenção, do mesmo jeito que feitiços de invocação, duram três dias. Depois disso, estarei livre para sair desse círculo e fazer o que eu bem entender." Ele se afastou um pouco e se recostou na parede da caverna para me observar enquanto eu digeria a informação. "Veio para ficar discutindo a noite toda ou mudou de ideia a respeito do pacto de sangue?"

"Nem um, nem outro. Vim te interrogar sobre caçadores de bruxas."

Ele soltou uma gargalhada repentina que me assustou. Eu me recuperei rapidamente e cruzei os braços.

"Do que você está rindo?"

"De onde eu venho, informação é moeda de troca. Ninguém espera conseguir nada de graça. Se você entrar em qualquer casa real e exigir receber informações, vai ser esfolada viva."

Desejei que ele não conseguisse ouvir meu coração descompassando conforme deixava aquela imagem tomar forma.

"Concordar com um tratado de sangue não conta como pagamento?", perguntei.

Ele se aprumou e desfez de imediato o sorriso malicioso. Aquilo chamou sua nobre atenção.

"Acredito em decisões tomadas com base em conhecimento prévio. Portanto, exijo uma troca de informações básicas. Imagino que não seja um problema para você concordar com isso, certo?"

Ele me analisou como alguém olharia para um gato, se ele de repente começasse a dar ordens para os criados.

"Muito bem. Vou fazer sua vontade e responder *algumas* perguntas. Escolha com cuidado."

"Ficou sabendo de humanos que se juntaram para caçar bruxas?"

Ele fez que não com a cabeça.

"Não recentemente. Mas o passado já mostrou que eles foram ativos, então tenho certeza de que essas pessoas existem."

"Qual de seus irmãos fez um acordo com minha irmã?"

"Soberba."

Fechei a boca. Em religiões humanas, o diabo com frequência era associado àquele pecado em particular. Na noite anterior, Ira só havia me contado que minha irmã tinha feito um acordo com o irmão dele; ele não tinha mencionado qual demônio era. O que significava...

Uma lembrança surgiu em minha cabeça. Na noite anterior à morte de Vittoria, eu tinha perguntado o que ela estava fazendo no mosteiro.

"Estava invocando o diabo. Um livro antigo sussurrou seus segredos para mim e eu resolvi aceitá-lo como meu marido. Eu até te convidaria para o casamento, mas tenho quase certeza de que a cerimônia vai ser no Inferno."

Sangue e ossos. Vittoria não estava brincando. Perguntas pululavam em minha cabeça como abelhas zangadas.

"Isso era tudo que você queria saber, bruxa?" Ira se aproximou, interrompendo meus pensamentos.

Minha irmã havia me contado a verdade e eu não tinha dado importância. Não fiz perguntas, nem a levei a sério. Eu devia ter desconfiado. Ela sempre dizia coisas estranhas para humanos e achava engraçado vê-los pensando que estava mentindo. Se eu não estivesse tão irritada por ela ter me envergonhado na frente de Antonio, teria prestado mais atenção. Eu *devia* ter prestado mais atenção. Respirei fundo para me estabilizar. Estava começando a notar os detalhes.

"Por que Soberba queria se casar com ela?", perguntei. A expressão de Ira tornou-se impossível de decifrar. Minha paciência estava por um fio. "Eu sei que minha irmã tinha concordado em se casar com ele. Ela me contou."

Ele ficou imóvel, e imaginei as engrenagens em sua mente funcionando enquanto ele formulava mil cenários diferentes e pesava os prós e contras daquela troca de informações. Para ser sincera, achei que ele não responderia. Não pareceu muito satisfeito quando decidiu responder.

"Soberba precisa se casar para desfazer uma maldição que foi lançada sobre ele."

"Por que está ajudando seu irmão?"

Ele mostrou os dentes.

"Estava entediado. Parecia divertido."

Se ele realmente não podia mentir para mim, aquilo tinha que ser, pelo menos em parte, verdade.

"Então sua missão é encontrar uma pessoa disposta a se casar com Soberba?"

"Sim. Ele precisa que a noiva seja uma bruxa. Parte de minha missão envolve garantir que sua prometida chegue ao nosso reino em segurança, caso aceite o acordo."

"Por que ele precisa se casar com uma bruxa?"

"Ele precisa de alguém com habilidades mágicas para desfazer a maldição."

"E se ela se recusar?"

"Então ela será avisada de que forças... antagônicas... desejam seu mal."

Era uma forma muito educada de dizer que se ela recusasse a oferta, correria o risco de ser morta.

"As outras duas vítimas também eram bruxas. O que significa que receberam a mesma proposta feita a Vittoria", disse mais para mim mesma, processando em voz alta a nova informação. Ainda assim, Ira confirmou educadamente com a cabeça. "Elas foram mortas antes ou depois de você falar com elas?"

"Depois."

"Você deu a elas tempo para pensar sobre o acordo?"

"É claro que sim. Elas tiveram um dia para considerar a proposta."

Aquilo me pegou de surpresa. Se eu precisasse que alguém aceitasse um acordo para desfazer uma maldição, tempo seria a última coisa que eu ofereceria. Muita coisa poderia dar errado.

"Como você escolhe a bruxa?" Ira olhou para mim como se dissesse que o tempo para fazer perguntas estava terminando. "Responda pelo menos isso, demônio. Quantos outros em seu mundo sabem para quem vocês estão propondo esse acordo?"

"Só Soberba e eu."

Parei para refletir. Na verdade, aquilo aumentava a lista de suspeitos. Em vez de me preocupar com um espião no reino de Ira, abria a possibilidade de as vítimas terem contado a outras pessoas sobre o pacto com o diabo no meu mundo também. E essas pessoas poderiam ter espalhado a informação, ou outras talvez tivessem escutado as conversas. Um dia era tempo suficiente para os rumores começarem a surgir.

Só que... havia um grande problema naquela teoria. *Streghe* não contavam seus segredos. Pensei mais uma vez nos caçadores de bruxas. Ira não parecia achar que eles eram uma ameaça, mas eu não havia encontrado nenhum indício de que eles poderiam ser totalmente descartados. Ainda parecia fazer mais sentido que os responsáveis fossem eles. Talvez tivessem, de alguma forma, descoberto quem eram as bruxas de verdade na ilha, e a questão do pacto com o diabo fosse mera coincidência.

"Vai me dizer quem é a próxima bruxa?"

"Não."

Avaliei minhas opções. Poderia mandar recado para as doze outras famílias de Palermo, mas havia a possibilidade de serem interceptados. Aparecer em suas casas ou locais de trabalho também era arriscado, caso estivéssemos sendo observadas, então não era uma opção viável. Era uma época delicada, e cada movimento precisava ser realizado com todo o cuidado do mundo. Minhas nobres intenções poderiam machucar alguém. Esperava que as outras famílias estivessem tomando as devidas precauções depois dos assassinatos recentes.

Ira se aproximou da beirada do círculo de ossos, com cara de más intenções.

"E então? Está pronta para se tornar membro da Casa Ira?"

"Não. Enquanto você não decidir trabalhar comigo de igual para igual, recuso sua oferta de *proteção*."

O sorriso dele se encheu de veneno.

"Você não estava nem pensando em aceitar o tratado de sangue, estava?"

Ignorei-o, peguei a bolsa do chão e segui para a entrada da caverna.

"Aonde você está indo?", gritou Ira.

"Para o mosteiro."

"São tempos perigosos. Você não deveria ir sozinha. Irei com você, se me libertar."

Até parece que eu iria deixar aquilo acontecer.

"Fica para a próxima."

"Então arque com as consequências. *Benediximus*. Boa sorte."

Sua risada obscura me acompanhou durante todo o caminho de volta para a cidade.

15

A duas ruas de distância do mosteiro, tive a sensação de estar sendo observada. Fingi não notar durante uma quadra inteira e depois casualmente entrei em uma rua vazia. Se tivesse que usar magia, não queria nenhuma testemunha relatando minha suposta diabrura à igreja. Quando eu era bem mais nova, um *fratello* chamado Carmine saía pelas ruas à procura de pessoas com o mal na alma. Tinha ouvido falar que a igreja o havia mandado para o norte da Itália, mas de vez em quando me lembrava dele. Principalmente quando estava perto do mosteiro, prestes a usar magia.

Segurei meu *cornicello* e observei a viela ao meu lado, procurando algum *luccicare* arroxeado que indicasse que havia um humano por perto. A princípio, não vi nada. E então...

Uma voz grave e suave falou nas sombras.

"Ora, mas que surpresa."

Os pelos de minha nuca se eriçaram e um homem surgiu da escuridão. Seus cabelos eram como seda preta, e os olhos de um verde animalesco. Nenhum humano tinha olhos daquela cor, e o *luccicare* estranho e cintilante que o cercava indicava o que eu já suspeitava: Malvagi. Sem saber o motivo, soltei meu amuleto e discretamente o escondi sob o corpete.

"Você é..." Outro príncipe demoníaco. Uma criatura que eu *não tinha* invocado. O que significava que havia outros modos de eles chegarem neste mundo. Algo que eu já deveria ter entendido, já que um mês antes Ira estava parado diante do corpo de minha irmã. O impossível estava se tornando uma piada.

Dei um passo para trás e rezei em silêncio para a deusa da batalha e da vitória. O novo demônio sorriu como se tivesse lido meus pensamentos. Eu queria desviar os olhos, mas não conseguia. Era como se sua energia estranha e pulsante me mantivesse presa, por mais que eu quisesse gritar.

Em vez de entrar em pânico, registrei os detalhes. Ele era quase tão alto quanto Ira e tinha uma beleza oposta à clássica, porém chamava atenção por causa disso. Tinha barba bem aparada, que acentuava seu rosto anguloso. Olhando fixamente para ele, quase senti uma pontada de...

"Inveja." O demônio conseguiu fazer uma única palavra parecer ao mesmo tempo ameaçadora e convidativa. "E você é... intrigante."

Eu não queria ser intrigante. Não queria ficar sozinha com ele. Queria fugir. Mas não consegui botar em prática nenhuma dessas intenções. Fiquei ali, paralisada e apavorada. Os Perversos não eram vistos neste mundo havia quase cem anos. E agora pelo menos dois deles estavam em Palermo.

Não conseguia identificar o porquê, mas sentia que esse príncipe era diferente de Ira. Havia algo nele que parecia fatalmente angelical. Mas, se algum dia ele teve um halo, já havia se quebrado. Eu queria me ajoelhar em súplica e também gritar por clemência.

Inveja espreitava no fim da viela. Da mesma forma que Ira na primeira noite em que o vi, seu irmão vestia roupas elegantes. O paletó e a calça eram pretos; a camisa e o colete, que ostentavam tons de verde, eram perpassados por fios prateados. Ele tinha uma adaga presa à cintura, com uma enorme pedra verde incrustada no cabo.

Todos os meus sentidos latejavam em alerta. E medo. Essa criatura da escuridão não tinha obrigação de me proteger, e eu estava bem ciente de minha vulnerabilidade.

A minha saia não tinha bolso secreto, então meu giz consagrado sob a lua tinha ficado em casa. O que significava que eu não tinha como desenhar um círculo de proteção, não tinha ervas para oferecer à terra, e tinha a impressão de que sair correndo apenas o divertiria. Fiquei sem fôlego de tanto medo. Estava à mercê desse demônio.

Meu pânico de repente se transformou em outra coisa. Um sentimento obscuro, brutal e avassalador vibrava ao meu redor. Era frio e ancestral, sem início ou fim. Como toda magia, ele apenas *era*.

E eu desejava que todo ele fosse *meu*. Até a última gota.

Senti uma inveja repentina do imenso poder que esses demônios detinham. Por que as criaturas do Inferno mereciam tudo aquilo? Por que eu era menos digna de deter algum poder?

Eu era abençoada pela deusa, não amaldiçoada pelo demônio!

Se eu tivesse um *pedacinho* daquela magia, poderia obrigar que me dissessem o que aconteceu com minha irmã gêmea. Poderia impedir que outra bruxa morresse em um acordo demoníaco. E subjugaria o submundo. Queria tanto o que eles tinham que queimava de ódio. Era um ódio gélido tão poderoso que fiquei totalmente paralisada.

Era demais. Querer coisas que nunca seriam minhas...

Inveja se inclinou para a frente com um brilho ávido nos olhos estranhos. Tive a impressão de que ele sentia as mesmas coisas. Que invejava os irmãos de um modo que quase o enlouquecia. Jamais poderia imaginar me sentir daquela forma em relação à minha irmã gêmea. Devia ser tão solitário, tão excludente...

Segurei a adaga que tinha tomado de Ira, pressionei-a contra o peito e quase gemi de prazer quando o sangue começou a minar. Ela perfurou minha pele com um êxtase atroz. Estava pronta para arrancar meu coração só para acabar com aquela dor profunda de saber que eu nunca teria aquele poder...

Uma pequena corrente elétrica pulsou de minha tatuagem, mandando fagulhas de energia pela minha pele, e o feitiço se desfez. Pisquei como se tivesse tido um sonho vívido. Alternei o olhar entre a lâmina em minha mão trêmula e o demônio de olhos verdes, cuja atenção havia se voltado para o meu braço.

Inveja devia estar me transmitindo suas emoções, ou voltando as minhas contra mim.

"Que interessante", comentou o príncipe demoníaco. "Você se sentiu como eu me sinto?"

Se ele se sentia como um abismo infinito repleto de nada, ódio e gelo, então sim.

"O que você fez comigo?"

"Permiti que seus desejos mais íntimos aflorassem. Alguns os chamam de pecados."

Estremeci, me sentindo violada de uma forma que eu não conhecia e esperava jamais vivenciar outra vez. Quase tinha apunhalado meu próprio coração. Se a tatuagem não tivesse me impedido, estaria morta. Então me ocorreu que eu poderia estar errada sobre os caçadores de bruxas. Talvez a nonna estivesse certa o tempo todo e a culpa não fosse dos humanos.

Eu sem dúvida sentia que esse demônio era responsável pelos corpos sem coração.

Mesmo com meu *cornicello*, Inveja tinha conseguido me atingir. Meu pequeno amuleto não era páreo para um príncipe do Inferno. E eu nem sabia se ele tinha usado todo seu poder, ou apenas uma pequena parte dele.

Se ele tivesse feito aquilo enquanto eu estivesse na cozinha com minha família...

Fechei os olhos, sem querer *pensar* sobre o que ele poderia ter me forçado a fazer com eles. E em como eu tinha sido incapaz de resistir a ele. Fiquei me perguntando se nossas precauções, feitiços e amuletos funcionavam mesmo ou se serviam apenas para nos dar uma falsa sensação de segurança.

Com criaturas como Inveja vagando pela terra, não acreditava que algum dia estaríamos seguros de verdade. Tive um ímpeto repentino de chorar. Não era de se estranhar que a nonna tivesse nos contado aquelas histórias e tentado nos esconder.

Esses demônios eram piores que pesadelos. E agora estavam aqui.

"Estranho." Curioso, Inveja direcionou seu olhar animalesco para mim. Olhei para a tatuagem e me surpreendi ao ver que agora serpentes retorcidas circundavam as luas crescentes, formando um círculo maior ao redor delas. O medo tinha me distraído; não senti a queimação no antebraço. Inveja encarou a adaga, já seguramente presa à minha cintura, e um sorriso lento e sagaz brotou em seus lábios.

"Isso é mesmo muito interessante. Teias tão, tão intricadas. Invocadas pelo ódio, vinculadas pelo sangue."

"O que você quer dizer com isso?"

Ele enfiou as mãos enluvadas nos bolsos.

"Você tem algo que eu quero."

"Se for meu coração ainda pulsante, terei que negar."

"Não, mas imagino que você vai acabar entregando o coração para o meu irmão um dia."

Seu tom de voz era monótono. Fiquei me perguntando se Ira sabia o quanto ele era invejoso, mas não disse nada.

"Talvez possamos fazer um acordo. Se você aceitar vender sua alma à Casa Inveja, eu te ajudo a encontrar o que procura." Sua expressão, enquanto esperava, era desumana e gélida. "Cobiço coisas singulares. Você seria um presente interessante para minha corte. Sabe cantar?"

"Eu não sou singular." E também não era uma "coisa" nem um "presente" para ser passado de mão em mão como um tesouro em uma festa.

"Ah, não?" Ele sorriu. "Faz muito tempo que não vejo uma bruxa das sombras. Gostaria muito que você fosse membro de minha Casa."

Não sabia o que ele queria dizer com bruxa das sombras, e essa era a menor de minhas preocupações. Uma imagem de humanos e bruxas paralisados como peças mórbidas em exposição sobre um grandioso tabuleiro de damas lampejou em minha mente. Inveja parecia ser o tipo de demônio que exibiria seus troféus com orgulho, desejoso de que outros seres morressem de inveja de seus bens cobiçados.

Engoli meu pânico crescente, sem saber se aquela era uma imagem que ele tinha transmitido para mim. Não queria descobrir nunca se aquele medo tinha algum fundo de verdade.

"E então?", perguntou Inveja. "Está disposta a se juntar à minha Casa? Posso oferecer proteção contra meu mundo e meus irmãos. Com certeza vai precisar, principalmente agora, com todos esses lastimáveis assassinatos que estão acontecendo."

Meu coração batia descompassado. Havia um antigo provérbio que a nonna sempre murmurava e que dizia: "É melhor ficar com o diabo que você conhece do que com o diabo que não conhece". Nunca ouvi algo tão verdadeiro. Se eu tivesse a opção de fazer um acordo com Ira ou com Inveja, escolheria Ira.

Não tinha dúvida de que Inveja amaria aproximar sua lâmina fatal de minha pele e esfolar camada por camada bem devagar, descobrindo o que *exatamente* fazia de mim uma bruxa das sombras.

O que quer que isso significasse.

Conhecendo um pouco o comportamento rígido e cortês dos príncipes do Inferno, não queria irritá-lo recusando o acordo de imediato. Depois de fingir cogitar a oferta por uma eternidade, eu finalmente disse:

"Fica para a próxima, obrigada."

Ele fez que ia tentar me convencer, mas de repente inclinou a cabeça como se demonstrasse deferência. Ele voltou a olhar para a tatuagem em meu braço.

"Muito bem. Nem mesmo nós, príncipes do Inferno, sabemos o que o futuro nos reserva. Você pode mudar de ideia ou de ponto de vista. Ainda vou te aceitar quando e se escolher minha Casa em vez da Casa de meu irmão." O demônio deu meia-volta e seguiu para a extremidade oposta da rua, parando no cruzamento para olhar para trás. "Ah, um aviso. Os outros estão perdendo a paciência. Se já não começaram a caçar, *virão* atrás de você em breve. Que isso sirva de alerta. É uma cortesia da Casa Inveja. Escolha uma Casa com que se aliar, ou a decisão será tomada por você."

16

Por perto, o fogo crepitava. A fumaça pairava como uma serpente em fuga. Quando vi o Príncipe da Ira pela primeira vez no mosteiro, ouvi um som similar. Talvez fogo e fumaça tivessem algo a ver com o modo com que os demônios viajavam entre mundos.

Inveja tinha ido embora, e minha respiração estava cada vez mais ofegante. Eu havia passado dezoito anos me escondendo dos Malvagi e mesmo assim caíra na armadilha de um deles, que havia usado seus poderes em mim. E tinha sobrevivido. Não sabia se ria ou vomitava. Antes de qualquer coisa, precisava convencer meus joelhos a pararem de tremer.

Pelo amor da deusa sagrada, aquela tinha sido a experiência mais angustiante de minha vida. Se minha irmã tinha se envolvido com os Perversos, desvendar seus segredos e permanecer em segurança tinha se tornado mais difícil. Não sabia se teria tanta sorte da próxima vez que encontrasse um príncipe do Inferno sozinha. Eles alteravam o espaço ao redor deles. E não pareceu demandar muita energia — se é que demandou alguma — quando Inveja fez aquilo. Olhei para o fim da rua. Ainda estava vazia, graças à deusa. Antes de Inveja aparecer, eu estava a caminho do mosteiro. Claudia mencionou que Domenico estava lá, e eu achei que era hora de perguntar se ele sabia o que...

O medo tomou conta de mim a ponto de eu mal conseguir respirar. Inveja havia dito que eu tinha algo que ele queria. Além de meu *cornicello*, que guardei dentro do corpete, onde ele não podia ver, e da adaga de Ira, eu não tinha mais nada comigo. Mas Claudia estava com o diário de minha irmã, e se os Malvagi pudessem mesmo sentir a presença dele, Inveja poderia estar atrás dela nesse mesmo instante.

Se acontecesse alguma coisa com ela...

Segui para a casa dela, correndo tanto que quase perdi as sandálias toda vez que meus pés acertavam pedras irregulares. Corri mais depressa, querendo chegar à casa de Claudia antes do demônio. Pulei sobre cestas no chão, passei por penicos e galinhas que corriam pelas ruelas. Desviei de varais e consegui trombar apenas com um pescador desagradável quando parei com tudo em frente à porta de Claudia.

Segurei na aldrava de ferro e bati até uma vela se acender no andar de cima. Claudia colocou a cabeça para fora da janela do segundo andar.

"Emilia? Sangue e ossos! Você me assustou! Espere aí."

Olhei ao redor, sondando a rua escura. Não havia sinal de que eu tinha sido seguida. Também não sentia nenhum tipo de presença me observando, e esperava que isso significasse que Inveja estava em algum lugar distante.

Um pouco depois, o ferrolho escorregou com um barulho alto, e a porta se abriu. Claudia fez sinal para eu entrar. Corri para dentro e bati a porta, ofegante.

"O que aconteceu, Emilia?"

"Sua tia está em casa?"

"Ainda não chegou. Ela ia ficar até mais tarde na barraca. O que aconteceu?" Ela levantou a vela, tentando enxergar meu rosto. "Você não parece muito bem."

Soltei um suspiro trêmulo.

"Descobriu alguma coisa sobre o feitiço no diário?"

"Na verdade, não. A magia é antiga, com certeza não é deste mundo. Mas tem outra coisa estranha sobre ela. Preciso de mais tempo para..."

"Não!" Estiquei o braço e apertei o ombro dela com delicadeza para amenizar o golpe de minhas palavras. "Quero que você se esqueça completamente desse feitiço no diário. Por favor, é perigoso demais."

Claudia estreitou os olhos.

"O que aconteceu tem a ver com a visão que eu tive?"

"Talvez." Massageei as têmporas. Uma forte dor de cabeça estava começando a aparecer. "Ouça, eu... eu não sei muito bem o que aconteceu hoje à noite, mas os Perversos estão aqui. E acho que a chegada deles tem alguma coisa a ver com o diário de Vittoria. Seja qual for a razão, não quero chamar atenção para o caderno. Nem para você."

"Você falou com algum deles?"

Confirmei com a cabeça.

"O Príncipe da Inveja e eu acabamos de ter uma conversinha adorável. Começou comigo quase arrancando meu próprio coração fora."

Esperei ver um suspiro profundo ou alguma indicação de que minha amiga tivesse ficado horrorizada com o fato de que os Perversos estivessem vagando pela Sicília. Talvez ela achasse que eu tinha batido a cabeça. Com calma, ela foi até o armário e pegou uma garrafa de uma bebida destilada com ervas. Serviu um pouco para cada uma e colocou um copo na minha frente.

"Sente-se." Ela apontou para uma cadeira. "Beba. Vai acalmar seus nervos."

Eu me sentei na cadeira e aproximei o copo do nariz. Tinha cheiro de hortelã misturada com alguma coisa cítrica. Talvez limão-taiti. Virei o corpo, desfrutando do sabor encorpado.

"*Grazie.*"

Claudia bebeu sua dose e guardou a garrafa.

"Você não parece muito surpresa", observei. "Sabia que eles estavam aqui?"

"Já suspeitava." Ela encostou o quadril na mesa e suspirou. "Quando os assassinatos começaram a acontecer e os corações foram roubados, logo pensei na maldição."

"Você está se referindo à dívida de sangue entre a Primeira Bruxa e o diabo?"

"Não", respondeu ela, devagar. "Estou falando da maldição."

Franzi a testa. Ira disse que o diabo queria desfazer uma maldição.

"Essa maldição foi lançada nas bruxas? Ou em outra pessoa?"

"Aí é que está." Claudia contornou a mesa e abaixou o tom de voz. "Ninguém sabe. Bruxas obscuras acreditam que foi o preço que La Prima pagou pelo feitiço de vingança que lançou no diabo."

Era plausível. A magia das trevas sempre exigia um pagamento. Mas lançar um feitiço no diabo... Estremeci, apesar do calor abafado do verão. Eu me lembrava vagamente de ter ouvido a nonna mencionar algo sobre isso, mas ela não parecia muito convencida da veracidade.

"Por que ela amaldiçoaria o diabo?"

"Histórias antigas relatam que ele roubou a alma da primogênita dela. Daquele dia em diante, o diabo ficou preso no Inferno por toda a eternidade. Seus irmãos podem viajar entre mundos com algumas limitações, normalmente nos dias que antecedem e sucedem a lua cheia, mas ele nunca pode colocar o pé para fora do submundo. E não é só isso. Ao que parece, ele só manteria seus poderes se uma bruxa se sentasse no trono ao seu lado, usando o Chifre de Hades para manter o equilíbrio entre os mundos."

"O Chifre de Hades? É uma coroa?"

"Não há documentação escrita sobre o que isso é, nem como funciona exatamente. Minha tia acha que a maldição também remove ou bloqueia nossas lembranças. Ela também acredita que foi isso que aconteceu com Sofia Santorini... Que sua sessão de divinação revelou algo sobre a maldição que ela queria manter esquecido."

"Por *ela queria* você está se referindo à maldição? Como se ela fosse uma entidade?"

Claudia fez que sim com a cabeça.

"É estranho que ninguém se lembre de certos detalhes. Todos conhecem um mito ou uma lenda, mas ninguém sabe a verdade."

"A nonna nunca mencionou nada disso."

"Não me surpreende. Minha tia disse que bruxas da luz não acreditam que La Prima lançaria um feitiço tão perigoso. Vai contra a imagem que elas têm do que significa ser abençoada pela deusa. Quem pode saber?" Claudia deu de ombros. "Histórias mudam toda vez que são contadas. Talvez essa já tenha virado ficção. A única forma de saber a verdade seria ter o primeiro livro de feitiços criado por La Prima. E ouvi dizer que os Perversos estão procurando por ele. Pode haver um feitiço nele que permita que o diabo desfaça a maldição e viaje entre mundos novamente, sem a necessidade de uma rainha bruxa."

Senti um desconforto ao me lembrar das estranhas folhas de grimório que Vittoria tinha escondido sob as tábuas do piso. Não havia como minha irmã ter encontrado o livro de feitiços perdido de La Prima.

No entanto... havia magia ancestral que não pertencia ao nosso mundo trancando o diário. Será que a localização secreta do primeiro livro estava escrita naquelas páginas? Parecia impossível, mas eu havia aprendido que o impossível não passava de fruto da imaginação.

Caso fosse verdade, como minha irmã gêmea encontrara aquilo?

Afastei a cadeira da mesa e me levantei. Até descobrir as respostas para todas as minhas perguntas, não queria que mais ninguém chegasse perto do diário de Vittoria. Se ele continha um feitiço procurado pelo diabo, um feitiço que poderia libertá-lo do Inferno, era mais perigoso do que eu temia.

"Pode pegar o diário para mim?"

17

Naquela noite, encontrei a primeira pista escondida sob as tábuas do piso de meu quarto. Como parecia um detalhe insignificante, não tinha dado atenção à ficha de casa de jogos quando a vi pela primeira vez. Estava preocupada demais com o diário e com as estranhas folhas de grimório para me ater a mais uma das bugigangas colecionadas por Vittoria. Sobretudo algo tão pequeno e irrelevante quanto uma ficha daquelas.

Virei o objeto com cuidado e ri da inscrição em latim gravada na parte de trás. AVARITIA. Avareza. Coloquei a ficha sobre uma superfície plana e fiquei olhando fixamente para o sapo de coroa gravado na frente. Um mês antes, não daria muita importância à coroa nem à inscrição em latim. Mas como tinha tido o infortúnio de encontrar dois dos sete príncipes do Inferno, não conseguia deixar de lado a suspeita torturante de que o dono daquela ficha era outra criatura aterrorizante que eu preferiria evitar.

Se ele fosse parecido com Inveja, eu não podia conceber a ideia de procurá-lo. Não dava para saber que tipo de horror ele poderia tentar me infligir. Mas se Vittoria tinha a ficha, deve tê-lo encontrado. Qualquer que fosse a conexão entre eles, era importante, pois ela havia deixado uma pequena parte dele para ser encontrada. Até agora, embora eu não tivesse descartado totalmente a possibilidade de caçadores de bruxas terem sido responsáveis pelos assassinatos, também não tinha encontrado nenhum indício que apontasse para eles.

Por enquanto, eu precisava me concentrar na pista que tinha em mãos e deixar as outras suspeitas de lado.

Olhei para a janela, para as estrelas tremulando na escuridão enquanto as nuvens passavam por elas. Desejei que minha irmã tivesse dividido seus segredos comigo. Mas desejos não levariam nenhuma de nós a lugar nenhum agora. Era preciso agir. Peguei um pedaço de pergaminho na mesinha de cabeceira que compartilhávamos e me sentei com uma pena e um frasco de tinta. Anotar o que eu precisava investigar poderia me revelar outra linha de raciocínio a seguir. Os Perversos eram um caminho promissor, mas eu tinha a sensação de que estava deixando alguma coisa passar.

Tinha que haver uma conexão amarrando tudo.

Diário enfeitiçado — que magia Vittoria realmente utilizou para lacrá-lo? como ela descobriu essa magia?

Pacto com o diabo — por que ela concordou em ser noiva dele? tem alguma coisa a ver com a maldição que Claudia mencionou? ou ela achou que poderia desfazê-la e permanecer aqui?

Primeiro livro de feitiços — se ele pertence a La Prima, como os Perversos sentem sua presença?

Chifre de Hades — o que é? uma coroa? o quanto é poderoso?

Caçadores de bruxas — estão envolvidos? se estiverem, estão observando os Perversos, ou existe uma conexão entre eles e o pacto com o diabo?

Analisei as anotações. Nada se destacou. A não ser... Eu me lembrei de quando Vittoria começou a agir de maneira estranha. Tinha sido mais ou menos três semanas antes de sua morte. Por volta de nosso aniversário de 18 anos. Na época, pensei que tinha algo a ver com seu flerte secreto com Domenico, mas agora parecia mais provável que tenha sido quando ela começou a invocar demônios.

Uma semana depois do nosso aniversário, aconteceu o primeiro assassinato em Sciacca. Em seguida, a primeira bruxa morreu em Palermo. Uma semana depois do segundo assassinato, minha irmã gêmea foi assassinada. Não sabia se Ira compartilharia comigo muitos detalhes sobre os acordos, mas havia a grande possibilidade de que a primeira invocação de minha irmã tivesse relação com o desejo repentino do diabo de desfazer a maldição.

Talvez seu uso de magia demoníaca tivesse despertado algo adormecido no submundo. Se ela tinha conseguido invocar um príncipe do Inferno, tudo era possível. Ou talvez nada daquilo fosse verdade. Se ela não tivesse invocado um demônio nem encontrado o primeiro livro de feitiços, talvez tivesse encontrado o Chifre de Hades e essa descoberta acabou desencadeando todo o resto.

Abandonei aqueles pensamentos e me concentrei na primeira teoria que havia elaborado. Caçadores de bruxas. Eles eram humanos, e humanos usavam magia popular como parte de sua religião em todo o Reino da Itália. Talvez tivessem uma forma de serem alertados sobre aquele tipo de magia das trevas.

Suspirei. A teoria dos caçadores de bruxas não se encaixava muito, por mais que eu me esforçasse para dar algum sentido a ela. Parecia mais provável que houvesse uma ligação entre demônios sendo invocados, o acordo do diabo e os assassinatos. Eu tinha invocado um príncipe do Inferno, então era plausível que Vittoria também tivesse feito o impossível. O que me levava à próxima questão: onde ela havia conseguido os feitiços de invocação? Fiz outra anotação.

Folhas de grimório — Vittoria estava invocando um demônio para controlar ou um deles deu a ela esses feitiços de invocação? Nesse caso, quem? E por quê?

Parei de escrever e refleti sobre o último tópico. E se ela não tivesse invocado um demônio? E se um deles já estivesse no nosso mundo, como Ira? Se aquele príncipe demoníaco tinha dado as folhas de grimório para minha irmã, isso podia significar que ele a convencera a ajudar em algum esquema perverso. O que um príncipe demoníaco poderia ganhar provocando outro demônio e assassinando suas noivas? Seria uma disputa pelo trono das trevas? Quaisquer que fossem os segredos que minha irmã guardava, eu tinha certeza de que ela nunca ajudaria alguém que assassinasse bruxas.

Peguei a ficha, me perguntando se talvez ela tivesse sido um presente, e não algo que Vittoria apenas levou para casa. Poderia ser um símbolo de boa-fé ou... Eu precisava parar de especular e começar a investigar. Tinha um novo plano para a manhã seguinte, e ele fazia meu estômago revirar.

"Já viu isso antes?"

Mostrei a ficha para Salvatore. Ele podia ser apenas um vendedor de roupas, mas era uma fonte extraordinária de informações. Eu tinha madrugado e saído de casa às pressas antes de a nonna ter tempo de me fazer perguntas sobre o diabo. Ele podia não estar me perseguindo ainda, mas com certeza eu estava tentando encontrá-lo, além de seus irmãos infames.

Uma gota de suor escorreu pelo meu pescoço depois da corrida enérgica até o mercado, e eu provavelmente estava com uma aparência rebelde, com os cachos úmidos e soltos. Com sorte, Sal não me analisaria com afinco, já que havia algo muito mais interessante em que prestar atenção. De todos na cidade, Salvatore era o fofoqueiro mais confiável.

E o mais propenso a compartilhar todos os detalhes que soubesse com qualquer um que perguntasse.

"Isso é..." Ele se apoiou em uma pilha de camisas dobradas, olhando com atenção. "Isso mesmo! É o lugar de que todo mundo tem falado ultimamente. É bem misterioso. Não tem nome, só o sapo com a coroa gravado na porta de entrada. Ouvi dizer que a localização não é fixa e é preciso ter uma dessas fichas para entrar." Ele vasculhou uma pilha de roupas e pegou um lindo vestido vermelho. Era uma das melhores peças de sua banca. Suspeitei de imediato. "Quer fazer uma troca? Eu te dou isso pela ficha. É um ótimo negócio."

"*Grazie*. Mas vou ficar com ela por um tempo." Guardei a ficha na parte da frente do corpete. "Sabe qual foi a última localização dessa casa de jogos?"

"Perto da catedral, mas foi dias atrás. Já deve ter saído de lá. Se não tiver sorte em encontrar, pergunte ao velho Giovanni, que vende *granita* perto da entrada principal. Ele gosta de jogar."

Resolvi primeiro tentar na catedral. Passei uns bons trinta minutos caminhando por cada travessa e ruela. Eu me deparei com um homem urinando perto de uma palmeira, mas a misteriosa casa de jogos permanecia oculta. Procurei por mais alguns minutos antes de recorrer ao velho Giovanni. Mas uma placa em sua barraca indicava: FECHADO.

Claro. Talvez ele estivesse na casa de jogos.

Já estava pensando em desistir e tentar a sorte em outro lugar quando senti um ímpeto repentino de segurar meu amuleto. Quem sabe a deusa da morte e da fúria ainda estivesse guiando meu caminho, ou talvez eu sentisse, enterrada em alguma parte bem profunda que eu não queria examinar com muita atenção, uma leve atração pela magia demoníaca.

Fiquei com a impressão de ouvir um cantarolar baixo conduzindo meu caminho. Não sabia se estava me perdendo em alucinações ou se era uma habilidade latente que emergia cada vez que eu segurava meu *cornicello* e me concentrava. Não importava o motivo, eu só precisava deixar meus instintos me guiarem.

Depois de alguns minutos vagando por ruelas que se desdobravam a partir da catedral, parei em frente a uma porta com um sapo de coroa gravado. Eu tinha conseguido!

Mas estava me sentindo um pouco apreensiva. Soltei o amuleto e ponderei qual seria meu próximo passo. Poderia dar meia-volta, ir para o Mar & Vinha e esquecer aquele pesadelo. Deixar os príncipes do Inferno aos cuidados de alguém mais experiente. Ou poderia tentar ser um pouco mais como Vittoria.

Tirei a ficha do corpete e a segurei junto à porta, rezando para não estar seguindo os passos de minha irmã *muito* ao pé da letra.

REINO DAS BRUXAS
IRMANDADE MÍSTICA

18

Para feitiços de coragem, besunte uma vela vermelha com os seguintes itens durante a lua crescente e a deixe queimar até a chama se extinguir: pimenta caiena, alho, óleo duplamente consagrado e uma colher de sopa cheia de carvão triturado.

— Notas do grimório di Carlo —

A porta se abriu e eu desci um lance de escadas rangentes até chegar a um espaço subterrâneo. Tomando como base a entrada suja e apertada, achei que o interior do recanto de pecado de Avareza seria escuro e abandonado. Mas não era totalmente assim; a sala lotada era escura, com paredes de tijolo, um balcão brilhante cor de ébano que se estendia por todo o comprimento do espaço e, sobre o chão de ladrilhos, várias mesas com tampo de veludo bordô.

Cada mesa se dedicava a um jogo de cartas diferente. Uma mesa redonda colorida de escopa era a que mais se destacava. Homens e mulheres a rodeavam com os olhos fixos nas cartas que torciam para que fossem as vencedoras. Tive a sensação de que o único vencedor de verdade era o príncipe demoníaco que comandava o local.

A casa de jogos irradiava a promessa de abundância. O desejo de riqueza e poder era tão potente que quase assumia uma forma física. Imaginei o desejo alcançando minha garganta e a apertando até eu quase não conseguir mais respirar. Minha atenção dardejava de uma cena depravada a outra.

A avareza aparecia de várias formas, como ganância e cobiça. Era evidente a ganância por poder, riqueza, atenção. O excesso era o veneno escolhido por todos ali, e os clientes pareciam nunca se satisfazer. Eu me perguntei se eles sabiam que horas eram, que o sol tinha acabado de nascer e os chamava para sair, viver. Alguns estavam acabados, exaustos, como se tivessem passado dias acordados, viciados na forma de avareza que haviam escolhido. Havia também um clima de violência no ar, como se um simples desejo pudesse se transformar em algo fatal a qualquer momento. Não era difícil imaginar alguém apunhalando seu concorrente e pegando o que queria à força.

Olhares aguçados cortavam a sala, e eu os acompanhei. Em um canto, um homem com dezenas de garrafas caríssimas de bebida alcoólica era o centro das atenções, distribuindo doses a quem se deleitava com sua presença. No canto oposto da sala, homens e mulheres tiravam camadas de roupa bem devagar, balançando os corpos quase nus na esperança de capturar olhares de cobiça dos que se satisfaziam em observar. A atenção era seu vício, e, por mais que parecesse errado participar de algo que certamente estava aumentando o poder de Avareza, acabei cedendo àquela demonstração sensual.

Eu me livrei do transe e procurei pelo demônio; suspeitava que ele estava por perto.

Havia uma porta na parede dos fundos, protegida por dois guardas bem-vestidos e sisudos. Eu sabia que encontraria Avareza ali. *Se* conseguisse atravessar a sala lotada. Havia tanta gente que era preciso pisar com cuidado. Tentei desviar de grupos de pessoas paradas atrás de jogadores de cartas, mas mal consegui me espremer entre os corpos imóveis. Garçons carregavam bandejas prateadas repletas de comida e bebida, dificultando ainda mais meu progresso. Consegui passar por um grupo que enchia taças de *prosecco* antes de uma briga se iniciar atrás de mim.

Em uma mesa próxima, ouvi gritos e xingamentos. Fiquei na ponta dos pés e passei pela multidão que tentava se aproximar para ver o que havia suscitado tamanha reação. A porta ainda estava longe demais.

Cogitei subir nas mesas e sair correndo por elas quando ouvi o nome dela. Foi como levar uma facada no coração.

"Vittoria!"

Virei devagar, procurando por quem havia chamado o nome de minha irmã. Minha atenção recaiu sobre um homem mais ou menos da idade de meu pai, meio sentado em uma cadeira, meio caindo no chão. Havia fichas de jogo e copos vazios empilhados ao redor dele. Ele me encarou. Suspirei. Era o sr. Domenico Nucci, pai de Domenico.

"*Signore* Nucci. O senhor..."

"Vittoria, seja uma boa menina e vá buscar uma bebida para mim. Pode fazer isso?" Ele prestou atenção na carta que alguém jogou. "Pode pegar também uma porção daquelas lulas fritas, com molho *arrabbiata* para acompanhar. Será mais um jogo longo. Esses trapaceiros estão me deixando faminto."

Ele sorriu como se estivéssemos compartilhando um grande segredo.

"Eu não... Eu sou a Emilia, minha irmã está..." O *signore* Nucci estava nitidamente embriagado e devia achar que estava no Mar & Vinha, pedindo o jantar. O molho de tomate picante com polvo frito era um dos pratos mais populares do restaurante. Isso também explicava a confusão em me chamar de Vittoria; ela costumava ajudar nosso pai e nosso tio no salão, às vezes. "Vou pedir para alguém trazer sua comida o mais rápido possível."

Eu me virei e trombei com um peitoral firme. Um dos homens bem-vestidos que guardavam a porta olhava feio para mim.

"O chefe quer falar com você. Venha por aqui."

A dor que eu havia sentido por ter sido confundida com minha irmã foi imediatamente substituída por medo. Segui o homem musculoso conforme ele abria caminho. O que quer que houvesse atrás daquela porta emanava poder, e eu sabia que isso significava a presença de um príncipe do Inferno. Apesar de agitada, tentei me manter sob controle.

O homem não alimentou minha apreensão por muito tempo e logo abriu a porta. Ele entrou sem pensar duas vezes e, sem ter muita escolha, fui atrás dele.

"Aqui está ela, *signore*."

Não sabia o que esperava encontrar — talvez um dragão cuspidor de fogo protegendo uma montanha de ouro e joias, ou um grande sapo venenoso me ameaçando com uma língua de flagelo coberta de ferrões —, mas o que encontrei foi uma sala luxuosa coberta de tapetes persas, uma mesa enorme, cadeiras de couro e um deslumbrante lustre de cristal. Tudo era elegante e convidativo. Bem diferente dos arrepios que eu sentia.

O Príncipe da Avareza estava sentado atrás da mesa gigantesca, apoiando o queixo nos dedos, com um olhar entediado no rosto belamente esculpido e bronzeado. Dos cabelos castanho-escuros ao marrom-avermelhados dos olhos, era como se moedas de cobre tivessem sido derretidas e remodeladas em uma forma humanoide. Se ele tinha uma adaga, como Inveja e Ira, estava escondida. O que me fazia confiar ainda menos nele.

"Não esperava por este encontro, mas ainda assim estou satisfeito." Ele sorriu. Havia algo estranho ali. Alguma coisa que não parecia natural. "Sente-se, por favor."

Ele apontou para uma das cadeiras à sua frente, mas permaneci perto da porta. Ou seus poderes estavam extremamente reduzidos, apesar da cobiça que entornava sua casa de jogos, ou ele os estava contendo. Um jogo demoníaco: fingir fragilidade para atrair a presa, embora, naquela sala, ele não parecesse esconder quem era nem de onde vinha.

Atrás dele, havia dois guardas demônios de braços cruzados, rosnando. Um tinha pele verde-clara, como a de um réptil, e olhos da mesma cor. O outro era coberto de pelos, o que me fez pensar em um cervo, e tinha olhos pretos como ébano. Dois chifres se contorciam no alto de sua cabeça peluda. Era desconcertante ver algo que parecia quase humano com pele e olhos de um animal. Tentei atravessar a sala, mas não consegui forçar meu corpo a se aproximar daqueles demônios.

"Eu..."

A atenção de Avareza rapidamente passou de mim ao que atraía meu olhar. Ele estalou os dedos e a sala se esvaziou. Quando olhou para mim de novo, havia avidez em sua expressão, algo relacionado a posse. Ele não queria me seduzir, queria me *possuir*. Para ele, eu não seria um troféu, como seria para Inveja, seria uma ferramenta de poder.

"Emilia, por favor." Ele meneou a cabeça para indicar uma cadeira desocupada. "Ninguém vai te machucar enquanto estiver aqui. Prometo."

Disse a raposa à galinha. Fiquei perturbada por ele me chamar pelo nome, mas consegui fingir um andar confiante e me sentei.

"Como você sabe meu nome? Minha irmã te contou?"

"Não. Você mesma disse. Peço desculpas pela indelicadeza, mas tenho informantes pela casa. Eles ouviram sua conversa com um de meus frequentadores assíduos." Dessa vez, seu sorriso foi quase convincente. Fiquei me perguntando se ele conseguia sentir meu medo e o usava como termômetro para suas respostas. Aquele pensamento concebeu uma nova onda de nervosismo da qual eu não estava precisando. Ficar sozinha com Avareza era uma ideia muito imprudente, mas eu não conseguia pensar em outra forma de arrancar informações dele. "Vittoria não disse nada a seu respeito. Na verdade, sua presença é um tanto inesperada."

Ele serviu dois copos d'água de uma jarra que eu nem tinha notado e empurrou um em minha direção. Havia sapos com coroas gravados nos copos. Aceitei a água, mas não bebi.

"Por que um sapo?"

"Sapos são criaturas avarentas. Não se contentam com terra nem com água, desejam ambos."

Até que fazia sentido, dentro daquela lógica demoníaca.

"Vittoria invocou você?"

"Você está cheia de perguntas." Ele me analisou com atenção. "É estranho... como vocês são idênticas."

Seu tom de voz não deixava transparecer nenhum indício de suas emoções. Ele estava apenas fazendo uma observação. Não parecia se importar nem um pouco com o fato de minha irmã estar morta.

"Sei que minha irmã veio aqui antes de ser assassinada. Quero saber o motivo. O que ela queria com você?"

"Hmm. Bem na jugular. Um movimento ousado, ratinha." Ele se recostou na cadeira com um olhar aguçado, calculista. Fiz o possível para não me contorcer diante de seu escrutínio. "Parece que tenho informações valiosas que você deseja. E você, *signorina* di Carlo, também tem algo muito valioso para mim. Vou fazer o possível para sanar suas dúvidas, mas, em troca, vou querer seu amuleto."

Toquei meu *cornicello*.

"Por que quer isso?"

"Você sabe o que ele é?"

"Um amuleto popular para afastar mau-olhado." Ao contrário dos amuletos contra Malocchio que os humanos usavam, ele também faria o mundo ficar em um crepúsculo eterno se fosse unido ao amuleto de minha irmã, segundo a nonna. Resolvi guardar essa parte para mim, caso ele começasse a babar em seu terno bem cortado.

"Hmm." Avareza pegou um saquinho de veludo na gaveta da mesa e deixou cair um colar na palma de sua mão. Era uma corrente de ouro com um rubi do tamanho de um ovo de codorna que cintilava sob a luz. O rubi tinha uma estranha presença; eu quase podia ouvir uma lamentação aguda vindo de longe. Trinquei o maxilar.

Queria que ele guardasse aquilo. Imediatamente.

"O que é isso?"

"É chamado de Olho da Escuridão e garante a quem usá-lo verdadeira proteção contra criaturas malignas. Se me der o amuleto, ele é seu."

Um presente como aquele certamente tinha um preço.

"O que mais você quer?"

"Que você entre para a Casa Avareza."

Encarei Avareza e jurei que minha pele tentou se descolar de meu corpo em protesto quando ele me encarou também. Sua beleza era clássica, mas havia uma estranheza nele. Seus olhos eram desprovidos de emoção humana. Ele parecia diferente e errado. Eu não conseguia imaginar minha irmã se apaixonando por ele, muito menos o desejando. O que significava que seus motivos para ir até aquele lugar não eram resultado de sedução. Ele tinha informações que ela queria. E eu queria saber o que era.

"Por que quer que eu me alie a você?"

"Porque acredito que vai ser muito útil para mim. Se você se tornar rainha, vai ficar me devendo um favor. Um favor poderoso, se este colar salvar sua vida."

Avareza não me parecia ser uma criatura que gostava de apostar, o que me deixava ainda mais hesitante em aceitar aquele presentinho. Eu não pretendia me tornar Rainha dos Perversos, e de jeito nenhum lhe daria motivo para ajudar a me colocar naquele trono das trevas.

"Você ofereceu o Olho da Escuridão à minha irmã?"

"Aceite meu acordo e descubra."

"Se não vai responder perguntas simples, acho que estamos conversados."

Fiquei de pé, pronta para ir o mais longe possível daquele príncipe e daquele lugar, mas ele se levantou, arrastando a cadeira.

"Espere." Ele voltou a se sentar e guardou o colar de rubi no saquinho. A tensão em meus ombros se dissipou um pouco. "Para demonstrar minha boa vontade, vou responder *uma* pergunta."

"Em troca de..."

"Nada. Prometo. Lembre-se, a oferta é para uma pergunta. Qualquer coisa a mais vai ter um custo."

Tornei a me sentar, calculando o próximo passo. Havia tantas perguntas sem resposta, mas nenhuma delas valia o custo de entregar meu *cornicello*. Pensei com cuidado na lista que eu havia escrito na noite anterior e me concentrei no detalhe que mais me incomodava. Ele significava alguma coisa. Eu queria saber o quê. Escolhi as palavras com muita precisão.

"Quero saber sobre o Chifre de Hades."

Se ele ficou surpreso com minha escolha, não deixou transparecer.

"É uma chave que tranca os portões do Inferno."

"Ouvi dizer que era parte de uma maldição. Que se uma bruxa o usar, ela terá poder sobre o diabo."

"A mentira que permeia as lendas das bruxas é fascinante. O Chifre de Hades foi um presente. Sua irmã sabia a verdadeira história."

Eu queria muito perguntar qual era a história, mas havia algo mais importante que eu precisava saber.

"Como desfazer um feitiço demoníaco lançado em um objeto?"

"Já falei sobre o Chifre de Hades. O resto vai ter um custo. Não acredito em dar sem receber", respondeu ele, com um sorriso funesto.

"De acordo com suas regras, essa foi minha primeira pergunta de verdade", retruquei, sarcástica, também sorrindo.

Ele endireitou as costas, dilatando um pouco as narinas. Eu me convenci de que ele estava prestes a atravessar a mesa e me agarrar pelo pescoço. Ele ficou um bom tempo em silêncio antes de falar.

"Espertinha." Ele pegou o copo e deu um grande gole. Os ossinhos de suas mãos ficaram brancos enquanto ele provavelmente pensava no que eu havia dito. "Sacrifique um pouco de você mesma."

"Isso não é uma resposta genuína."

"Ah... É, sim."

Avareza tomou outro gole de água.

"Gostaria de fazer outra pergunta?"

Eu queria fazer várias perguntas, mas arrancar informações úteis de um príncipe do Inferno era mais difícil do que eu pensava. Comprimi os lábios.

Ele apoiou as botas sobre a mesa e juntou as mãos.

"Posso falar abertamente, *signorina* di Carlo? Sua irmã me deu o amuleto dela, sabendo a importância dele. Preciso dos dois, o dela e o seu, para conjurar um feitiço. Me dê seu amuleto e eu prometo proteger seu mundo."

É claro que ele faria isso. Logo depois de saqueá-lo e destruí-lo. A desconfiança tomou conta de mim. De modo algum minha irmã entregaria a ele seu *cornicello* por vontade própria. Se ele estivesse com o amuleto, ele o havia tomado à força. Eu tinha certeza de que Vittoria estava usando o amuleto no dia em que morreu. Engoli em seco. Parecia cada vez mais provável que eu estivesse sentada de frente para o assassino de minha irmã gêmea. Risquei mentalmente os caçadores de bruxas de minha lista de suspeitos. Até o momento, todos os indícios apontavam para os demônios.

Fiquei me perguntando se Avareza havia contado uma história parecida à minha irmã e se ela o rechaçou. Estava com muito medo do que ele poderia fazer se eu tentasse ir embora. Como parecia que ele tinha o dom de farejar meu medo, tentei escondê-lo o mais fundo que pude dentro de mim e blefei.

"Se Vittoria te deu o amuleto, quero vê-lo."

"Ah." Ele soltou um longo suspiro. "Isso não vai ser possível."

"Não vai ser possível ou você não vai fazer?"

"Ambos. Um Viperídeo foi invocado para este mundo. Seu ninho fica embaixo da catedral e, bem, eles são muito protetores quando se trata de seu espaço. O amuleto vai ficar lá até ele desistir."

Nem me preocupei em perguntar o que era um Viperídeo ou quem o havia invocado. Duvidava que ele me iria me dizer qualquer outra coisa depois de tê-lo enganado para conseguir informações.

"E você colocou o amuleto lá..." Eu não esperava uma resposta, e ele não me deu nenhuma. Era bem improvável que ele colocasse algo que queria tanto em um lugar ao qual não teria acesso. Mas eu tinha a sensação de que Vittoria faria isso. Eu sabia, sem sombra de dúvida, que Vittoria nunca entregaria seu amuleto voluntariamente a ninguém, muito menos aos Malvagi.

A história de Avareza não batia. Eu adoraria pensar que, contra todas as expectativas, ele estivesse contando meias-verdades, mas era uma aposta que eu não podia correr o risco de fazer. Ele tinha me dado outro objetivo de curto prazo no qual me concentrar: recuperar o *cornicello* de minha irmã e perguntar à nonna por que um demônio poderia ter tanto interesse nesses amuletos.

"E então?", perguntou ele. "Temos um acordo, *signorina* di Carlo?"

"*Grazie*", respondi, me levantando, "mas minha resposta ainda é não."

19

Um príncipe do Inferno é o demônio mais perigoso de todos. Ele parece angelical, mas vai arrancar seu coração. Para combater seu poder, use ou desenhe um amuleto cimaruta — um galho de arruda com cinco ramos, cada um com símbolos relacionados às suas necessidades. Escolha cinco imagens necessárias para banir um príncipe demoníaco de volta ao seu mundo. Por exemplo: chave, adaga, coruja, serpente e lua o mandarão diretamente para o Inferno.

— Notas do grimório di Carlo —

Sangue era a chave para desbloquear magia demoníaca. Fiquei a tarde toda pensando na resposta aparentemente inócua de Avareza e as peças do quebra-cabeça lentamente foram se encaixando. Enumerei algumas ocorrências em que sangue era essencial para a magia demoníaca. Para invocar um demônio, era preciso oferecer sangue em sacrifício.

Havia ainda o tratado de sangue de Ira. E a suposta dívida de sangue que a nonna mencionara.

Tentei em vão esconder minha repulsa. Seria pedir demais que os demônios aceitassem um pouco de vinho? Suspirei e furei o dedo com um alfinete, deixando uma única gota cair no diário de Vittoria. Prendi a respiração e fiquei olhando para ele à espera de algum sinal de que o feitiço tivesse permanecido ou se desintegrado.

Não houve nenhum evento cataclísmico, muito menos lampejos de raios. Em um minuto, eu não conseguia abrir o caderno, no minuto seguinte, podia abri-lo. Hesitei com o caderno meio aberto. Estava há tanto tempo querendo saber o que continha no diário e agora estava com receio do que descobriria. Ele podia revelar o assassino de minha irmã. Quanto mais eu descobria, mais duvidava de caçadores de bruxas. Príncipes demoníacos estavam tomando a frente como os assassinos mais prováveis. Mas se o diabo precisava de uma bruxa, não fazia muito sentido que eles estivessem frustrando suas tentativas. O que significava que alguém em nosso círculo podia ser responsável. Estremeci. Era fácil pensar que ela havia sido morta por um demônio, mas a ideia de o assassino ser alguém que ela conhecia...

Respirei fundo e comecei a ler os pensamentos mais íntimos de Vittoria. Várias páginas do início eram dedicadas aos perfumes que ela desenvolvia. Alguns feitiços aleatórios ou encantos para Consagrações da Lua e para sorte. Um ou outro desenho de uma *cimaruta* e alguns outros símbolos que eu não reconhecia. Parei em uma página em que ela havia anotado uma das sessões de divinação de Claudia de forma bem detalhada. Estava prestes a analisar a página seguinte quando uma coisa chamou minha atenção. Uma anotação minúscula, quase insignificante, que ela havia deixado para si mesma.

> Estou ouvindo objetos mágicos ou as almas ligadas a eles no decorrer do tempo? Às vezes os sussurros são mais altos, nítidos. Outras vezes são frenéticos e difíceis de compreender. Similar à divinação de Claudia ou diferente?

Ouvindo objetos mágicos? Fiquei olhando para aquelas palavras sem piscar. Provavelmente não tinha entendido direito. Vittoria nunca mencionou essa habilidade. Contávamos tudo uma à outra. Eu era sua irmã gêmea, sua outra metade — mas, por outro lado, eu também nunca tinha contado a ela sobre o *luccicare*.

Repassei os acontecimentos da noite em que tínhamos 8 anos. Era bem provável que ela também tivesse desenvolvido alguma habilidade latente. Mas sempre achei que o que aconteceu comigo foi uma anomalia, já que segurei os dois amuletos. Não havia contado o segredo à minha irmã porque não queria que ela se preocupasse com as consequências, ou se culpasse, já que tinha sido ideia dela fazer aquilo.

Logo virei para a página seguinte, mas não havia nada fora do comum. Nenhum indício de sua magia. Virei mais uma, e outra. Já estava na metade do diário quando encontrei outra passagem sobre a estranha e secreta magia.

> Eu estava na beira do mar coletando conchas e sal marinho quando ouvi. Começou como um sussurro, frenético, baixo demais para se escutar com clareza. Larguei a cesta e agarrei meu cornicello, que parecia ajudar a me concentrar na voz. Vozes. Eram muitas. E estavam falando todas ao mesmo tempo. Elas imploravam que eu fosse ajudá-las. Diziam que havia chegado a hora. Segui os sussurros até se transformarem em uma conversa, indistinta e fora de ordem – como se estivessem falando coisas sem sentido. Aquilo me lembrou a velha Sofia Santorini. Da época em que sua mente ficou presa entre mundos. Eu quis ir embora, voltar correndo e chamar Emília, mas algo me alertou a não fazer isso. Segui as vozes até uma caverna, bem acima do mar. Não sei por que, mas me ajoelhei e comecei a cavar. Foi ali que encontrei aquilo, enterrado bem fundo... Consegui entender uma frase antes tudo voltar ao caos.

Infelizmente, minha irmã gêmea não anotou a frase que havia entendido. Suspirei profundamente, com as mãos trêmulas enquanto folheava o restante do diário. Não havia nenhuma outra passagem sobre o misterioso objeto que ela tinha encontrado enterrado. Passei os olhos por desenhos de flores e corações, anotações dos sonhos de Claudia e todas as questões para as quais Vittoria havia registrado respostas.

Não tive coragem de ler a parte sobre o que acabou sendo nossa última noite juntas no mundo. Não encontrei nomes nem menções a pessoas nas quais ela não confiava ou demônios com quem tivesse feito acordos. Como ela tinha concordado em se casar... Minha atenção se fixou em algo que fez as palmas de minhas mãos suarem.

> Não pretendia ouvir aquilo de novo. Já tinha decidido escondê-lo bem longe de onde eles pudessem encontrar. Então aquilo sussurrou algo que parecia não fazer muito sentido, mas meu sangue gelou. O Chifre de Hades é a chave para trancar os portões do Inferno, mas, segundo aquilo, são duas coisas. São os chifres do diabo, separados por suas próprias mãos. Segurei meu cornicello, sentindo a verdade no zumbido e nos sussurros. A raiz de meu poder. Emilia e eu, por razões que desconheço, usamos os chifres do diabo durante a vida toda.
>
> Se for verdade, como eles vieram parar em nossas mãos?

Fechei o diário devagar e suspirei outra vez. Minha deusa sagrada do céu. Os chifres do diabo. Era difícil de acreditar e, ao mesmo tempo... eu sabia que era verdade. Usamos o Chifre de Hades durante a vida toda. Por isso Avareza estava tão interessado em nossos amuletos — eu mal conseguia imaginar os danos que ele poderia causar se conseguisse colocar as mãos nos dois. Afastei os cenários de destruição da minha mente e reli a última linha que minha irmã havia escrito. Era uma excelente pergunta. E eu pretendia encontrar a resposta para ela naquele momento.

⁂

"Já era hora de se afastar daquelas buscas obscuras, bambina. Sua mãe e seu pai estão doentes de preocupação." A nonna me olhou da cadeira de balanço que tinha arrastado para a frente do caldeirão fervilhante. Velas encantadas para paz e sono tranquilo queimavam à sua volta. "O dia todo, apavorados achando que você poderia estar em algum lugar, sozinha, com o coração arrancado. Como sua irmã. Tem ideia do que nos fez passar?"

Eu tinha. E odiava aquilo, mas não era a única di Carlo que tinha explicações a dar. Entrei na cozinha e coloquei a adaga de Ira e depois meu *cornicello* sobre a bancada.

"Este é um dos chifres do diabo?" O rosto da nonna empalideceu. "Estávamos usando o Chifre de Hades?"

"Não seja boba. Quem encheu sua cabeça com essas histórias?" A nonna se levantou e se aproximou do caldeirão, acrescentou um punhado de ervas e as misturou à sua mais nova essência. Cheirava a abeto e hortelã. Fiquei me perguntando onde ela havia conseguido as folhas verdes, mas não perguntei. "Não acreditamos nessas coisas, bambina."

"Um Viperídeo foi invocado e está guardando o amuleto de Vittoria."

Ela parou de mexer a mistura.

"É verdade, então. Os Malvagi voltaram."

Esperei ela começasse a murmurar encantos de proteção ou corresse pela casa verificando se todas as janelas e portas estavam com as ervas e guirlandas de alho que pendurava para manter as coisas perversas do lado de fora. Ela não me pediu para pegar azeite de oliva e uma tigela com água para garantir que o mal não estava em nossa casa naquele exato momento. Essa versão calma e controlada de minha avó me era completamente estranha. Até onde eu conseguia me lembrar, o diabo e seus demônios ladrões de alma sempre foram uma preocupação para ela.

Crianças humanas tinham canções de ninar, mas nós aprendíamos sobre os sete príncipes demoníacos e os quatro — em particular — que os di Carlo deveriam temer mais. Não tinha me esquecido de que Ira estava nessa lista. Nem sabia ainda se ele seria aquele que desejaria meu sangue, ou o que capturaria meu coração, ou o que roubaria minha alma ou o que tiraria minha vida. Sinceramente, era possível imaginá-lo fazendo qualquer uma dessas coisas.

Minha avó mexia a mistura fervente com a colher de pau, com um olhar fixo e obstinado nos adornos do cabo entalhado, sem dizer nada. Claro, agora que todas as histórias apavorantes estavam se tornando realidade, ela ficava em silêncio.

"Nonna, a senhora tem que me contar sobre o Chifre de Hades. Vittoria sabia sobre ele e foi assassinada. *Por favor.* Se não quiser que eu tenha o mesmo destino, precisa me contar o que é e por que sempre o usamos. Eu mereço saber."

Ela ficou olhando para o caldeirão e suspirou.

"Dias obscuros estão por vir. É hora de ser uma guerreira de luz." A nonna deixou as essências e pegou uma jarra de vinho no aparador. Serviu-se de uma taça de Chianti e se sentou na cadeira de balanço. "Nunca quis que chegasse a esse ponto, menina. Mas as mãos do Destino fazem sua própria magia. Quem somos nós, além de fantoches manipulados por seus barbantes cósmicos?"

Enigmática como sempre. Decidi começar pelos detalhes e aos poucos ir chegando às questões mais difíceis.

"Ele é mesmo uma chave para trancar os portões do Inferno?"

"Sim e não. Ele tem a capacidade de abrir e fechar os portões, mas não é só isso que ele faz."

"Os amuletos são os chifres do diabo?"

"São."

"E a senhora sempre soube disso?"

A nonna confirmou com a cabeça. Fiquei olhando para ela, tentado processar que minha avó — que sempre nos fez consagrar os amuletos para nos proteger de príncipes demoníacos a vida toda — tinha colocado essas coisas em nossos pescoços.

"La Prima lançou um feitiço que os transformou em dois amuletos menores, esperando escondê-los de todos que os procuravam."

"Por pertencerem ao diabo?"

"Porque se reunidos, eles não apenas têm a capacidade de trancar os portões, como também podem invocar o diabo. Eles garantem a quem o invoca um pouco de poder sobre ele."

Encarei o amuleto que havia usado desde que me conhecia por gente, me perguntando por que minha irmã não tinha procurado a nonna quando descobriu tudo. Ainda tenho muitas perguntas sobre o acordo que ela fez. Se tínhamos meios de controlar o diabo, por que ela simplesmente não pediu meu *cornicello*?

Isso explicava por que Avareza estava atrás dele; seu pecado estava intimamente ligado ao poder. Mas se todos os príncipes do Inferno desejavam poder, então por que Ira não tentou pegar meu *cornicello*?

Algo que Inveja disse ressurgiu em meio à minha confusão.

"O que é uma bruxa das sombras?"

A nonna fez um som de repulsa.

"Bruxas das sombras é como os demônios se referem a nós. Nós somos conhecidas como *Stelle Streghe*."

Bruxas estrela.

"*Nós* somos conhecidas? Desde quando somos conhecidas como Bruxas Estrela?"

A nonna me lançou um olhar sarcástico.

"Desde a origem de nossa linhagem. Somos provenientes de uma linhagem ancestral de bruxas que tinha laços com os Perversos antes da maldição. Éramos guardiãs, por assim dizer, garantindo que as criaturas do submundo permanecessem lá, sem nunca interferirem no mundo humano. Por um tempo, trabalhamos ao lado dos Malvagi. Isso foi antes..."

A taça de vinho da nonna voou pela sala e se estilhaçou contra a parede. O Chianti escorreu como sangue. Gritei, mas não por causa do vidro. Uma lâmina flutuante pairava junto à garganta de minha avó. Meu demônio fantasma estava de volta, e agora não parecia ser apenas um produto de minha imaginação. Ele tinha ficado em silêncio por um tempo e havia me esquecido dele. Mas não tinha como ignorar a adaga de serpente de Ira, que cintilava sob a luz.

"Bruxinha traiçoeira."

A lâmina do demônio pressionava a pele da nonna. Balancei a cabeça e me aproximei.

"Por favor. Se isso tem a ver com o que fiz a Avareza, ela não tem nada a ver com isso. Deixe-a em paz, ela é inocente."

"Inocente?" Ele acentuou o "c" até parecer um chiado. "Ela não é nem um pouco inocente."

Antes que eu pudesse atravessar a sala e tirar a nonna correndo dali, sua cabeça deu um solavanco para trás e a mão invisível riscou sua garganta com a lâmina de Ira. Jorrava sangue do ferimento. Ela gorgolhava, e aquele som era uma das coisas mais horrendas que eu já tinha escutado. A arma caiu no chão. Vi tudo acontecer como se fosse em câmera lenta.

Uma janela se abriu e imaginei que o demônio invisível tivesse fugido por ela.

Então caí na real e comecei a agir. Um segundo depois, estava do outro lado da sala.

"Não!"

Peguei um pano na bancada e pressionei junto ao pescoço dela, estancando o sangue. Então gritei até minha voz começar a falhar, acordando a casa toda do sono encantado que a nonna havia lançado sobre eles. Havia feitiços para ajudar a diminuir o fluxo de sangue, mas não consegui lembrar de nenhum por causa do pânico que me dominava. Foi como se minha mente se fechasse e eu só conseguisse me concentrar em uma necessidade básica: pressionar o ferimento.

Minha mãe foi a primeira a correr para a cozinha, e sua atenção recaiu imediatamente sobre a nonna. E a crescente poça de sangue. Lágrimas escorriam pelo meu rosto, embaçando minha visão.

Eu não deixaria minha avó morrer. Não daquele jeito.

Meu pai apareceu um minuto depois, e arregalou os olhos ao ver aquilo.

"Vou pegar ataduras."

Parei de prestar atenção em qualquer coisa que não fosse manter o pano pressionado com firmeza sobre o ferimento de minha avó. O tempo estava passando. O sangue encharcava o pano de algodão e minha mãe rezava sobre uma pasta grossa de ervas que havia feito. Eu continuava segurando firme. Queria ser o tipo de pessoa que não entrava em pânico e conseguia agir com calma. Mas a lógica não penetrava o terror que eu sentia. Minha mãe tentou puxar minhas mãos, mas me recusei a soltar. Tinha que continuar pressionando. A nonna precisava de mim.

"Está tudo bem, querida. Me deixe colocar isso nela. Vai fechar a ferida."

"Não consigo."

"Consegue. Está tudo bem."

Foi necessário mais um pouco de persuasão, mas finalmente cedi. A nonna escorregou até o chão, respirando com dificuldade. Já tinha visto aquilo em animais feridos e não era um bom sinal.

Minha mãe espalhou uma quantidade generosa da pasta sobre o ferimento, depois o cobriu com ataduras limpas. Meu pai tinha deixado as ataduras com a gente antes de verificar se havia mais algum intruso e fechar as janelas. Minha mãe terminou de fazer o curativo com uma prece para a deusa da saúde e do bem-estar, pedindo que a nonna se curasse rapidamente. Ofereci uma prece também, esperando que ela escutasse as duas.

"Me ajude a levá-la para a cama, Emilia."

Sequei as lágrimas e fiz o que minha mãe havia me pedido. Quando a deitamos no colchão, minha mãe puxou uma cadeira para zelar por ela. Sentei encostada na parede e fiquei ali até o sol se pôr, deixando o quarto em tons machucados de roxo e preto. A respiração da nonna finalmente se estabilizou e ela dormiu um sono profundo e restaurador. Ela tinha sobrevivido, não graças a mim. Graças à deusa.

"É melhor você descansar um pouco, filha. Sua avó vai ficar bem. O pior já passou."

Concordei, mas não conseguiria dormir. Não sabia se algum dia conseguiria descansar sem ver aquela cena sangrenta se repetindo em minha mente. E a pior parte era que a nonna quase tinha morrido por minha causa. Depois, quando mais precisou de mim, eu a decepcionei de novo. Tinha esquecido todos os feitiços e encantos de cura. Tinha travado e deixado o medo assumir o controle. Se eu não tivesse começado a investigar o assassinato de minha irmã, ou enganado Avareza, nada disso teria acontecido.

Fui até a cozinha, com intenção de limpar o sangue antes que meus pais o vissem de novo. Esfreguei até o chão ficar brilhando e meus dedos doerem. Depois repeti o processo. Joguei água, esfreguei mais. Precisava remover as manchas do rejunte. Levou quase a noite toda, mas ao final consegui apagar todos os sinais físicos do ataque. Mas aquelas imagens nunca me deixariam.

Lavei o pano e me apoiei na bancada para beber um gole de água. Demorei muito para perceber, mas acabei me dando conta de que o demônio invisível tinha uma missão. Levantei a mão distraidamente, pensando no ferimento da nonna, e quis segurar meu amuleto. A mão encontrou o vazio. Esqueci que o havia tirado. Fui pegá-lo na bancada e paralisei.

Meu *cornicello* não estava lá.

20

"Você está com cara de quem comeu o pão que o diabo amassou, bruxa."

Cumprimentei o demônio da guerra com um olhar furioso. Em poucas horas, estaria livre, e eu não sabia se ele responderia alguma pergunta depois que o feitiço de contenção se dissipasse. Depois de terminar a limpeza, saí de casa e vaguei por Palermo, tentando decidir o que faria em seguida. Eu havia cometido um erro terrível e ele quase custou a vida de minha avó. Jamais deveria ter voltado para casa após confrontar Avareza. É claro que ele mandaria espiões atrás de mim para roubar meu amuleto. Tinha sido imprudente achar que um príncipe do Inferno simplesmente me deixaria ir embora ilesa depois de ter levado a melhor sobre ele.

Agora que eu sabia que minha irmã e eu estávamos usando os chifres do diabo e como eram poderosos e perigosos, precisava recuperá-los. Podia não saber onde estava o meu, mas graças a Avareza, sabia exatamente onde estava o de Vittoria. Mas antes precisava tirar de Ira algumas informações sobre o Viperídeo, e então iria recuperá-lo.

"Você deve saber melhor do que ninguém que gosto ele tem." Sorri com doçura. "Conheci dois de seus irmãos, por sinal. Eles são uns amores."

Ira não pareceu surpreso e nem interessado na notícia. Estava sentado com as costas apoiadas na parede e as pernas esticadas, analisando o círculo de ossos que o continha. Obviamente não estava usando a camisa que eu tinha comprado para ele; ela estava jogada no chão.

"Tenho seis irmãos. Você vai ter que ser mais específica."

"Não sabe quem está aqui?"

Ele olhou sutilmente para minha cintura e logo voltou a olhar para a frente.

"Você voltou se arrastando para implorar por ajuda? Não estou me sentindo muito caridoso hoje. O cativeiro não combina comigo."

Demônios invadindo minha cidade, atacando minha avó, roubando meu *cornicello* e assassinando minha irmã também não combinavam comigo. Em vez de discutir, tirei um *cannoli* de um saco de papel pardo que tinha guardado na bolsa. A nonna dizia que se pegava mais moscas com mel do que com vinagre. Imaginei que um *cannoli* me ajudaria a pegar um príncipe do Inferno.

Ele pareceu surpreso quando entreguei o doce a ele.

"O que é isso?"

"Comida. A menos que tenha caçado uns parasitas, duvido que tenha comido alguma coisa."

"Eu não preciso de alimento humano, nem desejo macular meu corpo com esse lixo."

Eu o encarei, horrorizada. Depois de todas as coisas terríveis que tinham acontecido, aquilo estava me tirando do sério.

"Você é mesmo um monstro, não é?"

"Isso nem parece comestível." Ele pegou o *cannoli* entre dois dedos e o segurou mais perto do rosto para inspecioná-lo. "O que espera que eu faça com isso?"

"Cative seus inimigos."

Ele cutucou o recheio de ricota.

"Está envenenado?"

Suspirei.

"Coma de uma vez, ó, poderoso guerreiro. É prazeroso, não doloroso. Eu mesma que fiz. Juro que não está envenenado. Pelo menos não desta vez."

Ele pareceu cético, mas deu uma mordida. Olhou para mim enquanto mastigava. Não consegui segurar o sorriso quando o vi dar uma mordida maior, para depois pegar mais um *cannoli* no saco. Estava na metade quando notou que eu ainda o observava e fez uma careta.

"O que foi?"

"Não quero macular meu corpo com esse lixo que é o alimento humano", zombei. "Mas sobremesas são aceitáveis."

Ele nem se dignou a responder. Em vez disso, colocou a mão mais uma vez dentro saco e franziu a testa ao perceber que estava vazio. Ele deixou a embalagem de lado e voltou a olhar para mim.

"Imagino que essas iguarias sejam parte de um esquema maior para derrubar minhas defesas. Você está cheirando a sangue que não é seu, seus cabelos estão emaranhados como se uma criatura selvagem tivesse feito um ninho em sua cabeça e convidado os parentes. Minha adaga não está em sua cintura. E você parece preparada para amaldiçoar o mundo. O que deseja saber, bruxa? O que te assustou?"

Levei a mão ao lugar onde a adaga ficava presa. Depois do dano que ela havia causado à minha avó, não suportava mais empunhá-la. Agora, sentia sua ausência quase na mesma medida que sentia falta de meu *cornicello*.

"Como alguém invoca um Viperídeo?"

"Ninguém com sentido de sobrevivência faria isso."

"Talvez algum imortal arrogante já tenha feito."

"Duvido." Ira não pareceu feliz com minha avaliação sobre a realeza demoníaca. "Viperídeos são criaturas singulares. Se resolvem proteger alguma coisa, ou levá-la para o ninho, nenhum habitante do submundo pode intervir. Elas devem decidir ceder por conta própria."

Fiz uma anotação mental de levar doces para ele sempre que quisesse informações. Ele estava totalmente agradável e falante.

"Como ele é?"

"Como diz o nome. Como uma víbora, tem presas longas e curvas. E também é maior que eu e duas vezes mais fatal. Existem pouquíssimos antídotos, se alguém for picado. E não se deve brincar com os que existem. Há um custo para utilizá-los, como qualquer magia. Faça sua própria escolha, mas saiba que pode não sobreviver para ver o sol nascer se perturbar um Viperídeo."

Esfreguei o braço, não por seu alerta ter me assustado, mas porque havia uma sensação irritante sob minha pele. Como se alguém estivesse arranhando várias vezes o mesmo local com um alfinete. Ira notou o movimento e olhou para o próprio braço.

Nossa tatuagem estava se transformando mais uma vez. Enroladas em volta das serpentes — que notei que Ira também tinha ao redor das duas luas crescentes — surgiram flores do campo.

Diante dos meus olhos, minhas serpentes receberam escamas uniformes e cintilantes. Não queria ver beleza naquilo, mas havia. Era inegável. Ira fechou a mão. Não sabia se por conta da dor ou de nossa tatuagem estranha e mutante. Decidi não tocar no assunto; tinha mais uma pergunta para o demônio antes de partir em minha missão.

"Se alguém resolvesse atacar um Viperídeo, que tipo de feitiço deveria usar?"

Ele parou de olhar para a tatuagem mágica em seu braço, parecendo resignado.

"Ninguém deveria atacar um Viperídeo. Mas, se esse alguém fosse uma bruxa insensata com desejo de morrer, essa bruxa poderia tentar lançar um feitiço do sono. Pode ser a única forma de enganá-lo."

"Eu..." Me contive para não agradecer. Se não fosse por ele e seus irmãos cruéis, minha família não teria se metido nessa confusão. Respirei fundo, pensando no feitiço do sono. Era simples. Eu gostava de planos simples. Significava que menos coisas poderiam dar errado.

"Um último aviso de precaução." Ira se levantou e foi até onde eu estava, na beirada do círculo de osso. Ignorei toda aquela pele firme e áurea perto de meu rosto. "Logo estarei livre. Se você for tola o bastante para atacar uma criatura como essa, não vou te ajudar."

Olhei nos olhos dele.

"Ótimo."

※

Se um mês antes alguém me dissesse que eu *escolheria* vagar sozinha por túneis abandonados sob a catedral procurando uma serpente demoníaca ancestral que protegia metade de uma chave sagrada que não só trancava os portões do Inferno, mas era feita dos chifres do diabo, eu diria que essa pessoa necessitava de cuidados médicos.

Emilia Maria di Carlo não gostava do perigo. Minha irmã era a gêmea aventureira — eu me satisfazia com diversão segura e simples. Como ler um romance ardente com amores proibidos e obstáculos impossíveis.

Aquele era o tipo de aventura que eu aprovava.

Pouco mais de um mês atrás, eu estaria rindo com minha irmã a respeito da possibilidade de uma serpente gigantesca de outro mundo sequer *existir*, achando que as superstições da nonna eram, mais uma vez, exageradas. Mesmo com magia correndo em minhas veias, nunca acreditei plenamente nas histórias que ela nos contava; eram fantasiosas demais. Criaturas imortais bebedoras de sangue como os Perversos não podia ser reais.

Agora eu sabia das coisas. Toda história exagerada tinha um fundo de verdade.

Segui um odor estranho e fedido de ovo e pedacinhos de pele de cobra que haviam se soltado, desejando que tivesse superado a aversão à adaga e a levado comigo. De vez em quando, a luz entrava por grades no alto iluminando o chão, mas a maior parte do caminho era escuro.

Prestei atenção nas mínimas mudanças no ambiente, deixando meus sentidos me guiarem. Suspeitava que o demônio não queria chamar atenção para si mesmo nem para seu precioso tesouro.

Além disso, eu já tinha uma boa ideia de onde ficava o ninho — Avareza disse que ficava sob a catedral e eu estava me aproximando do desvio que levava a ela. Parei antes de entrar na curva e me recompus.

Fui repassando o plano mentalmente e, agora que estava quase enfrentando o inimigo, ele parecia simples demais para funcionar de verdade. Talvez Ira tivesse decidido me enviar para a morte armada com um plano impossível. Demônio diabólico.

Respirei fundo. Eu era capaz de seguir com o plano. Mas precisava ser mais rápida. Quanto mais tempo ficasse ali, pensando, mais meu medo cresceria. Imaginei o que minha irmã faria se estivesse no meu lugar. Ela chegaria com tudo para salvar o dia — como havia tentado fazer quando aceitou um pacto com o diabo. Para dizer a verdade, aquela acabou não sendo uma decisão muito sábia, mas pelo menos ela foi corajosa o bastante para *tentar*. Em comparação ao que ela tinha feito, lançar um simples feitiço e recuperar um colar era fácil.

Soltei o ar devagar e espiei o que havia depois da a curva. Luzes cor de âmbar iluminavam a câmara de cima, revelando o demônio ofídio. Ira não tinha exagerado — o Viperídeo era maior que ele. Escamas escuras e escorregadias recobriam um corpo espiralado no centro do túnel. Mesmo enrolado, o demônio ocupava quase todo o espaço; na horizontal, ele era uma cabeça, ou mais, mais alto que eu. Quando estivesse alerta e aprumado... Eu nem queria pensar em enfrentar algo assim.

Tirei um punhado de folhas de camomila desidratada do bolso da saia, oferecendo-as à deusa da noite e do sono, e sussurrei:

"*Somnum.*"

A respiração uniforme indicou que a fera tinha entrado em sono profundo, um presente da deusa. Suspirei. Só precisava encontrar o amuleto e sair por onde havia entrado. O Viperídeo estava de frente para o outro lado, e sua cabeça tinha facilmente o dobro do tamanho de nosso maior forno. Eu nem precisava ver suas presas para saber que me atravessariam em uma mordida.

Passei os olhos pelo ninho e quase gritei de alegria quando avistei um objeto familiar em forma de chifre. O amuleto de minha irmã reluzia no chão, ao lado da fera. Por sorte, o *cornicello* estava do meu lado dos túneis. Parecia que seria relativamente fácil me aproximar, pegá-lo, e voltar sem acordar o demônio. Olhei à minha volta, registrando todas as saídas que conseguia identificar à pouca luz. Outros dois túneis formavam ramificações em Y. Fácil.

Teria sido, não fosse por todas as pedras e escombros pelo chão. Um passo em falso e, independentemente do feitiço do sono, o Viperídeo estaria em cima de mim em um instante. Fiz uma última prece para uma deusa que esperava que estivesse escutando e dei o primeiro passo no túnel.

Eu nem respirava muito fundo por medo de fazer barulho. Um silêncio anormal cobria a câmara como neve recém caída. Uma vez, quando eu e Vittoria éramos pequenas, a nonna nos levou a uma cabana no norte da Itália, onde conhecemos uma de suas amigas. Eu era muito nova para me lembrar quais, exatamente, eram as circunstâncias, mas nunca me esqueci do silêncio sufocante da neve.

Já tinha percorrido mais da metade da distância até o amuleto quando notei que a fera já não respirava de maneira uniforme. Parei na metade de um passo e esperei a morte chegar. O problema dos feitiços do sono era que não havia como evitar que alguém, ou algo, acordasse normalmente.

Como o Viperídeo não se moveu, resolvi terminar o que havia começado. Se ele estivesse entre o sono e a vigília, não permaneceria naquele estado por muito mais tempo. Dividi a atenção entre ele e o chão, tomando cuidado para não fazer nenhum barulho. Não permiti que nenhuma pedrinha saísse do lugar.

Finalmente, depois do que pareceram mil anos amaldiçoados, alcancei o amuleto e me curvei devagar e com cautela para pegá-lo. Mantive os olhos no demônio, o que acabou sendo um erro terrível. Assim que meus dedos agarraram o *cornicello*, a corrente arrastou no chão.

O Viperídeo atacou.

Ele movimentou a cauda, me derrubando com um golpe rápido. Segurei o amuleto de Vittoria com uma das mãos e peguei um punhado de terra e pedras com a outra. Esperei o demônio se aproximar de mim e joguei os fragmentos em seus olhos. O Viperídeo soltou um grito multifacetado que me deixou toda arrepiada.

Deusa sagrada do céu... eu tinha *mesmo* irritado a fera. O demônio ofídio se enrolou em volta do próprio corpo, gritando e se debatendo. Pedaços de pedra caíram das paredes em uma avalanche de caos. Nuvens de poeira preencheram o ar, me sufocando. Com isso, um dos túneis ficou bloqueado. Eu precisava sair de lá imediatamente, mas não conseguia.

Fiquei o mais longe possível do demônio, tentando avançar encostada na parede. Ele estava se movendo com tanta rapidez que eu não poderia arriscar ser atingida por sua cauda.

Não demorou para ele tirar os pedregulhos dos olhos. O corpo poderoso do Viperídeo bateu no túnel da direita, e não perdi minha única oportunidade de escapar. Passei por ele com o coração acelerado, rezando para que não girasse e me prendesse. Dei o primeiro passo dentro do túnel que tinha usado para chegar ali quando aconteceu.

Uma presa do tamanho de uma espada perfurou a parte carnuda da porção inferior de minhas costas. A picada foi rápida como um raio — entrou e saiu antes que eu pudesse gritar. Parei de me movimentar, meu corpo todo começou a formigar e ficou gelado. Eu conhecia o suficiente de medicina popular para reconhecer os sinais de um choque. Grandes traumas às vezes precisavam de alguns segundos para ativar os nervos receptores no cérebro. Um instante depois de terminar esse raciocínio, a dor me atingiu. Quente, abrasadora, extrema.

Caí no chão e me virei a tempo de ver o Viperídeo se aproximando para dar o bote. Rolei um segundo antes de ele rasgar minha garganta. O movimento repentino fez o ferimento se abrir ainda mais e latejar. Respingava sangue ao meu redor, e fiz o possível para não me concentrar na possibilidade de o demônio já ter me acertado um golpe fatal. Ele partiu de novo para cima de mim e, dessa vez, deixei que chegasse perto o bastante a ponto de ver meu reflexo em seus olhos fendidos. Tentei ignorar a dor lancinante, o coração acelerado. Esperei... esperei... Até que ele abaixou a cabeça, pronto para fincar as presas...

Ataquei com força e rapidez, enfiando o amuleto de Vittoria em um de seus olhos. Um líquido quente jorrou em minhas mãos e o Viperídeo gritou uma última vez. Apertei com mais força, até ter quase certeza de ter perfurado seu cérebro.

Não esperei para ver se estava morto ou muito ferido. Dei meia--volta e corri.

Por pouco tempo, no entanto. O veneno tinha outros planos para mim.

21

Tudo girava alucinadamente — como as poucas vezes que, sem querer, tomei vinho demais com Claudia e Vittoria. Cambaleei para trás pelo túnel e caí sob a grade pela qual havia entrado. A saída estava perto, e ao mesmo tempo a uma distância impossível. Eu precisava reunir forças e me arrastar até lá em cima; e jurei que faria aquilo...

... assim que minha cabeça parasse de girar e a náusea passasse.

Ouvi uma pancada leve de alguém aterrissando ao meu lado, seguida de uma série de xingamentos extremamente baixos. Se eu não estivesse convencida de que abrir a boca me faria botar para fora o vômito que mal estava conseguindo conter, eu teria gargalhado daquela ladainha pitoresca. Não conseguia lembrar o nome dele naquele momento, mas lembrava que ele não costumava ser propenso a tais explosões. Pelo mesmo motivo, a situação me pareceu engraçada, quando na verdade era o oposto disso.

Minha cabeça começou a doer de repente — a dor era pungente, horrível. Senti como se mil agulhas perfurassem meu cérebro ao mesmo tempo. Gemi, o que só piorou a situação.

"Onde você está ferida?" A voz dele era alta demais. Tentei afastá-lo, mas ele era um diabo irritantemente persistente. "Concentre-se! Ele te mordeu, bruxa?"

"Pare."

Dedos tatearam minha cabeça, meu pescoço, então hesitaram na região do colo. De alguma forma, eu tinha conseguido pendurar o *cornicello* no pescoço. Ele me virou de lado eu quase desmaiei com a onda de tormento que se seguiu. Nitidamente ele não se importava com minha dor e sofrimento. Talvez até gostasse. Lembrei-me vagamente de que o odiava. Agora sabia a razão.

Ele fez uma pausa de menos de um segundo, depois o som de tecido rasgando foi sucedido por um sopro gélido em minhas costas. O ar batia em minha pele dilacerada, a dor ofuscava em sua fúria. Acho que gritei.

"*Merda.*"

Dois braços sólidos me ergueram e fui cercada por um corpo que só podia ser feito de aço, e não de músculos e ossos. Começamos a nos mover rapidamente, seus passos eram fluidos e harmoniosos. O que era uma coisa boa — se balançasse muito, eu vomitaria nele. E acho que ele não gostaria disso.

O vento bagunçava meus cabelos — estávamos viajando em uma velocidade impossível pelas ruas da cidade. Cometi o erro de olhar uma vez para as construções passando rápido e me arrependi de imediato. Recostei a cabeça em seu peito quente e fechei bem os olhos. Só conhecia a dor.

"Estamos quase chegando."

Eu batia os dentes sem controle. Não fazia ideia de onde era *lá*, mas esperava que tivesse cobertores e uma lareira. Um frio se espalhava por meu corpo, extremo e terrível. Tive a péssima sensação de que nunca mais saberia o que era conforto e calor. O que era estranho, pois eu achava que o dia estava especialmente quente. Um torpor gélido começou a subir devagar por minhas pernas. A dor se escancarava e se fechava. Pareceu que subimos correndo um lance de escadas e então fui colocada sobre um colchão macio.

Gritos soaram ao meu redor. Vozes abafadas difíceis de distinguir. Água respingando em uma bacia provocou meus sentidos, seguida de um cheiro inconfundível de fumaça. Eu me debati. Em algum lugar, no fundo da memória, eu sabia o que a fumaça significava. Perigo.

"Não se preocupe." Outra voz. Masculina. Desconhecida. "Ele sabe o que fazer e vai voltar logo." Os cobertores estavam tão apertados sobre mim que eu mal conseguia respirar. Devo ter ficado ofegante; mãos calorosas estavam sobre minha testa. "Shhh. Não faça esforço. Isso faz o veneno se espalhar mais rápido."

O tempo se estreitou até sua menor fração. Não percebia nada além de segundos aleatórios e agonia implacável. Meus batimentos cardíacos eram tão altos que faziam minha cabeça latejar. Instantes se passaram. A dor persistia. Então uma lareira crepitante, o cheiro de fumaça, e ele estava de volta, tentando abrir meus olhos.

"Vou dar um jeito nisso. Mas você precisa me dar sua permissão. Você me permite?"

Tentei fazer que sim com a cabeça, mas mal conseguia me mexer. Ele se agachou ao meu lado, colocou a mão dos dois lados de minha cabeça e repetiu a pergunta. Dessa vez, deve ter sentido o movimento quase imperceptível — antes da onda seguinte de dor, ele se transformou em um borrão em movimento.

"Vigie o perímetro e não nos interrompa, aconteça o que acontecer", ele gritou para alguém que eu não pude ver. O pânico voltou a se instaurar. Perímetro? Eu estava no Inferno? Ele me pegou nos braços, uma porta se fechou, e sua voz se tornou mais suave. "Precisamos entrar juntos na água, está bem?"

Tentei dizer que sim, mas o torpor havia chegado à minha garganta. Acho que ele viu a resposta em meu rosto. Senti que ele sussurrou algo como *"viva o suficiente para me odiar depois"*.

A próxima coisa que senti foi um calor agradável — como se estivesse flutuando em uma nuvem perto do sol. Palavras em uma língua que eu não compreendi foram ditas em meu ouvido. Lábios roçaram em minha pele, uma das últimas sensações agradáveis antes da escuridão se fechar.

"Beba."

Eu queria, mais do que tudo, mas não conseguia. Ele inclinou minha cabeça para trás, entreabriu meus lábios e verteu néctar em minha garganta. Tentei me debater por causa do sabor enjoativo, tão doce e denso que quase engasguei, mas já havia perdido a capacidade de me mexer sozinha.

Uma lágrima escorreu por meu rosto e dedos firmes a limparam. Espirrava água. Um tipo diferente de calor me envolveu. Lábios suaves e delicados encontraram os meus. Era um sussurro, uma promessa, um voto inviolável. Aquilo estilhaçou a dor e me deu conforto. Acho que eu quis mais, mas me negaram. Ele recitou algo em voz baixa, as palavras eram desconhecidas.

Uma luz brilhante piscou e o meu verdadeiro inferno teve início.

Um som suave me acordou do pior sonho que já havia tido. Abri um olho e mantive a respiração profunda e uniforme. Estava dentro de uma banheira com água. Por um instante, não tive ideia de como tinha ido parar ali.

Então comecei a ter alguns vislumbres. Não sabia dizer se eram sonhos ou lembranças.

Uma serpente metálica com um braço tatuado envolvendo meu corpo — não como se me possuísse, mas em solidariedade. Como se Ira tivesse me seguido em meu pesadelo, combatido a Morte e me arrastado para fora.

Em algum momento, acho que sua língua passou sobre minha jugular, traçando um S invisível em minha pele. Lembro da sensação de todas as terminações nervosas, todas as moléculas fervilhando, instantaneamente em sintonia com o lugar para onde eu queria que aqueles lábios se movessem em seguida. Eu ainda sentia o calor daquele breve contato. Fiquei surpresa por não odiar a sensação.

Fechei bem os olhos quando mais imagens surgiram. Uma serpente gigantesca. Um embate fatal. Presas. Sangue. O pescoço de minha avó, rasgado. Ter que beber algo mais denso que mel e tão açucarado que foi difícil engolir. Palavras estranhas proferidas com fervor. Um beijo seguido de uma faísca ofuscante.

Então começaram os pesadelos.

Demônios gritando, garras raspando, uma mulher desconhecida com olhos escuros e fogo na alma, me amaldiçoando. Uma cidade de fogo e gelo. Uma sala do trono de obsidiana. Uma coroa forjada com chamas e fumaça. Enormes portões, feitos de ossos e asas membranosas, se abrindo. Traição.

Afastei o sonho e me concentrei no ambiente em que estava, mas logo desejei não ter feito isso. Lembrava-me vagamente da sensação de pele quente e escorregadia junto à minha. Pernas musculosas. A sensação de total segurança. Mas não sabia se era algo real ou imaginado.

Fechei os olhos de novo e comecei a contar em silêncio até minha pulsação se acalmar. Levou um segundo, mas me dei conta de que meu ferimento estava totalmente curado.

Ira havia lançado um feitiço extremamente poderoso. Eu me sentia recarregada, quase agitada por causa do excesso de energia. Tinha virado um recipiente vazio antes de ser preenchida com vida além da capacidade. Queria pular e dançar, ou lutar, ou fazer amor. Talvez tudo de uma vez.

Para evitar pensar em beijos proibidos enquanto estava nua, me concentrei no cômodo. Estava em uma casa de banho requintada, porém desgastada. A banheira de mármore lascado era bonita, branca com veios dourados. Pastilha de cerâmica cobriam as paredes formando um mosaico que representava criaturas aladas e campos de flores.

Um leve farfalhar no canto esquerdo chamou minha atenção. Ira estava de costas para mim, como se me oferecesse um pouco de privacidade. Escorria água de seu torso bronzeado. De seu torso forte e desnudo. Deusa do céu, ele precisava vestir uma camisa. Agora mesmo.

Observei as tatuagens que tinha visto na caverna na primeira noite, quando o invoquei. Tatuagens cintilantes, douradas e cor de carvão atravessavam seu corpo de ombro a ombro. Pareciam inscrições em latim, mas eu estava longe demais para ter certeza. Engoli em seco e desviei os olhos. Parecia que ele tinha saído da banheira momentos antes de eu acordar. Aqueles vislumbres indistintos da noite anterior com certeza eram lembranças, não sonhos. Senti o rosto esquentar. Provavelmente ele já tinha percebido que eu estava acordada e estava esperando que eu dissesse alguma coisa. Era... muito constrangedor.

Sem querer atrasar o inevitável, pigarreei. Ele se virou até ficarmos de frente um para o outro. Os cabelos desgrenhados e úmidos o deixavam com uma aparência quase humana, mas a energia que ele irradiava punha fim à ilusão. Era como ficar imersa em uma banheira enquanto raios caíam em volta. Ele estava alerta, e parecia estar assim havia um tempo. Era estranho vê-lo fora do círculo de invocação. E mais estranho ainda ele ter me salvado. Eu não sabia o que aquilo significava, se é que significava alguma coisa. Apoiei-me na lateral da banheira e respirei fundo.

Apesar de ter declarado que não me salvaria, ele não me deixou morrer.

Não sei que poderes ele havia invocado para me trazer de volta da beira da morte, mas ele dera tudo de si. E não acho que meu encanto de proteção tenha sido o único motivo pelo qual ele me ajudou. Eu tinha sentido algo na noite anterior, mais íntimo do que se tivéssemos compartilhado a cama. Por um segundo mais longo do que o comum, jurei que havíamos estado dentro da mente um do outro. Vi, ali no fundo, onde ele não podia esconder, que não era apenas ódio que ele sentia por mim. Era algo muito mais complexo.

A luz entrava por uma janela arqueada sem cortinas, acentuando os ângulos definidos de seu rosto. Se eu não soubesse exatamente o que ele era, poderia confundi-lo com um anjo. O que, de certa forma, ele tinha sido. Fiquei pensando no que teria feito de tão ruim para ser expulso do paraíso. Mas não perguntei. Duvidava que confessasse a mim seus segredos.

Ele percorreu minhas feições com os olhos, sua expressão era indecifrável. Contive um calafrio.

"Tive uns... sonhos", disse devagar. "Ou lembranças. Talvez as duas coisas. Você usou uma magia poderosa ontem à noite." Olhei para ele com atenção. Ele não se mexeu e nem rompeu o contato visual. Por um terrível segundo, me perguntei se ele estava catatônico. Então ele inclinou a cabeça, esperando. "Antes de eu ir atrás do Viperídeo, você me disse que o antídoto demandava um grande custo."

Olhei para a água. Lembrei de como estávamos sentados — as pernas e braços e o corpo dele junto ao meu... Já tinha visto em ilustrações. Eram poucos os rituais antigos que exigiam contato entre peles desnudas — em essência, representavam uma espécie de renascimento. Como se ele tivesse transferido um pouco de seu poder para mim, usando água como condutor entre nossos corpos. Nenhum desses rituais era brincadeira. Não sabia se sua magia era equivalente à de uma bruxa, mas imaginei que chegava perto.

Voltei a olhar nos olhos dele.

"Qual o seu preço por ter me salvado?"

A temperatura pareceu despencar. Ele continuou olhando nos meus olhos enquanto atravessava o cômodo devagar. Uma raiva obstinada brilhava naqueles olhos dourados.

"Você deveria estar mais preocupada com o preço que teve que pagar. Espero que tenha valido a pena."

Ele se virou para sair. Antes que chegasse à porta, saí da água e bloqueei a saída.

"Você não pode dizer isso e depois ir embora. Qual foi o preço?"

"Quer mesmo ter essa conversa no banheiro?"

"Por que não? Ficou tímido de repente?"

Ele emanava o oposto de timidez. Sinceramente, com um corpo como aquele e todo o poder que ele tinha, não era de se surpreender que fosse confiante. Ele cruzou os braços diante do peitoral largo. De perto, a serpente dourada tatuada em seu braço era de tirar o fôlego.

"Se quer conversar, bruxa, eu começo. Você fez uma escolha ontem à noite que teve consequências catastróficas. Se eu não estivesse lá, você estaria morta."

Aquilo era irritante, mas era verdade.

"Recuperar o amuleto de minha irmã valeu o que me custou, independentemente do que tenha sido. E se tivesse que fazer tudo de novo, faria sem hesitar."

"O que prova que você é imprudente, tola, ou as duas coisas."

"Se sou tola e imprudente, por que me salvou?" Levantei a mão. "Nem me venha com a desculpa do encanto de proteção. Você e eu sabemos muito bem que não foi só por causa disso." Ele abriu a boca, mas eu o interrompi. "Não sei exatamente qual feitiço usou, mas conheço o suficiente sobre certos rituais e suas exigências para ter uma boa ideia. Diga por que me salvou. Agora."

Ele ergueu uma sobrancelha.

"Tem mais alguma exigência, vossa alteza? Ou posso ir?"

"Já que perguntou, tenho sim. Você usou um feitiço de renascimento em mim?" Ele fez que não com a cabeça.

"Então por que não estávamos vestidos?"

Um sorriso se formou lentamente no canto de sua boca. A expressão parecia a de um homem imensamente satisfeito e presunçoso.

"Porque você rasgou minhas roupas como um animal no cio." Olhei feio para ele. Ele bufou, quase rindo. Como ele não podia mentir para mim, o que ele falou devia ser verdade. Revirei os olhos. Era óbvio que eu não estava no controle de minhas faculdades mentais, e disse isso a ele. "Mas também porque o Viperídeo injetou um veneno que age como gelo, e precisávamos reverter os efeitos com rapidez. Calor corporal e água quente eram as formas mais eficientes e rápidas de evitar que você morresse por hipotermia."

Era verdade. Mas também o ouvi sussurrando naquela língua estranha. Ira não estava mentindo, mas estava mantendo alguns detalhes em segredos.

"Você me beijou."

Ele desviou os olhos abruptamente.

"Delírios febris são muito engraçados."

Sorri. Podia não saber qual era o feitiço, mas sabia que um beijo casto fazia parte da magia que ele havia invocado. É provável que nem quisesse e nem tivesse muita escolha quanto a isso.

Mas estava feliz por ele ter feito, ou eu teria morrido.

Quando me vi dentro da cabeça dele na noite anterior, sua atitude não era de amor, mas de medo. Medo de que, apesar de todos os seus esforços, eu fosse uma farpa entrando bem devagar sob sua pele imortal e, um dia, pudesse chegar fundo o bastante para perfurar seu coração de pedra. Ele não estava errado.

Mesmo sacrificando uma pequena porção de seu poder para me salvar, nunca esqueceria quem ele era de verdade. Um demônio autocentrado com a missão de proteger seu próprio mundo usando todos os meios necessários. Ele não se importava de verdade com o mundo dos humanos, nem com as bruxas que tinham sido assassinadas. Seu foco estava no que aquilo significava para *ele*. O medo que vi em seu coração não tinha nada a ver comigo, pessoalmente, mas com o que complicações emocionais representavam em geral. Morte.

Como a morte de tudo que ele era e escolheu ser.

Príncipes do Inferno não eram leais a ninguém além de si mesmos. Ira levaria um inimigo para a cama em um piscar de olhos se isso possibilitasse conseguir informações ou poder. Duvidava que ele não gostasse disso.

Aproximei-me até quase nos tocarmos. Ele não se afastou, mas também não tentou me tocar. Seu comportamento não tinha nada a ver com bondade, com o florescimento de uma amizade nem com luxúria, mas com vantagens. Eu só ainda não entendia como ou por que ele precisava de mim viva.

Mas faria de tudo para descobrir quais eram seus verdadeiros objetivos.

Sua atenção se voltou para minha boca. Não havia nada gentil ou doce em seu olhar. Na verdade, não havia nenhum indício de suavidade. Às vezes, quando olhava para mim, sentia que uma fera se escondia sob a máscara de pele que ele usava. Algo inquieto, selvagem. A sensação que eu tinha era de que ele mantinha o monstro trancafiado, mas nunca estava muito distante. Contive um calafrio. Não queria estar por perto quando ele resolvesse libertar seu animal interior da jaula.

Um sorriso provocador se formou em seus lábios.

"Essa é a parte em que você me agradece com um beijo?"

"Até parece! Não sou como você, demônio. Não beijo pessoas que odeio. Nunca vou fazer uma coisa dessas."

"Nunca? Tem certeza de que quer mesmo dizer isso?"

Na verdade, não tinha certeza de nada naquele momento. Estava confusa e agitada pela magia que não era inteiramente minha. As últimas 24 horas tinham sido infernais — o ataque à nonna, meu próprio encontro com a morte, ter sido salva pelo inimigo. Seu poder pulsava em mim, me preenchia. Por um instante, desejei que ele esticasse os braços e passasse as mãos por meu corpo. O que não fazia o menor sentido.

Não conseguia pensar com ele tão perto de mim. Precisava desesperadamente de um momento sozinha. Um tempo para recompor meus pensamentos e decidir como agir. E não conseguia fazer nada disso com um demônio seminu ocupando meu espaço. O poder corria por minhas veias.

Antes que Ira pudesse ofuscar minhas ideias com mais charme, sussurrei um feitiço de contenção que deve ter sido reforçado por sua magia demoníaca, pois *não* saiu conforme planejado. Em um instante ele estava ali comigo, e, no seguinte, tinha sumido. Como se não existisse. Aconteceu tão rápido, mas consegui ter um vislumbre de seu rosto antes de desaparecer. Ele parecia se sentir tão... traído.

Uma mistura de emoções me assombrou por vários minutos. Ele era meu inimigo. Mesmo depois de me salvar. Aquele ato único de bondade não apagava esse fato. Ainda assim, não sabia se desejava tê-lo mandado de volta para o submundo ou de volta à caverna. Não devia me importar com seu paradeiro.

Mesmo me sentindo um pouco culpada por usar sua própria magia contra ele, não deixei que aquilo afetasse meu julgamento. Ele tinha sua missão, eu tinha a minha. Era isso. Procurei minhas roupas pelo chão, mas não as encontrei. Maldito demônio. Entre todas as formas de vingança que ele poderia ter, não previ que andar nua pelas ruas da cidade fosse uma delas.

Levantei os olhos, pronta para mandar Ira para o Inferno outra vez, e notei um vestido novo, dobrado e apoiado no canto em que ele estava quando acordei. Eu o peguei e me surpreendi com a beleza da peça. A saia escura tinha brilhos dourados espalhados com muito bom gosto — parecido com seu *luccicare* cintilante. Mangas pretas simples desciam com elegância de uma blusa com decote ombro a ombro. E um espartilho dourado com espinhos e asas costuradas nas costas completavam a vestimenta. Esqueci que minhas roupas tinham sido rasgadas durante o ataque do Viperídeo. Uma sensação desagradável tomou forma enquanto eu segurava o vestido. Afastei-a.

A magia do príncipe demoníaco crepitava sob minha pele, infectava minha alma. Não queria gostar do tanto que ela fazia eu me sentir viva.

Consegui me vestir bem depressa, mas precisei me concentrar para realizar uma tarefa trivial enquanto meus sentimentos disparavam de um extremo ao outro. Depois que Ira se retirou, ficou apenas um pouco mais fácil pensar. Meus pensamentos continuavam voltando para ele — para a expressão em seu rosto. Tinha ferido seus sentimentos. E isso... me incomodava. Que reviravolta absurda. Sua família enviou demônios fantasma para atacar minha avó e roubar meu *cornicello*, e *eu* estava me sentindo mal por talvez ter mandado um demônio para o Inferno. Onde ele vivia e governava. Possivelmente com satisfação. No ápice do luxo demoníaco. Com fogo, enxofre e uma orquestra das almas agonizantes dos condenados.

Mesmo assim, acho que tomei uma decisão precipitada. Tirando a antipatia que sentíamos um pelo outro, Ira poderia ser útil em minha busca por justiça. Tinha quase certeza de que ele tinha razões sombrias para se aliar a mim, mas, quando precisei dele de verdade, ele esteve presente. Aquele gesto, acima de todo o restante, dizia o suficiente.

Minha alma estava em segurança com ele.

Isso significava que podíamos deixar as diferenças de lado e trabalhar juntos para solucionar o assassinato de Vittoria. Nenhum de nós amaria a ideia, mas pelo menos eu podia confiar que ele não me mataria. Por ora, as evidências apontavam para um príncipe do Inferno como o responsável pelos assassinatos, e não caçadores de bruxas. Depois do que aconteceu com Avareza e do ataque à nonna, eu precisava de Ira ao meu lado.

Soltei um longo suspiro, esperando que minha decisão fosse acertada.

Pela deusa, agora eu teria que descobrir para onde havia mandado o Príncipe da Ira.

Peguei a camisa dele e saí pela cidade para localizar meu príncipe do Inferno desaparecido.

22

"Se quiser que eu fale com você, peça com educação."

Eu não chamaria de alívio, mas um nó se desfez em meu peito quando encontrei Ira preso no círculo de invocação. Ele não estava zangado como eu esperava, apenas um pouco pensativo. Imaginei que ele não estivesse esperando ser expulso logo depois de salvar minha vida. O que era justo. Para ser sincera, eu também não esperava retribuir daquela forma.

"Todos os demônios são loucos, ou só você?"

Ele bufou.

"Você não é a víbora mais agradável do fosso, é? Agradecer a alguém que salvou sua vida aprisionando essa pessoa é algo que não fazemos em meu mundo. Não há como negar que você precisa melhorar seus modos."

Toda intenção de tentar uma aliança se foi. Um demônio dando sermão sobre boas maneiras era a coisa mais ridícula que eu já tinha escutado. Era muito *descaramento* da parte dele. Soltei uma dúzia de sugestões — que incluíam animais de fazenda — para o que ele poderia fazer com o tempo que lhe restava na terra.

"Encantador. Estou me perguntando de onde vem sua criatividade, talvez de experiências pessoais?"

Bater boca não nos levaria a lugar nenhum, e eu tinha coisas mais importantes para fazer. Pelo visto, Ira sentia o mesmo. Ele me analisou com os olhos semicerrados:

"O que te deixou tão agitada, bruxa?"

"Nada."

"Se for sobre o feitiço que usei, ou o vestido..."

"Não é." Por alguma razão, agora que estava perto dele de novo, não me sentia preparada para pedir sua ajuda para investigar o assassinato de minha irmã. Precisava de mais alguma garantia de que aquele era o melhor caminho a seguir. E havia uma coisa que ele poderia responder que ajudaria a me resolver. Se ele não morresse de rir antes. Fechei os olhos e contei até dez. "Um demônio invisível atacou minha avó ontem. E antes disso, eu acho... acho que ele estava me perseguindo."

Achei que ele ia zombar de mim, ou perguntar se eu havia bebido demais nos últimos dias. Em vez disso, ficou me observando atentamente.

"Ele falou com você?"

Confirmei com a cabeça.

"Ele disse: 'ele está chegando'."

Ira ficou andando de um lado para o outro dentro do círculo de ossos.

"Parece ser um demônio Umbra. Mas para ele estar aqui e falar com você... ele disse mais alguma coisa?"

"Eu... não lembro exatamente. Na primeira vez ele disse alguma coisa sobre lembranças e corações roubados."

"Como assim, *na primeira* vez?" Ele se virou para me encarar. Ira não era muito bom em demonstrar uma ampla gama de emoções, provavelmente porque era um ser imortal gerado no Inferno, e não um humano, mas ficou nítido que estava surpreso com o que eu dizia. "Exatamente quantas vezes você o encontrou?"

"Talvez três? Achei que estava sendo seguida no mosteiro... aquela noite... depois encontrei minha irmã e não pensei mais nisso." Comecei a andar pela borda externa do círculo. "O que é um demônio Umbra?"

"Espiões mercenários, em sua maioria. Eles vendem seus serviços para qualquer casa real que tenha algum trabalho para eles. Alguns são leais apenas a Soberba. São quase todos incorpóreos e muito difíceis de matar. Magia nem sempre funciona neles da forma como se imagina."

Muito difíceis de matar não era o mesmo que *impossíveis de matar*. Um lado bom, se é que havia algum.

"Se ele deveria espionar, por que se revelou?"

"Essa é a questão, não é, bruxa? Normalmente, eles nem falam."

"Acha que Avareza o contratou?"

"Por que eu acharia isso?"

Procurei nele sinais de fingimento. É claro que ele sabia que seu irmão estava aqui.

"Porque encontrei com ele na casa de jogos antes de minha avó ser atacada. E posso tê-lo enganado para conseguir mais informações do que ele havia concordado em me dar. Não é o pecado dele, mas tenho certeza de que seu orgulho real foi ferido."

"Engraçado." Ira me lançou um olhar seco. "É quase impossível enganar um príncipe do Inferno."

"Bem, a menos que ele tenha mentido sobre quem era, não foi tão difícil enganá-lo." Não dava para saber se Ira acreditava em mim, e pouco me importava. "Você disse que alguns demônios Umbra são leais a Soberba... Acha que ele os enviou?"

Levando em consideração que ele havia roubado um de seus chifres, parecia provável. Mas Ira não sabia que eu estava atrás disso quando invadi o ninho do Viperídeo. Eu estava interessada em sua resposta.

"É possível, mas não é provável. Não comigo aqui. Um demônio Umbra não pode atravessar para o submundo. Eles só podem deslizar entres mundos se um príncipe os enviar, ou se forem invocados. E, mesmo assim, esse tipo de poder só pode ser usado durante períodos específicos."

"Como funciona a viagem entre mundos?"

"É como arrancar fios do tempo e os tecer em outro lugar."

Vago.

"Se alguém estivesse tentando invocar o diabo... você perceberia?"

Ira se virou para mim com o olhar aguçado.

"Ele não pode ser invocado."

"E se alguém tivesse o Chifre de Hades? Então Soberba poderia ser invocado?"

O príncipe demoníaco ficou imóvel. A surpresa durou só um segundo até que um sorriso se abriu em seu rosto.

"Você andou ocupada."

Era verdade, e eu tinha feito um bom trabalho até então para rastrear os passos de minha irmã, mas agora precisava de ajuda. Ira podia ser meu inimigo, mas tinha salvado minha vida. Esperava que isso significasse que eu podia confiar nele.

Pensei com cuidado no que queria fazer em seguida. Suas respostas sobre o demônio Umbra me fizeram lembrar de minha irmã gêmea e das anotações em seu diário, e isso me acalmou. Era como se Vittoria estivesse me dando sua benção para aquela união nada usual. Lembrei a mim mesma de que Ira poderia facilmente ter tomado minha alma ou feito algum acordo em troca de minha vida quando eu estava morrendo. E ele não fez nenhuma dessas coisas. Pelo contrário, sacrificou seu próprio poder sem esperar pagamento.

"Poderia me ajudar a descobrir se... isso aconteceu?"

"Se alguém invocou Soberba?", perguntou.

Fiz que sim com a cabeça. Ele parecia extremamente cético.

"Precisaríamos saber onde a tentativa de invocação aconteceu. E nada é garantido. O Chifre de Hades estava unido ou só um chifre foi usado?"

"Só um." Respirei fundo. "E sei por onde começar. Você vai ajudar?"

"Você precisa ser mais específica quando pedir para desfazer o encanto de contenção. E não se esqueça de usar meu título. É *educado* fazer isso." Olhei para sua adaga que eu tinha buscado em casa, depois voltei a prestar atenção nele. Ele sorriu de novo; dessa vez o sorriso continha um deleite genuíno. "Não fui eu que fiz as regras."

"Poderia, por favor, deixar o círculo de ossos e me auxiliar a descobrir se alguém invocou Soberba, Príncipe Ira?"

Era a primeira vez que eu desfazia um encanto de contenção, e foi estranho. Não tive que sussurrar nenhum encantamento, bastou pedir que ele saísse do círculo de invocação.

Uma carga elétrica preencheu a caverna, expandindo-se devagar até desfazer as bordas do círculo. Depois de um leve estalo, o mundo exterior voltou a ser como era.

Ira se precipitou para cima de mim.

"Se valoriza nossa aliança, nunca mais use aquele feitiço de contenção em mim, bruxa. A confiança é uma via de mão dupla. Minha paciência está se esgotando."

"Está bem. Se deseja minha confiança, pare de ajudar Soberba a encontrar uma esposa."

"Não posso."

"Então não fique surpreso quando eu me defender usando todos os meios necessários."

Ele se afastou, passando a mão pelos cabelos. Eu o observei com indiferença quando caminhou de volta em minha direção. Havia determinação em seus olhos dourados.

"Me entregue a adaga." Olhei para ele com incredulidade. "Preciso dela por um instante. E não, não vou te atacar com ela."

Embora fosse provável que desejasse fazer isso. E muito.

Tirei a adaga de serpente da bainha em minha cintura e a entreguei a ele. Ira se ajoelhou.

"Emilia Maria di Carlo, você tem minha palavra que não vou ferir fisicamente nenhuma bruxa nem a forçar a se casar com Soberba." Ele arrastou a lâmina sobre a palma e pressionou a mão ensanguentada junto ao coração. "Pela honra de minha coroa e meu sangue, juro que minha atual missão é salvar almas, não as tomar."

Ele se levantou e me devolveu a adaga, com o cabo apontado para mim. Outra demonstração de confiança. Guardei a arma e olhei para ele. O ferimento já estava fechado.

"Não vai me pedir para aceitar seu tratado de sangue de antes?"

"Ficaria mais satisfeito se o aceitasse, mas não vou te obrigar. Está feliz com meu juramento?"

"Por enquanto."

"Está bom o bastante."

Ele passou por mim, parando perto da entrada da caverna. Resistindo ao ímpeto de empurrá-lo no mar logo abaixo, fui para perto dele em silêncio, assimilando as ondas prateadas que ondulavam como uma criatura cor de ébano imensa sob a lua cheia. Sangue e ossos. É claro. A lua cheia significava mais problemas. E eu já tinha em minhas mãos um problema de cerca de um metro e noventa de altura.

"Aqui está." Bati a camisa que tinha comprado em seu peito. "Não importa se ela é odiosa, se é fedorenta ou se você é nobre demais para usar roupas de camponeses, mas melhor usar isso quando estiver andando pela cidade. A última coisa de que precisamos é atrair mais atenção para você."

Ira e eu paramos perto da construção vizinha ao mosteiro, vendo as luzes se apagarem uma a uma. Logo a irmandade estaria adormecida em seus quartos.

"O que te fez fazer um juramento de sangue para mim?"

"Quis oferecer um galho de confiança."

"Você quis dizer um ramo de oliveira?"

"O conceito é o mesmo, bruxa." Ele olhou para a lua. "Além do mais, talvez quisesse mais daquelas... coisas que você me deu. Se você morresse, eu teria que tentar encontrar outros. Seria inconveniente."

"Os cannoli?", perguntei, fingindo incredulidade diante de sua tentativa de ser engraçado. "Você me salvou, em parte, por um pouco de ricota adocicada?" Graças à deusa ele não parecia saber como aquele doce era popular nem que podia ser encontrado em muitas partes da cidade. "Acha que o demônio Umbra está nos observando?"

Escondidos entre as sombras, estava escuro demais para ver o rosto dele com clareza, mas imaginei sua expressão de resignação.

"Está com medo?"

Uma não resposta perfeita para minha pergunta. Sabia que ele estava se referindo ao demônio Umbra, mas a verdade era que Ira me dava medo também. Qualquer um que não tivesse medo de entrar em uma sala com o demônio que foi visto com seu ente querido assassinado seria um idiota.

A algumas ruas de distância, vozes retumbavam como um trovão distante. Risos se seguiram, audazes e ruidosos. Palermo era uma cidade que adorava a noite tanto quanto se deleitava com a glória do dia. Festivais, banquetes — sempre parecia haver alguma ocasião digna de celebração, principalmente com comida e bebida. Meu desejo era deter o monstro que se empenhava em destruir tudo aquilo antes que voltasse a atacar.

Vários minutos de silêncio depois, a última luz dourada se apagou dentro do mosteiro.

"Certo. Chegou a hora", Ira disse, aprumando-se. "Se preferir ficar aqui, fique. Não sou de passar a mão na cabeça."

Ignorei e segui pelas sombras, deixando-o falando sozinho. Ele parecia gostar muito do som da própria voz. Seria falta de educação interromper.

"Não vou te consolar. Ou cuidar de suas feridas. Emocionais ou físicas. Desprezo..."

Quando a porta do outro lado da viela se abriu, ele se calou. Olhei com desdém para ele e a abri um pouco mais, convidando-o a entrar. Por um momento ele ficou parado, fazendo cara feia. Eu poderia apostar que ele não percebeu que eu tinha me movimentado. Fiquei me perguntando quantas pessoas já o haviam surpreendido. Provavelmente não muitas, dado que sua irritação parecia se basear na ideia de ser superado por uma bruxa.

"Você vem ou não, demônio?"

23

Felizmente, não havia nenhum sussurro sobrenatural esperando por mim na sala em que Vittoria morreu. Nenhuma força insistente me puxando, nenhum pedido mágico do Grande Além. Apenas silêncio e o ruído baixo das botas de Ira enquanto caminhávamos no escuro. A seu pedido, silencioso, porém brusco, entreguei a ele minha bolsa de suprimentos, grata por ter alguns instantes para me recompor enquanto ele procurava velas dentro dela.

Segundo Ira, tínhamos apenas alguns minutos para ele sentir traços de qualquer magia de invocação. Ele me alertou de que poderia não haver nenhum indício, uma vez que já havia se passado mais de um mês. Não voltava àquela sala desde que encontrei o corpo mutilado de minha irmã. Se tivesse escolha, nunca mais colocaria os pés naquele mosteiro amaldiçoado. Sabia que Vittoria não estava ali, mas o fantasma daquela noite continuava me assombrando. Fechei os olhos ao me lembrar de sua carne dilacerada. A quietude profunda da morte. E o sangue.

Esfreguei os braços com as mãos para me aquecer, embora o clima estivesse agradável. Era estranho como a vida podia ser inesperada. Um mês antes, nunca teria imaginado retornar justamente com a criatura que encontrei lambendo o sangue de minha irmã, mas lá estávamos. Trabalhando juntos.

De repente, não estava mais perdida no luto. Com tudo que havia acontecido, tinha esquecido completamente o detalhe mórbido do sangue sendo lambido. Virei-me, apreciando o peso da adaga do demônio que balançava em minha cintura.

"Só para deixar claro, permiti que saísse do círculo de contenção esta noite apenas para o *meu* benefício. Não quer dizer que gosto de você."

"E eu que pensei que me vincular a você por toda a eternidade significasse que éramos bons amigos."

"Você não me explicou por que estava lambendo o sangue de minha irmã."

Ele terminou de vasculhar minha bolsa e riscou um fósforo. A luz do fogo dourou os contornos de seu rosto. Sombras escureciam seu olhar, mas não escondiam o dourado das íris. Sua atenção se voltou para a adaga e lá permaneceu. Ele olhou tanto para ela durante o trajeto até a sala, que não pude deixar de pensar que estivesse tramando um plano criativo para recuperá-la.

Tentei conter um arrepio quando a sensação familiar de perigo voltou. Às vezes, principalmente depois que ele havia concordado em me ajudar, era fácil esquecer que ele era um dos Perversos.

"Você não perguntou."

"É claro que perguntei."

"Não. Você apenas disse: 'Você estava parado sobre o corpo dela, *lambendo o sangue dela dos dedos*, seu animal nojento'." Era óbvio que aquilo tinha ficado em sua memória. Ele acendeu as velas e me entregou uma delas. Evitei encostar em seus dedos e ele fez exatamente a mesma coisa. "Não toque em nada, bruxa. Não queremos distorcer nenhum odor remanescente."

"Quero saber o que você quer dizer com 'odor remanescente', ou é uma dessas coisas das criaturas do Inferno que é melhor deixar na imaginação?"

"Por mais tentador que possa ser, é melhor não imaginar nada."

Revirei os olhos. Se ele não queria explicar, tudo bem. Eu não dava a mínima para seus preciosos sentidos de demônio, mas me importava, *sim,* com Vittoria.

"Certo. Por que você estava lambendo o sangue dela?"

Ele levantou a vela e se virou, sem sair do lugar, passando os olhos pela sala.

"Estava examinando o sangue."

Respirei fundo e rezei para a deusa da força e do raciocínio para que me impedisse de massacrá-lo ali mesmo.

"Ouça, essa pequena aliança vai funcionar muito melhor se você explicar sem ficar o tempo todo provocando. Finja que não sei nada sobre seus costumes perversos. Examinando o sangue dela por *quê*?"

"Perdoe-me, vossa alteza." Um pequeno sorriso surgiu em seu rosto. "Estava examinando o sangue em busca de indícios de alguma Casa demoníaca à qual ela pudesse ter se aliado."

"Como o tratado de sangue que me ofereceu?"

Ele confirmou.

"O que descobriu quando examinou o sangue de Vittoria?"

"Ela ainda não tinha se aliado a ninguém. Mas isso não quer dizer que não tivesse interagido com um príncipe do Inferno."

"Então, no meu caso, mesmo tendo te invocado, ninguém teria como saber que eu e você estamos... trabalhando juntos... sem um tratado de sangue?"

"Isso mesmo."

Sangue e ossos! Aquilo significava que Vittoria podia ter invocado Avareza ou Inveja, mas que, se não tivesse selado um tratado de sangue, não havia como rastrear os encontros que teve com demônios.

"Acha que Avareza ou Inveja querem impedir Soberba de se casar?"

Ele parou para pensar.

"Avareza gosta de governar sua Casa, então não. E Inveja não tentaria nada que pudesse levar guerra à sua Casa. Ele é mais de ficar lamentando sobre as coisas que não tem e quer ter, mas lhe falta ambição para agir e tomar."

Silenciamos, e Ira se virou com sua vela. Algo chamou minha atenção. Abaixei, raspando um pouco de cera com a unha. A cera era de um cor-de-rosa bem claro. Lembrei das velas que estavam ali naquela noite horrível. Movimentei a luz formando um arco lento para ver melhor o chão. Outra pequena nódoa de cera, acinzentada. Dei um giro e vi as mesmas impressões de cera alternando entre as cores rosa e cinza.

Com certeza Vittoria tinha criado um círculo de invocação logo ali.

"Inveja disse que outros viriam atrás de mim. Ele estava falando de seus irmãos?"

"Imagino que sim."

"Poderia estar se referindo também aos demônios Umbra?"

"Talvez."

Olhei feio para o príncipe demoníaco. Depois de todo o esforço para salvar minha vida, sentia vontade de gritar com todas aquelas respostas evasivas. Pensei mais uma vez que ele não podia mentir diretamente para mim e estreitei os olhos.

"O que ele quis dizer quando afirmou que nem conhecia o futuro?"

"Eu não estava lá. Não sei exatamente a que ele se referia." Ira evitou olhar em meus olhos. "Ele podia estar dizendo isso como tática para te deixar com medo e mexer com sua cabeça."

"O que é uma bruxa das sombras?"

Ele olhou para mim de uma forma que dizia que se eu não sabia, não seria ele que iria me contar. Lancei a ele um olhar furioso que prometia uma morte lenta e violenta se ele não começasse a falar. Ele cedeu.

"Você tem um pouco mais de sangue de demônio do que as outras bruxas."

"Isso não pode ser verdade. Você está..." Fechei a boca. Ele não podia mentir, mas não achava possível que o que ele tinha acabado de dizer fosse verdade. As pessoas de nossa família eram abençoadas pela deusa, não filhas das trevas.

"Como isso é possível?"

Ele ergueu a sobrancelha.

"Você sabe como são feitas as crianças, não sabe?"

"Claro que eu sei."

"Ótimo. Isso me poupa de explicar que uma pessoa de sua família se divertiu com um demônio e produziu um herdeiro. Provavelmente não foi um antepassado tão distante, se Inveja percebeu... só de olhar."

"Minha avó disse que éramos guardiãs entre mundos. E que 'bruxa das sombras' era um nome maldoso que os Perversos nos deram."

A atenção dele estava totalmente dedicada a mim e, subitamente, não quis que ele tivesse qualquer informação relacionada à história secreta de minha família. Apontei com a cabeça para a cera da vela, mudando de assunto.

"Lembro de ter sentido o aroma de tomilho. E de parafina. Isso pode ser uma pista de que ela tentou invocar Soberba?"

"Não. Velas cor-de-rosa pálido e acinzentadas são usadas pela Casa Avareza." Ele caminhou pela sala. "Tomilho e cobre também são necessários para invocar um demônio que pertença àquela corte."

"Demônios só podem ser invocados com velas das cores apropriadas?"

"Entre outras coisas, sim. As cortes demoníacas são divididas em várias Casas reais. Cada uma tem seus próprios rituais e exigências. Cores de velas, plantas, momentos do dia, objetos de intenção e metais, tudo isso varia."

Apontei para os objetos à nossa volta.

"Nada disso pode ser usado para invocar Soberba? Ou ter o Chifre de Hades dispensa as exigências do feitiço de invocação?"

"Mesmo que sua irmã tivesse em posse dos dois chifres, ainda não funcionaria sem as velas, os metais e as plantas." Ele levantou a vela. "Posso afirmar que, o que quer que tenha acontecido nesta sala aquela noite, sua irmã não invocou Soberba. E também não parece que estava tentando fazer isso."

"Ela me disse que estava."

Ira me observou com atenção.

"Impossível saber quais eram suas intenções. Ela podia querer invocá-lo, mas mudou de ideia no caminho. Ou, se realmente tentou invocá-lo, não o fez aqui."

Tentei conter a crescente frustração. Se ela não invocou Soberba, significava que a culpa era de Avareza. Tinha que ser. Eu me lembrei do ataque à nonna e do desejo dele de possuir o Chifre de Hades. Fazia sentido que Avareza não estivesse satisfeito sendo um príncipe do Inferno se podia se tornar rei dos demônios. Parte de seu pecado incluía nunca estar satisfeito, sempre desejar mais. Não importando o quê, ou quem, fosse aniquilado na busca de seus objetivos.

Uma fúria inesperada se formou dentro de mim e envolveu todos os centímetros da sala. Era tão poderosa que meus joelhos quase se entortaram.

"Juro pelo meu sangue que vou destruir o demônio que fez isso com Vittoria, e vou fazer isso com prazer." Ira se virou para me observar com um olhar aguçado e, a julgar pela surpresa em sua expressão, imaginei que meus olhos estivessem quase pretos. Minhas emoções estavam ficando mais fortes, mais obscuras. Coloquei a culpa disso na proximidade ao príncipe guerreiro. Se Inveja inspirava sentimentos invejosos em mim, fazia sentido que Ira — intencionalmente ou não — incitasse minha raiva. "Você vai me ajudar a interrogar Avareza de novo. E, se eu não conseguir matá-lo, você vai fazer isso."

O amuleto de minha irmã começou a brilhar em um tom etéreo de roxo. Ira focou nele e depois me encarrou. Eu estava usando o amuleto no pescoço depois de tê-lo roubado do Viperídeo. Até aquele momento os portões do Inferno não tinham se aberto, e Ira não tinha tentado arrancá-lo de meu pescoço.

"Por mais impressionante que seu discurso seja, não vou iniciar uma guerra com ninguém. Nem você. Pelo menos não sem provas irrefutáveis. A probabilidade de ter sido Avareza é muito pequena."

"Então como ele chegou aqui? Ele foi invocado por alguém." Fiz um gesto apontando para toda a sala. "Ao que parece, ele foi invocado nesta sala."

"Não necessariamente. À exceção de Soberba, príncipes do Inferno podem viajar para cá sozinhos. Além disso, não tem nenhum rastro do poder de Avareza neste cômodo. A menos que sua irmã tivesse um objeto pessoal pertencente a ele, é muito mais provável que ela — ou quem quer que tenha organizado este círculo em particular — tenha invocado um de seus súditos. E existem *milhares* deles."

"Mas só existe *um* príncipe demoníaco daquela Casa atualmente em Palermo. Não estou vendo milhares de demônios correndo por aqui, você está?"

"É uma pergunta retórica ou você está esperando uma resposta?"

Abri a boca e logo a fechei. Eu tinha muitas outras perguntas sobre o mundo dos demônios, mas dava quase para ver Ira me implorando para fazê-las. Então decidi que esse não seria seu dia de sorte.

"De que tipo de objeto ela precisaria para invocar Avareza? Uma adaga como a sua?" Não lembrava de ter visto uma arma com ele quando o encontrei. Mais um indício de que ele havia sido invocado. "Talvez ainda esteja em nosso quarto."

"Receio que não." Ele sacudiu a cabeça. "A adaga estaria aqui na noite em que ela foi morta. Quem a matou a teria levado. Mas não há nenhum odor aqui que possa ser rastreado. Se for um demônio, vou ter que rastrear de outra forma."

"A menos que você esteja certo e ela de fato não tenha invocado um demônio", falei, pensando em voz alta. "Talvez ela tenha dado de cara com alguém tentando invocar Avareza e essa pessoa a matou. Ou talvez alguém tenha invocado um demônio menor, e ele atacou."

A forma como seu coração foi arrancado... Só uma criatura terrível poderia ter feito aquilo. Jamais esqueceria que eu conhecia pelo menos um demônio que esteve naquela sala com minha irmã poucos instantes depois de ela perder a vida.

"É possível, mas não acredito que tenha sido um demônio." Ele ficou olhando fixamente para o altar onde o corpo de minha irmã gêmea tinha sido descartado. "Um demônio menor avançaria no pescoço ou nas vísceras... não se concentraria em um órgão e iria embora. Ainda mais algo grande e brutal o bastante para causar aquele tipo de dano a um corpo."

Não era Soberba. Não era Avareza. Não havia pistas. Essa incursão não estava saindo conforme o planejado.

Lembrei das folhas de grimório que tinha encontrado. Ira revelou que cada Casa demoníaca tinha velas e objetos específicos. Nenhuma das duas folhas que Vittoria tinha continham um feitiço com velas cor-de-rosa e acinzentadas. A raiva estava se formando dentro de mim mais uma vez, precisando de uma válvula de escape. Ou de um alvo.

"É engraçado." O ar estava quente, mas a lâmina que pressionei às costas de Ira parecia gelo em minhas mãos. Ele parou de respirar. "Você não pode mentir, e eu acredito que isso seja verdade, mas por que não consigo encontrar nenhuma evidência que confirme suas alegações de inocência?"

"Está me pedindo para tecer um comentário sobre sua nítida incompetência?"

"Naquela noite você colocou as velas neste cômodo para jogar a culpa em Avareza? Pode ser que você tenha se dado conta de que minha irmã tinha feitiços de invocação para sua Casa, e isso implicaria você no crime."

"Eu não sabia que você tinha me invocado utilizando algum feitiço que não fosse seu. Nunca tive contato com sua irmã, além da noite em que descobri o corpo dela. Não se esqueça de que também preciso descobrir quem matou as bruxas. Talvez até mais do que você."

"Por quê? Por causa da maldição?"

"Se formos simplificar, sim."

"Conte tudo sobre ela. Quero saber quem amaldiçoou o diabo, por quê, e qual a importância disso para mim e para este mundo." Ele olhou para trás, como se dissesse que aquele tipo de questionamentos não seria respondido, independentemente da adaga. Pensei em esfaqueá-lo mesmo assim, mas só serviria para que ele se recusasse a responder qualquer outra pergunta. "Está fingindo que meu encanto de proteção funciona?"

"Se estivesse fingindo, por que eu ainda não quebrei o seu pescoço nem te influenciei? Com certeza não é porque aprecio sua encantadora companhia."

"Me dê um motivo para não enfiar essa lâmina em seu coração. É *assim* que você pode morrer, não é? Com sua própria arma. E ferido nesse único lugar."

"Dificilmente."

"Tem certeza?" Inclinei a ponta da lâmina junto à sua coluna. "Acho que está omitindo a verdade. Sabe por quê?"

"Esclareça para mim."

"Sinto você olhando para mim quando acha que não estou prestando atenção. Você monitora a adaga a cada movimento meu. Precisa saber onde ela está. Por isso Inveja ficou tão surpreso por eu estar com ela. Você é quase imortal, exceto por esse pequeno ponto fraco. Então, ó, poderoso Príncipe Ira, se não quiser morrer esta noite, me diga por que, de fato, Soberba te mandou para cá."

24

Ira se virou e se inclinou para a frente, pressionando a ponta da adaga no próprio peito antes que eu tivesse tempo de piscar. Uma gota de sangue escorreu pelo metal, iluminando-o por um breve instante. Fiquei calada enquanto o ferimento do demônio se curava diante de meus olhos.

Ele inclinou a cabeça. Se um dos dois se mexesse, nossos lábios se tocariam. Era melhor nem respirar muito fundo.

"Uma adaga no coração dói, bruxa, mas vai ser preciso muito mais que isso para destruir um príncipe do Inferno. Se ainda acha que estou mentindo, vá em frente e me perfure."

Uma parte mais ousada de mim queria testar a teoria, nem que fosse para determinar se ele estava sendo sincero. A parte mais calma, ainda sofrendo com o luto, queria lhe entregar a adaga e ver se o encanto de proteção realmente funcionava. Decidi que não era hora de correr riscos à toa e embainhei a arma.

Afastei-me dele, tentando não pensar que meu gesto era um recuo. Ele não fez nada para me impedir nem veio atrás de mim, só observou enquanto eu abria uma distância de alguns metros entre nós.

"Vai pelo menos me contar sobre a maldição? Acho que podemos..." Ira apoiou a vela no altar de pedra e um segundo depois já estava bem na minha frente. Estava perto demais — suas costas tocavam em meu peito. Levantei as mãos, pronta para empurrá-lo, quando ouvi o leve som de passos vindo em nossa direção.

"Contou a alguém que vínhamos para cá?", perguntou Ira. Fiz que não com a cabeça, com muito medo que Avareza ou Inveja tivessem nos localizado. O corpo de Ira estava pronto para atacar. Fiz o possível para acalmar minha respiração.

"Olá?" Uma voz grave, conhecida, gritou do corredor.

"Sangue e ossos." Joguei a cabeça para trás e resmunguei. "Agora não." Ira olhou para mim por sobre o ombro.

"É alguém que você conhece?"

Confirmei e o demônio relaxou a postura de ataque. A luz de uma lamparina chegou à sala antes de nosso visitante e amaldiçoei internamente aquela interrupção. Ira saiu da minha frente, parecendo animado com minha irritação. Eu o ignorei. Antonio entrou e parou de imediato.

"Emilia." O olhar de Antonio ficou mais suave ao me ver, mas ele apertou os olhos quando notou que eu não estava sozinha. Alternou a atenção entre mim e minha ameaçadora companhia, nitidamente sem palavras. "Ouvi vozes..." Ele voltou a olhar para Ira, observou a tatuagem de serpente que começava no dorso da mão do demônio, enrolava-se ao redor do pulso e desaparecia manga acima. Depois ele percebeu a tatuagem que ambos tínhamos no antebraço. Sua expressão era indecifrável. Antonio se aprumou. "Está tudo bem?"

Ira inspecionou Antonio de uma forma que me fez sentir arrepios no corpo inteiro.

Rapidamente, me coloquei entre eles e dei um sorriso acanhado para o meu velho amigo.

"Desculpe se fizemos muito barulho. Eu pedi para..." Hesitei. Não dava para chamá-lo de "Ira". O príncipe demoníaco saiu de trás de mim. Ele balançou a cabeça de leve. Era difícil dizer se ele estava me alertando para não dizer seu nome ou se só queria ver meu desconforto mais de perto. "Meu amigo Samael está na cidade nos visitando e queríamos acender uma vela para Vittoria."

Antonio não parecia convencido e eu não podia culpá-lo. Eu não era uma boa atriz. Esperava que ele não continuasse fazendo perguntas. Se tivesse que dar um palpite, mentir para um homem santo, em um local de adoração, na presença de um demônio que estava em uma missão secreta para o diabo, provavelmente daria azar.

"Que nome diferente!", ele disse, por fim. "De onde você disse que ele era mesmo?"

"Ela não disse. Gostaria de pegar um pouco de vinho litúrgico para nós e se aprofundar em minha linhagem?" O olhar de Ira beirava o predatório. "Não me importaria de conhecer você melhor também. Já que é tão *amigo* de minha Emilia."

Ira pronunciou a palavra "amigo" como se achasse que Antonio fosse o oposto disso. Fiquei surpresa por uma razão diferente, no entanto. Não entendi por que Ira disse "minha Emilia". Para ser sincera, eu nem sabia se o demônio se lembrava de meu nome, já que só me chamava de "bruxa".

Antonio pareceu tão espantado quanto eu.

"Sua..."

"Desculpe, Antonio." Logo recuperei-me e alertei Ira com o olhar enquanto pegava o *fratello* pelo braço, virando-o na direção da porta. Apostava que o Príncipe da Ira só estava tentando deixar meu amigo zangado para poder canalizar aquelas emoções, exatamente como Inveja havia feito comigo. "Você vai ter que perdoar a grosseria; ele fez uma viagem muito longa e a situação não é das mais agradáveis."

O braço de Antonio tinha músculos surpreendentes escondidos sob a túnica, mas ele não tentou me impedir quando o conduzi até o corredor.

"Tudo bem se ficarmos um pouco mais para fazer nossas orações?"

Antonio olhou em meus olhos e sua expressão suavizou.

"Claro. Estarei no corredor ao lado, perto do *colatoio*, se precisarem de mim."

"Obrigada."

Respirei aliviada ao vê-lo seguir devagar pelo corredor, em direção à sala de preparação. Esperei até a luz de sua lamparina desaparecer e voltei para dentro. Ira se debruçou sobre o altar e me encarou, erguendo uma sobrancelha. Era uma das expressões mais humanas que já tinha visto nele.

"Samael. Sério? Foi o *melhor* nome em que conseguiu pensar?"

"Foi um príncipe de Roma e um anjo da morte. Eu diria que é bem adequado. Você pode ficar à vontade para me dizer seu verdadeiro nome. Assim não precisa ficar todo irritadinho com os que eu invento."

Ele caminhou em minha direção, parando a uma distância quase razoável.

"*Jamais* me chame por esse nome, bruxa. Não sou um anjo. Nunca cometa esse erro."

"Não me diga! E eu que pensava que a maioria dos humanos considerava Samael o diabo." Passei por ele e voltei para os traços de cera que restaram do círculo de invocação. "Por acaso você..."

"Você já compartilhou a cama com aquele humano?"

Eu me virei, completamente surpresa com aquela pergunta. Esperava um sorriso sarcástico ou de desprezo, mas não estava preparada para a curiosidade genuína que encontrei em seu rosto. Não sabia o que era mais perturbador.

"Para começo de conversa, isso não é da sua conta. E por que você está fazendo uma pergunta tão estúpida? Caso não tenha notado, ele é um homem de Deus."

"Mas nem sempre foi."

Fechei bem a boca. Ele tinha se tornado membro da irmandade recentemente, e isso não havia me impedido de desejá-lo. A verdade é que eu tinha fantasias constantes com Antonio beijando meu pescoço, passando a mão em meus cabelos e trocando a irmandade sagrada por mim.

Pouco antes de ele fazer juramento, eu tinha certeza de que estava interessado em ter um romance comigo. Ele passava no Mar & Vinha, se oferecia para me acompanhar até em casa e ficava um tempo comigo na porta. Em alguns momentos, achei que ele estava criando coragem para roubar um beijo. Ele falava com apreensão sobre seus livros preferidos. Vittoria fazia sinal com as sobrancelhas e entrava em casa, nos deixando sozinhos, mas ele nunca se aproximou demais.

E nada daquilo importava agora. Por uma série de razões.

"Consegue encontrar alguma coisa útil aqui para ajudar com a resolução do assassinato de Vittoria?"

"Sua pulsação está acelerada." Ira esticou o braço para alcançar a veia de meu pescoço, mas parou pouco antes de fazer contato com minha pele. "Está igual à de seu humano quando te chamei de minha. É estranho um homem tão devoto sentir tanto ciúme."

Sua atenção se voltou para o meu rosto, e ele não se apressou, mudando para os olhos, os lábios, acompanhando cada curva, e desviou para a tatuagem que minhas mangas esvoaçantes não conseguiam esconder. Flores do campo continuavam brotando em nossos braços, junto de vibrantes botões de pluméria. Deve ter acontecido depois do feitiço que usou para me salvar. Ele me observava com atenção, como se estivesse imaginando o que Antonio via, e foi baixando os olhos centímetro a centímetro, até percorrer tudo, de meu rosto às minhas sandálias, e depois subir de novo, com a mesma lentidão. Não tinha dúvidas de que ele havia registrado cada mínimo detalhe e armazenado para uma análise futura. Talvez estivesse memorizando meu tamanho de caixão.

Ordenei que meu coração se acalmasse.

"Há um motivo para tudo isso ou você está apenas tentando incitar a minha ira de novo?"

"Existe motivo para tudo, bruxa. Só temos que descobrir como tudo se conecta. Não desconsidere seu *amigo* só porque ele é mortal. Emoções são forças poderosas. Pessoas matam por muito menos que avareza e inveja."

Tentei imaginar Antonio esgueirando-se durante a noite, matando jovens mulheres. Eu diria que Ira estava errado, mas conhecia o bastante sobre homens para acreditar que qualquer um era capaz de qualquer coisa a qualquer momento. Embora eu não estivesse convencida de que Antonio tivesse qualquer *motivação* para matar, manteria todas as opções em aberto, por via das dúvidas. Até onde eu sabia, ele poderia estar por aí invocando demônios e arrancando corações entre uma sessão de orações e outra.

"Se não conseguirmos provas de que Vittoria invocou Soberba, o que devemos fazer em seguida?"

Ele ficou me olhando por um momento um pouco longo demais, depois desviou o rosto.

"Vou mandar uma mensagem para a próxima noiva em potencial. Com sorte, ela nos encontrará amanhã e poderemos acabar com isso."

O mundo parou de girar. Eu o encarei, ainda elaborando o fato de outra bruxa ter feito um acordo e refletindo o quão ciente ele estava disso.

"Você prometeu que pararia de ajudar Soberba. Já sabia sobre essa outra bruxa?" Ele confirmou com a cabeça. "Por que só está me contando isso agora?"

"Concordei em não ferir bruxas nem a forçá-las a aceitar o acordo. Eu ia compartilhar essa informação depois do ataque do Viperídeo, mas você logo me baniu para o círculo de invocação."

Que conveniente para ele.

"Você voltou para o seu mundo para pegar essa informação?"

"Não. Uma vez invocado, não posso deixar este mundo até você me mandar de volta. A menos que minha conexão seja cortada com uma lâmina de demônio."

"E aquele tal transve-sei-lá-o-quê?"

"*Transvenio*. Meus laços com você me impedem de viajar entre mundos. Mas também me permitem permanecer aqui por mais tempo do que poderia ficar normalmente. Simplificando: nosso laço me mantém ancorado aqui."

"Então como conseguiu a informação sobre o novo acordo?"

"Soberba enviou um mensageiro."

Não imaginava que fosse tão simples. Não gostava do fato de o diabo poder enviar mensagens entre mundos. Isso me fez pensar no demônio Umbra de novo, e na facilidade com que ele tinha atacado minha avó com a adaga. Talvez o diabo estivesse cansado de bruxas usando seus chifres.

"Se só pode deixar este mundo quando eu te mandar de volta, como pretende levá-la ao Inferno?"

Uma fagulha de admiração iluminou seu olhar.

"Só vou *falar* com ela amanhã. Não disse que iria levá-la para o Inferno." Ele me olhou de cima a baixo e fiquei me perguntando se ele me achava uma oponente admirável. "Vou procurar um local. Assim que o encontrar, mando um recado dizendo onde estarei. Se não tiver notícias minhas até o anoitecer, me encontre na caverna."

25

Tirei o pilão da prateleira, rosto tenso, concentrada enquanto reunia azeite de oliva, alho, amêndoas, manjericão, queijo pecorino e tomates-cereja para o pesto *alla Trapanese*. Em dias assim, em que o sol sufocava antes do meio-dia e até o vestido mais fino colava como uma segunda pele, gostava de acrescentar hortelã fresca ao pesto de tomate, mas não encontrei uma folhinha sequer na cozinha.

Separei os ingredientes e prendi os cabelos, deixando algumas mechas mais curtas emoldurando o rosto. Não tinha colocado flores nos cachos — murchariam e secariam em instantes. Minha nuca já estava suada e o dia tinha apenas começado. Questionei seriamente a decisão de ter escolhido roupas brancas enquanto amarrava um avental sobre o vestido sem mangas. Preferia esconder a tatuagem mágica, mas não havia como sobreviver ao calor, mesmo se as mangas fossem leves. Com sorte, ninguém de minha família notaria a tinta pálida, principalmente se eu mantivesse aquela parte do braço virada para mim.

Perdida em pensamentos, imaginava Ira experimentando o pesto de tomate quando minha mãe se juntou a mim na pequena cozinha e pegou sardinhas na adega.

"Você não voltou para casa." Minha mãe não estava perguntando, e seu tom de voz era quase tão afiado quanto a faca que estava usando para limpar o peixe. "Poderia explicar onde esteve a noite toda?"

Eu preferia vender minha alma.

Mantive a atenção no pesto, triturando bem as amêndoas. Não poderia admitir que estava trabalhando com um demônio bebedor de sangue para solucionar o assassinato de Vittoria. E que eu não só havia me aliado temporariamente a um dos Malvagi, mas também falado com outros dois.

Ah, e já que o assunto é este, um demônio mercenário invisível estava me seguindo por aí, soltando avisos enigmáticos, além de ter esfaqueado a nonna e estar pronto para me assassinar se alguém ordenasse. Também quase morri depois que fui atacada por um Viperídeo e um príncipe do Inferno me salvou usando magia das trevas ancestral que demandava que ambos ficássemos nus em uma banheira. Minha mãe ficaria transtornada. Mas pelo menos a tatuagem não pareceria tão ruim.

"Estava no mosteiro."

"Eu sei."

Olhei de imediato para ela.

"Como?"

"*Fratello* Antonio passou aqui pela manhã, preocupado." Ela partiu para a sardinha seguinte com entusiasmo, escorregando a faca sob a pele, e a arrastando sob a espinha. "Ele disse que você estava com um jovem. Um amigo de nossa família. Disse que o nome dele era estranho."

"Eu..."

"Me poupe de suas mentiras, menina." A mamma segurou a faca com mais força. "Elas são um portal para o Inferno."

Fiquei calada. Minha mãe devia saber. Ela percebeu meu ardil e, de alguma forma, descobriu que usei magia das trevas. E *fratello* Antonio Bernardo tinha confirmado seus medos. Engoli em seco, debatendo até que ponto deveria ser sincera com ela.

"Bem, é que..."

"Ficar se metendo em lugares escuros com jovens bonitos pode te distrair da dor por um tempo, mas nunca vai fazer com que ela passe. Você precisa encontrar forças em seu próprio interior para isso."

"Eu... *O quê?*"

A mamma balançou a faca em minha direção.

"Não finja que não tem ideia do que estou falando. Tem sorte de sua avó estar dormindo e não ter ouvido o que ele disse. Ela já tem muito com que se preocupar enquanto está se recuperando. Não precisa se estressar com homens diabólicos. *Fratello* Antonio me contou tudo sobre aquele jovem. Ao que parece, você enfeitiçou ele também. Antonio disse que ele te chamou de "minha Emilia". Você não é de ninguém, é dona de si mesma. Nunca se esqueça disso."

Pelo amor da deusa. Isso era *muito* pior do que se a nonna descobrisse que eu tinha invocado um demônio. Um calor que nada tinha a ver com as altas temperaturas brotou em meu rosto e desceu pelo pescoço. Minha mãe pensava que Ira e eu estávamos...

Queria morrer de vergonha.

Até mesmo *imaginá-lo* nu, me puxando para junto de seu corpo firme e tatuado, irradiando um calor irritante enquanto levava aquela boca idiota à minha e eu o agarrava como se ele fosse ao mesmo tempo minha condenação eterna e minha salvação, e nós...

Precisava interromper aqueles pensamentos imediatamente. Não senti tanta repulsa pela imagem quando achei que sentiria.

Sabia que a provocação juvenil de Ira um dia voltaria para fincar suas terríveis presas em mim. Apenas não tinha imaginado que ocorreria dessa forma.

A mamma soltou a faca e sua expressão suavizou um pouco. Ela tinha entendido completamente errado o motivo da vermelhidão em meu rosto.

"Ame ou desfrute da companhia de quem quiser. Mas você precisa ter mais cuidado. Se seu pai tivesse aberto a porta..." Ela deixou o restante da frase no ar, não precisava terminá-la para transmitir o recado.

Bater na pessoa que estava "bulindo" com sua filha seria a forma perfeita de lidar com parte de seu próprio luto. Defender a honra de uma filha era um passatempo dos homens mais velhos. Mesmo levando em conta seu comportamento antiquado, eu não podia acreditar que Antonio tinha ido até nossa casa.

Pela milésima vez, procurei o pequeno relógio com os olhos. A tarde estava passando arrastada. Faltavam horas até eu ter que me encontrar com Ira. Para ocupar as mãos com algo além de fantasiar que estavam apertando o pescoço de Antonio, tirei o pano úmido de cima da massa e comecei a abri-la para fazer os *busiate*.

Não podia acreditar que um dia quis beijar aquele tolo enxerido.

"Ah, e Emilia?" Parei de achatar a massa e olhei para minha mãe. "Faça bastante *busiate*. Prometi a Antonio que você levaria um pouco para ele hoje à noite para se desculpar."

Sorri. Eu faria bastante macarrão com prazer e jogaria tudo sobre a cabeça daquele *fratello* irritante.

⁂

"*Buon appetito*." Bati com duas cestas sobre a longa mesa de madeira do salão de jantar, sem me preocupar em remover as bandejas de comida que estavam dentro delas. O pequeno grupo de homens que aguardava a refeição ficou em silêncio. Antonio interrompeu sua conversa com outro membro mais ou menos de sua idade, franzindo a testa de preocupação.

Eu o fitei com um olhar que ameaçava morte lenta e tortuosa, e deve ter funcionado. Ele se levantou e me acompanhou às pressas até o corredor. Tolerei sua mão em meu braço descoberto até sairmos do campo de visão de todos, depois o afastei.

Independentemente de estar usando um corpete sem mangas, não apreciei a liberdade que ele havia tomado ao tocar minha pele.

"Algum problema, Emilia?"

"Não acredito que você contou para minha mãe que eu estava aqui acompanhada ontem à noite", disse em tom contrariado. "O que eu faço e com quem passo meu tempo não é da sua conta."

Antonio ficou tenso.

"Sua irmã foi assassinada aqui há um mês, eu te encontro na mesma sala com uma pessoa que nunca vi e cujo nome você se recusa a dizer. Desculpe se quis garantir que estivesse bem."

"Se estava assim tão preocupado, poderia ter esperado no mosteiro e me acompanhado até minha casa. Não precisava aparecer na porta da minha casa antes do amanhecer."

Ele fechou os olhos e fiquei imaginando o que, exatamente, estava se passando em sua cabeça. Ele devia saber o tamanho do problema que havia causado. Ninguém era *tão* ingênuo assim. Por fim, quando voltou a me olhar, parecia ter desistido da discussão.

"Outra garota foi morta, depois que nos encontramos ontem à noite. E... fiquei preocupado achando que poderia ser você. Depois do que aconteceu com Vittoria, precisava me certificar de que não era. Peço desculpas se causei algum problema — não estava com a cabeça no lugar", explicou, agora com a voz mais calma.

Respirei fundo, frustrada. Estávamos um passo atrás. Alguém descobriu a identidade da bruxa com quem Ira planejava se encontrar mais tarde. Mas como?

Minha mente começou a girar. Ira disse que era o único príncipe que sabia das possíveis noivas, mas aquilo não significava que outros príncipes não tivessem meios de descobrir. Espiões eram utilizados em cortes reais humanas; era provável que o mesmo acontecesse no mundo dos demônios. Pensei nos demônios Umbra invisíveis que trabalhavam para Avareza. Se ele tinha mandado um atrás de mim e ele atacou a nonna, era provável que um deles também estivesse passando os nomes das possíveis noivas para ele.

Ainda não tinha descoberto *por que* ele queria as bruxas mortas, no entanto. Talvez fosse só para garantir que o diabo nunca desfizesse a maldição e jamais saísse do Inferno.

Antonio estendeu o braço e ajeitou uma mecha solta de cabelo atrás de minha orelha, demorando-se um pouco além do necessário. Poucas semanas antes, meu coração teria se agitado loucamente dentro do peito. Agora, eu só conseguia lembrar como um coração podia ser arrancado com tanta facilidade de uma pessoa.

"Sabe quem foi?", perguntei. Antonio se afastou, parecendo um pouco confuso enquanto afastava a mão. Como ele não respondeu, esclareci: "A garota de ontem à noite".

Ele fez que não com a cabeça.

"Só rumores, mas nada foi confirmado. O consenso até agora é que tinha olhos e cabelos escuros, como as outras. O que não quer dizer muita coisa, já que quase todos nessa ilha correspondem à descrição."

"Onde o corpo foi encontrado?"

"Isso eu não sei. Se alguém da irmandade foi chamado para benzer o corpo, não fiquei sabendo. Mas com certeza hoje à noite o mercado vai estar pipocando de informações. É sempre assim."

Antonio tinha razão. Os vendedores sabiam de tudo e conheciam todo mundo. Clientes de toda a cidade passavam pelas bancas o dia inteiro, trocando informações e boatos enquanto faziam compras.

É claro que as histórias muitas vezes eram enfeitadas, mas a verdade sempre permanecia em algum lugar entre os exageros. Por sorte, eu tinha outra fonte, mais confiável, que sabia o nome de nossa vítima. Estava quase anoitecendo, então Ira estaria na caverna quando eu chegasse lá. Eu falaria com o demônio, perguntaria tudo que ele sabia sobre a bruxa, depois iria ao mercado e descobriria o local do assassinato.

Se tudo desse certo, Ira poderia examinar a cena como tinha feito antes, só que dessa vez conseguiríamos descobrir qual príncipe demoníaco era o responsável.

Que a deusa cuidasse dele! Eu não tinha dúvidas de que o demônio da guerra teria quase tanto prazer quanto eu em destruir o assassino.

26

Multidões se acotovelavam pelo mercado movimentado, mas ainda assim conseguiam manter uma boa distância de Ira. Fiquei me perguntando se eles sentiam sua alteridade e apenas não entendiam o que era. Ele tinha um ar de segurança — uma confiança nele mesmo e no espaço que ocupava. Homens e mulheres interrompiam suas conversas e nos acompanhavam com o olhar quando passávamos. Alguns olhares eram de admiração, outros de desconfiança e desdém. Mas devia ser porque assassinato era o assunto da noite, e Ira transmitia hostilidade.

Imaginei que vagar pelas ruas lotadas e sinuosas com uma pantera na coleira teria a mesma aura de perigo. Se alguém estivesse temporariamente fora de si, admito que *poderia* haver certo nível de empolgação em ficar perto de algo tão letal.

Mas meus sentidos estavam *quase todos* intactos. Sabia que não havia como domar a fera selvagem, apenas a ilusão de domesticidade que ela passava quando resolvia brincar com a próxima refeição. As roupas elegantes e modos impecáveis faziam parte de uma armadilha preparada para atrair a presa, provavelmente aperfeiçoada eras antes de o homem ter pisado na terra. Ira era um predador dos pés à cabeça. A sensação que eu tinha era de que se me permitisse esquecer disso por um segundo, ele não tardaria a fincar os dentes em meu pescoço e dilacerá-lo.

Ira me pegou olhando para ele e me provocou, erguendo a sobrancelha.

"Está gostando do que vê, bruxa?"

"Só se eu quisesse morrer."

"E você quer?"

"Claro que não."

Seus olhos cintilavam com o entretenimento sombrio. É óbvio que falar de morte era atrativo para ele.

"Qual vendedor você acha que sabe o local do assassinato?"

Apontei com a cabeça para o centro do mercado, onde começava a setor de vestuário. Bancas com tecidos e sedas que farfalhava com a leve brisa acenavam para que nos aproximássemos.

"Salvatore é um dos maiores fofoqueiros da cidade. Se alguém tiver informações confiáveis a respeito de Giulia, esse alguém é ele." Olhei para a camisa de Ira. "Foi ele que me vendeu isso."

"Entendi. Você me trouxe aqui para cometer um assassinato enquanto investigamos outros."

O bom humor deixou o rosto de Ira rapidamente. Escondi meu sorriso enquanto suas narinas se dilatavam. Para um príncipe do Inferno vingativo, ele era muito sensível em relação a roupas. E eu tinha quase certeza de que estava apenas brincando quando disse que mataria o vendedor. Pelo menos assim esperava.

Na verdade, fiquei surpresa de estar fazendo piada. Depois que saí do mosteiro, fui direto encontrá-lo e dei a notícia. Estava convencida de que ele acabaria com a cidade. Em vez disso, calmamente relatou tudo que sabia sobre a noiva em potencial. Seu nome era Giulia Santorini e ele não tinha conseguido enviar uma mensagem a ela na noite anterior. Levei um segundo para digerir essa última revelação.

Refleti sobre tudo aquilo mais um vez. Conhecia a família. Eles vendiam especiarias na região de Kalsa, e Vittoria sempre se oferecia para passar na loja deles para pegar as encomendas para o Mar & Vinha quando o tio Nino ou meu pai não podiam ir. A avó de Giulia, Sofia, era a bruxa cuja mente tinha ficado presa entre mundos, alternando entre realidades tão rapidamente que ela não sabia mais o que era verdade e o que era visão.

Até onde eu sabia, depois do que aconteceu com Sofia, os Santorini nunca mais mexeram com magia das trevas. Talvez estivesse errada. Talvez Giulia tivesse decidido invocar magia das trevas como a avó. E talvez tivesse dado à minha irmã aquelas misteriosas páginas de grimório.

Aquele pensamento me paralisou.

Se de algum modo Giulia deu à minha irmã um feitiço para invocar o demônio, fazia sentido que tivesse tirado do grimório de sua avó, já que Sofia era conhecida por usar magia das trevas. Talvez o grimório fosse o elo perdido... Pensei de novo no primeiro livro de feitiços. Na magia que trancava o diário de minha irmã. Seria *essa* a conexão entre os assassinatos? Talvez não a magia das trevas, mas o material utilizado para praticá-la?

"Qual é o problema?", perguntou Ira, interrompendo meus pensamentos. "Você está estranha."

"Tem *certeza* de que não pediu para Giulia se encontrar com você ontem à noite?", perguntei. Ira me olhou de um jeito que comunicava sem palavras que ele seria capaz de me estrangular se tivéssemos que falar sobre aquilo mais uma vez. Para ser justa, acho que perguntei a mesma coisa uma meia dúzia de vezes em nossa caminhada pela cidade. E outra meia dúzia de vezes depois que chegamos no mercado. "Talvez você esteja traindo Soberba e a matou."

Ele soltou um longo suspiro.

"Posso te garantir que esse não é o caso. Não tenho motivos para matar ninguém. Como disse antes, minha mensagem nunca chegou até ela."

Sabia que ele não estava traindo ninguém, mas gostava de deixá-lo perturbado.

"Acha que um de seus irmãos a matou?"

"Não."

"E voltamos às respostas monossilábicas."

"Cuidado, bruxa, ou posso achar que está interessada em ter uma conversa civilizada." Um sorriso tênue surgiu em seus lábios enquanto eu revirava os olhos. "Respostas simples não necessitam de enrolação."

"Por que não acha que foi um de seus irmãos?"

"Que motivos eles teriam?"

"Deixe-me enumerar, ó, ser perverso." Comecei a contar as motivações no dedos. "Avareza poderia estar interessado em tomar o trono. Talvez Inveja esteja com ciúmes e deseje mais poder. Se Soberba não se casar, ele permanece amaldiçoado e não pode sair do Inferno. O que é uma ótima motivação, caso um de seus irmãos queria governar este mundo. Devo continuar?"

Ira olhou feio para mim, mas não respondeu. Pelo visto, ele não gostou de minhas acusações, mas não conseguia encontrar uma forma de refutá-las como teorias insensatas. Viramos a esquina, contornamos uma pilha alta de caixas de madeira, e evitamos por pouco sermos perfurados pela cabeça de um peixe-espada. Ira captava as paisagens e cores em silêncio. Fiquei imaginando se havia algo parecido com isso de onde ele vinha, mas não perguntei.

Um mar de pessoas fazendo fila para comprar sorvete abriu espaço para passarmos depois que atravessamos a rua e entramos no setor de roupas. Salvatore estava no meio de uma discussão com alguém sobre outra túnica esfarrapada quando Ira parou em sua banca, emanando aquele ar ameaçador com a facilidade de sempre. A conversa cessou. O outro cliente olhou apenas uma vez para a expressão no rosto do demônio e correu para o meio da multidão, descartando a peça de roupa e se esquecendo dela.

"Você e eu temos que conversar, vendedor."

"Acho que nós não..." Sal olhou para a camisa que Ira usava, depois olhou para mim. Acenei discretamente para ele. Bem que tinha avisado sobre a condição e o custo. Agora ele que lidasse com o demônio raivoso. Senti a vibração não tão sutil da emoção que dava nome a Ira deslizando até Sal e o envolvendo.

O vendedor ergueu a mão trêmula e a passou pelos cabelos escuros.

"*Signore*, qu-que visita agradável. A camisa está..."

"Sendo trocada por esta outra."

Ira apontou com o queixo na direção de algumas roupas penduradas atrás da banca; as peças mais caras, a julgar pelo acabamento. Sal abriu a boca, deu uma olhada no tamanho dos ombros de Ira, então logo a fechou e deu um sorriso enorme e falso. Homem esperto.

"Um ótimo negócio!" Sal se contorceu para retirar a camisa preta de um cabide e entregar a ele. Bem, ele tentou entregar. Agarrou-a com força até que Ira finalmente a tirou dele. "É uma peça muito, muito fina, *signore*. Combina perfeitamente com a calça que está usando. Faça bom proveito dela."

Revirei os olhos na direção do céu. Sal cedeu sob a pressão do demônio mais rápido do que um ovo se quebrava ao cair no chão. Da próxima vez que eu quisesse fazer um bom negócio, tentaria olhar com raiva e parecer ameaçadora também.

Ira tirou a camisa monstruosa em um segundo e jogou a vestimenta horrenda de volta para o vendedor. Se o príncipe demoníaco não tinha causado confusão até então, seu peito esculpido e desnudo certamente estava causando agora. Ele vestiu a camisa nova, parecendo não perceber o efeito que tinha sobre as pessoas mais próximas. Músculos, flexíveis e sinuosos, moviam-se com muita habilidade. A tatuagem de serpente também causou certo rebuliço. Alguém comentou sobre como era grande e realista. Outra pessoa sussurrou sobre o que poderia significar.

Uma fila de pessoas que vagava por entre as bancas de roupas parou para observar.

Implorei à deusa da serenidade para me transmitir muita calma, então me virei para Salvatore para conseguir o que procurávamos de verdade.

"Tem alguma informação sobre Giulia?"

"Tenho. E de fontes confiáveis. Ouvi de Bibby lá no cais, que falou com o Angelo que vende ricota perto do palácio, que o coração dela foi arrancado do peito." Apesar do teor violento da fofoca, Sal parecia muito satisfeito consigo mesmo. "A avó dela é aquela que ficou um pouco..."

Ele levantou o indicador até a altura da cabeça e fez movimentos circulares, um gesto ofensivo para indicar loucura. Quando fui censurá-lo, um membro da irmandade passou pela banca e tocou a testa, o coração e cada um dos ombros, fazendo o sinal da cruz.

"Bem, o que quer que tenha sido, foi cruel. Angelo disse que tinha sangue espalhado por todo lado. Como se animais tivessem sido desmembrados. Foi infernal para limpar depois. Pedaços de..."

"Desculpe, mas onde o corpo dela foi encontrado?", perguntei, interrompendo-o no meio da descrição. Já tinha meus pesadelos por ter visto uma cena como aquela em primeira mão e não queria saber de mais detalhes. "Você mencionou alguém que trabalha perto do palácio?"

"Isso mesmo. O Angelo disse que foi perto da banca dele, em frente ao palácio. Uma localização de primeira." Sal apontou com o queixo para a direita. "A polícia ainda está lá, você vai saber onde é pela multidão. Se correr, pode até conseguir ver o corpo."

Era impossível chegar perto da cena do crime. A informação de Sal estava correta. E parecia que ele tinha contado para algumas centenas de seus confidentes mais próximos a mesma coisa que havia compartilhado conosco. Ira estava prestes a sair abrindo caminho, mas o impedi.

"É preciso manter uma distância para..." Olhei ao redor. Havia muitos humanos por perto para eu começar a falar sobre demônios. "Para fazer sua investigação especial?"

Ira era bem versado na arte do fingimento e logo entendeu do que eu falava.

"Gostaria de ter uma visão melhor, mas daqui já posso dizer que nenhum de meus irmãos esteve recentemente nessa área."

Torci o nariz. A amplitude de seu olfato era desconcertante. Fiquei na ponta dos pés, tentando ver além da cabeça das pessoas. Ira me assustou quando colocou de leve a mão em minhas costas para que eu não me desequilibrasse. Não dava para ver o corpo, graças à deusa, mas vi um padre jogando água benta em volta e presumi que estivesse fazendo algum tipo de ritual de bênção da alma da menina. Demoraria um bom tempo para a multidão se dispersar, então não fazia sentido ficar esperando. Poderíamos muito bem voltar na noite seguinte, quando estivesse tudo calmo.

"Venha comigo", chamei, seguindo na direção de uma ruela. Ira não protestou e me acompanhou enquanto desviávamos da parte mais densa da multidão. Uma pequena banca de comida já fechada chamou minha atenção. Havia uma pintura na lateral — a impressão de uma pata segurando um ramo de trigo, e algo ali me fez pensar em Avareza. Esperei até nos distanciarmos o bastante para podermos falar abertamente.

"Tem certeza de que não encontrou nenhum traço de Avareza?"

"A menos que ele tenha descoberto uma forma de mascarar sua magia, não. Ele não esteve aqui. Por que está tão convencida de que a culpa é dele? Que evidências você tem?"

"Não estou convencida de nada. Só estou tentando me apegar a caminhos possíveis." Trombei com algumas pessoas que ainda estavam indo na direção da cena do crime, pedi desculpas e virei em outra rua. "Quais evidências? A conversa que tive com ele, seu desejo de possuir o Chifre de Hades e o ataque à minha avó logo depois de termos nos encontrado. Avareza é quem faz mais sentido no momento."

Senti a atenção de Ira toda em mim quando entramos em uma rua mais estreita, um formigamento constante de energia entre minhas escápulas, mas ele não perguntou como minha avó estava e nem disse que sentia muito pelo que havia acontecido.

E, para ser totalmente sincera, ele era a última criatura no mundo que eu queria que me consolasse.

Parei na travessa que dava para o meu bairro.

"Quem é a próxima bruxa de sua lista?"

"Ainda não sei."

"Ela é nossa prioridade", disse, olhando por cima do ombro dele. A rua estava calma naquele quarteirão. "Assim que descobrir quem é, temos que escondê-la em algum lugar seguro."

Ira pressionou os lábios, mas por fim concordou.

"Vou mandar um recado ao meu mundo hoje à noite. Devo ter uma resposta pela manhã."

Não estava frio, mas esfreguei os braços com as mãos assim mesmo. Meu vestido branco não tinha mangas. Perfeito para noites quentes de verão, mas terrível para combater arrepios de medo. Ira notou o movimento, prestando atenção em meu antebraço. Flores do campo agora subiam e se intricavam até meu cotovelo. Não era preciso ver o braço dele para saber que sua tatuagem estava igual. Olhei para minha rua, aliviada por ver algumas crianças brincando. Não queria ter medo de Avareza ou Inveja à espreita nas sombras, mas tinha.

"Está bem. Vejo você amanhã, então. Onde vamos nos encontrar?"

"Não se preocupe." Ira sorriu com malícia. "Eu te encontro."

"Você sabe que isso é muito perturbador, não sabe?"

"*Iucundissima somnia.*" Ótimos sonhos. E então ele se foi.

27

"Estava pensando em fazer *cassata* para a sobremesa de amanhã."

Minha mãe se virou para mim, o rosto abatido indicando exaustão, porém otimista. De alguma forma, consegui impedir que aquele golpe emocional não transparecesse em meu rosto. O pão de ló com camadas de creme de ricota era um de nossos doces preferidos — meu e de Vittoria. Costumávamos pedir em todos os nossos aniversários, e a mamma nunca nos decepcionava. Ela abria uma camada fina de marzipã, cobria o bolo todo com a pasta doce e o decorava com frutas cristalizadas de cores vibrantes. Amava como aquela camada superior levemente elástica contrastava com o recheio delicioso e úmido escondido no interior.

Não sabia se de agora em diante conseguiria comer *cassata* sem me sentir arrasada por uma onda de tristeza, mas não queria chatear minha mãe. Quando sorri, foi genuíno.

"Seria uma delícia."

Mamãe vasculhou o armário de ingredientes, novamente parecendo exausta, pegou uma tigela e a encheu com açúcar e todos os ingredientes de que necessitava para o doce. Aquele não estava sendo um bom dia para ela. Eu a observei e fui tirar a *sarde a beccafico* do forno. Senti o perfume das sardinhas recheadas.

A receita da nonna levava passas brancas, *pinoli* e farinha de rosca no recheio; depois ela regava as sardinhas com manteiga de sálvia derretida e acrescentava tomilho, finalizando com grandes folhas de louro para separar o peixe enquanto assava. O resultado era uma sinfonia de sabores que derretiam na boca e eram muito nutritivos.

Eu tinha acabado de colocar o peixe em uma bandeja quando meu pai entrou na cozinha, balançando um bilhete dobrado. Com destreza, ele surrupiou um pouco do recheio que havia caído, e eu balancei a cabeça em reprovação, mas sorri mesmo assim. Meu pai sempre ajudava *muito* na cozinha, experimentando todas as receitas novas para fins de controle de qualidade. Ou pelo menos era o que dizia.

"Salvatore deixou isso para você, Emilia", disse ele com a boca cheia de comida. "Disse que seu amigo pediu para entregar sem demora."

Assim como outros humanos, minha mãe usava um rosário, e eu a imaginei beijando e rezando novenas se algum dia descobrisse quem meu "amigo" era de verdade. Apressei-me para pegar o bilhete antes que ela o pegasse.

"*Grazie*, papa."

Meu pai puxou uma banqueta e começou a encher um prato, chamando a atenção de minha mãe. Usei a distração para ir até o corredor e ler a curta mensagem.

> *Piazza Zisa com Via degli Emiri.*
> *Oito horas da noite.*

Não reconheci a caligrafia cuidadosa e elegante, mas dela parecia escorrer a arrogância da realeza, o que fez meu estômago revirar. O endereço era do Castello della Zisa. La Zisa era um enorme palácio mouro que atualmente estava quase todo em ruínas. O rei que o havia construído era chamado de Il Malo — "o mau" — então era mais que adequado que o príncipe demoníaco estivesse morando temporariamente ali.

Dobrei e guardei o bilhete dentro do corpete e voltei para a cozinha. Haveria tempo certinho para eu terminar o turno do jantar e correr para o palácio antes de escurecer.

<hr />

Entrei no castelo pelo jardim dos fundos e vaguei por vários cômodos abandonados, porém sofisticados, até chegar à entrada principal e encontrar outro bilhete preso à porta da frente — o último lugar em que eu esperaria achar informações sobre um encontro secreto. Olhei para uma fonte iluminada do outro lado do gramado e balancei a cabeça.

Aparentemente sutileza era uma forma de arte que não se aplicava a um demônio. Mas imaginei que quando alguém é o maior e mais perverso predador da região, não tem muito a temer.

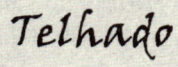

Telhado

Suspirei fundo. O palácio tinha sido construído de modo a deixar o ar frio entrar, como se fosse uma adega, mas é claro que uma criatura do Inferno ficaria mais feliz no calor escaldante. Estava pingando de suor e muito irritada quando coloquei o pé no último degrau.

Atravessei o telhado determinada a esfolar o demônio vivo, mas me detive.

Ira estava deitado de costas, mãos entrelaçadas sob a cabeça, assimilando os últimos raios do sol que pairava no horizonte. A luz deixava seus contornos áureos, e ele virou o rosto na direção dela, sorrindo diante do calor. Ele ainda não tinha percebido a minha presença, e parte de mim estava aliviada.

Sua expressão era serena, algo que nunca tinha visto nele. Embora seu corpo estivesse relaxado, permanecia em mim a sensação oculta de alerta que me fazia acreditar que ele poderia se levantar e me atacar em menos de um piscar de olhos. Ele parecia uma serpente estendida em um espaço ensolarado.

Letal, belo. Absolutamente intocável.

Queria chutá-lo por ser tão perigosamente deslumbrante. Ele se virou de repente em minha direção, olhando em meus olhos. Por um instante, esqueci como respirar.

Ele me analisou devagar.

"Aconteceu alguma coisa no caminho?"

"Não."

"Então por que você parece tão confusa?"

"Achei que não suportasse a luz do dia."

"Por que achou isso?"

Revirei os olhos. Até parece que ele não sabia.

"Por que os Malvagi viram cinzas no sol. É por isso que sempre nos encontramos ao anoitecer."

Ele me olhou de um jeito estranho.

"O que mais te contaram sobre os Perversos?"

Dei de ombros. Todos conheciam as lendas. Como diziam respeito a ele, duvidava que realmente não soubesse.

"Vocês são demônios bebedores de sangue. Têm manchas vermelhas nos olhos, a pele é como gelo, são belos e seus beijos são viciantes a ponto de fazer alguém vender a alma para conseguir mais um."

Um sorriso perplexo pairou em seus lábios.

"É bom saber que vocês me acham tão atraente, mas não sou um *desses* demônios. Meus olhos não são vermelhos. E se quiser descobrir se minha pele é mais quente que gelo, isso pode ser facilmente arranjado."

Para facilitar, ele abriu alguns botões da camisa, expondo um pouco de pele bronzeada. Uma fina camada de suor reluzia, como um convite. Meu rosto esquentou sem ter nada a ver com o sol.

"Trabalho em uma cozinha e consigo partir uma carcaça de frango em menos de três minutos, imagino que fazer o mesmo não seria muito diferente para você."

"Te garanto que nada nessas histórias é verdade." Seus olhos brilhavam com malícia. "Mas não posso prometer que meus beijos não seriam pecaminosamente bons."

"Achei que íamos nos encontrar mais tarde. Aconteceu alguma coisa??"

Ira me encarou por mais um instante e, por algum motivo, prendi a respiração. Parecia que ele queria me dizer mais alguma coisa, mas uma batalha interna estava sendo travada. Por fim, ele voltou a se recostar com o rosto virado para o sol e fechou os olhos. Soltei o ar.

"Não. Nada digno de nota."

"Sabe quem é a próxima bruxa?"

"Ainda não."

Fiquei parada, esperando saber mais detalhes. Quando percebi que ele não se daria ao trabalho, cheguei mais perto e fiquei olhando feio. Enfim, de má vontade, ele olhou para cima, protegendo o rosto com a mão.

"Se não tem informação sobre a próxima bruxa, por que me pediu para vir até aqui?"

"Eu..." Ele me olhou de soslaio. "Bem, eu protegi o prédio com minha magia, então a menos que você convide alguém para entrar, estará a salvo de humanos, de meus irmãos e da maioria das criaturas sobrenaturais. Não sabia o que você planejou para a noite e achei que pudesse gostar de ver onde ficaríamos. Vou ficar fora um tempo, então por favor dê uma olhada em tudo, fique à vontade, e depois vá buscar suas coisas."

Eu o encarei, ignorando o fato de ele estar agindo como se fôssemos morar juntos.

"Aonde você vai?"

"Encontrar um dos mensageiros de Soberba."

"Foi ele que te deu o nome de Giulia?"

Ira confirmou.

"Um aliado meu está de olho nele desde ontem à noite, e o testemunhou passando informação hoje cedo para alguém usando um capuz. Acredito que a pessoa com quem ele falou é nosso assassino."

"Por que seu aliado não seguiu a figura encapuzada?"

"Ele tentou. Quando chegou perto, a pessoa entrou no meio de uma multidão e desapareceu."

Bufei. É claro.

"Qual é o plano?"

"Logo devo encontrar o mensageiro de Soberba para receber o próximo nome. Em vez disso, vou interrogá-lo e espero descobrir a identidade da figura encapuzada dessa forma."

"Ou eu poderia usar um feitiço da verdade."

"É perigoso demais. Além disso, você tem que pegar suas coisas. Não vou demorar."

"Entendo." Algo em meu tom de voz fez com que ele voltasse a se sentar, com uma expressão de desconfiança no rosto. Até que ele era um demônio esperto.

"Você sabe que eu não vou ficar aqui se houver a mínima chance de descobrirmos quem matou minha irmã", afirmei. "Ou me leve junto, ou vou seguir você."

Ele me analisou por um longo minuto, depois suspirou.

"É que não serei agradável. Posso ir ao seu encontro e depois te contar como foi. Prometo não ir atrás do assassino sem você."

"Espere... está sugerindo que *estava sendo* agradável antes?" Eu ri. "Tenho pena de seus inimigos."

"Essa deve ser a observação mais inteligente que fez até agora, bruxa", disse com um sorriso nada amigável.

Um relógio na praça da cidade avisou as horas. Ele se levantou e passou os olhos dourados por minhas roupas, avaliando.

"Sairemos em quarenta minutos. Tente usar algo menos... trivial. Melhor ainda, vou mandar entregar trajes mais apropriados em sua casa."

Olhei para minha roupa e franzi a testa. Era um vestido modesto de algodão que eu tinha tingido em um tom de lavanda-escuro no último verão. Não tinha espartilho, o que me agradava muito, e tinha um corte bonito. Eu gostava do formato mais ajustado no busto e na cintura e depois descia com leveza até os tornozelos. Não era nada *trivial*, e...

"E se eu não quiser usar suas roupas extravagantes de novo?"

Ele nem respondeu.

Olhei para a frente, pronta para reclamar de sua grosseira, mas ele não estava mais lá. Eu o xinguei durante todo o caminho de volta para casa, perguntando-me por que tinha me metido com um demônio esnobe e tão obcecado por roupas.

Talvez a nonna estivesse certa sobre o custo de *le arti oscure*. Ter que lidar com Ira certamente parecia uma punição por ter usado magia das trevas.

Eu estava tão irritada que demorei demais para me concentrar no detalhe mais importante de tudo que ele tinha deixado escapar — Ira sabia onde eu morava.

28

Olhei para o meu novo e elegante vestido e reprovei as camadas escuras.

"Por que vilões sempre usam preto?"

"É melhor para esconder o sangue, bruxa."

Fitei o demônio parado na viela ao meu lado, pensando que aquela resposta explicava muita coisa sobre seu estilo pessoal. Depois me perguntei quanto sangue ele pretendia derramar naquela noite se nós dois estávamos vestidos como sombras vivas.

Fiquei *um pouco* perturbada por aquele pensamento não me aterrorizar.

"Quem vamos encontrar? Humano? Demônio? Lobisomem?"

"Lobisomens são como cachorrinhos. É com os cães do Inferno que você tem que tomar cuidado." Ira riu da minha cara de horror. "Vamos encontrar um mortal que vendeu a alma. Falando nisso, preciso da adaga de minha Casa antes que ele chegue."

Lancei um olhar vazio a ele. Armar um demônio não me parecia muito benéfico. Mas ele precisava que eu fosse sua preciosa âncora. Já tinha mencionado isso antes, mas havia compartilhado mais alguns detalhes no caminho até aqui. Entreguei a arma a ele.

"Digamos que eu fosse morrer... Quanto tempo demoraria para seus poderes começarem a diminuir?"

"Depende de quanta magia eu gastar. Se não usar muito, posso retê-los por algum tempo."

Algum tempo para um imortal devia corresponder a uma década para mim.

"Outra pessoa pode agir como âncora?"

Ele suspirou.

"Tecnicamente, sim. Qualquer humano ou habitante deste mundo pode fazer um acordo e concordar em ancorar um demônio. É raro e não vale o tempo que levaria para encontrar alguém e chegar a termos que ambas as partes aceitassem."

Vários momentos de silêncio se passaram. Tamborilei com os dedos sobre a pedra fria. Estávamos escondidos em uma pequena alcova na praça da catedral, e parecia que estávamos há anos aguardando o mensageiro misterioso aparecer. Depois de cinco minutos, descobri que ficar parada não era algo de que eu gostava muito. Quando não estava em movimento, só conseguia pensar em minha irmã.

"Por que demônios roubam almas? Vocês precisam delas para algo específico?"

Senti o peso da atenção de Ira recair sobre mim. Virei-me a fim de olhar para ele e me surpreendi ao notar o nível de incredulidade que ele não estava preocupado em esconder. *Certo*. Como se ele fosse ter uma longa conversa sobre coleta de almas com o inimigo. Levantei as mãos em conciliação e desviei o rosto. Inexplicavelmente, virei para ele um segundo depois.

"Por que você acha que os corações estão sendo arrancados?"

"Está fazendo todas essas perguntas na esperança de assustar o mensageiro antes que eu arranque informações dele?"

"Quero saber o que você acha."

Ele fez uma pausa bem longa. Comecei a achar que ele responderia.

"Não temos informações suficientes para especular. E não é sensato fazer suposições sem fatos."

"Acha que alguma coisa ia querer..."

"Comê-los? Sim. Muitas criaturas consideram corações frescos a mais suprema das iguarias, bruxa. E tem também o significado ritual. Sacrifício. Esporte. Invocação. E a simples e velha depravação. Aquele nível de sadismo não se limita a uma espécie, então voltamos ao início."

Fiquei nauseada.

"Um simples 'sim' teria sido suficiente", respondi em voz baixa.

"Você quer que eu diga algo reconfortante." Ele me encarrou e sua voz era como aço. "Mentir e dizer que sua irmã não sentiu dor não ajuda *em nada*. Imagino que, independentemente do motivo, quem pegou o coração dela o fez enquanto ela estava bem viva e consciente. Eu te garanto que *não há* nenhum valor estratégico em se perder em confusões emocionais. Transforme sua raiva e sua tristeza em armas ou volte para casa e chore até os monstros irem atrás de você. Porque é certo que irão."

"Não tenho medo de monstros."

"Pode achar que não tem agora, mas meus irmãos adoram manipular criaturas como você. Eles transmitem as emoções deles e canalizam as suas até você não saber mais onde você termina e eles começam. Existem muitos tipos de Inferno. Reze para suas deusas para nunca ter que vivenciá-los. Você precisa estar alerta e focada ou vai acabar tão morta quanto as outras."

Lágrimas queimavam meus olhos. Não de tristeza, mas de raiva contida.

"Estou focada, seu grande saco de estrume de cavalo. Meu único sonho é vingar minha irmã. Não *ouse* me acusar de ser emotiva demais. Vou destruir *qualquer* coisa que me impeça de alcançar meu objetivo. Até mesmo você. E não estou com medo, senão nem teria te invocado, para começo de conversa!"

"Você deveria estar apavorada." Seu olhar praticamente me prendeu no lugar. "Vingança é uma emoção poderosa. Ela te transforma em uma presa fácil tanto para humanos quanto para demônios. *Nunca* deixe alguém saber quais são suas verdadeiras motivações. Se souberem o que você mais quer no mundo, vão criar todos os tipos de mentiras convincentes e meias-verdades para te manipular. Vão saber *exatamente* até onde podem pressionar, o que oferecer, e o que você nunca recusaria. E isso os deixa com vantagem. Seu primeiro objetivo é permanecer viva. Descubra o restante no caminho."

"Você sabe quais são meus verdadeiros objetivos."

"Sim. Eu sei. E foi um erro muito grande de sua parte ter me contado. Nem tentou esconder. Basta provocar um pouco, fazer qualquer coisinha para te irritar, que você imediatamente cai na armadilha e explode furiosa. E em meio a essa raiva fervilhante, você me contou *tudo* que preciso saber sobre o que você deseja." Ele balançou a cabeça. "O que vai me prometer, Emilia, em troca de seu desejo mais profundo? O que você *não faria* para conseguir justiça para a irmã que ama? Agora, sei que não há preço alto demais para exigir. Posso pedir qualquer coisa, e você vai me dar."

Estávamos muito próximos, os dois ofegantes. Odiava ter que admitir que ele estava certo. E para isso ele nem manipulou minhas emoções, como Inveja tinha feito. Apenas me incitou a contar meus desejos mais profundos em um ataque de raiva. Só teve que pressionar um pouquinho para eu explodir. Furiosa comigo mesma por ter sido vencida por um demônio, fiz a melhor coisa que sabia — menti para o diabo. Meti o dedo no peito de Ira e o cutuquei com força.

"Se acha que isso é tudo que me motiva, está muito enganado, demônio. E por que se importa?"

Ele envolveu meu dedo com os seus devagar, interrompendo meu ataque. Não soltou, e eu me perguntei se ele havia se dado conta de que parei de cutucá-lo no segundo em que sua pele quente tocou a minha. Agora ele estava apenas segurando minha mão junto ao peito. Seu coração batia sob meu toque.

E eu estava permitindo.

Recobrei os sentidos e me afastei.

"É a quarta vez que você mente para mim, bruxa."

Eu *também* incitei sua raiva. Sorri com discrição.

"Talvez você devesse me contar mais sobre a maldição. Eu gostaria de saber mais sobre essa parte."

"Está bem? Você quer saber os detalhes sangrentos? A maldição..."

"*Signore*, é... Devo voltar depois?" Um homem entre 30 e 40 anos estava a alguns metros de distância, balançando uma carta nas mãos. "Seu irmão disse..."

Em um piscar de olhos, Ira empurrou o mensageiro contra a parede, pressionando sua traqueia com o antebraço. Escorria sangue do nariz para a túnica do mensageiro e o demônio fechou os olhos como se estivesse em êxtase.

"Olá, Francesco. Desculpe a grosseria, mas fiquei sabendo que andou vendendo meus segredos. Se estivéssemos na Cidade Murada, você já estaria morto. Considere isso um favor."

Fiquei paralisada. Meio em choque, meio horrorizada. Ira havia explodido em violência mais rápido do que demorei para respirar assustada.

"Já te disse que o cheiro do sangue me deixa quase louco, bruxa? Sua espécie acredita que desejamos seu sabor, mas príncipes do Inferno não costumam beber sangue. É o poder que nos intoxica. Quanto mais deixo alguém sangrar, mais poder tenho sobre sua vida."

Pisquei. Mal conseguia encadear um pensamento coerente. Esqueci, em meio às provocações, quem Ira realmente era. Acho que estava vendo apenas uma fração do que ele podia fazer.

Ele pressionou ainda mais o humano, cujo rosto agora estava totalmente arroxeado. Se Ira pressionasse um pouco mais, ele morreria. Pensei em dar um passo à frente, mas parei.

"Desejo poder mais que dinheiro, sangue ou luxúria. E não existe poder maior que escolher. Eu morreria por isso. Roubaria, trairia, mutilaria e mataria. E, se pudesse, venderia a alma de novo por isso, bruxa."

"Venderia sua..." Balancei a cabeça. Demônios eram criaturas sem alma.

Ira abriu os olhos e se virou para mim, suas íris brilhavam em um tom dourado e vibrante. Não havia nada humano nelas, e eu me dei conta de que ele estava mantendo aquela parte de si trancada a sete chaves. Alguns diziam que os Perversos tinham sido anjos antes de cometerem pecados imperdoáveis e serem expulsos do paraíso. Agora eu entendia como aquelas histórias tinham começado. O olhar de Ira ardia com um fogo celestial. Ele era justiça colérica: puro, ágil e completamente implacável.

Ignorando o medo cada vez maior que sentia, pensei em sua revelação e entendi o que ele estava realmente dizendo; ele estava me oferecendo uma escolha. Eu tinha o poder de me afastar do que ele estava prestes a fazer. Ou poderia escolher ficar e fazer parte daquilo.

Pensei no corpo dilacerado de minha irmã e nas outras bruxas que tinham morrido de forma igualmente brutal porque aquele homem compartilhou informações sobre as mensagens que carregava. Ira disse que assustaria o mensageiro para descobrir para quem ele estava vendendo os segredos. Seu ataque repentino de violência não deveria ter me surpreendido. Fiz um sinal quase imperceptível com a cabeça, mas o demônio entendeu.

Ira encarou o mensageiro de novo.

"Quem pagou para você abrir minha carta, Francesco?"

O homem olhou para mim em busca de ajuda. Ira passou os olhos lentamente sobre mim de novo, esperando. Francesco fez sua escolha. Agora era hora de eu fazer a minha.

"O príncipe fez uma pergunta simples, Francesco. Para o seu bem, vou repetir a pergunta só uma vez, depois vou deixar ele perguntar *do jeito dele*. E tenho certeza de que já percebeu que não vai ser agradável." Coloquei um charme cruel em meu tom de voz, com Ira fazia, e o homem se encolheu. "Quem pagou para você abrir a carta dele?"

Ira continuava olhando para mim. E mesmo que sua expressão não tivesse mudado nem um pouco, eu jurava que quase podia sentir... aprovação. Meu estômago apertou, e eu combati o ímpeto de vomitar. Se tivesse feito o que era certo, acho que não me sentiria tão mal.

Francesco sufocava e arranhava o braço que ainda pressionava sua traqueia, suas unhas esbarravam no punho da camisa do demônio. Eu esperava que Ira não o matasse estrangulado antes de conseguirmos nossas respostas.

O príncipe demoníaco deve ter diminuído a pressão de repente, porque Francesco tragava ar como um peixe fora da água.

"Ficaria mais confortável falando com minha lâmina em sua garganta?"

A pele áurea de Francesco empalideceu, mas notei suas mãos cerradas na lateral do corpo. Ira estava usando seus poderes e o mensageiro estava ficando furioso. Seu peito se enchia e se esvaziava rapidamente.

"Faça o que quiser, mas não vou dizer nada, demônio porco."

"É mesmo?" Ira sorriu, mostrando dentes que pareceram deixar Francesco prestes a se mijar, apesar de sua raiva recém-descoberta. "Vamos fazer um teste, mortal. Para quem você trabalha?"

"Deus." O homem cuspiu na cara do demônio, e a saliva escorreu devagar para o chão. A adaga de Ira foi parar sob o queixo do homem em um instante, a ponta pressionada com força o bastante para fazer com que gotas de sangue escorressem pelo metal. Era como se fosse preciso usar toda sua força de vontade para não perfurar o humano e também a pedra em que estava encostado, cortando sua medula espinhal. Sombras pareciam pulsar de Ira. Por um segundo, não tive certeza se o demônio da guerra não acabaria com ele ali mesmo.

"Peço desculpas, Francesco. Mas minha paciência está se esgotando. Suas ações causaram a morte de quatro mulheres. Não pense que não vou causar a sua com a mesma brutalidade."

"Pode me matar. Não vou contar nada." A cabeça de Francesco bateu na parede quando Ira o empurrou de volta. Escorria sangue da boca do humano quando ele ria, deleitando-se com a violência. Ele sorriu, mostrando os dentes manchados de sangue vermelho. "Espero que vocês todos apodreçam no Inferno."

Senti a raiva de Ira passar de quente para fervente. Logo, com ou sem intenção, ele mataria Francesco. E nós perderíamos nossa melhor chance de descobrir quem matou minha irmã gêmea. Ouvi os alertas da nonna e de Ira cantando ao mesmo tempo em minha cabeça, mas não importava.

Estávamos sem opção, e a fúria que nos cercava estava ficando intensa o bastante para queimar. Ira estava prestes a explodir. Puxei suas emoções para mim, usando-as como combustível para lançar o feitiço da verdade enquanto segurava o amuleto de minha irmã.

"Você abriu a carta?", perguntei. Minha voz estava recoberta de autoridade mágica. Ira olhou para mim e, se eu não o conhecesse, poderia dizer que vi medo em seu rosto. Francesco confirmou com a cabeça antes de responder.

"Si-sim."

"Alguém pagou para você fazer isso?"

"Sim."

"Quem pagou você, Francesco? Avareza?"

"Não."

"Diga quem foi que pagou, então."

"Não sei o nome dele."

"Ele é humano?"

Ele deu de ombros.

"Ele usava um capuz. Não vi seu rosto."

"Você disse a ele onde Giulia estaria na noite em que foi assassinada?"

Ele engoliu em seco.

"Disse."

"Você encontrou com ele hoje?"

"Sim."

Comecei a ficar com raiva.

"Que informação deu a ele?"

"O-o-outro endereço. E um horário para encontrar. Não tinha um nome dessa vez, eu juro!"

"Qual horário e endereço você deu a ele, Francesco?"

"A Piazza Vi-Vi-Vigliena. Me-meia-noite."

Olhei para Ira em busca de mais instruções, mas ele sacudiu a cabeça. O feitiço da verdade estava quase no fim. Escorria sangue do nariz do humano, e seus olhos estavam vidrados. Se eu pressionasse mais, ele morreria. Olhei para baixo, notando que meu corpo todo estava tremendo. Ira se aproximou dele.

"Se compartilhar meus segredos de novo, vou cortar sua língua. E depois vou arrancar seu coração. Fui claro?" Ele confirmou com um parco aceno de cabeça, cuidando para não cortar a própria garganta. Pingava suor de sua testa. Ele parecia não estar nada bem. "Da próxima vez que receber a tarefa de levar uma mensagem para mim, não deixe a curiosidade ou a ganância vencerem. Essas condições quase sempre são fatais."

Notei o filete de urina descendo pela perna do homem quando o demônio afastou a arma dele. Ele alternou o olhar entre mim e Ira e uma ruga profunda se formou em sua testa. Ele piscou devagar, como se estivesse acordando de um sonho. Ou de um pesadelo.

"Quem... quem são vocês? Por que estou aqui? Por-por favor... não me machuquem. Se estão procurando dinheiro, eu não tenho nada." Ele virou os bolsos do avesso. Não havia nada além de fiapos. "Estão vendo?"

Minha náusea de antes tinha voltado e quase me fez vomitar. Tinha invadido a mente dele e destruído suas memórias recentes. Magia das trevas sempre tinha um preço. E nem sempre vinha na forma que se esperava. A culpa tomou conta de mim. Só porque eu tinha poder, não significava que deveria abusar dele.

"Você está..."

Ira me lançou um olhar de alerta.

"Seu nome é Francesco Parelli, e está a caminho de casa. Você bebeu demais. É melhor se apressar antes que Angelica fique zangada de novo. Lembra o caminho?"

Francesco secou uma lágrima e fez que não com a cabeça. Ele parecia tão frágil, tão perdido... E *eu* tinha feito aquilo com ele. Não um demônio ou uma criatura terrível do Inferno. Eu. Eu havia violado a regra mais importante deste mundo. Tinha tirado seu livre-arbítrio e usado a meu favor.

Ira virou Francesco na direção da catedral, entregou-lhe uma bolsinha de moedas e sussurrou em seu ouvido.

Fiquei olhando para as costas do demônio, coração acelerado. Ira poderia muito bem ter deixado o homem sozinho em seu novo inferno, mas não deixou. Da mesma forma que ele podia ter facilmente exigido que eu desse minha alma em troca de justiça para minha irmã gêmea. Ele sabia o que eu queria e o que estava disposta a ceder por isso, e não tinha pedido nada. Até então, eu achava que não houvesse misericórdia no Inferno. Mas talvez estivesse errada.

Ira rangeu os dentes.

"O que foi?"

"Você podia ter matado ele."

"Não. Eu bati nele e você roubou sua liberdade de escolha. As memórias dele vão acabar voltando, mas ele não vai recuperar essa parte de sua alma. Eu teria conseguido as informações sem usar magia. Existe um velho ditado que diz que os tolos correm para os lugares que os anjos temem pisar. De agora em diante, sugiro que preste atenção nesse aviso. Vamos." Ele seguiu pela escuridão. "Temos que chegar a Quattro Canti."

Se ele não queria discutir a magia proibida que usei para conseguir nossas informações, tudo bem para mim. Eu já tinha a sensação de ter vermes rastejando sob a pele.

"Por quê?"

"É lá que o verdadeiro mensageiro nos aguarda."

29

Antes de corrermos para o meio da praça barroca, fomos para outra viela apertada. Ira alegou que era para ter uma ideia melhor do espaço e para desviarmos de armadilhas que outros demônios — como Avareza e Inveja — pudessem ter planejado. Pediu com educação para que eu esperasse e caminhou até um jovem com uma cicatriz do lado direito do rosto. Como ele pediu com jeitinho, resolvi concordar... temporariamente. Deixá-lo ir na frente me deu uma oportunidade de observá-lo e analisar o novo mensageiro.

O humano era intrigante. A estonteante combinação de pele escura e olhos curvados para cima indicava ascendência norte-africana e asiática. Ele não notou que eu espiava entre as sombras, mas dava para vê-lo claramente.

Ele estava encostado em uma parede, tirando sujeira imaginária das unhas curtas com uma lâmina perigosa. Transmitia uma sensação de tédio, mas rastreava com o olhar os movimentos de tudo que acontecia ao seu redor com um foco de predador. Até mesmo o príncipe demoníaco.

Ira foi até ele sem hesitação, e eu infelizmente estava *um pouco* longe demais para ouvir a conversa dos dois. A julgar pela quantidade de vezes que o humano revirou os olhos, imaginei que Ira estava lhe passando algum sermão. Aproximei-me um pouco mais em silêncio.

"... suspeita da verdade, Anir. Sei que logo os outros vão suspeitar também."

"É tarde demais para se arrepender", disse Anir, o humano. Sua voz era familiar, mas eu não conseguia lembrar de como a conhecia. "Com tudo que está acontecendo... pode ser uma boa coisa. Bom, você quis fazer o ritual. Não foi? É *tão* ruim assim?"

"Ela é uma maldita *bruxa* com sangue de demônio. O que você acha?"

Eles estavam falando de *mim*? Cerrei as mãos, e minhas unhas criaram marcas de meia-lua nas palmas. Ele era um demônio bruto, arrogante e desprezível do Inferno. Mas eu não fiquei falando sobre suas péssimas qualidades, fiquei? Não. *Eu* era madura o suficiente para deixá-las de lado a fim de trabalharmos juntos com a intenção de impedir que um assassino exterminasse mais bruxas.

"Parece uma garota adorável. Você vai me apresentar a ela direito? Você só conseguiu..."

Ira levantou Anir pelo colarinho. Seus pés balançavam a alguns centímetros do chão. Respirei fundo em silêncio. Parecia que o príncipe demoníaco não precisava fazer força alguma para erguer um homem adulto.

"Termine essa frase e vou colocar uma cicatriz do outro lado de seu rosto."

"Peço desculpas. Toquei em um ponto sensível?" Anir levantou as mãos fingindo se render, sem se preocupar em esconder um sorriso. Sua expressão era desprovida de medo e tinha certo humor. Pensei que, se não estivesse tão irritada, poderia gostar dele. Ou ele era muito corajoso ou muito tolo para provocar o demônio da guerra. "Não fique irritadinho. O agora é temporário. E ela está..."

"Atrás de nós." Ira soltou o humano e ele tentou com graça não se desequilibrar. "Emilia, este é Anir, meu aliado de confiança. Ele sabe quem é a próxima que concordou em se casar com Soberba."

Saí das sombras e inspecionei o jovem.

"Você estava lá na noite em que fui atacada pelo Viperídeo."

"Estava." Anir parecia não ter certeza do que mais poderia ou não contar.

Virei-me para Ira.

"Ele é humano."

"Você é muito astuta."

Respirei fundo e comecei a contar até o ímpeto de mandá-lo de volta para o círculo de ossos passar.

"O que eu quis dizer é, se você tem um aliado humano, por que ele não pode ser sua âncora? Se acontecer alguma coisa comigo, você vai ficar bem."

Ira abriu a boca para falar, mas logo a fechou. Levantei a sobrancelha, esperando.

"Anir não considera mais o mundo humano como seu, portanto não pode fornecer os mesmos... benefícios que você."

Anir riu, e logo tentou abafar o restante da gargalhada quando Ira se virou para ele com um olhar furioso.

"Com certeza é uma forma de enxergar a situação."

"Do que ele está falando?", perguntei, olhando feio para o demônio. "O que está escondendo de mim?"

Ira fez uma cara que dizia: "muitas coisas", mas não se deu ao trabalho de responder em voz alta. Em vez disso, falou:

"Anir já estava de saída. Ele estava esperando para ver se a figura encapuzada chegava, mas ninguém apareceu. Agora ele tem que voltar para resolver coisas da Casa."

"Quem é a pobre moça?"

"Valentina Rossi."

Meu corpo todo ficou dormente quando recebi aquela informação. Valentina era prima de Claudia. Se tinha alguém que concordaria prontamente em se tornar Rainha do Inferno, essa pessoa era Valentina, que vestiria o manto das sombras com orgulho. Ela não era má, apenas tinha um quê de realeza e parecia destinada a um papel maior do que o de tecelã em nossa pequena ilha. Não fiquei surpresa por ela ter se interessado por um pacto com o diabo.

Saí correndo na direção de sua vizinhança. Tínhamos que alertá-la antes que fosse tarde demais.

Ira entrou na minha frente, interrompendo meus passos.

"O que foi?"

"Eu conheço ela."

"E?", perguntou Ira.

"Estou me perguntando por que ele está escolhendo bruxas que têm laços com magia das trevas."

"Bem", Anir disse, "é porque..."

Ira o interrompeu.

"Hora de ir."

Alternando o olhar entre mim e o príncipe demoníaco, o sorriso de Anir era o de um lobo que encontrou um petisco que gostaria de devorar.

"Na verdade, eu preferiria ficar um tempo aqui. Casamentos demoníacos não são para os fracos. E também acho que vocês vão precisar de olhos e ouvidos extras quando forem falar com a garota. Talvez a figura encapuzada nos siga."

Ele piscou para mim como se fôssemos velhos amigos compartilhando um segredo. Ira notou o olhar e o encarou até seu "aliado" dar de ombros e começar a atravessar a praça. Esperei até ele estar longe do alcance de minha voz e me virei para Ira.

"Vai tentar convencer Valentina a ir para o submundo com você?"

"Prometi que não faria nada além de oferecer o acordo. E vou cumprir minha palavra. No entanto, assim que ela estiver em segurança, gostaria de saber se ela estaria disposta a nos ajudar a atrair o assassino."

"Pretende usá-la como isca?"

"Sim. Alguém está fazendo tudo que pode para garantir que Soberba não desfaça a maldição. Pretendo descobrir quem e por qual razão antes que mais gente morra. Depois eu mesmo vou providenciar uma punição."

Estremeci. Não era o que eu esperava que ele dissesse, mas apreciei sua sinceridade.

"Conheço muito bem a família de Valentina. Vou pedir que ela recuse o acordo de Soberba", admiti. "Espero que compreenda."

Ira olhou no fundo dos meus olhos.

"Faça o que precisar fazer. A decisão final cabe a ela."

⁂

Enquanto corríamos para a casa de Valentina, Anir me contou sobre sua vida antes de trocar esse mundo pelo que chamou de Reino dos Perversos. Ele era o filho único de pai tunisiano e mãe chinesa, e estava brincando perto de uma oliveira quando seus pais foram brutalmente assassinados. Seu pai havia testemunhado um crime e pretendia contar às autoridades o que tinha visto. Antes que conseguisse, eles foram mortos.

Anir disse que a cicatriz veio depois, quando ele cresceu e se tornou o tipo de jovem temido por todos. Ira o encontrou quando viajava pela América do Sul, lutando em ringues clandestinos, machucado e ensanguentado. Algumas lutas eram batalhas até a morte e rendiam muito dinheiro. Anir foi o campeão por mais de um ano, quando lhe ofereceram emprego na Casa Ira.

Parei de ouvir a discussão dos dois sobre quantos anos tinham se passado — ao que parece, o tempo passava de outra forma no mundo dos demônios — quando viramos na rua seguinte e entramos em uma viela mais escura e mais estreita. Uma força estranha que eu já tinha sentido antes tomou conta de meus sentidos, me atraindo para uma rua secundária.

Olhei ao redor, reconhecendo a vizinhança, e uma sensação terrível se instaurou. Dei mais alguns passos e parei, sem me surpreender com o que vi. Desconfiei antes de virarmos a esquina, e a silhueta caída só serviu para confirmar.

Observei a área.

Roupas lavadas e penduradas em varais que iam de um prédio ao outro pendiam sobre nossas cabeças como uma fileira de dentes. Aquilo poderia ter me enchido de medo em outra ocasião, mas naquele momento parecia o cenário perfeito para um crime. Não havia provas. Nada que valesse a pena selecionar. Era um trabalho direcionado — o assassino entrou e saiu, sem deixar nada além do corpo para trás.

Ira parou de andar de repente.

Anir notou a vítima um momento antes de tropeçar nela. Lançou um olhar irritado para o demônio e desviou de uma crescente poça de sangue.

"Da próxima vez, seria legal avisar."

"Um pouco menos de insubordinação poderia me deixar mais propenso a cortesias no futuro."

Anir semicerrou os olhos escuros. O movimento fez a cicatriz em seu rosto se destacar. Ira estava desviando do corpo quando seu aliado o puxou para que parasse. Vi tudo acontecer como se a cena se passasse em um palco, longe de onde eu realmente estava. Não conseguia acreditar que mais um corpo desfigurado estava aos nossos pés. A bile começava a subir devagar. Ira parecia não ter sido nem um pouco afetado, como se encontrar corpos mutilados fizesse parte de sua vida cotidiana.

O demônio deu meia-volta, olhando fixamente para a mão do humano.

"O quê?"

Anir aproximava o dedo do corpo frio.

"Não vamos buscar ajuda?"

"O que sugere? Chamar as autoridades humanas?" Ira não deu a Anir a chance de responder. "Se você fosse um deles, aceitaria nossa palavra de bons samaritanos e nos deixaria em liberdade? Ou olharia para sua lâmina forjada por um demônio e para minha aparência diabólica e nos jogaria em uma cela cheia de merda e lançaria a chave fora?" Anir franziu os lábios, mas não disse nada. "Tem mais alguma nobre sugestão ou podemos ir?"

"Às vezes você é mesmo um cretino sem coração."

Ira olhou para mim, franzindo a testa.

"Você está bem?"

Não, eu tinha certeza de que não estava bem. O corpo de mais uma vítima de assassinato estava caído a nossos pés. E eu tinha acabado de olhar para a cara dela. Ela era prima de minha melhor amiga. Fiquei observando em silêncio, horrorizada, para o corpo arruinado. Ainda não conseguia entender que a cena era real. Minha cabeça girava por causa do choque. Claudia não tão era próxima da prima, mas ainda assim sentiria muito a sua morte. Apertei os olhos com a base das mãos.

"Emilia?"

Desvencilhei-me do toque de Ira.

"Esta é... era Valentina Rossi."

"Imaginei que fosse."

Não podia acreditar que o coração de outra bruxa tinha sido arrancado. Já eram cinco mortes. Contive a bile que tentava subir por minha garganta mais uma vez. Eu nunca me acostumaria a... ver algo tão horrível.

Francesco, o traiçoeiro mensageiro humano, não sabia o nome da próxima noiva, apenas o local do encontro com Anir. E eu duvidava que Anir estivesse traindo Ira, o que significava que a informação tinha vazado de alguma outra forma. Eu estava nauseada por mais um motivo — havia torturado um homem por nada.

"Deve haver um espião no reino", Anir disse, transformando meus pensamentos em palavras.

Imaginei que ele já tivesse visto sua cota de coisas horríveis, mas ainda parecia chocado. Ele puxou os cabelos escuros para trás e os amarrou com um cordão de couro que tirou do pulso.

Ira ficou andando de um lado para o outro na viela, cuidando para não pisar no sangue. Tentei não olhar para aquela carnificina. Precisávamos avisar as autoridades. Valentina não podia simplesmente ficar ali, com frio e sozinha. O demônio parou perto de onde eu estava, ocultando o corpo.

"Isso significa que um de meus irmãos *é* o responsável. De algum modo."
Os encontros que tive com seus irmãos me vieram à mente.
"Avareza e Inveja estão aqui."
Ira balançou a cabeça.
"Inveja não arriscaria uma briga comigo. Avareza... Ainda não consigo vê-lo colocando sua Casa em risco. Não depois de ter construído uma fortaleza formidável."
"De qualquer modo, as implicações de uma traição entre o Sete... Esqueça a maldição, vossa alteza", Anir disse. "Colocando os sentimentos pessoais em relação às bruxas de lado, finalize o laço de matrimônio com Emilia e proteja sua própria Casa antes que uma guerra se inicie. Você vai precisar da capacidade máxima de seus poderes. Quem quer que esteja fazendo isso deve ter matado a esposa de Soberba."
Parecia que eu estava tomando um banho de água fria.
"Que laço de matrimônio?"
Anir não notou o tom de pânico em minha voz.
"O que iniciou quando vinculou o príncipe a você."
Ira parou de se mexer. Parou de respirar enquanto eu, horrorizada, fiquei boquiaberta. O tempo pareceu parar quando repeti em voz baixa o que Anir havia dito. Queria gritar que não era verdade, mas a reação de Ira dizia o contrário. O príncipe demoníaco não desviou os olhos dos meus.
"Como?"
"Preciso falar com ela a sós." A voz de Ira não passou de um sussurro, mas Anir obedeceu. Quando ele saiu, o demônio apontou com a cabeça para nossas tatuagens iguais. "Seu encanto de proteção não era um vínculo de proteção envolvendo um guardião com seu protegido. A tradução de *aevitas ligati* significa "vinculado para sempre" no sentido de "em sagrado matrimônio". Ele não era necessário para que a invocação desse certo."
"Nós estamos... Está dizendo que estamos *noivos*?" Esperei a resposta com o coração acelerado, mas Ira não disse nada. Não foi preciso. A verdade estava em seus olhos. Ele sabia o tempo todo o que eu havia feito. Por isso tinha ficado tão revoltado. Basicamente o arranquei do Inferno e o forcei a um compromisso. Para sempre. "Quando pretendia me contar?"
Ele disse em tom suave:
"Isso não muda nada..."

"Tudo mudou." Um violento tremor tomou conta de meu corpo enquanto o demônio continuava olhando fixamente em meus olhos. Era muita coisa para assimilar. O corpo da prima de minha melhor amiga. Meu noivado acidental com Ira. "O que acontece se eu não quiser me casar com você? Vai me obrigar a reinar ao seu lado no Inferno?"

"Emilia..."

"Não *ouse*." Balancei a cabeça. "Serei forçada a ir para lá?"

"Não."

Certo. As leis dos demônios eram baseadas em civilidade. Obrigar alguém a se casar provavelmente ia contra todas suas regras peculiarmente rígidas. Mas eu apostava que ele criaria um acordo perverso para mim, e o tornaria tão bom, tão tentador, que eu nunca recusaria. Sobretudo se o laço de matrimônio o ajudasse a ter mais poder, como Anir havia alegado. Cerrei as mãos ao lado do corpo.

"O que Anir quis dizer com proteger sua Casa antes que haja uma guerra?"

Um músculo de seu queixo se contorceu.

"Não posso compartilhar essa informação com você."

"Então paramos por aqui." Segurei no amuleto de minha irmã. "*Te liberto.* Eu te liberto de qualquer vínculo que tenhamos. Quando me casar, será por amor. Não por amor ao poder ou qualquer outro desejo depravado que você tenha. E amor é uma coisa sobre a qual vocês, criaturas desprezíveis e desalmadas, não sabem *nada*!"

Se ele chamou por mim, ou hesitou, não tive como saber. Dei meia-volta e corri para o mais longe possível do príncipe demoníaco e da mais nova vítima de assassinato. Não queria ter mais nada a ver com as criaturas amaldiçoadas que haviam levado tanto sofrimento à minha família e à minha cidade.

Deste ponto em diante, eu descobriria quem matou minha irmã por conta própria.

E Ira podia voltar rastejando para o Inferno e apodrecer com todos os outros.

30

Sentei-me a uma mesa de frente para o mar, bebendo água com uma fatia de limão siciliano. Havia deixado um bilhete anônimo na delegacia com a localização do corpo de Valentina e ainda não tinha superado o horror de tudo aquilo. Queria correr até Claudia, mas ainda precisava esperar a polícia contar à família sobre a prima. Se eles já estivessem lamentando a morte quando as autoridades aparecessem, eles desconfiariam e começariam a fazer perguntas. A espera convocava todos os tipos de pensamentos indesejados. Pensamentos que eu não queria ter nem naquele momento, nem nunca.

Era inacreditável como eu tinha sido idiota a ponto de me comprometer acidentalmente em matrimônio com Ira e que ele não tivesse me contado aquele segredo antes. Ele provavelmente tinha detestado. Ainda mais porque ele odiava bruxas, como ouvi Anir comentar. Combati o ímpeto de enterrar o rosto entre as mãos. Saber que ele estava totalmente ciente de meu erro enquanto eu pensava que estava no controle... era humilhante. Isso sem contar os outros equívocos que eu havia cometido e ele tinha sido educado demais para apontar.

Depois que avisei a polícia, percebi que não tinha para onde ir. Não podia voltar para casa e colocar minha família em perigo. E embora eu *pudesse* ficar no palácio com Ira, precisava de tempo e espaço para organizar meus pensamentos e sentimentos. Muita coisa tinha acontecido em pouco tempo. Mais dois assassinatos. Um noivo secreto do Inferno. O ataque à nonna. O roubo do meu amuleto. O Viperídeo. Parecia que os golpes não paravam de chegar e eu estava sendo surrada e machucada o tempo todo.

Quanto mais me apegava à normalidade, mais meu mundo ficava caótico. Por enquanto, para mim, a ideia de voltar a me encontrar com Ira era repulsiva, então resolvi tirar tudo da cabeça e continuar procurando respostas para o assassinato de Vittoria por conta própria. Se conseguisse solucionar o assassinato de minha irmã, poderia evitar que mais alguém morresse. Toda vez que tentava me colocar no lugar de Vittoria, acabava voltando para seu diário. Ele não revelou tantos segredos quanto eu esperava. E os que havia revelado ainda eram enigmáticos demais para arriscar qualquer palpite.

Estava repassando uma lista mental de tarefas para executar quando a cadeira à minha frente foi puxada. Ira se sentou, me observando com atenção. Encarei seu rosto por alguns momentos. Nenhum de nós disse nada. Parecia que meu quase-marido estava me dando tempo para me recompor. Ou talvez ele estivesse esperando que eu o enviasse de volta para o círculo de ossos.

Respirei fundo algumas vezes.

"Como sabia onde eu estava?" Ele me fitou longamente e depois apontou com os olhos para a tatuagem em meu braço. Senti vontade de matá-lo. "Você disse que só poderia me encontrar se eu aceitasse o tratado de sangue. Nunca mencionou a tatuagem."

"Se eu dissesse que a tatuagem era parte de um laço de matrimônio, você teria fugido de imediato. Precisava te dar tempo para confiar em mim."

Pensei em argumentar, mas fiquei quieta. Era verdade. Se soubesse o significado da tatuagem naquela primeira noite em que o invoquei, eu o teria mandado de volta para o seu mundo.

"A confiança normalmente é conquistada quando ambas as partes são sinceras."

"Não menti para você."

Suspirei.

"Não, tecnicamente não."

Uma garçonete se aproximou e recitou o cardápio com animação. Ira pareceu cético, mas me deixou pedir sem reclamar. Trinta minutos de silêncio tenso depois, ela voltou com nossa comida. Ira ficou olhando como se estivesse resolvendo uma equação complicada.

Um prato fumegante de *scampi*, alguns *arancini*, uma tábua de antepasto — *prosciutto*, *peperoncini*, *soppressata*, provolone, azeitonas marinadas, alcachofras com azeite, vinagre, orégano e manjericão — e uma cesta de pães tostados embelezaram nossa pequena mesa.

Fiquei esperando o demônio chamar a garçonete de lado e pedir sangue morno ou vísceras cruas, mas ele pareceu satisfeito com as escolhas e não seria eu quem colocaria a ideia de pedir miúdos crus em sua cabeça.

Ira me surpreendeu pedindo uma jarra de vinho tinto com rodelas de laranja que serviu generosamente para cada um de nós. Bebi o vinho, desfrutando de sua doçura. Queria escapar um pouco de meus pensamentos obscuros, e a refeição e o vinho estavam ajudando. Estava sem descansar desde a noite anterior e era boa a sensação de poder me recompor e reorganizar. Antes de se servir, Ira encheu um prato de comida e o colocou na minha frente. Tive que usar toda a concentração que me restava para não cair da cadeira em choque.

Ele me olhou e fez uma careta.

"É difícil esquecer as boas maneiras, independentemente da desagradável companhia que sou obrigado a suportar. Além disso, você me serviu aquela sobremesa. Só estou retribuindo o favor."

Sorri, o que pareceu irritá-lo ainda mais, e comecei a comer.

Depois de alguns minutos vendo como ele remexia os *scampi*, espetei um com meu garfo e ofereci a ele. Suas suspeitas aumentaram.

"O que está fazendo?"

"Isso é lagostim. Tipo uma lagosta pequenina. Tenho certeza de que vai gostar. A menos que esteja com medo..."

Ira aceitou o crustáceo como se estivesse sendo desafiado. Deve ter gostado, porque encarou o prato e não levantou os olhos até ter experimentado um pouco de cada coisa.

Enquanto ele experimentava as maravilhas da comida humana, comi meus *scampi* saboreando o gosto do limão fresco usado para cortar a gordura da manteiga. A receita era um pouco mais cítrica que a do nosso restaurante, e resolvi tentar aquele modo de fazer assim que possível.

Talvez grelhar o limão cortado ao meio com a polpa para baixo...

Parei com o garfo no ar. Estava aproveitando tanto aquele momento que quase esqueci do motivo pelo qual estava ali, sentada e comendo com um dos Malvagi. Um mês. Minha irmã gêmea tinha partido havia pouco mais de um mês, e eu estava sonhando acordada com receitas para o Mar & Vinha na companhia de nosso pior inimigo. A comida caiu como uma pedra em meu estômago.

Perdi a fome e empurrei o prato.

Ira me olhava como um humano observaria uma mosca voando sobre seu jantar.

"Vivenciando um dilema moral, bruxa?"

Não consegui reunir um pingo de raiva ou de irritação. Uma dura lâmina de verdades me perfurava; eu não tinha a menor ideia do que estava fazendo. Tinha quase certeza de que minha irmã tinha invocado um demônio, mas não sabia qual. Sabia sobre o Chifre de Hades, mas não sabia como nos tornamos guardiãs dele.

E havia as pistas enigmáticas no diário de Vittoria quanto a sua habilidade de escutar objetos mágicos e a possibilidade de o primeiro livro de feitiços estar nesse mundo. Sabia que minha irmã tinha concordado em ser a noiva do diabo, mas ainda não havia descoberto *por que* ela tinha feito essa péssima escolha, ou por que não havia contado para mim ou para nossa avó.

Tinha mais perguntas que respostas e ninguém em quem confiar totalmente. A nonna tinha quase morrido por causa de minha busca por justiça, e eu não queria colocar mais alguém da minha família em perigo se os envolvesse em qualquer coisa relacionada ao assassinato. Por mais que Ira tivesse me salvado, ele ainda era um príncipe do Inferno. E mesmo que ele tenha jurado que não obrigaria nenhuma bruxa a aceitar o acordo, não sabia como ou por que ele tinha sido escolhido para essa missão.

Eu me inclinei para a frente e abaixei a voz.

"Quero saber tudo sobre a maldição."

Encarei-o, e seus olhos dourados com manchas pretas me encararam também.

"Pensou sobre ir morar comigo até encontrarmos o assassino?"

Uma mudança de assunto inesperada.

"Pensei."

"Onde estão seus pertences?"

"Em casa."

Ira girou a taça de vinho e eu fiquei imaginando o que ele estava pensando.

"Gostaria que eu te acompanhasse até lá para buscá-los?"

"Por acaso eu disse o que decidi fazer?" Olhei para ele. "E quero que responda minha pergunta. Se Soberba é o amaldiçoado, como isso te afeta?"

"Deveríamos voltar ao palácio e conversar lá."

"Não até você me dar algumas respostas."

Ira parecia estar avaliando diferentes formas de me enforcar usando minhas vísceras.

"Vou dar. Depois."

"*Agora*." Recusei-me a ceder. Ele olhou para o céu e tentei entender por que ele não olhava para baixo, já que estava rezando.

"Está bem. Se eu responder, vai concordar em ficar no palácio?"

"Não. Mas isso vai me ajudar a decidir. Que tal?"

Ele puxou o ar profundamente e o soltou devagar. Esperei. Após lutar uma batalha interna, percebi o exato momento em que ele decidiu confiar os segredos a mim.

"Para a maldição ser totalmente desfeita, uma consorte precisa se sentar no trono e ajudar a governar a Casa Soberba."

"Anir disse que a última consorte foi assassinada. Como?"

"Seu coração foi arrancado do peito." Ele olhou para mim, mas tive a sensação de que não estava mais me vendo. "E também o de algumas de suas damas de companhia."

"Foi mesmo a Primeira Bruxa que amaldiçoou Soberba?"

"Sim."

Deixei aquela informação se encaixar a todas as outras histórias que eu havia me convencido de que não passavam de fantasia. La Prima Strega era ancestral — ela havia iniciado a primeira linhagem de bruxas. Pelo menos era o que diziam as velhas histórias. Supostamente, ela era a fonte de nossos poder e pertencia apenas a si mesma. Sem magia de luz, sem magia das trevas. Apenas poder bruto, levemente diluído pela deusa de quem havia nascido. Ela antecedia La Vecchia Religione humana, e a Velha Religião era *antiga*.

Às vezes, La Prima era idolatrada e outras vezes era temida. Filha da deusa do sol com um demônio, ela foi criada como o equilíbrio perfeito entre luz e trevas. As histórias diziam que era imortal, mas nunca a havia visto e não conhecia ninguém que houvesse. Sempre acreditei que ela não passasse de uma lenda ou mito de criação.

"Por que ela o amaldiçoou?"

Ira hesitou.

"Foi uma punição para o que ela achou que aconteceu entre sua primogênita e ele."

Ajeitei o corpo na cadeira. Claudia tinha mencionado aquela história.

"Então, o que aconteceu? Ele roubou a alma dela e La Prima se vingou?"

"É nisso que as bruxas acreditam, não é?", Ira zombou. "Soberba não roubou nada. Ele não precisou. A filha dela *escolheu* de bom grado se casar com ele. Eles se apaixonaram, apesar de serem quem eram."

Lembrei do que a nonna tinha começado a me contar sobre *Stelle Streghe*, que elas tinham recebido a tarefa de serem guardiãs dos Perversos.

"Ela era uma bruxa estrela?"

Ira fez que sim com a cabeça.

"Ela devia ser uma guardiã entre mundos... Pense nelas como sentinelas da prisão dos condenados. A filha dela devia ter tido mais discernimento, ela tinha que ser, em primeiro lugar, um soldado. La Prima, como vocês a chamam, ordenou que sua filha desistisse do trono e retornasse ao coven, mas ela se recusou. A Primeira Bruxa usou o tipo mais obscuro de magia para retirar os poderes da filha e bani-la do coven. Os efeitos não previstos dessa atitude atingiu as outras bruxas. É por isso que algumas dão à luz filhas humanas."

Organizei mentalmente a história.

"O que está dizendo é..."

Verdade. Olhei fixamente para ele. Passamos a vida ouvindo histórias sobre os Perversos e suas mentiras. Mas Ira não podia mentir diretamente para mim por causa da magia de invocação. Eu havia testado e sabia que era fato. O que ele estava dizendo, apesar de parecer impossível, tinha que ser verdade.

Ou pelo menos ele acreditava que era.

"Por que está ajudando seu irmão a desfazer a maldição? Se ele está preso no submundo, não vejo por que isso diz respeito a você ou a qualquer ouro príncipe."

"Vários anos humanos atrás, alguma coisa destruiu os portões do Inferno. Nos disseram que era parte de uma profecia. Soberba, sendo quem é, achou graça. Então sua amada esposa foi assassinada. Seus poderes enfraqueceram. Ele ficou preso no Inferno, e demônios menores começaram a nos testar tentando escapar pelas rachaduras nos portões."

Além da maldição, eu não podia acreditar que o segundo maior problema do Inferno era uma porta velha e quebrada. Olhei para Ira com os olhos semicerrados. Estava cada vez mais desconfiada de que ele não havia revelado a pior parte.

"E?"

"Criaturas que não querem encarar julgamentos nos Portais dos Mil Medos escaparam. Os portões continuam a enfraquecer, apesar de termos feito de tudo. É uma questão de tempo até cederem completamente. Tentamos mantê-los afastados, mas algumas criaturas já estão neste mundo."

"Tais como?"

"Alguns demônios menores."

"O Viperídeo?"

"Improvável. Eles são invocados."

Aquilo não era nada agradável. Demônios estavam começando a invadir nosso mundo. E eu tinha a terrível sensação de que ficaria muito pior antes de melhorar. "Devemos nos preocupar com algo em particular, então?"

"*Você* deveria se preocupar com o demônio Aper, para começar."

"Com o... o quê?"

"Demônio Aper. Cabeça de javali, presas de elefante. Corpo reptiliano enorme, cascos fendidos. Um tipo de demônio tapado, mas com predileção por sangue de bruxa. Mil dentes minúsculos em fileiras duplas os tornam muito hábeis em drenar um corpo com rapidez."

Ira olhou por trás do meu ombro e deu um sorriso perverso. Um bafo quente na base de meu pescoço me fez começar a suar de imediato. Um casco bateu nas pedras do pavimento, seguido de outro. O chão vibrou sob o que quer que tivesse dado aqueles dois enormes passos. Uma sombra surgiu sobre a mesa. Deusa do céu, eu *realmente* não queria me virar para olhar.

"Aconteça o que acontecer, bruxa, não corra."

O REINO DAS BRUXAS
IRMANDADE MÍSTICA

31

Não existe ameaça maior a uma bruxa do que um demônio que deseja seu sangue. Uma vez que sua sede tenha sido provocada, ele vai perseguir incessantemente a causa de seu vício, parando apenas quando a fonte estiver seca. Para se proteger contra sua energia obscura, prenda um sachê de milefólio desidratado no forro da roupa durante cada lua nova.

— Notas do grimório di Carlo —

O alerta de Ira chegou um segundo tarde demais. Mais tarde, quando estava correndo para salvar minha vida, me perguntei se tinha sido intencional. Levantei as saias e saí pelas ruas com as cores do crepúsculo, ouvindo o som da perseguição à minha volta.

Corri de uma viela estreita para a outra, saltando sobre cestas de produtos desidratados. Não olhei para trás por medo de perder o impulso. De modo algum eu poderia terminar sem sangue apenas por ser curiosa. Conforme eu passava por portas fechadas e desviava por baixo de varais com roupas, os passos ruidosos de cascos fendidos atrás de mim nunca vacilavam ou desaceleravam.

Não estava com medo apenas por mim, estava preocupada com qualquer humano desavisado que tivesse o azar de estar em meu caminho enquanto eu conduzia um demônio faminto por vielas apertadas. Quase tropecei quando me dei conta da realidade. Um demônio estava me perseguindo pelas ruas de minha cidade. De algum modo, ele tinha escapado pelos portões do Inferno. E, se aquele era apenas o início... Não consegui nem concluir o pensamento.

Bati em um barril vazio e o joguei no caminho da fera. Meu agressor de outro mundo parou por um segundo até destruir a madeira. Nada bom. Por ter sangue de bruxa tinha um pouco mais de força do que um humano, mas a criatura quebrou o barril como se fosse papel.

Meu pé ficou preso em um paralelepípedo e não consegui impedir que a curiosidade mórbida fosse mais forte quando me vi contra uma parede. Olhei para trás. Estava pronta para ficar paralisada de tanto pavor, encurralada pela Morte com a bocarra bem aberta, prestes a me devorar com ossos e tudo, mas não havia nada ali. Com cautela, olhei ao redor. Não havia nenhum demônio escondido atrás das roupas esvoaçantes. Nenhum nariz úmido fungando rompeu o silêncio. O silêncio total e profundamente *não natural*.

Sangue e ossos.

Do nada, comecei a sentir arrepios por todo o corpo. Como na primeira noite em que ouvi a voz desencarnada de um demônio Umbra, todos os sons da vida desapareceram à minha volta. Não estava sozinha — só não conseguia ver o perigo chegando. Mas sentia que ele se aproximava — uma mão com garras estendida no escuro. Demônios tinham a capacidade de se ocultar com certo glamour. O que era simplesmente *perfeito*.

Virei e corri o mais rápido possível, até me chocar com um corpo gélido ao toque. Caí e me arrastei para trás, enquanto subia o olhar devagar para encarar de frente minha destruição. Estava errada sobre o glamour. Ele não estava se ocultando — apenas se movia muito depressa. Porém, naquele momento, não estava se movendo. O demônio Aper era tudo que Ira havia descrito, mas pior. Sua cabeça enorme parecia muito com a de um javali, com exceção dos olhos vermelhos. Fendas pretas cortavam o meio das íris, lembrando um gato vindo diretamente do Inferno.

Fechei bem os olhos. Contei até dez e voltei a abrir. O demônio estava mesmo lá, e era ainda pior do que da primeira vez em que olhei.

Pelo amor da deusa sagrada.

Gotas grossas de saliva preta escorriam de seu focinho enquanto os dentes batiam na expectativa. Seu bafo tinha o cheiro de um pântano fétido em um dia quente de verão. Levantei-me com as pernas bambas e fui me afastando devagar daqueles cruéis instrumentos mortais. O demônio seguia.

Todos os instintos gritavam para que eu fugisse, mas não queria interromper o contato visual com ele. Tinha a sensação de que, se eu virasse as costas, ele atacaria. Não importava o que eu teria que fazer para sobreviver, viveria para ver minha família de novo. O demônio se movimentou rapidamente quando fiz que iria para a esquerda, então virei na direção oposta.

Mantivemos a mesma dança lenta até ficarmos encurralados em uma rua sem saída. À minha direita havia uma porta de aço grossa com a inscrição de uma pata segurando um ramo de alguma coisa pintado no metal. O demônio Aper parou na frente dela, farejando o ar. O desejo por sangue brilhava em seus estranhos olhos vermelhos.

Finalmente, lembrei do giz consagrado sob a lua em meu bolso e me abaixei devagar. Em um segundo eu estava em pé, no seguinte estava no chão com dentes mordendo meu pescoço. A dor percorreu meu corpo, mas foi ofuscada por uma ameaça mais imediata. Milhares de dentes estavam prontos para sugar meu sangue. O hálito quente tocou minha pele e um lamento baixo do demônio se seguiu. O pânico se instaurou. Eu não morreria daquela forma. Não podia.

Lutei como louca, mas o demônio era forte demais. Ele se afastou, pronto para fincar os dentes e então... um lodo cinza explodiu da fera.

Uma lâmina perfurou o demônio na altura do coração e sombras se retorceram como cobras para fora do ferimento. Eu me encolhi, vendo a adaga atrair as sombras e aparentemente absorver a força vital do demônio. A ponta parou pouco antes de perfurar meu peito. Prendi a respiração, esperando a Morte desafiar quem quer que tivesse roubado seu prêmio e me reivindicar da mesma forma.

Olhei para cima, mas não vi o rosto da Morte, e sim a do demônio da guerra.

Ira puxou a carcaça da gigantesca criatura morta e a jogou de lado. Embainhou a adaga matadora de demônios e depois se ajoelhou. Sua expressão era tão dura quanto seu tom de voz. O que foi útil, pois eu precisava focar em algo que não fosse o terror avassalador que fluía por meu corpo.

"Lição número um: quando lutar contra um demônio, sempre tenha alguma arma à mão. Mesmo que seja giz enfeitiçado ou um encanto. Se não conhece nenhum encanto de defesa, agora é a hora de se familiarizar com essa parte de sua linhagem. Demônios são superpredadores. São mais rápidos e mais fortes que nós. Seu único propósito é matar, e são muito bons nisso."

Encostei na parede, ofegante, esperando o tremor passar. Se Ira não tivesse chegado naquele momento, minha família teria enterrado outra filha. Claro, se sobrasse alguma coisa para enterrar. Lágrimas queimavam em meus olhos. Tinha sido obrigada a participar de um jogo sobre o qual nada sabia e estava perdendo. De lavada.

"Consegue levantar?"

Eu mal conseguia respirar. Mas aquilo já não tinha mais nada a ver com pavor, agora eu estava pronta para atacar. E tinha em mira o príncipe demoníaco que se avultava sobre mim. Consegui me sentar e dei um tapa na mão que me oferecia.

"Virou meu professor agora?"

"Uma oportunidade de transformar isso em um momento de aprendizado se apresentou por conta própria. Ensinamentos nunca foram parte de nosso acordo, então nem precisa me agradecer."

Olhei para ele e fiquei sem palavras ao notar um vislumbre de preocupação que ele demorou demais para esconder. Estava genuinamente preocupado comigo. Fiquei tão surpresa que me esqueci de dar o troco.

Esperei mais um minuto antes de me levantar. Ira passou os olhos por mim uma segunda vez.

Vi a massa cinza gelatinosa que costumava ser as entranhas do demônio. Agora *eu* estava com o cheiro de um pântano fétido. *Fantástico*. Nunca pensei que sentiria saudade dos dias em que cheirar a alho e cebola era minha maior preocupação.

"Reconhece aquele símbolo?" Ele apontou para a porta com a pata inscrita.

"Eu..." Tentei limpar lodo de demônio do vestido. "Preciso de um minuto."

"Só para deixar claro, eu não deixaria o demônio matar você. Talvez só uma mordidinha."

"Reconfortante como sempre."

Fiquei ao lado dele e olhei para a porta. Tinha ficado apavorada com o ataque do demônio Aper, zangada com Ira pela aula improvisada, e o medo se instalava em meus pensamentos mais uma vez. Não fazia ideia de qual de seus irmãos usava o símbolo de uma pata e não estava curiosa para descobrir.

"Essa pata é o símbolo da Casa Inveja?", perguntei. Ira fez que não com a cabeça. "Algum de seus irmãos exige um ramo de trigo em suas invocações?"

"Na verdade, acho que é um ramo de erva-doce."

Balancei a cabeça. Não queria saber como ele tinha deduzido aquilo a partir do símbolo rudimentar na porta. Mas isso fez peças de quebra-cabeça se juntarem em minha mente. Eu tinha visto aquele símbolo recentemente, mas não conseguia me lembrar quando ou onde. Possivelmente em algum ponto da cidade, enquanto vagava pelas ruas. Ou talvez no diário de Vittoria? Ele tinha muitos desenhos e símbolos estranhos nas margens. Eu tinha dormido muito pouco nos últimos dias e isso estava afetando minha memória também. Quando saísse dali, iria diretamente para casa pegar o diário.

Ira me olhou de soslaio.

"Quer ver o que tem aí dentro?" Não queria, de jeito nenhum. Não conseguia me livrar de uma sensação lenta e rastejante de terror. Talvez fosse apenas coincidência ter chegado até ali, ou talvez fosse parte de um plano maior e mais sinistro. De qualquer forma, sentia que estávamos prestes a entrar na cova do leão e estava tão animada quanto um cervo que sabia que estava indo para o abate. Engoli em seco.

"Sim."

Ira balançou a cabeça uma vez antes de empurrar a porta com o ombro.

"Mentirosa."

32

Entramos em uma sala grande repleta de caixas e armadilhas de pesca. Cordas pendiam de pregos enferrujados cravados na parede. O piso de madeira rangia a cada passo que dávamos. Não costumava me sentir incomodada em prédios, mas havia algo perturbador naquele espaço. Um zumbido estranho e fraco estava me deixando nervosa. Partículas de poeira serpenteavam ao luar.

Esperava que com a agitação que causamos não houvesse nenhum demônio à espreita. Não queria ter que enfrentar mais criaturas como o demônio morto do lado de fora. Era irritante como Ira não se abalava. Estava caminhando pela sala com a facilidade de quem sabia que era o predador mais letal. Inspecionou o equipamento de pesca e chutou uma âncora enferrujada que estava largada perto da saída dos fundos.

"Parece que esse lugar não é usado há algum tempo", disse ele.

"Acha que foi só coincidência o demônio Aper ter me trazido até aqui?"

Ele deu de ombros.

"Alguma coisa parece familiar?"

"Eu..."

Passei os olhos pelo espaço. Redes de pesca, cordas, vários anzóis de formas estranhas pregados na parede oposta, e armadilhas de metal. Tudo parecia comum. Exceto a sensação que não conseguia entender.

Ela parecia, de certa forma, familiar. Andei devagar pelo perímetro, parando para observar cada peça do equipamento de pesca. Devia haver uma razão para estarmos ali. E eu estava muito perto de descobrir...

Peguei um anzol enferrujado do chão perto da parede e deixei cair de novo. Era comum.

Suspirei. Não queria perder tempo tocando em todos os anzóis velhos. Em especial sabendo que, provavelmente, uma pista muito melhor esperava por mim em casa, no diário de Vittoria. Ainda assim... não conseguia silenciar a força em meu interior que me puxava. Dei mais uma olhada na sala, mas nada se destacou. Parecia que o ataque do demônio Aper e esse prédio vazio não estavam relacionados.

"E então?", perguntou. "Reconhece alguma coisa?"

Nada além do símbolo que eu tinha *quase* certeza de que minha irmã tinha desenhado em seu diário. Balancei a cabeça, desejando correr para casa para pegar o caderno.

"Não."

"Certo. Vamos para casa."

Não comentei que seu palácio roubado, em ruínas, não era minha casa e nunca seria.

"Tenho que pegar minhas coisas", afirmei. "Encontro você em breve. É melhor você se livrar do demônio que ficou lá fora."

Antes que ele pudesse discutir, já estava na rua seguindo para minha casa.

⁓⁓⁓

Desmoronei junto ao batente da porta de meu quarto e avaliei a carnificina. Tábuas do piso tinham sido arrancadas e quebradas. O pequeno tapete que a nonna tinha feito para mim e para Vittoria quando éramos pequenas estava coberto de farpas de madeira. Penas voavam com a brisa que soprava da janela despedaçada. Alguém tinha descontado muita agressividade em meu colchão.

Ou algo. Ira disse que príncipes do Inferno tinham que ser convidados para entrar na casa de um mortal, mas, como eu havia descoberto recentemente, essa regra não se aplicava a *todos* os demônios. Ao que parece, criaturas de castas mais baixas do Inferno podiam fazer o que bem entendessem. O Umbra passou por nossos encantos de proteção e nenhum convite formal foi feito a ele. Ira também mencionou que magia não funcionava neles da mesma forma que em seres corpóreos, então provavelmente tinha mais a ver com isso do que com nossos encantos de proteção.

O que ainda assim não era nada agradável.

Sem nem entrar totalmente no quarto, sabia que o diário de minha irmã não estava mais lá, levando seus muitos segredos consigo. Um demônio Umbra devia ser o culpado por aquele roubo. E aquilo colocava Avareza de volta no topo de minha lista de suspeitos. Até então, ele era o único príncipe do Inferno que eu sabia que os utilizava a seu favor.

Lembrei-me de todas as noites em que pensei ter sentido alguém me observando enquanto pegava no sono. Era perturbador e invasivo ter momentos privados transformados em espetáculo para olhos bisbilhoteiros. Todas as vezes que me vesti ou desmoronei por causa do luto. Emoções brutas e descontroladas porque eu pensava que estava sozinha. Olhei pela janela e me perguntei se havia alguém do lado de fora observando o desenrolar daquele terror mais recente.

Esfreguei os braços com as mãos, tentando me livrar dos arrepios repentinos. Se meu quarto não fosse no segundo andar, e se eu não tivesse passado pela casa toda para chegar até ele, acharia que todos os cômodos tinham sido saqueados. Além de meu quarto revirado, o restante de nossa casa estava intocado. Assim como os membros de minha família. De alguma forma, a nonna não tinha escutado nada estranho, porque estava dormindo em paz em seu quarto no andar de baixo. Todos os outros já estavam no Mar & Vinha e lá ficariam até a noite. Graças à deusa.

Só para acalmar minha mente, passei pelos escombros e dei uma olhada no antigo esconderijo de Vittoria. As páginas de grimório que eu tinha escondido ali de novo estavam rasgadas em pequenos pedaços. Os perfumes estavam quebrados. As cartas de amor tinham sido levadas, junto com o diário.

Uma lágrima atingiu o chão. Seguida de outra. Senti que estava desabando também. Escorrendo entre as rachaduras e me perdendo para o luto de novo. Ver as coisas de Vittoria amassadas e quebradas... Era demais para mim.

Atravessei o que restou do que costumava ser nosso refúgio seguro e desabei no que sobrou de minha cama. Ela afundou com meu peso, torta e errada. Como todo o resto em meu mundo.

Um soluço de choro escapou. Quanto mais eu tentava contê-lo, mais incontrolável ele se tornava. Errei por pensar que não tinha mais nada a perder. Os demônios vieram para provar que eu estava errada. Mesmo que eu reconstruísse nosso quarto, ele nunca mais seria o mesmo.

Os pertences de minha irmã e tudo que ela amava tinham sido destruídos. Vittoria tinha finalmente sido apagada de meu mundo. E agora eu não tinha certeza se sabia como continuar. Deitei de lado, encostei os joelhos no queixo e chorei. Não me importava se houvesse um demônio desencarnado observando. Não me importava se houvesse um caçador de bruxas, ou príncipe do Inferno, ou monstro humano sádico se deleitando com minha dor. Perdi algo que nunca recuperaria, e estava lamentando essa perda.

Se o demônio Aper não passava de um aperitivo do que estava por vir, minha cidade passaria muitas noites chorando por entes queridos roubados. Eu me sentia tão impotente. Tão perdida e sozinha. Como eu poderia deter seres tão poderosos? Toda a situação parecia extremamente desesperadora. Acreditar que tinha chance de solucionar os assassinatos e salvar outras vidas era uma ilusão. Queria ajudar, mas não era suficiente. Suspirei e solucei até não restar mais nada. Odiava todas as mudanças que estavam acontecendo.

Demorou, mas enfim minhas lágrimas secaram. Os demônios roubaram a vida de minha irmã, e continuariam tomando cada vez mais se não fossem detidos. E daí se eu não tivesse todas as respostas? Faria tudo que pudesse para impedir que os portões do Inferno fossem abertas. Já estava farta.

Levantei, me agarrei à minha raiva e fui pegar a pena e o pote de tinta. Escrevi um rápido bilhete para minha família, dizendo que os amava, jurando que ficaria bem, e explicando que não podia mais ficar em casa. Prometi mantê-los em segurança a qualquer custo.

Ninguém mais entre os que eu amava seria tirado de mim.

Se fosse preciso, eu usaria a mais obscura das magias para garantir isso.

⁓

"Como você está?", perguntei a Claudia. Seu rosto estava vermelho e os olhos estavam inchados.

"Entre, por favor." Ela abriu a porta de sua casa e eu entrei. As cortinas estavam bem fechadas. Velas pretas e brilhantes tremeluziam em quase todas as superfícies, soltando um aroma apimentado. Um altar repleto de ossos de animais e ramos de ervas desidratadas adornava a parte de cima de um pequeno baú na sala de estar. Havia um espelho na parede que ficava atrás dele, refletindo a cena macabra para mim. Tinha quase esquecido que a pobre Valentina tinha sido assassinada.

Para mim era como se tivesse passado um ano, e não só um dia.

"Você está bem?"

"Não sei muito bem. Sinto uma mistura estranha de emoções." Claudia falava em voz baixa. Ela fez um sinal para sentarmos em um sofá esfarrapado diante do altar. "Primeiro, foi como se meu coração também tivesse sido arrancado. Depois me senti entorpecida. E agora..." Ela fungou e balançou a cabeça. Não conseguia olhar em meus olhos.

"Agora você deseja vingança."

Ela levantou os olhos subitamente e limpou o nariz.

"Isso é errado?"

"Não. Antes eu achava que sim, mas não acho mais."

Virei de lado sobre a almofada e peguei nas mãos dela.

"Você tem algum feitiço que crie uma proteção potente o bastante para matar um demônio, se ele tentar entrar?"

Claudia apertou minhas mãos e ficou séria.

"Acredito que sim."

"Mesmo um demônio invisível?"

"Sim."

"Ótimo", respondi. "Quero que proteja sua casa com esse feitiço agora mesmo, e a minha também, se puder. Precisa de sangue para o feitiço?" Ela abaixou os olhos novamente e fez que sim com a cabeça. Era o que eu imaginava. Magia das trevas demandava pagamento. Soltei as mãos dela e puxei as mangas da blusa. "Só vou precisar de uma faca, dois frascos, um pouco de óleo de lavanda e uma atadura."

"Emilia, você não pode..."

"Posso", declarei. "Quero ajudar de todas as formas possíveis."

"Está bem." Minha amiga se levantou. Sua tristeza havia sido substituída por algo mais impetuoso, mais furioso. Algo que eu reconhecia em mim também. "Vou pegar a faca."

33

Ira não disse uma palavra quando fui entrando em seu palácio roubado e subi as escadas. Imaginei que ele sentiu minhas emoções enraivecidas e foi educado o bastante para manter distância.

Ele ergueu uma sobrancelha de forma irritante e observou em silêncio quando puxei a atadura do braço e desapareci de sua vista. No terceiro andar, no fim de um elegante corredor, encontrei um cômodo que era cinco vezes maior que o quarto que eu dividia com Vittoria.

Deveria odiá-lo por ser tão bonito, mas não consegui.

As paredes eram azul-claras; a tapeçaria era da cor dos raios de sol e a cama com dossel ficava bem no centro do cômodo — era tão grande que eu poderia rolar pelo menos três vezes sem cair no chão. Havia uma casa de banho agregada, com ladrilhos, banheira e um espelho que ia do chão ao teto. Mesmo com algumas rachaduras e peças lascadas, resolvi que serviria.

No entanto, dado o aspecto novo da cama e da tapeçaria, talvez eu não tivesse sido a primeira pessoa a pensar que aquele quarto me agradaria. Quis ficar irritada por Ira ter acertado o palpite, mas estava exausta e não tinha mais capacidade de sentir muita coisa. Tinha sido um dia longo e terrível.

Desembalei meu próprio cobertor, estendi sobre o colchão e o desamassei. Ajeitei o travesseiro em seguida e, por mais que não fosse muito, ficou um pouco mais parecido com minha casa. Principalmente porque minha casa já não parecia minha casa depois que meu quarto tinha sido invadido e destruído. Antes que eu começasse a chorar, fui até a casa de banho e abri a torneira.

Depois de lavar o rosto e pentear os cabelos, resolvi que a próxima coisa que faria seria tirar uma soneca. Entrei no quarto e fiquei sem ação. Ira estava espalhado sobre a cama da qual eu havia me apropriado, um braço sobre o torso, o outro atrás da cabeça.

Ele estava forçando a pose casual, mas a agudeza no olhar deixava transparecer a tensão. Novamente usava roupas pretas, e parecia ser o tipo de homem que se vestiria assim dos pés à cabeça. Depois daquela explicação sobre as razões de gostar tanto de roupas de cores escuras, fiquei me perguntando em quem ele pretendia bater naquela noite.

"Você está bem?"

Cruzei os braços com uma expressão vazia.

"Não."

Ele estreitou os olhos, olhando fixamente para minha atadura.

"O que aconteceu?"

Dei de ombros. Não estava com vontade de responder. Mas queria que ele respondesse algumas perguntas.

"Avareza e Inveja querem o Chifre de Hades. Você deve querer também. Então por que não pega essa metade de mim?"

Ira não mordeu a isca, mas sua expressão endureceu, assim como o tom de voz.

"Por que não pergunta o que você realmente quer saber?"

"O diário de minha irmã foi roubado. Alguém vandalizou nosso quarto e destruiu as coisas dela."

"E você acha que eu tive alguma coisa a ver com isso?" Ele ficou me avaliando. "Não é só um diário, é?"

"Não." Soltei um suspiro de frustração. "Ela o trancou com um feitiço, usando magia demoníaca. Consegui desfazer a magia, mas ele não me deu as respostas que eu procurava."

Ira considerou com atenção as informações que compartilhei. Era uma oferta de paz por ter sido grosseira com ele, e ele pareceu compreender.

"Eu teria ajudado você a desfazer o feitiço, se tivesse me pedido."

Atravessei o quarto e me joguei na cama ao lado dele, ignorando o olhar de indignação que lançou em minha direção quando o colchão se mexeu. Eu estava exausta e só queria que aquele dia terminasse. Depois da revelação sobre os portões do Inferno, minha prioridade era encontrar meu amuleto. Se eu tivesse o Chifre de Hades completo, poderia conseguir trancar os portões antes que outros demônios se libertassem. Mas eu precisava dormir um pouco para conseguir raciocinar.

"Temos algo planejado para hoje à noite?"

"Temos."

"Mais alguém fez um acordo com Soberba?"

Ele confirmou.

"Isabella Crisci."

"Quando partimos?"

"Antes do anoitecer."

Puxei o travesseiro que estava embaixo dele, coloquei-o sob minha cabeça e fechei os olhos. Trinta segundos de um silêncio sagrado se passaram até que ele me cutucou. Abri um olho.

"Faça isso de novo e lanço um feitiço de contenção em você."

"O que está fazendo?"

"Me preparando para a guerra. Agora saia daqui."

Ele murmurou algo que não entendi. Mas também não me importava. Não tinha sido totalmente sarcástica em meu comentário. Precisava estar descansada e alerta para encontrar meu *cornicello* e para qualquer pesadelo infernal que a noite traria.

⚜

Quando acordei, várias afortunadas horas depois, Ira não estava mais lá. Graças às estrelas. Às vezes, em especial quando estava exausta, tinha a tendência de falar dormindo. Vittoria não se cansava de zombar de mim, o que já bastante constrangedor, mas seria muito vergonhoso se isso acontecesse na frente do príncipe demoníaco.

Sentei e um cobertor que havia sido colocado com cuidado sobre mim caiu. Olhei para ele, franzindo a testa. Eu tinha quase certeza de que tinha dormido sobre aquele cobertor.

"Olá?"

Passei os olhos pelo quarto silencioso e vazio. Ira não estava à espreita. Não que eu esperasse que estivesse. Levei um instante para me dar conta do porquê. Estava quase totalmente escuro do lado de fora e ele havia dito que precisávamos partir pouco antes do anoitecer. Pulei da cama e desci as escadas correndo, gritando o nome do demônio.

O palácio estava silencioso como as catacumbas.

"Sangue e ossos." Aquele príncipe desprezível me deixou dormindo e saiu para falar com a bruxa sozinho. Andei pelo palácio vazio, furiosa. Ele deveria ter me acordado. Eu tinha o mesmo direito que ele de estar presente quando ele falasse com Isabella. Era óbvio que Ira não queria que eu a dissuadisse de aceitar o acordo do diabo. E eu pensava que éramos parceiros. Fiquei tão furiosa que seria capaz de gritar.

Depois dos últimos acontecimentos, precisava dar vazão à frustração. Não podia apenas ficar ali sentada, esperando outra pessoa agir. Especialmente naquele momento, em que sentia ponteiros invisíveis tiquetaqueando o tempo que restava até os portões do Inferno arrebentarem por inteiro. Não podia desperdiçar energia ficando zangada. Precisava sair e tentar encontrar meu *cornicello*. Voltei para o quarto e notei um vestido sobre uma cadeira no canto.

Peguei-o. Era totalmente preto, com raízes douradas bordadas no corpete, parecido com a página do grimório que eu tinha usado para invocar Ira. A peça também tinha pequenas serpentes bordadas. Dizer que era refinado era pouco para descrevê-lo.

"*Testa di cazzo.*" Só um imbecil acharia que uma roupa bonita compensaria uma promessa não cumprida.

Coloquei o vestido assim mesmo. Era adequado às minhas necessidades para aquela noite.

Sussurrei uma prece para a deusa da boa fortuna na esperança de que me abençoasse com um pouco de sorte.

Não sabia para onde estava indo, mas me agarrei sutilmente ao *cornicello* de minha irmã e me guiei pela sensação. Tinha funcionado quando precisei encontrar a casa de jogos de Avareza, então resolvi pensar em meu amuleto e ver o que acontecia. Não sabia o que estava sentindo naquele momento, mas me guiei pela sensação conforme ela ia ficando mais forte.

Subi ruas íngremes paralelas a penhascos e por fim parei para olhar o oceano. Barcos de pesca multicoloridos oscilavam em alto mar.

Era uma imagem bonita, mas eu não me sentia à vontade para admirar um mundo do qual não fazia mais parte. Não que algum dia eu houvesse realmente tido essa sensação de pertencimento. Mas, antes de tudo isso, pelo menos eu podia fingir.

Dei alguns passos para além do penhasco e o sussurro que me chamava cessou. Refiz o caminho e ele reapareceu. Analisei a região, e observei uma fogueira que tinha sido acesa abaixo de onde eu estava. Havia algo ali que a magia queria que eu encontrasse. Um grupo misterioso de pessoas começou a se juntar em uma abertura praticamente impossível de enxergar que ficava em um espaço entre dois grandes penhascos. A noite estava agradável para uma festa na praia. Invejei as pessoas que estavam lá embaixo por estarem alheias a todas as criaturas da noite.

Segurei o *cornicello* de Vittoria e fechei bem os olhos, ordenando silenciosamente que me levasse ao meu amuleto. Não havia tempo para festas e futilidades. Levantei o pé para voltar a andar, mas alguma coisa não me deixou sair do lugar.

Abri os olhos e observei a festa. Se minha irmã estivesse viva, estaria lá embaixo com eles, dançando. Eu quase podia vê-la ali, movimentando o corpo e rindo. Os braços para o alto louvando a lua. Queria tanto que ela estivesse ali que meus olhos ardiam. Soltei o amuleto e respirei fundo. Vittoria teria me arrastado lá para baixo para dançar, beber e viver.

Agora estava morta, e eu estava parada ali, sozinha.

Uma magia poderosa e cintilante preencheu minhas veias. Estava mais zangada do que antes. E talvez essa raiva ardente tivesse me influenciado a esquecer da procura por meu *cornicello*. Havia outras doze famílias de bruxas vivendo secretamente em Palermo. Qualquer uma delas também poderia tentar impedir que os demônios invadissem nosso mundo. E ainda assim nenhuma delas estava tentando. Talvez eu *devesse* agir mais como minha irmã gêmea. Dançar, rir e esquecer por algumas horas que o mundo era um lugar solitário e assustador. Ainda haveria pesadelos para combater amanhã, e outras batalhas para travar. Naquela noite, queria fingir que estava tudo normal.

Mesmo que fosse mentira. Todo mundo parecia satisfeito por estar vivendo em um mundo de fantasia. Ninguém podia me culpar por também querer vivenciar aquilo por uma hora. E, quem sabe? Talvez, se eu descobrisse uma forma de aliviar um pouco o estresse, conseguiria pensar com mais clareza.

Decisão tomada, segui o caminho íngreme e estreito até a água e os sons de alegria. Passei os dedos pela grama alta, descendo com passos cuidadosos a escada esculpida na lateral do penhasco.

Ao longe, pescadores sopravam trombetas feitas de conchas. O mar sussurrava, suave e violento. Ondas batiam na praia. Gaivotas grasnavam. Sussurros me seguiam, me provocavam, quase fora do meu campo de audição.

A deusa gritava um alerta.

Presa em meus pensamentos, eu não estava ouvindo os sinais. Uma sensação avassaladora de medo tomou conta de mim quando meus pés tocaram a areia, mas já era tarde demais.

Eu já tinha chegado à fogueira intensa.

REINO DAS BRUXAS
IRMANDADE MÍSTICA

34

*Rituais de Filhas da Lua devem ser realizados a cada lua cheia.
Para libertar a bruxa que já não serve a você, são
necessários uma vela azul-clara, uma tigela de água,
pena, papel e um punhado de sálvia para queimar.*
— Notas do grimório di Carlo —

Foi um começo inocente, como se Luxúria tivesse assumido a forma humana e arrastado o dedo frio por minhas costas, traçando pequenos círculos em minha pele enrubescida. Levantei os braços e arqueei o corpo desfrutando daquela sensação. Fui preenchida por felicidade pura, radiante e avassaladora.

Se pouco antes, no alto do penhasco, estava zangada, tudo se diluiu em uma recordação banida no instante em que pisei na areia. Se demônios invasores eram uma preocupação minutos antes, não conseguia mais me lembrar da razão para me afligir. Eu só conhecia o êxtase.

Estava tão absorta com a felicidade que só queria dançar; balançar os quadris e sentir outro corpo se movendo no mesmo ritmo que o meu. Harmônico, alegre, livre. Como se meu desejo invocasse um parceiro de dança, mãos invisíveis pairaram sobre meu corpete, desceram pelas laterais e agarraram meu traseiro.

Quase perdi o fôlego. Não estapeei meu ousado parceiro. Ele tinha me dado o que desejei, no instante em que o pensamento apareceu em minha mente. Eu tinha *gostado*.

Música e risadas ecoavam por todos os lados. A batida era viva. Sedutora. Apelava a meus mais primitivos instintos de bruxa. Eu me movimentava sem pensar, me entregando completamente à natureza dos sentidos. Girei, me afastando de meu parceiro de dança invisível, minha saia e meu cabelo esvoaçavam.

O vestido com serpentes e raízes que eu usava me lembrava da natureza — joguei a cabeça para trás e absorvi os últimos raios de sol. Talvez eu tivesse saído de meu corpo e fosse uma nuvem. Era tão bom simplesmente ser livre, me movimentar e esquecer. Ali, perto do fogo crepitante e de pessoas invisíveis dançando, não pensava em assassinatos, maldições ou criaturas do submundo, nem nos chifres do diabo.

Não pensava em amuletos roubados e diários.

Dançando pela praia eu só conhecia paz e alegria e prazer. Não precisava me preocupar com nada. Poderia ficar ali para sempre, alternando entre uma sensação boa e outra. Ele viria atrás de mim. Meu rei. Minha ruína. Não sei como eu sabia, mas sabia.

Equilíbrio. Luz e trevas. O sol e a lua. Bem e mal. Uma serpente se enrolando em um canteiro de flores no bosque. Oferecendo uma amostra do fruto proibido. A balança da justiça pesava para um lado; uma escolha que aguardava minha decisão. Corrigir um erro ou condenar a todos.

Uma voz fina gritava para me alertar que aquilo estava muito *errado*, mas foi silenciada quando a música e os movimentos me arrebataram. Os sussurros ficaram mais altos, mais frenéticos. Eu os ignorava.

Devo ter tirado as sandálias, as solas de meus pés deslizavam na areia morna, e aquela sensação me vencia. Tudo parecia tão *bom*. Tão intenso. Como se todos os meus receptores de prazer funcionassem cem vezes mais que o normal. Não sabia que era capaz de *sentir* tanto.

Mexi os dedos dos pés, rindo quando os grãos de areia entraram entre eles, fazendo cócegas. Alguém me entregou uma taça de vinho, que bebi com prazer. Seu sabor era doce, forte. Maçãs mergulhadas no mel e consagradas sob as estrelas. Uma das coisas mais deliciosas que eu já havia experimentado. Vittoria teria amado. Bebi mais — talvez para esquecer, talvez porque quisesse.

Então minha taça sumiu e fui impelida para outra dança.

Queria ficar ali para sempre, perdida naquelas sensações boas. Ali eu não precisava sentir tristeza. Não precisava lamentar a morte. Podia simplesmente viver.

Minutos se passaram, talvez horas ou dias; o tempo não significava nada. Eu me movimentava e dançava, de olhos fechados, ouvindo os sons encantadores da água, o murmúrio das vozes que pertenciam a pessoas que eu não podia ver. Aquelas mãos invisíveis de antes tornaram-se exploradoras ousadas, mapeando o território desconhecido que era meu corpo. Elas escorregaram para baixo, ainda mais baixo...

"*Lembre-se*", uma voz estranha sussurrou. "*Inferus sicut superus.*"

Assim como é em cima, é embaixo. Uma lembrança enterrada contornava minha mente.

Algo penetrante em meu braço, frio e afiado, me jogou para fora do transe. Eu abri os olhos. O medo esticou suas gavinhas gélidas em minha direção mais uma vez, mas com a mesma rapidez que apareceu, desapareceu. Substituído por prazer. Arrebatamento. Liberdade total e completa de todo pensamento. Queria ficar ali, afundada em um casulo de esquecimento.

Então o vi.

Ele cortou a praia lotada como uma lâmina, incendiando com sua fúria a alegria pacífica. Meu parceiro de dança invisível desapareceu, mas não notei. Havia uma criatura muito mais interessante chegando perto. A mais aterrorizante e selvagem. Por um instante, senti que deveria correr na outra direção. Ele era uma fera carnívora e eu era um cordeiro cambaleando perto demais do perigo. Em meio a um grupo de figuras indistintas, seu brilho era radiante — a única forma que não estava oculta.

Pensei em fogo, em colunas de fumaça e chamas lambendo o ar. O que me fez pensar em passar minha língua sobre *ele*, ver se ele era tão quente quanto a energia que irradiava de seu corpo. Tambores soavam. Meu coração batia acelerado. Queria experimentar o prazer em todos os níveis.

Queria um feitiço para engarrafar essa sensação e beber dela sempre que desejasse.

Magia era vida e a vida se resumia a fazer amor e a sentir-se bem; o corpo constantemente lembrando que é preciso *viver*. Tinha passado várias semanas consumida por morte e destruição. Precisava de equilíbrio. Merecia isso. Assim como é em cima, é embaixo.

Ele parou na minha frente, parecendo preocupado.

"Hora de ir, bruxa." Até parece. Dei as costas para ele, mas ele agarrou minha mão, girando meu corpo até eu trombar contra ele. O calor que emanava dele me envolveu. Tive a estranha sensação de que deveria odiá-lo.

"Olá, demônio. Vamos dançar."

"Você precisa sair daqui. Imediatamente."

"Por quê?"

"Porque está tirando suas roupas e me olhando como se quisesse rasgar as minhas."

Olhei para baixo e gargalhei, surpresa. Estava *tentando* abrir os fechos do corpete, mas ele me impediu. Sua mão tatuada cobriu a minha. Olhei para ele, enrugando a testa.

"Não quer me ver nua?"

"Já vi."

"E?"

"Se ainda quiser rasgar as roupas quando chegamos em casa, podemos conversar sobre isso."

Uma rajada gélida em meu braço extinguiu as chamas de desejo. Depois elas voltaram com mais entusiasmo. Desisti de tentar tirar o vestido e me concentrei nele. Fui tentar abrir o botão de sua calça e ele se afastou com destreza. Era uma criatura difícil. Coloquei as mãos em seu peito e as deslizei para baixo. Sentia o poder pulsar sob meu toque. Reagir a mim. Era inebriante.

"Para a personificação de um pecado, você não é muito pecaminoso."

Puxei seu corpo para perto. Tambores soavam. Paixão agitava. Ele fechou os olhos. Pressionei meu corpo ao dele, e ele não me impediu. A música ficou ardente. Por instinto, comecei a roçar meu corpo ao dele. Queria que ele me girasse nos braços e que dançássemos pelo céu.

O demônio teimoso não se mexeu.

"Por que não quer me tocar?" Passei o polegar sobre seus lábios e ele me mordeu com cuidado, segurando meu dedo entre os dentes. Se pretendia que aquilo me dissuadisse, não estava funcionando. Ele abriu os olhos, e a beleza deles me impressionou.

"É porque sou uma bruxa?"

Ele passou as mãos grandes por meus braços. Inclinei-me para a frente, esperando que aproximasse seus lábios. Nas profundezas da mente, lembrei que um dia ele disse que eu imploraria para ele me beijar. Que eu o amaria ou odiaria, mas que ainda assim o desejaria. Ele não estava errado. Eu o odiava... por me negar aquilo. O desejo estava crescendo a ponto de se tornar quase doloroso. Quando por fim ele desceu as mãos até meus pulsos, em vez de me puxar para mais perto, me afastou com cuidado, mantendo uma certa distância.

"Tenho muitos motivos. Um deles é porque você está sob a influência de meu irmão." Ele olhou para trás de mim com uma expressão ameaçadora.

"Luxúria."

Intrigada, eu me virei devagar. O desejo queimava qualquer pensamento consciente que eu tinha. O Príncipe da Luxúria tinha pele de subtom dourado, cabelos escuros e o corpo que Michelangelo deve ter usado como inspiração para suas esculturas. Eu não apenas o desejava, eu necessitava dele. Ansiava por sua atenção tanto quanto carecia de seu toque.

"Olá, signorina di Carlo. Você é absolutamente deliciosa, sabe disso?"

Sua voz era de outro mundo. Prazer misturado com dor. Eu estava ao mesmo tempo extasiada e apavorada. O gelo fazia meu braço formigar. A mesma sensação insistente que me assombrava. Ela entorpeceu minhas emoções por tempo suficiente para compreender por completo o horror do que estava acontecendo. O que ele estava fazendo.

Luxúria estava usando sua influência sobre mim. E era muito pior que Inveja. Ele fez eu me sentir tão bem, tão feliz, que esqueci quem era. O que queria. E o que odiava acima de tudo. Talvez não tenha esquecido totalmente meu ódio, mas com certeza deixei de me importar. Chamas ardentes arrasaram meu pensamento consciente e eu mais uma vez fui tomada por pura necessidade animalesca. Sentia desejo pela vida, por diversão, por...

O príncipe demoníaco me rodeava. Estava usando um paletó prateado desabotoado — sem camisa — e calças do mesmo tecido de cintura tão baixa que eu poderia morrer. Ele tinha um arco de chamas na cabeça. Os olhos eram cor de carvão. Penetrantes. Neles, vi um poço sem fundo de desejo. Queria arrancar as roupas e mergulhar.

Comecei a me movimentar na direção dele, mas alguém me segurou pela cintura. Parei de tentar escapar, me concentrando no calor atrás de mim. Na forma sólida. No poder. Quase me esqueci do quanto o desejava.

Luxúria deve ter sentido a inconstância de minhas emoções. Alternou o olhar entre mim e seu irmão com uma expressão indescritível. Começou a falar, mas eu estava distraída com tantas sensações. Sua voz, a brisa morna, o perfume de Ira e o atrito de seus braços fortes me segurando. Luxúria continuou falando. Minha mente tentava se concentrar em suas palavras, não no formato de sua boca.

Ele se aproximou. Os braços de Ira eram faixas de aço ao meu redor.

"Sabe o que isso significa, bruxa?" Franzi a testa. Seu sorriso era feito de belos pesadelos. "Vá, dance. Aproveite a festa. Isso é só um treino antes do Banquete do Lobo."

Um perfume familiar soprou em minha direção, me chamando. Lavanda e sálvia branca. Vittoria! Ela estava lá... Se eu saísse para dançar eu encontraria...

Pare, a voz sussurrou no fundo de minha cabeça. Era uma armadilha. Vittoria estava morta.

"Não."

Fiquei tão surpresa com minha recusa quanto Luxúria. Sua expressão passou de desejo a fúria.

Ele estalou os dedos e sua influência sobre mim desapareceu. Meus joelhos cederam. Se não fosse Ira me segurando, eu teria caído. Toda a felicidade e êxtase que havia sentido foram arrancados e eu restei vazia e trêmula. O terror tomou conta de mim. O que ele havia feito... As coisas que senti. Quis arrancar minha pele. Ou talvez quisesse enfiar as unhas nele, a criatura que tinha violado minhas emoções. Que tinha me feito esquecer e desejar coisas que deveria temer. O vinho que tomei de repente reapareceu; me inclinei para a frente e botei tudo para fora. Ira não me soltou.

"Por que você está aqui?" A voz de Ira era calma, grave. Senti um arrepio.

"Para entregar um recado, caro irmão. Necessitam de você em casa. Imediatamente." Ele olhou para mim. "Não se preocupe. Vou tomar conta de sua amiguinha. Tenho muita coisa para contar a ela. Histórias sobre demônios e bruxas. Vilões e heróis. Maldições e a vingança de um rei."

"Não." Enterrei os dedos no antebraço de Ira. "Por-por favor."

Não sei se foi o desespero em minha voz, ou se ele estava esperando uma oportunidade por outros motivos, mas em um segundo Ira me tinha nos braços e no seguinte eu estava atrás dele e sua lâmina estava enterrada no peito de Luxúria. Ossos se esmigalharam. Ele torceu a adaga para cima, um sangue escuro escorreu do ferimento.

"Não volte mais aqui. Irei para casa quando estiver pronto." Ele puxou a adaga e a limpou na calça. E esperou. "Te vejo no Inferno, irmão."

Não sabia o que me perturbava mais — a fria indiferença no rosto de Ira observando o irmão morrer ou a eficiência brutal do ataque.

Sabia que ele era perigoso, mas ver aquilo...

Luxúria tossiu, olhou para o ferimento fatal. E se foi de repente. Desapareceu por completo, como se nunca tivesse estado ali.

Desmoronei na praia, encarando o espaço que o príncipe demoníaco havia ocupado. Lágrimas escorreram por meu rosto. Vomitei de novo e Ira observou sem dizer nada. Quando o vômito cessou, ele se ajoelhou ao meu lado. Não consegui olhar em seus olhos.

"Ele está morto?"

"Não. Ser atacado com a lâmina de uma Casa apenas corta laços com este mundo. Ele está de volta no reino e não vai poder usar seus poderes por um tempo."

Uma pequena bênção em meio à maldição.

"Que bom."

Ira me entregou um pano para secar o rosto. Não sei de onde o tirou, e não me importava.

"Luxúria ampliou as emoções agradáveis. Agora você vai cair em um vazio sem fim. Como se fosse um poço que se esvazia rapidamente da influência dele. O contraste será brutal. É uma forma de Inferno. Dar prazer extremo a alguém e tomá-lo de volta antes que a pessoa consiga alcançá-lo totalmente. Quando feito com muita frequência, deixa os mortais loucos. Mas você deve ficar bem logo."

"Ele não teria..." Cerrei as mãos. "Me obrigado..."

Ira balançou a cabeça.

"Não."

"Mas eu senti... mãos invisíveis." Também não esqueci que estava tentando tirar a roupa na frente de Ira. Ou o quanto queria que ele me tocasse.

"Manifestações de seu próprio desejo. Eram parte de você, não de outra pessoa ou outra coisa."

Não havia muito consolo naquilo. Luxúria podia não ter me violado fisicamente, mas a manipulação emocional era igualmente ruim. Ele torcia a bondade até ela ficar recoberta de mal. Ira estava certo. Parecia que eu estava caindo — como se estivesse planando e o vento parasse de repente e eu mergulhasse nas profundezas do mar gelado. Um grande abismo repleto de nada me engolia.

Queria me encolher no chão e dormir para sempre. Não me importava com a maldição. Nem com a sensação irritante de que eu tinha aprendido algo importante. Não estava mais preocupada com o assassinato de minha irmã. Com vingança. Nada mais importava.

Devo ter falado a última parte em voz alta.

Ira esticou o braço e roçou de leve os ossos da mão manchada de sangue em meu pescoço. No lugar exato em que eu achava que ele tinha me beijado na noite em que me salvara do Viperídeo. Estremeci e soltei sua mão.

"*Valeas*." Seja forte. "Logo voltará a se importar."

35

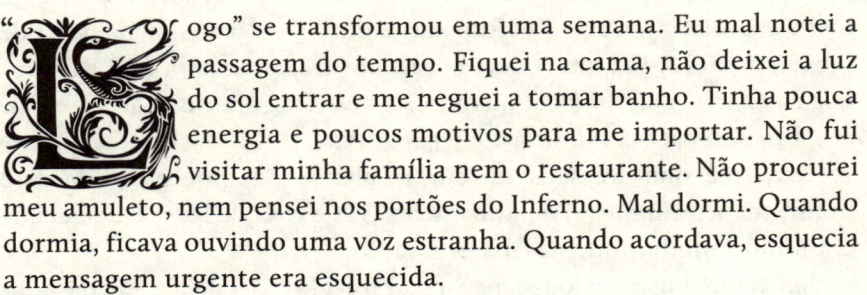

"Logo" se transformou em uma semana. Eu mal notei a passagem do tempo. Fiquei na cama, não deixei a luz do sol entrar e me neguei a tomar banho. Tinha pouca energia e poucos motivos para me importar. Não fui visitar minha família nem o restaurante. Não procurei meu amuleto, nem pensei nos portões do Inferno. Mal dormi. Quando dormia, ficava ouvindo uma voz estranha. Quando acordava, esquecia a mensagem urgente era esquecida.

Eu não ligava. Não era importante.

Parecia que o mundo estava desmoronando à minha volta, e às vezes eu ficava ofegante, aparentemente por horas, sem conseguir puxar ar suficiente. A vida doía. Todo o prazer havia se esvaído. Tudo que algum dia teve significado estava esquecido, enterrado no fundo de um vazio que eu não conseguia romper. Minha irmã era uma lembrança distante. A vingança tinha raízes na paixão, portanto também não me restava nada dela.

Se Ira estava zangado ou irritado com minha incapacidade de me livrar dos últimos vestígios do poder de seu irmão, não deixou transparecer. Pelo menos não das formas que eu esperava.

Nem sempre ele era o mais gracioso ou paciente dos cuidadores. Mas nunca estava longe, sempre vagando por perto do quarto no palácio em ruínas. Às vezes, quando eu estava naquele ponto indistinto entre o sono e a vigília, eu o via acampado em uma cadeira ao lado de minha cama. Roupas e cabelos amarrotados. Uma vez, acho que ele segurou minha mão. Mas quando eu saía daquela confusão quase impenetrável, ele não estava mais lá. Ele me trazia comida três vezes ao dia e, quando eu me recusava a comer, ficava sentado, fazendo cara feia até eu me alimentar. Brigar com ele exigia muita energia. Então eu decidia comer.

Às vezes, ficava olhando para as linhas meticulosas de suas tatuagens. De perto, a serpente metálica que começava em sua mão direita e se enrolava até o ombro era uma obra de arte — cada escama cintilava. Era mais que ouro, havia partes em prata e carvão — sombra e luz. Eu a encarava com a expressão vazia enquanto ele me trazia a refeição seguinte. Ficava me perguntando se nossas tatuagens iguais evoluiriam com o tempo até ficaram com aquele nível de detalhes. Então parava de me importar.

Ele me dava mais comida.

Uvas carnudas. Pedaços de queijo curado. Leite morno, adoçado com mel e especiarias. Carnes defumadas e outras coisas às quais parei de prestar atenção. Era um poderoso caçador trazendo para casa os espólios da guerra. Queria saber quando ele desistiria e me deixaria em paz.

"Quando você começar a comer sozinha."

Não achei que tivesse falado em voz alta. Não importava se ele lesse minha mente. Empurrei o punhado de uvas e virei de lado. E deixei que o mundo à minha volta desaparecesse.

Em algum lugar, ao longe, pensei ter ouvido a voz de Ira. Ele me contou a história de uma bruxa. O coração dela tinha sido arrancado, não fisicamente, mas emocionalmente. O vazio só foi preenchido quando ela saiu em busca de vingança, e mesmo assim seu sofrimento nunca se afastava. Então, quando ela estava quase descobrindo um segredo há muito esquecido, conheceu um príncipe terrível. Ele se deleitou em tirar o pouco prazer que lhe restava, deixando-a vazia e vulnerável.

Ignorei o som de sua voz. Não me importava com essa história. Já conhecia o final.

Vittoria estava morta. Até aquele momento, tinha combatido o luto de perder minha irmã me agarrando à busca por justiça como se fosse a única coisa que me prendia ao mundo.

Agora meu desejo de me agarrar a isso tinha morrido, não restava mais nada.

Depois de duas semanas, aparentemente a paciência dele se esgotou. Uma manhã, ou noite — já não prestava mais atenção nisso — fui tirada da cama e jogada sem cerimônia em uma banheira cheia de água, com roupa e tudo. Emergi da água, afastando os cabelos do rosto, e olhei feio para o demônio. Ele olhou feio para mim também e uma fagulha de raiva enfim se acendeu.

"Você perdeu completamente a..."

Minha vontade de censurá-lo cessou quando vi a cena peculiar à nossa volta.

Velas dispostas em um círculo no chão pingavam lágrimas de cera e as chamas proporcionavam um brilho suave que contrastava com as cores do crepúsculo, que adentravam o recinto. Não sabia se estava anoitecendo ou amanhecendo. As janelas estavam abertas, permitindo que o ar fresco circulasse pela casa de banho. Em algum momento durante minha convalescência, Ira tinha pendurado cortinas pelo cômodo. Lindos painéis de tecido fino esvoaçavam ao vento.

A decoração não tinha parado por aí.

Uma fileira de areia circundava a banheira, com dezenas de flores de laranjeira e plumérias perfumadas. Minhas flores preferidas. Lancei um olhar recriminador.

"O que é isso?"

"Representações de cada elemento." Ele apontou com a cabeça para os itens em questão. "Terra, ar, fogo e água. Acho que não preciso explicar mais nada."

Não precisava. Eu sabia exatamente o que aquilo significava. Eram oferendas para as deusas, para que ajudassem uma filha da lua a sair da escuridão. Voltei a olhar para o cômodo e minha pulsação foi se acalmando. Acrescentar flores de laranjeira e plumérias era um pouco demais — a areia teria servido perfeitamente para representar o elemento terra no ritual. Não disse nada, no entanto. Estava... surpresa de ver que o demônio sabia tanto sobre nossos costumes. Recostei na beirada da banheira e fechei os olhos, deixando a magia dos elementos permear minha alma. Uma paz soporífera se acomodou dentro de mim.

Ouvi passos se retirando e esperei até perceber que ele já estava quase fora do cômodo.

"Obrigada."

Ele provavelmente tinha ouvido. Não falei baixo e — mesmo com as janelas abertas — não havia nenhum outro barulho vindo da rua. Mas a única resposta que recebi foi o clique suave da porta se fechando. Respirei o perfume agradável das flores de laranjeira e adormeci. Mais tarde, pegaria algumas para colocar no cabelo. Escorregando mais para dentro da água, por fim compreendi por que ele havia levado as flores. Não eram para o ritual. Eram para mim.

Aquela fragrância foi o primeiro fragmento de prazer verdadeiro que senti depois de todo o meu prazer ter sido roubado.

36

"Só existem vencedores e vítimas. Decida o que quer ser. Ou a escolha será feita por você, bruxa. E duvido que goste."

Joguei a cabeça para trás e resmunguei.

"É um jogo de escopa, não uma batalha de vida ou morte. Você é sempre tão dramático?"

Ira fez cara feia por trás das cartas de baralho pintadas à mão que segurava. "Jogos de estratégia podem ensinar lições valiosas. Apenas tolos duvidam disso."

"E apenas uma criatura mal-humorada do Inferno leva tão a sério um simples jogo de cartas."

Peguei outro *cannoli* do prato que Ira tinha colocado na minha cama. Quando saí do banho, enrolada em meu novo robe de seda, ele estava esperando com o doce e o baralho. Ele me observou discretamente devorar mais um, parecendo satisfeito por ter realizado um bom trabalho lembrando do tipo de alimento humano que eu amava. Errei por presumir que o banho relaxante era parte de seu plano para recuperar minha saúde e bem-estar.

Não fazia ideia de que jogaríamos jogos de guerra. Até desejei voltar para a banheira.

A bênção elementar fez maravilhas por minhas emoções. Estava pronta para voltar a sair e resolver o mistério que cercava o assassinato de minha irmã. E encontrar o amuleto perdido. Pelo menos em teoria. Na realidade, estava com muito medo de encontrar outro príncipe do Inferno. Cada encontro com um deles era pior que o anterior.

"Quanto tempo precisa para um príncipe demoníaco se recuperar depois de ser..."

"Estripado?"

"Achei que você tivesse mirado no coração, na verdade."

"Perfurei um pulmão. Talvez tenha quebrado algumas costelas." Seu tom de voz estava repleto de decepção. "Imagino que ele já esteja quase curado." Ele olhou para mim. "Ele não vai te incomodar de novo."

"Está bem. Então um príncipe do Inferno que se deleita atormentando os outros removendo toda sua felicidade e prazer vai de repente botar a mão na consciência e nunca mais vai tentar fazer *aquele* truque detestável."

"Ah, com certeza ele vai tentar de novo. Mas você vai impedir."

Engoli o último pedaço de *cannoli* e fiquei apreensiva.

"Existe algum feitiço ou encanto que suavize influência demoníaca? Os irlandeses esculpem cruzes de sorveira e as usam para afastar as fadas más. Deve ter objetos que ofereçam proteção contra vocês também."

Ele ficou em silêncio por um segundo desconfortavelmente longo. Levantei os olhos e combati o ímpeto de me encolher. Estava ficando fácil demais esquecer o que ele era de verdade. Breves momentos como aquele faziam com que eu me perguntasse quando *ele* usaria sua influência contra mim.

"Eu e os meus *atormentamos* os monstros, bruxa. Não sinto medo, eu *sou* o medo. Gravetos, frutinhas e ferro aprisionam os fracos. Acha que sou fraco?" Fiz que não com a cabeça e Ira mostrou os dentes em um sorriso amedrontador. "Está com medo?"

Engoli em seco.

"Não."

Ele me encarou por um minuto, mas não chamou minha atenção pela mentira.

"Meu mundo se resume a um princípio simples: *acredito que sou poderoso, logo sou*. Se estou convencido de minha capacidade, todos notarão minha confiança. Isso faz com que parem, mesmo que por um segundo, para reavaliar uma ameaça em potencial. Qualquer vantagem que possa dar a si mesma será útil quando for lidar com meus irmãos. O lema deles sempre será: 'conheça o inimigo'. Dificulte isso. Então, respondendo sua pergunta, não, você não precisa de feitiço, encanto, quinquilharias ou falsa proteção. Precisa confiar em si mesma e em seu poder. Ou eles vão te torturar e provocar para sempre."

Quando meu coração se acalmou, olhei para ele com ceticismo.

"Acha que posso conseguir tudo isso jogando cartas?"

"Acho."

"Está bem. Digamos que esteja certo. Como um jogo de escopa pode me preparar para enfrentar com sucesso um príncipe do Inferno?"

"A vida quase sempre nos dá cartas que não escolhemos." Ira relaxou e a tensão no quarto diminuiu na mesma medida. Ele analisou suas cartas com cuidado e colocou uma sobre a mesa. Ele venceu. Praguejei. Era a terceira vez seguida que ele ganhava. "A forma como as usamos a nosso favor é que conta."

Zombei dele.

"Isso foi sorte, não estratégica."

"Ambas são necessárias. Mas podem argumentar que a sorte aumenta com uma estratégia bem pensada." Ele levantou os olhos. "Você vive de acordo com noções arcaicas de magia de luz e de trevas, mas o poder não é bom nem ruim. É a intenção que importa de verdade. Por não estudar *todas* as formas de poder, você elimina opções. Não afiar todas as armas de seu arsenal é uma péssima estratégia."

"A nonna amaria esse conselho."

Seu olhar endureceu.

"Se sua avó é contra você aprender a se defender, eu começaria a fazer perguntas." Ira respirou fundo para se acalmar, seu tom de voz ficou mais agradável. "Se quiser se tornar uma jogadora séria nesse jogo de assassinato e engodo, comece estudando seus oponentes. Saiba quem são eles, o que querem, e os observe com muita atenção. Quando estiver bem familiarizada com seus hábitos, vai perceber as mentiras com facilidade." Ele ergueu um dos lados da boca quando perdi outra rodada e xinguei o diabo. "Controle suas emoções. Você é regida pelo fogo, se zanga e se empolga com facilidade. Essas qualidades não são ruins em certas circunstâncias, mas são prejudiciais quando se enfrenta um inimigo. Não deixe que te leiam com facilidade. Com certeza, os outros farão todo o possível para frustrar seus esforços e descobrir a verdade deles."

"Já pensou em dar aulas no Inferno? Você ama fazer discurso."

"Pode zombar o quanto quiser, mas isso não anula o fato de que tenho razão."

"Ah, e também é tão modesto."

"O mundo e seus habitantes estão mudando o tempo todo, então nós, príncipes do Inferno, continuamos afiando nossa mente e habilidades. Não somos arrogantes, e é isso que faz com que continuemos sendo os mais temidos. Não acreditamos que sabemos tudo, acreditamos em adaptação. Adote esse princípio ou vai se extinguir."

"Você ama mesmo o som de sua voz. Talvez devesse me deixar te ensinar como experimentar uma gama mais ampla de emoções."

"Um dia, quem sabe."

Ele colocou as cartas de lado e me analisou. Não dava para distinguir se o brilho escuro em seus olhos era o de um predador cercando sua presa, ou sinal de um leve interesse por outro motivos. Ou talvez... talvez ele estivesse me admirando como alguém fazia quando notava o outro pela primeira vez sob outro ponto de vista. Mais estranho ainda era que eu não sabia qual eu desejava mais.

Lembranças de meus desejos na praia passaram por minha mente.

Minha pulsação acelerou quando ele se inclinou para a frente devagar, olhando nos meus olhos. Por um instante, pensei que fosse me beijar. Ele se afastou abruptamente. Suspirei.

"Quando chegou à praia, imagino que tenha sentido a influência demoníaca. Estar ciente dela é a chave para combatê-la. Nosso poder depende de sentirmos suas emoções, exacerbando as que nos alimentam. Sabendo disso, você tem o poder de mudar o foco e os sentimentos. Você poderia ter saído da festinha de Luxúria na hora que quisesse. Só precisava acreditar ser capaz."

"Está sugerindo que o que ele fez foi culpa *minha*?"

Ira se levantou. Não tinha notado a elegância com que ele estava vestido, ou o cuidado que havia tido para arrumar os cabelos. Ele usava uma jaqueta preta com serpentes douradas bordadas na lapela, calça preta e botas que brilhavam de tão bem engraxadas. Alguns anéis reluziam em seus dedos. Ônix e ouro, suas cores preferidas. Ele estava... bonito. Ira notou o que chamava minha atenção e deu um sorrisinho de lado.

"Estou sugerindo que você tem poder inexplorado, Emilia. Distorça minhas palavras, distorça os significados como quiser. É assim que fazem os mortais."

"Não estou distorcendo nada e não sou humana. Seus irmãos são sádicos."

"Príncipes do Inferno não são bons nem maus. Simplesmente *somos*."

"É. Eles simplesmente *são* monstros maliciosos."

"Você fica dizendo 'eles' e não me inclui na avaliação que faz de meus irmãos." Ira balançou a cabeça. "Por quê?"

"Eu..." Respirei fundo. "Porque até agora Avareza, Inveja e Luxúria fizeram coisas terríveis. E você não. Mas deve ser por causa do feitiço que usei em você."

Ira parecia não estar mais se divertindo.

"Pratique interpretar as pessoas, em especial se suas expressões parecem frias ou distantes. Procure pela tensão na boca, o movimento dos olhos. Qualquer recuo ou mínimo indício de sentimentos verdadeiros quando estiver fazendo perguntas desconfortáveis."

"Mais alguma dica, ó ser adaptável?"

"Você vive em um mundo de livre-arbítrio. Aceite isso e seus inimigos estarão derrotados. Você *sempre* tem o poder da escolha, mesmo quando elas parecem limitadas. Nunca se esqueça disso."

"Ah, sério? *Sempre?*" Minha fúria se inflamou. "Minha irmã teve escolha entre viver ou morrer? Porque tenho quase certeza de que alguém decidiu isso por ela."

"Existem destinos piores, bruxa."

"Tais como?"

"Viver em meu mundo." Ele se virou e seguiu na direção da porta. "Volto daqui a pouco. Se ficar entediada, olhe na cômoda perto da cama." Ele parou no corredor e olhou para trás. "Sugiro que não saia do palácio esta noite."

"Por que não?", perguntei.

Ele não se preocupou em responder, já tinha ido embora. Fiquei pensando em suas roupas, nos cabelos penteados. Parecia que ele queria causar boa impressão.

Levantei, andei no quarto de um lado para o outro, olhei pela janela e me joguei de novo na cama. Com a mente distraída, torci uma mecha de cabelo, refletindo sobre tudo que ele tinha falado a respeito de vencedores e vítimas. Depois comecei a pensar sobre livre-arbítrio e escolhas. E *depois* comecei a ficar irritada por ele ser um hipócrita que desrespeitou minhas escolhas.

Fiquei parada por vinte minutos me perguntando por que dava ouvidos a ele se eu tinha livre-arbítrio. Precisava fazer coisas importantes e já tinha perdido muito tempo. Coloquei um vestido cinza-escuro simples e sem mangas que ele devia ter adquirido recentemente e saí pelas ruas que escureciam rapidamente.

37

*Velas das trevas só devem ser usadas nas mais urgentes
das circunstâncias. Acenda uma vela azul-marinho ou roxa,
salpique um pouco de salitre ao redor da base e invoque
o mal dos mais distantes domínios de norte a sul.*

— Notas do grimório di Carlo —

O luar se derramava como sangue prateado sobre os telhados e gotejava nas ruas. Ainda era cedo e havia um bom número de pessoas na rua. Algumas carregavam pacotes do mercado, outras andavam apressadas, algumas pareciam cansadas depois do dia de trabalho.

Graças à natureza energizante do banho elementar, não estava mais me sentindo exausta, mas as últimas semanas tinham cobrado seu preço. Quando coloquei as flores de laranjeira nos cabelos antes de sair, notei uma agudeza em meu olhar e um brilho de desconfiança que não existiam antes. Eu ainda era a mesma Emilia, só que um pouco mais cautelosa e tensa. Pensei nas últimas semanas de minha irmã e me perguntei como, se ela tivesse encontrado algum príncipe do Inferno, havia escondido de nós.

Talvez ela tivesse ficado tensa, insegura. E talvez fosse esse o motivo de a nonna ter apontado todos os sinais das deusas. Ela sabia que a tempestade estava chegando. Eu estava concentrada demais em refutar afirmações fantasiosas para notar.

Apressei-me pelas ruas, grata por não estar sozinha. Não queria encontrar nenhum demônio, fosse da realeza ou não. Permanecer no palácio protegido com magia, sem dúvida, seria a escolha mais prudente, mas não podia me esconder de meus inimigos para sempre. Ficar lá também não me ajudaria a aperfeiçoar minha capacidade de observar as pessoas e tentar saber se estavam mesmo mentindo. Em cada dia que passava poderia acontecer o assassinato de uma nova bruxa. Quando enfim me livrei do resto de meu desespero induzido pelo demônio, lembrei de uma coisa que havia deixado passar. Algo que poderia não significar nada ou poderia amarrar tudo. O mosteiro.

Não conseguia parar de me perguntar por qual razão minha irmã tinha ido ao mosteiro por duas noites seguidas. Depois que Vittoria não foi escolhida para preparar os corpos dos mortos, ela mal colocava os pés ali. Pensei no círculo de invocação localizado na sala em que minha irmã gêmea morreu. Se ela não o preparou, significava que outra pessoa havia preparado. Alguém que poderia ter sido responsável pela invocação de Avareza e Inveja. Talvez eu pudesse pegar essa pessoa no ato, fazendo outro círculo. Não era muito, mas era alguma coisa.

Por conta da influência demoníaca de Luxúria, eu tinha perdido as últimas duas semanas e...

Claudia andava de um lado para o outro no pequeno pátio que separava o dormitório do mosteiro. Lágrimas escorriam por seu rosto. Ela puxava os cabelos, balbuciando. Suas saias estavam sujas e rasgadas, manchas escuras cor de ferrugem cobriam seu corpete. Corri para o lado dela; ela pareceu não notar minha presença. Estava completamente confusa, o que não era surpreendente, considerando o assassinato de sua prima algumas semanas antes.

"Claudia?" Estendi a mão com cuidado na direção dela. Ela não levantou os olhos. "Você está bem?"

"Disseram para não usar essas coisas. Para nunca usar essas coisas."

"Usar o quê?"

"Ossos e espelhos pretos. Espelhos pretos e ossos. Pilhas de corpos e cinzas dos condenados. Ossos dos mortos, e os mortos são pó porque eu vi as asas do corvo batendo em contraste com a lua crescente. A lua é uma presa, esperando para fincar seus dentes em todos nós. Devorando. Devorando sangue e ossos até virarmos pó."

Ela caiu de joelhos, tentando em vão arrancar pedras da rua. Sangue ressecado cobria a ponta de suas unhas. Estavam rachadas, quebradas até a carne.

"Eu o ouço. Ele sussurra e às vezes é tão alto que mal consigo pensar."

Olhei para baixo e fiquei horrorizada ao notar que o chão estava riscado com várias linhas longas e finas, como se ela estivesse aranhando o calçamento há um bom tempo.

"Claudia, por favor." Abaixei para colocar as mãos sobre as dela, mas ela se ergueu e chiou como uma criatura selvagem; os olhos vazios, sem me reconhecer. Eu me afastei. "O que aconteceu?"

"Pó. Pó. Somos reflexo em pó. Somos crânios sem carne, ossos sem medula. Morte. A morte seria bem-vinda. Ninguém é bem-vindo. E você", disse ela e olhou para mim, "você vai queimar e queimar, e a lua vai se vingar, e o sol vai nos engolir inteiros e não vai sobrar nada. Estrelas. As estrelas saíram e estão caindo como penas arrancadas do poderoso corvo, porque ele deseja a carne delas e ela quer alimentá-lo até ele se empanturrar, mas ele nunca vai ficar satisfeito. Ele é pecado e é feliz por isso."

Espelhos pretos eram usados para divinação, e algumas pessoas também usavam ossos de animais, embora a nonna tivesse advertido contra usar itens tocados pela morte. Ela dizia que o futuro só deveria ser visto pelos vivos, que coisas que apodreciam enterradas se decompunham e viravam uma outra coisa, saíam desse mundo, e, portanto, não se preocupavam mais com o que estava por vir.

Até onde eu sabia, Claudia só usava um punhado de pedras preciosas e velas encantadas.

Ela estava se balançando para a frente e para trás, sussurrando. As palavras eram apressadas e continham um pânico delirante. Ela não estava mais falando exclusivamente em italiano e eu não compreendia metade do que dizia. Temi que estivesse repetindo mensagens de criaturas que eu não gostaria de encontrar ao vivo. Tentei estender a mão para ela mais uma vez, pois não queria deixá-la sozinha nesse pesadelo.

Ela lutou para se soltar, mas a envolvi em um abraço, afastando os cabelos úmidos de sua testa.

"Shh! Shh! As estrelas não estão caindo. Estamos seguras."

"Seguras. Seguras com correntes e cadeados e espelhos pretos sem chave." Claudia balançava o corpo em meus braços. "Eu ouço as coisas, ou pessoas. É difícil saber. Todos falam ao mesmo tempo — os ossos dos mortos e a poeira das estrelas, e a lua voraz com seu sorriso cruel. A deusa que é e não é, é vingança."

Uma terrível suspeita se formou em minhas entranhas.

"Você usou ossos humanos?"

"Aquilo disse que eu saberia. Que eles me contariam. Os mortos não deveriam se importar. Os mortos não têm mente, não têm vontade. Não têm lembranças. Nossas mentes são feitas para esquecer. Os cadeados não encaixam nas chaves. Só usei os ossos porque aquilo me disse para usar. Adoráveis estrelas deveriam iluminar o caminho, me levar a eles. Era para eu ajudar. Eles não paravam de gritar... Peça para pararem de gritar!"

"Quem está gritando?"

"Os condenados! Eles acham que queimam, mas há destinos piores que fogo e cinzas."

Era desconcertante a semelhança com o que Ira havia dito antes.

Claudia jogou a cabeça para trás e gritou, me deixando toda arrepiada. Luzes se acenderam no dormitório do mosteiro. Estreitei o abraço com força, tentando evitar que ficasse se batendo. Ela precisava se acalmar antes que alguém da irmandade chegasse.

"Está tudo bem. Está tudo bem. Respire."

"Espelhos pretos. Olhos furiosos. A morte vem trazendo amizade. *Inferus sicut superus*. O livro precisa de sangue. Deseja sangue. O sangue desfaz o feitiço." Ela me empurrou e girou. "Esconda seu coração. Esconda-o antes..." Ela tocou meu peito, balançando a cabeça. Lágrimas escorriam de seu rosto. "Tarde demais. Eles levaram o coração e o esconderam sob pedra e terra. Ossos e pó e gritos. Já foi. A mudança chegou."

"Que mudança você viu?"

"*Angelus mortis*. Ele está indo e vindo e é um ladrão sagaz que roubou as estrelas e as bebeu a seco. Ele vai levar você. Você já se foi. No final, você escolhe. Mas ele também escolheu. Vou lamentar. Estou lamentando. Como folhas ao vento." Claudia arrancou o que supus que fossem folhas imaginárias do chão, e as soprou da palma da mão. "O anjo da morte te reivindicou. Ele te mudou. Você está aqui, mas não está lá, lá é onde você vai estar, sua vida está terminada. Igual, mas diferente. Por toda a eternidade."

Eu conhecia o suficiente de divinação para saber que seus alertas não eram apenas desvarios ou sinais de loucura. Imaginei que aquilo fosse parecido com o que aconteceu com a velha Sofia Santorini quando sua divinação deu errado, dezoito anos antes. Parecia que minha amiga estava presa entre mundos e realidades, ouvindo centenas de mensagens diferentes ao mesmo tempo. Era impossível imaginar como ela devia estar apavorada, perdida na prisão de sua mente, sem esperança de escapar. Esperava que aquilo não fosse resultado do feitiço que eu havia pedido para ela fazer. Se fosse...

Peguei na mão de Claudia com cuidado.

"Vamos ver a nonna."

"Eles estão falando todos de uma vez. É difícil entender. Ouvir. A mesma voz fala sobre todas as outras, cruel, suave como seda e doce como mel. Escolha, ela diz. Eu quis experimentar. Era veneno. Não era para eu saber. Ele está vindo. Não, não, não. Ele está aqui, não está mais lá, está aqui. Ele caminha entre nós, escondido na sombra. Como morte."

"A nonna vai saber o que fazer para ajudar. Temos que ir logo até lá."

Ela afundou as unhas em meus braços com força o bastante para eu me retrair, e sussurrou:

"Corra."

38

"Você não pode se demorar; ele está procurando por você." Por um instante, Claudia pareceu perfeitamente lúcida. Então seus olhos se arregalaram o suficiente para mostrar a parte branca e os gritos recomeçaram. Era terrível; apavorante e implacável. Como um animal preso em uma armadilha quando um predador se aproxima.

Combati o ímpeto de tampar os ouvidos. Ou irromper em lágrimas. Respirei fundo algumas vezes e me recompus. Ela precisava de um feitiço de purificação, pelo menos temporariamente. Mas para esse tipo de encantamento era necessário quartzo rosa, sal, água e raiz de orcaneta. Todos os ingredientes estavam em casa, o que não nos ajudava naquele momento.

Uma das portas do dormitório se abriu e alguns membros da irmandade saíram correndo. Estendi a mão para que parassem e, com relutância, eles ficaram a alguns metros de distância. Encolhi-me internamente quando vi o irmão Carmine surgir atrás do grupo. Fazia anos que não o via.

Lembranças de infância enterradas há muito tempo ressurgiram. Quando éramos mais novas, poucos anos depois que a velha Sofia Santorini usou magia das trevas, irmão Carmine subia em um caixote no mercado e fazia discursos sobre o diabo. Precisávamos sair dali. Imediatamente. Se ele visse Claudia daquele jeito, pensaria que ela estava possuída.

O medo transformava os homens em monstros.

Antonio se distanciou do grupo, com uma expressão de terror contido enquanto se aproximava de onde estávamos abaixadas. Ele viu os cabelos desgrenhados de Claudia, o vestido rasgado e as manchas de sangue.

"Ela foi atacada? O que aconteceu?"

Eu não podia nem pensar em contar a verdade a ele — que ela estava mexendo com forças místicas nos corredores sagrados do mosteiro, e que possivelmente tinha usado os ossos dos mortos em um ritual de divinação, por motivos que eu ainda desconhecia, e acabou pagando um preço alto.

"Eu... não sei."

Pelo menos não estava muito longe da verdade.

Claudia soltou um lamento agudo. Antonio se ajoelhou ao seu lado. Ela se inclinou e agarrou a parte da frente de sua túnica noturna.

"Eu não devia ter olhado. Mas ela me disse para olhar. Precisávamos saber. Por Valentina. Ratos entram e saem, e há muitos deles entre nós. Eles ajudaram. Animaizinhos estranhos, soltando segredos como excremento. Agora ele não quer ir embora. Ele começou — seu ódio e maldade o convidaram para entrar. Ela disse que precisávamos ter certeza. Ele é o escolhido. Ele é a morte. Ele não deveria ter conseguido sair — são essas as regras. Mas regras são feitas para serem quebradas. Como ossos. Ele ama quebrar ossos. Acho que está atrás da medula."

"*Quem?* Quem falou para você olhar?", perguntei. Antonio ergueu as sobrancelhas e olhou para mim. Com certeza pensou que eu sofria da mesma aflição de Claudia, já que considerava que havia alguma veracidade no que ela falava. Não me importava o que ele estava pensando. Suspeitava cada vez mais que já sabia de quem ela estava falando, com base na menção a Valentina, mas queria mais provas. "Foi sua tia Carolina?"

"Suas histórias eram como açúcar, leves e doces, até queimarem. E agora estamos todos queimados porque ele está aqui, e está zangado, e os portões... os portões... ela disse para proteger os portões. Mas ele não está mais acorrentado a eles, está? O veneno era doce, ainda sinto o sabor. Persistente. Gruda, gruda, gruda na garganta, sufocando. Ele tem segredos. Ele quer devorar. Taças vazias vertiam cheias dele. Não, não. *Taça* vazia. Como ele fez isso? Um cálice ou jarro. Recipientes vazios até ficarem cheios. Ele está com o livro. O coração. Ele precisa do corpo para roubar a alma."

Uma leve movimentação chamou minha atenção. Olhei para cima. Vários outros membros da irmandade estavam reunidos em torno de nós. Em silêncio, formaram um semicírculo, bloqueando nossa visão do mosteiro. Alguns apertavam com força longos rosários de madeira, deixando os ossinhos da mão ficarem brancos. Outros pareciam preparados para a violência e olhavam fixamente para minha amiga. Claudia precisava ir para um lugar seguro antes que tentassem exorcizar de seu corpo um demônio inexistente.

"Que loucura é essa?", o irmão Carmine perguntou com seriedade. Meu coração acelerou loucamente. "Ela está possuída pelo diabo?"

"Não, não. Ela está bem." Antonio fez sinal para ele se afastar. "Só bebeu um pouco demais."

Achava que os membros da ordem sagrada não mentissem, mas fiquei feliz por ele ter mentido. Antonio ainda estava do nosso lado, independentemente do seus irmãos pudessem pensar.

"Pode acompanhá-la até minha casa? Acho que ela pode ter sido exposta a... alguma coisa. Precisa descansar e tomar um chá. Diga para a nonna dar um pouco de raiz de orcaneta para ela."

Antonio mordeu o lábio inferior, duvidando da probabilidade de aquele remédio popular funcionar, mas não discutiu. Ele ofereceu a mão a ela.

"Pode vir comigo, Claudia? Vamos dar uma volta. Vai te ajudar a clarear a cabeça. O ar fresco sempre ajuda."

Ela se virou para mim com um olhar confuso e eu sorri.

"Ele tem razão. Você vai se sentir melhor com uma caminhada. E também com um chá de ervas e descanso. Está pronta para ir?"

"Estou. Mas Domenico não está." Claudia deu a mão para Antonio, depois se encolheu. "Ele disse que não está pronto e que não vai sair daqui. O tempo está escorrendo como água por suas mãos. Mas ele ainda espera. Ele espera e espera. Ele quer que ela escolha. Ele sabe que ela vai escolher. Logo. Então ele vai levar o coração dela também. E sua alma. Ele quer matar de novo. O prêmio supremo."

"Domenico?", perguntei, olhando para Antonio e percebendo que minha amiga recuava novamente para seu próprio mundo fraturado. "Ele veio aqui hoje?"

"Eu... acho que sim, mas não lembro direito. Ele vem quase todos os dias. Você não acha..." Ele voltou sua atenção para Claudia, que tinha começado a balbuciar naquela língua estranha de novo. Ele ficou preocupado. "Você não acha que ele a machucou, acha?"

"Está escuro. Escuro e mofado, e a morte está à espreita. Ela experimentou e deseja mais." Claudia piscou várias vezes, parecendo ter voltado a si de repente. "Ele ainda está aqui?"

"Não", respondeu Antonio. "Domenico já foi."

"Mas não se preocupe", disse, ajudando-a a se levantar. "Vou atrás dele." Virei para Antonio. "Sabe onde ele mora?" Ele fez que não com a cabeça. É claro que as coisas não seriam fáceis; nunca eram. "Vou dar uma olhada na banca de *arancini*. Ele pode estar trabalhando até mais tarde."

"Sozinha?" Antonio ficou sério e preocupado. Os cabelos castanhos caíam por sua testa. Ele parecia tão jovem e inexperiente se comparado a Ira. "Se ele fez alguma coisa... talvez eu devesse ir com você."

Tentei dar um sorriso tranquilizador. Adoraria que ele fosse comigo confrontar Domenico, mas precisava fazer perguntas que ele não poderia testemunhar. E não só porque era humano. Não poderia mencionar magia das trevas, nem fazer acusações de conluio com príncipes demoníacos na frente de um membro da irmandade sagrada.

"Vou ficar bem. Não acho que Domenico tenha feito nada de errado", menti. "Pode ser que ele saiba se ela ingeriu alguma comida ou bebida estranha. Quem sabe? Talvez tivesse mofo ou alguma outra toxina em uma de suas dissecações. Ou talvez tenha tomado uma garrafa de vinho estragado. A morte de Valentina deve ter provocado a bebedeira. Não é fácil aceitar um assassinato."

Aquilo pareceu tranquilizar Antonio. Fazia sentido. E humanos amavam coisas com sentido, em especial quando explicava o inexplicável.

"Ela reclamou mais cedo que as folhas de louro tinham apodrecido. Acho que queimou algumas na sala de preparação."

"Está vendo?" Sorri. "Deve ter sido isso. Ela inalou mofo ou alguma coisa ruim. Isso vai passar com um pouco de ar fresco e descanso, você vai ver."

Despedindo-se com um educado aceno de cabeça, ele encaminhou Claudia para fora do pátio. Esperei até descerem a rua em segurança e estarem bem longe da irmandade, que permanecia do lado de fora, e fui embora também. Enquanto me apressava, tentei não pensar na dolorosa acusação que queimava no olhar do irmão Carmine.

Como eu não sabia onde a família de Domenico morava e tinha quase certeza de que a banca de *arancini* já estava fechada havia muito tempo, confrontá-lo teria que ficar para a manhã seguinte.

Mas eu sabia onde encontrar a tia de Claudia, Carolina. E nós trocaríamos algumas palavras. Eu compreendia que o luto levava uma pessoa a fazer coisas que não faria normalmente — eu tinha rezado para a deusa da morte e da fúria e invocado um demônio —, mas pedir para outra pessoa fazer aquilo quando ela mesma poderia ter feito... Queria estar com minha raiva domada antes de ver Carolina.

Saí furiosa na direção de seu bairro, sem conseguir dar sentido ao que ela tinha convencido a sobrinha a fazer e como aquilo era perigoso. Eu tinha pedido para Claudia usar um feitiço poderoso para proteger nossas casas porque era algo que eu não sabia fazer e porque não havia muita coisa que pudesse dar errado. O que Carolina fez era muito mais perigoso.

Virei a esquina e senti um formigamento de energia entre as escápulas. Continuei andando e acelerando o passo. A sensação persistia, o que significava que eu estava sendo seguida. E seja lá quem fosse, estava furioso. Podia pensar em pelo menos um demônio que eu irritava de vez em quando.

Talvez Ira tivesse voltado mais cedo que o esperado de sua visita a quem quer que estivesse tentando impressionar com aquelas roupas e não ficou feliz por eu ter escapado de minha bela jaula. Ótimo. Provavelmente sua noite também não saiu conforme o planejado. Virei-me e olhei para as sombras. Detestava aquela tatuagem mágica idiota que nos conectava e permitia que ele me encontrasse quando não queria ser encontrada. Até acreditei que quando o feitiço que nos vinculava fosse desfeito a tatuagem desapareceria.

Ao que parece, alguns presentes não podem ser devolvidos.

"Pare de se esconder, você não precisa disso. Se tem algo a dizer, diga logo."

"Você é ousada para uma bruxa." A voz não era familiar, e era difícil identificar o sotaque — parecia inglês, mas não exatamente. Olhei para a rua com o coração acelerado. A alguns metros de distância, uma figura obscura se destacava da parede. Dei um passo para trás por instinto. Ele acompanhou com movimentos suaves e rápidos. "Seu sangue tem cheiro de vinho com especiarias. Podemos experimentar?"

"Quem é você?" Tateei a roupa em busca de meu giz consagrado sob a lua, esquecendo que esse vestido tinha sido presente de Ira e não era um dos meus, com bolsos secretos. "O que você quer?"

O homem ficou sob um feixe de luz da lua. Usava um sobretudo longo, cujo tecido parecia uma fatia grossa da noite. Anéis reluziam em todos os dedos. Eram boas armas.

Olhei para cima devagar. Cabelos loiros platinados, olhos que pareciam tirados de uma geleira, um meio-sorriso na boca cruel. Humano em aparência, até abrir mais o sorriso, expondo os caninos afiados. *Vampiro*. Fiquei paralisada. Parai de respirar. Como bruxa, eu precisava *mesmo* parar de achar que algumas criaturas não passavam de mitos e lendas.

"Vo-você é..." Fechei bem a boca, odiando ter gaguejado e deixado transparecer minhas emoções. E isso porque a ideia era tentar escondê-las de meus inimigos. Ira acertaria a própria cabeça com o cabo da adaga se me visse agora.

"Faz tento tempo que não bebo de alguém de sua espécie." Seu olhar se fixou em meu pescoço. Estava diante de mim em um instante. "A peçonha é agradável. Pelo menos seu eu quiser te dar esse agrado. Quer um presente, bruxinha? Um êxtase inimaginável enquanto me alimento de você?"

Engoli em seco.

"Nã-não, obrigada."

Ele me cercou, o casaco longo esvoaçava ao ritmo da brisa da noite. Meu corpo todo ficou tenso.

"Muito bem. Quem sabe em uma próxima vez."

Eu esperava que nunca chegasse a "próxima vez" de encontrar um vampiro estando sozinha em uma viela escura. Uma vez bastava para me dar pesadelos pelo restante de minha vida mortal. O casaco dele roçou na parte de trás de minha panturrilha e eu respirei fundo. Os cantos de seus lábios se elevaram. Ele chegou mais perto. Parecia se deleitar com o medo.

"Peço desculpas. Vejo que minha proposta de prazer te assustou."

Ele simulou uma reverência, sem nunca tirar os olhos de meu pescoço. Logo pensei nas histórias de minha infância. Segundo as lendas que a nonna compartilhava conosco, vampiros não eram conhecidos por controlar o impulso. Senti a veia latejando e desejei que parasse, o que só fez minha pulsação acelerar. Não queria que uma leve tentação se transformasse em necessidade animalesca.

"Meu nome é Alexei. Príncipe Inveja solicita uma audiência. Sua alteza tem muitas coisas a discutir. Mas, primeiro, vamos dar um passeio, você e eu. Isso deve dar a eles tempo suficiente." Ele me ofereceu o braço, como um perfeito cavalheiro. Nem pensei em aceitar.

"Dar a quem tempo suficiente para quê? Inveja?", perguntei, perdendo a paciência. "Chega de charadas."

Os caninos do vampiro brilhavam sob o luar.

"*Mare e Vitigno*. Que nome agradável. Sai redondo da boca."

Mar & Vinha. Fiquei imóvel. Sentia a pulsação do sangue nos ouvidos. Inveja sabia do restaurante. Ele torturaria meus pais e... Tentei me acalmar. Não havia motivo para entrar em pânico. Claudia tinha protegido nossa casa contra demônios. Era tarde e o restaurante estava fechado. Graças à deusa minha família já deveria estar em casa a essa hora, a salvo. Um sorriso obscuro tocou o canto de meus lábios. Eu gostaria muito de fazer o demônio testar a magia fatal.

"Diga ao Príncipe Inveja que recuso o convite. E o desafio a tentar entrar em minha casa."

"Meu príncipe disse que eu deveria mencionar que feitiços, assim como ossos de bruxas, são fáceis de desfazer. Basta saber onde aplicar a pressão correta. Ou, nesse caso, quem fazer de alvo."

Fiquei gelada.

"Do que você está falando?"

"Achou mesmo que poderia enganar um príncipe do Inferno, bruxinha? Acredita que Inveja não tinha espiões vigiando sua casa?" O sorriso dele se encheu de malícia. "Escudos e feitiços de proteção contra demônios são complicados, mas podem ser desfeitos. Principalmente pela bruxa que os lançou."

"Você está mentindo." Eu me afastei, balançando a cabeça. Claudia estava em segurança. Antonio a havia levado para minha casa... meu estômago revirou. Eles podiam ter sido interceptados ou atacados no caminho. O medo foi invadindo meu coração. "Não pode ser verdade. A proteção..."

"Foi derrubada." Ele voltou a me oferecer o braço. "Sua família já deve estar com o príncipe. Quanto mais você resistir, mais difícil será para eles. Ele não gosta de ficar esperando. O tédio é uma aflição terrível no Reino dos Perversos."

"Inveja está... Ele está no Mar & Vinha com minha família?"
Alexei confirmou.

Não podia aceitar a palavra de um vampiro. Mostrei os dentes cheia de raiva e sussurrei um feitiço proibido da verdade. Alexei não era mortal, então ignorei a pontada de imoralidade que senti ao invocar um poder proibido.

"Inveja fez Claudia desfazer o feitiço de proteção sobre a casa de minha família?"

Ele rangeu os dentes quando a verdade foi arrancada dele.

"Fez."

"Eles estão no restaurante da minha família agora?"

"Estão."

Soltei o amuleto de minha irmã como se estivesse me queimando. Lembrei de quando Inveja havia me obrigado a apontar a adaga de Ira para o meu coração e ficar pronta para arrancá-lo. Depois o imaginei fazendo o mesmo com minha família e amigos. Na verdade, ele podia já ter iniciado seus jogos. Nossa cozinha tinha cutelos, facas e todos os tipos de utensílios pendurados pelas paredes que podiam ser usadas como armas ou instrumentos de tortura. Imaginei que tivesse sido esse o motivo da escolha do restaurante para o encontro.

Sem perder tempo, saí correndo.

Levantei a saia e o som zombeteiro da gargalhada do vampiro me perseguiu pelas vias escuras. Ignorei. Ele não importava mais. Chegar ao Mar & Vinha era meu único foco. Atravessei vielas estreitas e ruas irregulares, saltei sobre baldes de lixo e trombei com amantes que passeavam de mãos dadas sob o luar. Percorri mais de um quilômetro e meio no que me pareceram instantes e entrei às pressas pela porta da frente, ofegante. Passei os olhos pelo salão, procurando sangue e sinais de luta.

Meu foco recaiu sobre o príncipe demoníaco.

"Amo pontualidade." Inveja fechou um relógio de bolso com um estalo audível. "Chegou bem na hora, benzinho. O show está prestes a começar."

39

"É uma pena o que aconteceu com sua avó." O Príncipe da Inveja estava sentado em uma mesa de canto, de costas para a parede, avaliando a abundância de comida disposta à sua frente. O salão estava vazio, à exceção de nós dois. Não conseguia saber se aquilo era reconfortante ou ainda mais apavorante. "Todo aquele poder, perdido."

Talvez fosse tarde demais e meus pais, a nonna, Claudia e Antonio já estivessem mortos na cozinha. Na mesma velocidade que o pensamento surgiu, eu o expulsei. Ele tinha falado que o show estava prestes a começar. Agarrei-me à esperança de que poderia fazer alguma coisa para impedir qualquer coisa sinistra que ele tivesse planejado.

"Onde estão minha família e meus amigos?"

Ele agiu como se não tivesse me ouvido. Pegou a taça de vinho e girou o líquido, sentindo o aroma antes de tomar um gole moderado. O terno desta noite era verde-escuro. Folhas de samambaia contornavam a lapela e os punhos. O cabo de sua adaga, com uma esmeralda incrustada, reluzia em uma faixa que ele usava sobre o paletó.

"Ouvi dizer que talvez sua avó nunca mais consiga falar. Um destino cruel para uma bruxa. Imagino que seja difícil lançar feitiços sem voz. Ervas e pedras são legais, mas aqueles encantos poderosos não são nada sem palavras para despertá-los. Não é verdade?"

Então era ele que estava por trás do ataque à nonna. Não Avareza. Pensei no mensageiro humano e na misteriosa figura encapuzada para quem havia vendido segredos. Inveja era o traidor que eu estava procurando. Poderia apostar toda minha magia nisso. Ira estava tão convencido de que Inveja jamais se voltaria contra eles que nem prestou atenção na ameaça. Isso abriu uma oportunidade para o demônio invejoso. Uma oportunidade que Inveja não hesitou em aproveitar.

Queria gritar e gritar e gritar. Considerava um presente da deusa estar mantendo alguma aparência de dignidade. Levantei o queixo.

"*Fiz uma pergunta*, onde estão meus pais?"

"Trancados na cozinha."

"E minha avó?"

"Eu a deixei em sua casa. Ela não tem utilidade para mim naquele estado."

"E meus amigos?"

"Estão em segurança, por ora."

"O que você quer?"

"Sente-se." Ele apontou para o assento à sua frente. "Jante comigo." Quando percebeu que não me apressei a obedecer sua ordem, ele se inclinou para a frente em um tom cheio de ameaça. "Prometo torturar pessoalmente sua família, seus amigos e qualquer um que aparecer nesse belo estabelecimento se você rejeitar minha oferta civilizada, benzinho. Depois vou mandar Alexei caçar todos que você ama e secar o sangue de cada um deles. Então, seja uma boa menina e sente-se."

"Ou não." Alexei apareceu atrás de mim, sorrindo, e me afastei dele por reflexo. Não tinha ouvido ele se aproximar. "Gostaria de me alimentar antes do nascer do sol."

Alternei o olhar entre o príncipe demoníaco e o vampiro. Não sabia qual dos dois era a maior ameaça. O príncipe serviu uma segunda taça de vinho. Tinha penteado os cabelos na altura do queixo para trás, chamando atenção para o tom peculiar de seus olhos e os contornos angulosos de seu queixo.

"Não me diga que vai escolher um banho de sangue em vez de uma taça de vinho e uma conversa agradável."

Olhei feio para ele. Podia estar indefesa, mas não precisava deixar transparecer.

"Vou sentar, contanto que prometa poupar meus amigos e minha família e sair daqui assim que terminarmos. E quando digo 'aqui', estou me referindo a esta cidade."

"Você não está em condições de fazer exigências. Mas respeito seu empenho. Agora *sente*. Beba."

Sem alternativa, me juntei a Inveja à mesa. Ele apontou com a cabeça para a taça de vinho. Fingi tomar um gole. Não confiava que ele não tivesse adulterado a bebida antes de eu chegar. Se pretendia me levar para o Inferno, teria que me pegar à força.

"É você que está trabalhando contra Soberba", falei.

Ele não negou. Observava-me com uma atenção irritante — como se estivesse vendo através de camadas de pele e osso e encontrasse o cerne de quem eu era e tudo que aspirava a ser.

"Compreendo por que Ira está fascinado por você."

Fascínio devia ser a última coisa que Ira sentia por mim.

"Você pediu para o seu vampiro me trazer aqui só para falar do seu irmão?"

"Ele ama um bom desafio. É a guerra que o habita. Faz com que queira conquistar e vencer a qualquer custo." Ele tomou mais um gole de vinho, prestando atenção em meu pescoço. "Vai ser difícil para ele abrir mão de você quando chegar a hora. Mas é o que ele vai fazer. Não se iluda pensando que é importante para ele. Nós, príncipes do Inferno, somos criaturas egoístas. Não sofremos com a mesma gama de sentimentos que os mortais e os nascidos neste mundo peculiar. Você está entre ele e algo que ele busca há muito tempo. No final, ele vai escolher a si mesmo. Como todos nós fazemos."

Apoiei a taça, derramando um pouco de seu conteúdo sobre a mesa de madeira desgastada.

"Se veio de seu reino perverso só para dizer isso, é uma pena. Não está me contando nada que eu já não saiba. Nem está me contando nada que me importe."

Percebi o exato momento em que caí na armadilha que ele havia criado cuidadosamente para mim. Ele cortava uma sardinha recheada com modos impecáveis. Depois que engoliu o pedaço de comida com mais um pouco de vinho, deu um sorriso preguiçoso, embora seu olhar fosse afiado o bastante para perfurar.

"Se já entendeu tão bem meu irmão, por que não me diz o que ele está procurando de verdade? Tenho certeza de que uma garota esperta como você já descobriu e não precisa de minha humilde assistência nesse caso."

Inveja queria que eu precisasse dele. Que suplicasse por informações só pela curiosidade mortal. Então as trocaria por algo que ele quisesse de mim. E devia querer muito alguma coisa se havia se dado a todo esse trabalho. Senti uma sensação doentia de satisfação por ser uma decepção para o demônio.

"O que você quer, Inveja? Qual o verdadeiro motivo desse 'encontro'?"

"Na noite em que nos conhecemos, suspeitei que estivesse de posse de algo que necessito. Sabe o que é?"

Lembrei daquele primeiro encontro. Eu havia guardado o amuleto dentro do corpete pouco antes de ele surgir das sombras. Naquela ocasião, temi que ele estivesse atrás do diário de minha irmã. Mas, naquele momento, depois de tudo que já sabia, aposto que ele sentiu o poder do amuleto.

"Você quer meu *cornicello*."

"Quase. Quero os dois amuletos, o seu e o da sua irmã. E você vai me entregar ambos."

"Por que eu faria isso?"

"Porque estou com algo que você deseja."

Estremeci. Sabia o que ele queria dizer; ele estava com meus pais. Meus amigos. A nonna podia estar em casa, mas não significava que estava em segurança. Fiquei imóvel, esperando ele dar o golpe. Ele terminou de comer o último pedaço de comida e suspirou, parecendo extremamente satisfeito. Empurrou o prato e estalou os dedos.

Um demônio com cabeça de carneiro — além de chifres arredondados sobre as orelhas — e corpo de humano entrou arrastando meus pais pelo colarinho e os jogou no chão. Seus olhos estavam anuviados e os movimentos eram lentos. Eles não pareciam estar cientes do que estava acontecendo.

Pulei da cadeira, mas Inveja fez sinal negativo com a cabeça.

"Sente-se, benzinho. Não terminamos. Ainda tem mais."

Sem ter outra opção, voltei para a cadeira.

"Ótimo. Finalmente está levando isso a sério. Já esperei demais. Me entregue o Chifre nas próximas vinte e quatro horas e seus entes queridos não serão desfigurados. Se contar para alguém ou não cumprir minha exigência, eles serão levados para a Casa Inveja, e lá farão companhia para o restante de meus objetos curiosos. E tudo vai terminar pior ainda para você. Isso é uma promessa, não uma ameaça vazia. Fui bem claro?"

Olhei de novo para minha mãe e meu pai. Eles não tinham saído do lugar onde o demônio chifrudo os havia jogado sem cerimônia, e olhavam para o nada, sem expressão. De certa forma, era uma bênção da deusa da misericórdia eles não estarem totalmente conscientes.

Meus olhos ardiam com lágrimas não derramadas.

"O que fez com eles?"

"Você deveria se preocupar com o que vai acontecer com eles se não me der o que estou pedindo."

"Não estou com o outro amuleto." Mantive o foco em meus pais, tentando pensar em uma saída. "Minha metade foi roubada na noite em que atacaram a minha avó."

"Então sugiro que comece a procurar. Uma metade só não adianta."

"Se foi você que atacou minha avó, já não está com meu amuleto?"

"Vou te dar um conselho: acusações sem provas são inúteis." Inveja se serviu de mais uma taça de vinho. "Amanhã, a esta hora, espero estar com os dois amuletos. Vou levar sua família e seus amigos para sua casa esta noite. Me encontre lá quando tiver o outro amuleto e faremos a troca. Familiares e amigos pelo Chifre de Hades."

Fui tirar o *cornicello* de minha irmã do pescoço, mas ele estendeu a mão, me impedindo.

"Por que não pega essa metade hoje?"

"Se eu tocar nele agora, ele vai... alertar aqueles que quero que permaneçam no escuro. Não quero chamar atenção até possuir o Chifre de Hades completo."

"Ira não se interessou pelo Chifre antes. Por que não posso pedir a ajuda dele?"

Inveja olhou feio para mim.

"Ira nunca será o herói de sua história. Ele está destinado a outra coisa. Na verdade, pode ser o mais mentiroso de todos nós." Achei graça, o que pareceu agradá-lo. "Se não acredita em mim, pergunte a Ira sobre a última alma que ele tem que coletar. A alma que vai garantir sua liberdade do submundo, independentemente da maldição."

Encarei o príncipe demônio presunçoso. Queria dizer que era mentira, mas no fundo suspeitava que não era. Sabia que Ira tinha seus próprios objetivos e aquela parecia a peça que faltava. Mas uma alma? Balancei a cabeça. Ele havia me salvado quando fui atacada pelo Viperídeo. Se fosse verdade, poderia ter feito um acordo comigo naquele momento. Ou talvez... talvez não tivesse me contado porque queria usar aquilo a seu favor quando chegasse a hora certa. Suspirei. Estava ficando paranoica.

"Você está mentindo."

"Estou? Achei que você fosse mais esperta. Por que acha que ele, o poderoso demônio da guerra, se preocuparia em escolher uma bruxa em segurança para o submundo?"

"Porque ele quer desfazer a maldição do diabo." Ao dizer aquilo, ouvi a dúvida se aproximando.

"Tenho um segredo, benzinho." Inveja se debruçou sobre a mesa, com o brilho do triunfo em seu olhar venenoso. "Assim que ele coletar a última alma, a maldição não importará mais para ele. Ele terá todo seu poder e a capacidade de andar livremente por este mundo sem uma âncora. Ele pode optar por ficar no Sete Círculos e governar sua Casa Real, ou pode vagar pela terra até o fim dos dias. Escolher é algo poderoso. E nós, príncipes, amamos ter poder." Ele deu um sorriso cruel. "Ou você está achando que, quando tudo acabar, ele vai se libertar?"

40

*O maior prazer de um príncipe do Inferno é causar discórdia.
Antes de um ataque, suas íris ficam mais escuras que uma
noite sem estrelas e se enchem de manchas vermelhas,
sinal de seu desejo perverso por sangue.
Não os enfrente em batalha; você nunca vai vencer.*

— Notas do grimório di Carlo —

A porta alta e arqueada se fechou. Quase nem fez barulho, mas Ira surgiu da escuridão do palácio abandonado, rosto meio encoberto pela sombra. Tinha tirado o paletó de serpente e a camisa escura estava desabotoada e amassada. Os cabelos estavam desgrenhados.

Pensei em ajeitá-los com os dedos e meu coração acelerou. Não queria acreditar em Inveja. Ira havia me ajudado, mesmo quando disse que não me ajudaria. E ainda assim...

"Está machucada? Você parece...", sua voz falhou enquanto eu caminhava devagar até onde ele estava. Ele não se mexeu, mal parecia respirar, quando o encostei na parede, agarrando o tecido de sua camisa. Seus olhos dourados se fixaram nos meus, queimando. Fiquei me perguntando se ele conseguia sentir minhas emoções. Se de alguma forma elas o afetavam. Prendi seu corpo com o meu, encurralando-o.

Ele poderia se soltar a qualquer momento. Mas não fez nada.

Soltei a camisa e espalmei as mãos sobre seu peito. Ele olhou para o meu rosto com uma expressão desconfiada, porém intensa. Ter toda sua atenção voltada para mim era inebriante.

"Quero confiar em você", disse em voz baixa, ainda olhando em seus olhos. Seu coração batia forte sob meu toque. "Por que não me diz o que quer de verdade? Confie em mim."

Seu olhar recaiu sobre minha boca, mas ele desviou um segundo depois. Não achei que o vislumbre de desejo que vi era falso. Sabia que as emoções que seu desejo provocou em mim também não eram.

Sempre pensei que ele levaria um inimigo para a cama sem pestanejar se isso significasse algum ganho para ele. Já não sabia se aquilo era verdade. Havia uma carga explosiva sendo constantemente alimentada entre nós. E Ira parecia propenso a deixar que fosse detonada. Porque queria. Talvez eu quisesse também.

Coloquei a mão dentro de sua camisa, mantendo contato próximo com sua pele. Seu coração acelerado entregava a reação que ele tentava desesperadamente esconder. Minha mão foi descendo. Seu calor, a firmeza... De repente, desejei que fosse real.

Em um segundo eu estava ali parada, e no seguinte minha boca estava encostada na dele, feroz, intensa. Era ao mesmo tempo danação e salvação. Queria beijá-lo até deixar de sentir raiva e medo. Até parar de pensar em minha família presa. Até que o mundo demoníaco derretesse e só me restasse esse instante de puro esquecimento.

Ira ficou imóvel por um segundo e logo encontrou meus lábios com a mesma voracidade. Suas mãos escorregaram por meus quadris, me firmando no lugar. Não estava perto o bastante. Pressionei meu corpo junto ao dele. Ele foi gentil no início, então enfiei a língua em sua boca e ele enlouqueceu.

Retribuiu o beijo com intensidade, e logo seus dentes estavam em minha garganta — no local exato em que ele tinha passado a língua na noite em que usou aquele feitiço para me resgatar da beira da morte. Não tinha certeza se aquilo tinha acontecido de verdade, mas agora sabia. Por um instante de pavor, eu o imaginei rasgando minha garganta. O medo passou rápido e foi substituído por puro desejo.

Fiquei ofegante diante da sensação inesperada. Jurei ter sentido o estranho calor daquele primeiro encontro fervilhando sob minha pele. Queria que ele me devorasse.

Ou talvez desejasse devorá-lo.

Detestava que aquilo fosse tão bom. Que parecesse tão certo. Eu já tinha beijado garotos antes — embriagada ou desafiada por minhas amigas. Beijos castos e beijos apaixonados, mas nenhum como aquele. Poderoso. Selvagem. Doce.

Percebi uma coisa. Quanto mais eu dava, mais ele retribuía. Trocávamos beijos como golpes. Se aquilo fosse uma briga, não saberia dizer quem estava ganhando. Compreendi por que alguns achavam que beijar um dos Perversos era viciante. Cada vez que sua língua tocava a minha, parecia que o chão sob meus pés tremia. Como se fôssemos um evento cataclísmico que não deveria existir.

Isso só fazia com o que eu o beijasse com mais intensidade, e mais rapidez. Agarrei sua camisa, desejando tirá-la. Não queria nada entre nós. Botões caíram no chão quando puxei o tecido. Passei os dedos sobre os sulcos de seu abdome definido. Suas mãos em meu corpo pareciam magia. Era mais intenso, mais sedutor que qualquer feitiço. De alguma forma, fomos parar contra uma coluna. Não me lembro de ter me movido. Talvez porque só conseguia me concentrar no modo como seu corpo se mexia junto ao meu, me suspendendo. Queria rasgar o resto de suas roupas e ver o que mais ele seria capaz de fazer. Descobrir que outras sensações ele despertaria em mim. Ele escorregou a mão por minha panturrilha e começou a subir devagar, levantando minha saia. Ele não parou e eu não quis que parasse.

Ira apertou minha coxa e joguei a cabeça para trás, dando mais uma vez acesso ao meu pescoço. Inclinei o corpo na direção de seu toque; meu desejo era tanto que estava quase enlouquecendo. De algum modo, mantive a mão em seu peito e interrompi o beijo por tempo o suficiente para perguntar:

"Inveja estava mentindo quando disse que você precisa entregar mais uma alma para ganhar sua liberdade?"

Ele se afastou, surpreso, mas não antes de eu conseguir minha resposta na forma de uma única batida de seu coração. Entendi tudo antes que ele fechasse a cara e saísse de perto de mim. A raiva preenchia o espaço entre nós, mais ardente e mais furiosa do que nossa paixão.

"O que é isso, bruxa? Por fim se rebaixando ao ponto de beijar alguém que odeia?"

Fiquei olhando para ele, sem piscar. Era verdade. Não consegui fazer nada além de balançar de leve a cabeça. Meus olhos ardiam com lágrimas não derramadas. Inveja não tinha mentido — Ira *estava* atrás de uma alma. Perceber aquilo me atingiu como um golpe físico. Tinha me sentido idiota quando descobri que havia nos comprometido em matrimônio acidentalmente, mas isso?

Comecei a passar mal.

A fúria de Ira se dissipou quando notou a expressão em meu rosto. Ele chegou mais perto e estendeu a mão, parando quando fiz um gesto negativo com a cabeça.

"Emilia, eu..."

"Não diga nada."

Ele parecia pronto para argumentar, mas obedeceu. Longos segundos se passaram. Fiquei concentrada em acalmar minha respiração, deixando os sentimentos se desembaraçarem. Estava zangada com ele, mas mais furiosa comigo. Percebi que *queria* confiar em Ira. Mais do que gostaria de admitir.

Mesmo sabendo que não seria assim, queria que ele fosse o príncipe encantado desse pesadelo. Tinha caído em seus encantos e, por mais que o odiasse em alguns momentos, também tinha começado a gostar de sua companhia.

Ele me distraiu da dor de ter perdido minha irmã e me deu algo em que me concentrar. Era alguém que eu podia provocar e que me provocaria também. E agora... era como se Luxúria tivesse ressurgido e arrancado as últimas gotas de felicidade que restavam em mim. Só que desta vez a culpa era apenas minha. Eu tinha deixado ele entrar. Deveria ter tomado mais cuidado.

"Emilia."

"Não consigo..."

Ira fechou a mão e a estendeu ao lado do tronco.

"Inveja sussurra qualquer coisa em seu ouvido e tudo que eu fiz é apagado de sua memória. Diga, Emilia, o que *ele* fez por você? Além de tentar arrancar seu coração. Que coisa honrada ele fez para merecer sua confiança? Derramou o sangue daqueles que ama? Talvez você goste de ameaças. Talvez eu mesmo devesse fazer algumas."

O chão parecia tremer com a força de sua fúria.

Ele queria que eu analisasse meus inimigos com atenção, e eu tinha feito exatamente aquilo.

"Então me diga que não é verdade", disse, surpresa por minha voz sair dura e não suplicante. "Que Inveja estava mentindo, que você não precisa coletar mais uma alma para conquistar a liberdade. Diga que parte do motivo de você ter aceitado essa missão não foi usar uma bruxa em benefício próprio. Melhor ainda, diga que não está pensando em usar *minha* alma. Pode fazer isso, ou nosso vínculo de invocação não permite, por ser uma mentira?"

Pela primeira vez, Ira não tinha resposta. Ele parecia pronto para destruir o restante do palácio em ruínas. Fiquei surpresa por não ter feito isso.

"Inveja é muitas coisas", falei em voz baixa. "Desprezível. Egoísta. Calculista. Mas não esconde nada disso. Ele me contou o que você está procurando de verdade. Me disse o que ele queria, e o que faria se eu não lhe desse ouvidos. Fez ameaças terríveis e as cumpriu, mas nunca me enganou sem fingiu ser algo diferente do que era."

E lá estava ele.

O desespero me atingiu com força. Ira *tinha* mentido. Talvez não diretamente, mas *omitido* coisas. O que era o mesmo que mentir. Queria bater nele, fazê-lo sofrer da mesma forma que sofria. Em vez disso, me virei e comecei a me afastar.

A nonna tinha nos alertado sobre as mentiras dos Malvagi. Eu devia ter escutado.

Ele entrou no meu caminho, movimentando-se mais rápido do que meus sentidos conseguiam detectar.

"Minhas ações não valem como verdade? Esqueceu as últimas semanas? Salvei sua vida depois do ataque do Viperídeo. Este palácio impenetrável. O banho elemental. Acha que preciso dormir em um palácio protegido por magia? Eu, que não posso ser morto?"

"Não tenho tempo para isso." Passei por ele e segui para a escadaria. "Vou voltar para casa e ficar com minha família. Inveja os aprisionou. Mais uma coisa que ele disse e fez mesmo."

Ele subiu correndo atrás de mim.

"Não."

"Não lembro de ter pedido sua permissão, demônio."

"Inveja vai enfiar uma adaga nas suas costas no instante em que conseguir o que ele procura."

"Sou sua prisioneira agora?"

"Não, mas ficaria feliz em te jogar no calabouço, se é o que deseja."

Ignorei-o e remexi entre os vestidos novos que haviam aparecido como mágica dentro de uma cômoda quebrada em algum momento das últimas vinte e quatro horas. Ira tinha uma obsessão séria em me dar roupas.

Encontrei um vestido simples cor de grafite com o qual seria fácil correr e o coloquei sobre a cama. Não podia acreditar que agora escolhia minhas roupas levando em conta a facilidade para fugir de algum demônio, vampiro ou outro agressor asqueroso.

Ira cruzou os braços e deixou claro que não sairia dali. Se pensava que eu hesitaria em me trocar na frente dele, tinha muito o que aprender sobre mim. Tirei o vestido que estava usando e o material sedoso se amontoou aos meus pés. Ira observou, impassível, enquanto eu vestia a outra peça.

Agora que sabia que Inveja queria o Chifre de Hades, eu *precisava* localizar meu amuleto. Imediatamente. Antes de entregá-lo, faria um acordo com ele. Eu o obrigaria a prometer trancar os portões do Inferno antes que algum outro demônio escapasse por eles, e então ele poderia entrar em guerra com todo o submundo. Contanto que nosso mundo estivesse protegido, não me importava o que acontecesse no mundo deles.

Amarrei meus cabelos longos com uma fita, prendi um cinto pequeno com uma bolsinha na cintura e guardei giz consagrado sob a lua e milefólio nela. Era o melhor que podia fazer para me proteger. Saí do quarto e desci as escadas.

Ira me seguiu pelo corredor e parou perto da porta que dava para os jardins. Coloquei o braço para fora e o impedi de cruzar a soleira.

"*Não venha* atrás de mim, estou falando sério."

"Emilia, por favor. Não..."

"Juro pelo meu sangue, se você me seguir, vou cortar nosso vínculo de invocação e te mandar direto para o Inferno."

Ira apertou os lábios — único indício externo de que não estava nem um pouco satisfeito, mas não discutiu nem tentou ir atrás de mim. Aliviada, passei pela saída do jardim, atravessei algumas videiras e arbustos malcuidados, e corri noite adentro.

41

A duas portas de casa, notei alguns passos quase silenciosos atrás de mim. Depois da noite que havia tido — com minha melhor amiga fazendo divinações do Inferno, vampiros sedentos e demônios sorrateiros sequestradores — não sabia bem o que esperar.

Havia inúmeros seres detestáveis atrás de sangue de bruxa. Talvez o demônio Umbra tivesse voltado, ou houvesse outro demônio Aper à solta. Por algum motivo, imaginei Inveja e Avareza se associando para pegar o Chifre de Hades antes de arrancarem minha pele e estremeci.

Mas não estava nem um pouco preparada para *fratello* Carmine. Sua túnica escura arrastava nas pedras fazendo ruídos que pareciam pequenos sussurros de alerta para que eu corresse e me escondesse.

Rapidamente me espremi entre duas casas ao lado da minha, com o coração acelerado quando o som foi se aproximando. Ele manteve um ritmo estável, balançando a cabeça de um lado para o outro, quando passou por mim. Não sabia o que ele estava procurando. Talvez estivesse tentando descobrir para onde Antonio tinha levado Claudia. Eu deveria saber que ele não deixaria minha amiga em paz antes de ter certeza de que o diabo não estava dentro dela.

Esperei alguns instantes e espiei pela lateral da casa. Ele tinha parado quase no fim da rua e conversava em voz baixa com outro membro da irmandade. Fragmentos chegavam até onde eu estava escondida.

"Antonio... noite..."

"... profana."

"... desaparecido."

"Encontrou... sinais?"

Encostei na parede e respirei fundo algumas vezes. Antonio estava desaparecido porque um príncipe do Inferno tinha feito ele de refém. E havia sido culpa minha, por pedir que levasse Claudia para casa. Precisava consertar isso antes que mais alguém se ferisse. O irmão Carmine não precisava de motivos para iniciar uma caça às bruxas. O mero fato de ter sido chamado de volta de onde quer que tivesse sido mandado pela igreja era um sinal de que eles acreditavam que o diabo estava à espreita.

Saí do meio das sombras e corri para minha casa.

Havia três demônios enfiados na cozinha com minha família. Um era o demônio com cabeça de carneiro enviado por Inveja, que ainda estava vigiando meus pais. O outro não era nada mais que uma sobra densa pairando sobre a nonna e sobre Claudia, que estava caída e sedada — o demônio Umbra. Antonio não estava no grupo, e meu estômago se revirou de preocupação. Não sabia o que os demônios achavam de humanos que se dedicavam a Deus, mas não devia ser nada bom para o meu amigo de infância. Também não estava vendo o vampiro em lugar nenhum. Esperava que não significasse que estivesse devorando Antonio.

O último demônio no cômodo era o príncipe traidor em pessoa, Inveja.

"Onde está Alexei?", perguntei, não querendo ter mais surpresas.

"Ele voltou para o reino e está cuidando da Casa Inveja até eu voltar." Inveja estava recostado na cadeira de balanço da nonna, com as botas sobre a bancada da cozinha. Havia terra espalhada pelo tampo de pedra. O lugar onde minha irmã costumava preparar suas poções e bebidas. Quando vi aquilo, algo sombrio e malévolo se acendeu dentro de mim. Inveja não parecia preocupado. "A menos que você esteja com o outro amuleto, queridinha, sua visita não é bem-vinda."

Talvez fosse a raiva fervilhante que eu estava tentando conter depois do encontro com Ira, ou a visão de meus entes queridos amontoados no chão de nossa casa, ou pura imprudência, mas eu estava cansada. Fui até a bancada e empurrei as pernas de Inveja.

"Tenha um pouco de respeito, vossa alteza. Você pode agir assim no seu buraco infernal, mas essa é nossa casa."

A lâmina de Inveja foi parar em minha garganta em menos de um piscar de olhos.

"Você perguntou a Ira sobre a alma, não é? Imagino que não tenha gostado do que ele tinha a dizer." Ele pressionou um pouco mais a adaga. Senti uma leve pontada quando ela perfurou minha pele. Fiquei imóvel, sem nem respirar. "Não desconte sua própria ira em mim ou vou descer essa lâmina em sua avó. Não há nada mais gratificante do que ver uma bruxa sangrar. Principalmente uma que..."

"*Silentium.*"

O feitiço reverberou no cômodo como se as palavras de Inveja tivessem sido cortadas com o fio de uma faca. A nonna se levantou do chão com um leve brilho roxo ao redor do corpo. Inacreditável. Ela tinha forçado o príncipe demoníaco a se calar. Ela agarrou seu *cornicello* e começou a entoar um feitiço que eu nunca tinha ouvido. Fiquei olhando fixamente para ela enquanto sua voz ia ficando cada vez mais forte. Não sabia que ela estava curada. Os demônios também pareciam não ter se dado conta. Um erro pelo qual estavam prestes a pagar. A nonna desenhou uma imagem no espaço à sua frente e um amuleto cimaruta brilhante e etéreo apareceu ali.

Também fiquei perplexa com sua demonstração de poder, não tinha notado o portal preto e cintilante se formando atrás de Inveja. Fiquei boquiaberta, em choque. Deusa do céu...

A luz roxa que cercava a nonna agora tinha bordas prateadas. Inveja, pela primeira vez, pareceu preocupado. Ele deu um passo para trás, apontando com os olhos para seus demônios, mas a nonna tirou um punhado de erva-doce desidratada do bolso da saia e sussurrou um encantamento que travou os pés dele no lugar.

Com um movimento do pulso, um fio preto encaracolou-se no ar diante do príncipe do Inferno, depois deslizou na direção de seus pés como serpentes. Os outros dois demônios se aproximaram de Inveja, mas foram empurrados pelas sombras pretas do feitiço. Eu mal conseguia ouvir além das batidas de meu coração quando vi o que minha avó havia feito. Ela costurou os pés dele ao chão. Agora ele não podia falar nem se mover. Seus olhos estavam tão arregalados que mostravam toda a parte branca.

A nonna retornou a seu feitiço.

"Uma chave para trancar, uma lua para guiar."

Minha atenção se voltou para a imagem do galho de arruda mágico enquanto cada um de seus cinco ramos começou a crescer e assumir diferentes formas. Uma chave e uma lua cheia apareceram na ponta de dois ramos. De repente, entendi exatamente o que a nonna estava fazendo. Ela olhou nos meus olhos.

"Agora, Emilia!"

Segurei o *cornicello* de Vittoria e me concentrei na *cimaruta* brilhante, alimentando o poder da nonna com o meu.

"Uma adaga para matar, uma serpente para morrer."

Mais duas imagens apareceram no amuleto brilhante.

A nonna acenou com a cabeça demonstrando a aprovação, e recitamos a última parte do feitiço juntas. Nossas vozes soavam como um turbilhão vertiginoso de vento uivando dentro do portal.

"Coruja abençoada, pode voar."

A última imagem surgiu na ponta da *cimaruta*. Agora os cinco símbolos pulsavam com luz roxa. A nonna foi até onde Inveja estava paralisado, aproximou-se e sussurrou algo que o fez arregalar ainda mais os olhos.

Então ela plantou as duas mãos em seu peito e o mandou direto para o Inferno. Os dois outros demônios mergulharam no portal atrás dele. A nonna soltou seu amuleto e desabou sobre a bancada. A *cimaruta* desapareceu. Um segundo depois, o portal se fechou. O silêncio tomou conta da casa. Tive vontade de cair de joelhos ou vomitar.

Minha atenção se voltou aos meus pais, que ainda estavam naquele estado confuso, quase inconsciente. Claudia também estava caída, com os olhos fechados como se estivesse dormindo. A magia que Inveja tinha usado neles necessitaria de tempo para perder o efeito. A nonna atravessou a pequena cozinha e sentou em sua cadeira de balanço.

"Pegue o vinho e sente-se, bambina. Temos muito o que discutir e pouco tempo. Aquele feitiço não vai durar muito. Tenho a sensação de que ele vai voltar."

Olhei fixamente para minha avó. Ela tinha acabado de desenhar uma *cimaruta* brilhante e banido um príncipe do Inferno para o submundo. E, em vez de estar exausta, estava com brilho nos olhos. Na verdade, olhando de perto, eu poderia jurar que estrelinhas brilhavam em suas íris.

"Que tipo de magia foi aquela?"

"Do tipo de que demanda pagamento. Agora, vá pegar o vinho." Servi duas taças e entreguei uma à nonna. Ela tomou um bom gole e suspirou. Enquanto ela ainda bebia, deixei a taça de lado e puxei os cabelos para trás. O feitiço que usamos me fez suar. Nonna olhou para o meu pescoço e ficou pálida. "Você foi Marcada."

"Pela adaga de Inveja?" Passei a mão sobre o pescoço no local em que ele havia pressionado a adaga. "Não achei que o corte foi tão fundo."

"Não, bambina. Você foi Marcada por um príncipe do submundo de outra forma. Supostamente, é uma alta honraria entre as Casas dominantes. Muito poucos recebem essas marcas."

Ela devia estar enganada. Em vez de discutir, fui até nossa pequena casa de banho. Tirei os cabelos da frente e me inclinei. Não notei nada diferente, muito menos uma marca especial.

"Viu?" A nonna apareceu atrás de mim e passou o dedo na região. Ela provavelmente tinha usado algum feitiço, porque de repente um pequeno S cintilante começou a brilhar. Apertei os olhos. Ou era uma serpente?

Fiquei imóvel. Era o lugar onde Ira passou a língua na noite em que quase morri, após o ataque do Viperídeo. Ele também tinha feito aquilo de novo esta noite, mais cedo. Hesitante, levantei a mão e passei os dedos sobre a marca. O frio cortou minha pele. Franzi a testa.

"O que isso faz?"

A nonna não parecia nem um pouco satisfeita.

"Permite que você invoque o demônio que colocou a marca aí sem o uso de um objeto pertencente a ele. Enquanto o príncipe do Inferno respirar, nada vai impedi-lo de responder à invocação."

"Está dizendo que... eu posso invocá-lo sem a adaga?"

A nonna confirmou com a cabeça. Parecia prestes a me passar um sermão, então logo soltei os cabelos.

"Isso é perigoso, Emilia. Quem colocou isso em você?"

Não adiantava mentir.

"O Príncipe da Ira."

"Tem certeza?", perguntou ela. Fiz que sim. Ira tinha sido o único que havia tocado em mim. Tentei não pensar em seus lábios em meu pescoço naquela noite. Nem em como ele fazia eu me sentir. A nonna ficou me encarando por mais um minuto. "Acho que agora não há como negar."

"Negar o quê?"

"A profecia. Quando eu era jovem, fui encarregada de ser uma das guardiãs do Chifre de Hades."

Fiquei sem palavras. Repassei sua confissão na cabeça e, de alguma forma, consegui formular algumas boas perguntas.

"Guardiãs?", perguntei. "Quantas são? E que profecia?"

"Tenha paciência. Vou explicar, bambina."

Levei a mão ao amuleto de minha irmã.

"Você os usava?"

"Não, nunca. A cada geração, desde quando La Prima os entregou, uma bruxa era escolhida para guardá-los. Nos contavam uma antiga profecia envolvendo bruxas gêmeas. Apenas quando elas nascessem, na noite de uma tempestade terrível, os amuletos poderiam ser usados."

Respirei fundo. Era muito para absorver de uma vez.

"Como a senhora sabe que Vittoria e eu somos essas bruxas? Talvez existam outras gêmeas..."

"Nenhum par de bruxas gêmeas, ambas com magia, nasceu nessa linhagem."

"Nunca?", perguntei. Nonna fez que não com a cabeça. "Sobre o que, exatamente, é essa profecia?"

A nonna tomou outro longo gole de vinho, entristecendo.

"As gêmeas indicariam o fim da maldição do diabo e seriam obrigadas a fazer grandes sacrifícios para manter os portões do Inferno intactos. Se optassem por não fazer nada, o Inferno reinaria sobre a terra. As gêmeas devem levar o equilíbrio a ambos os mundos. Assim como é em cima, é embaixo."

Meu coração começou a bater forte. Havia algo naquela frase, algo enterrado bem fundo... Eu já tinha ouvido aquilo antes, duas vezes. A primeira foi quando estava sob a influência de Luxúria. E depois quando estava me recuperando, com Ira.

"O que isso significa, de verdade?"

"Ninguém sabe", a nonna respondeu, olhando para os meus pais, que tinham começado a se mexer. "Essa tem sido uma discussão constante entre as treze famílias de bruxas de Palermo. Alguns acreditam que se refere ao uso de magia de luz e das trevas. Outros acham que significa que um príncipe vai se apaixonar por uma bruxa. Há quem acredite que uma das gêmeas vai governar o Inferno para impedir que o mundo seja destruído. E tem os que pensam que ambas as gêmeas devem se sacrificar para salvar os dois mundos. Uma para o Paraíso e a outra para o Inferno."

"Como ser Marcada se encaixa com..."

"Se a profecia for verdadeira, não resta muito tempo. Os portões estão se abrindo." A nonna me puxou de repente do pequeno cômodo para o corredor. "Você precisa correr, Emilia. Deixe-nos aqui e vá. Vamos esperar um ou dois dias e depois vamos nos esconder também. Encontraremos uma forma de nos encontrarmos de novo. Por ora, você deve sair daqui e não chamar a atenção de outro príncipe do Inferno. Entendeu? Não confie neles, em nenhum deles. Vamos encontrar um jeito de enfeitiçar os portões temporariamente. Você deve se concentrar em ficar escondida."

"Eu não posso..."

"Mas vai. Você vai, porque *deve*. Saia daqui antes que aquele demônio volte. Vamos dar um jeito de interromper a profecia, só precisamos de um tempo." A nonna segurou meu rosto com carinho e seus olhos castanhos se encheram de lágrimas. "O amor é a magia mais poderosa. Acima de todo o resto, lembre-se disso. Isso sempre vai orientar para onde precisa ir." Ela soltou as mãos e se afastou. "Agora, vá, bambina. Vá ser corajosa. Seu coração vai vencer as trevas. Confie nisso."

42

Saí de casa cambaleando. O amanhecer pintava faixas vermelhas e douradas no céu. Olhei para cima, tentando me orientar diante da nova realidade. O mundo era o mesmo de sempre, mas parecia ter mudado de maneira irrevogável. Uma profecia prevendo desastre... Respirei fundo mais uma vez. Não dava para acreditar que ninguém havia nos contado aquilo antes. Saber que minha mera existência podia indicar o fim dos dias na Terra era um belo de um segredo para se guardar, em especial se não havia muito tempo antes que os portões do Inferno arrebentassem.

Eu também não conseguia acreditar que a nonna tinha enfrentado um príncipe do Inferno, e vencido. E ter sido Marcada por Ira... Tudo estava acontecendo rápido demais. Mal conseguia processar tudo aquilo. Olhei para trás, para minha casa, e ouvi um leve murmúrio de vozes. Meus pais estavam totalmente acordados. Graças à deusa. Voltei correndo e paralisei antes de encostar na maçaneta. Queria mais do que tudo entrar e abraçar meus pais, dizer que os amava, mas não podia. Lágrimas queimavam meus olhos quando saí apressada. Não queria deixá-los, mas se o que a nonna disse sobre a profecia fosse verdade, todos estariam mais seguros sem mim.

Percorri as ruas, tentando bolar um plano. Fiquei imaginando se minha irmã tinha descoberto sobre a profecia. Caso tivesse, estava explicado por que ela achou que era necessário aceitar o pacto com o diabo. Talvez ela estivesse tentando me salvar. Entre os portões do Inferno desmoronando e a profecia, a escolha se resumia a encontrar um modo de impedir que mais caos chegasse até aqui.

Passei pelo mercado, evitando as bancas de vendedores que conhecia, contornei as multidões e fui parar em uma rua íngreme de frente para o mar.

Estava pensando muito no que a nonna havia dito. Sobre o amor ser a magia mais poderosa. Não sabia se aquilo era verdadeiro no sentido literal, mas o amor por minha irmã gêmea tinha me deixado mais forte. Nos meses que sucederam o assassinato de Vittoria deixei meu conforto de lado para ajudar a levar paz a ela.

Eu tinha invocado um demônio e encontrado quatro príncipes do Inferno. Tinha lutado com um demônio ofídio gigantesco, tinha sido perseguida e quase mordida por outro, e havia sobrevivido a tudo. Consegui informações enganando um demônio, aprendi a ser perspicaz com Ira. Antes de tudo isso, não sabia que era uma guerreira. Agora sabia que era capaz e faria de tudo pelas pessoas que amava.

Peguei o amuleto de Vittoria, desejando me sentir conectada a ela. Queria que ela tivesse visto a nonna combatendo um príncipe demoníaco. Quando meus dedos o tocaram, um detalhe minúsculo surgiu. Não sei como a conexão foi feita, mas lá estava ela.

Erva-doce. A nonna tinha usado erva-doce desidratada em Inveja. E não era a primeira vez que eu via erva-doce relacionada a algo que dizia respeito a combater os Perversos. Ira havia comentado que a imagem pintada na porta daquele velho galpão de pescadores era uma pata segurando um ramo de erva-doce, e não trigo, como eu pensei.

O que significava... Meu pulso acelerou. Pensei em outras histórias de nossa infância. Eu conhecia aquele símbolo — ele não estava no diário de Vittoria e também não pertencia a nenhum príncipe. Pelo contrário. Tinha me esquecido das lendas desde a noite no mosteiro quando Antonio mencionou os transmorfos, mas aquele era o símbolo de uma ordem antiga de transmorfos que supostamente combatiam o mal.

Quase todos no Reino da Itália já tinham ouvido histórias sobre os poderosos transmorfos na infância. Com o tempo, foram transformados em mitos, mas isso não significava que não fossem reais e ainda existissem. Os moradores dos vilarejos com que Antonio havia conversado pareciam achar que eles estavam bem vivos e bem, voltando a se reunir. A empolgação tomou conta de mim. Se uma facção ancestral de guerreiros vivia em Palermo, talvez fosse a hora de perguntar se queriam ajudar a livrar a cidade dos demônios que a invadiam.

Independentemente de qualquer coisa, eu tinha sentido algo sobrenatural naquele galpão com equipamentos de pesca. E estava prestes a descobrir exatamente o que era.

⁂

Dentro do prédio abandonado com o símbolo dos transmorfos pintado tudo estava estranhamente calmo e quieto; como se o próprio espaço esperasse, prendendo a respiração, que seus segredos fossem descobertos. Havia algo ali que eu precisava encontrar. Eu sabia. *Sentia*.

Avaliei os diversos itens com cuidando, prestando atenção a cada tábua do piso, cada canto, e cada item que avistava. As redes e os equipamentos de pesca ainda estavam nos mesmos lugares. Dessa vez, no entanto, resolvi ver se meu *luccicare* localizaria o objeto mágico, da mesma forma que minha irmã era capaz de ouvi-los sussurrando para ela.

Segurei o *cornicello* de Vittoria e me concentrei com afinco em meu dom, tentando obrigar a aura lavanda a se manifestar. Isso não aconteceu, mas aconteceu algo estranho. Quanto mais eu tentava me concentrar no *luccicare*, mais sintonizada ficava aos sons. Fechei os olhos, ouvindo um leve zumbido que me chamava. Havia algo familiar que não conseguia identificar.

Deixei o pensamento racional de lado e me entreguei completamente aos sentidos.

Dei um passo para a direita, e o som desapareceu. Respirei fundo, voltei a me concentrar, e me movi para a esquerda. O zumbido voltou. Fui me aproximando dele, parando e reiniciando o foco sempre que ele começava a desaparecer. Quanto mais perto eu chegava, mais alto e estável ele se tornava.

Dei o último passo à frente e parei.

Abri os olhos. Estava sendo conduzida para a parede dos fundos, onde os anzóis de pesca ficavam pendurados em fileiras organizadas. Lembro de ter passado os olhos por eles no dia em que Ira e eu entramos ali. Tinha me sentido atraída para eles, mas não confiei em meus instintos. Passei os dedos pelos anzóis. Alguns eram brilhantes, outros tinham ficado foscos e enferrujados pelo uso. Fui até o fim da parede e parei. Um anzol de aparência bem comum parecia zunir conforme eu me aproximava. Afastei-me e o som desapareceu.

Voltei a me concentrar e ele voltou. Suspirei e me desprendi das perguntas para as quais não tinha resposta. Não sabia o que fazer, mas estiquei o braço para retirar o anzol velho da parede. Quando o puxei, uma porta secreta se abriu atrás dele. Deusa do céu. Por essa eu não esperava.

Olhei para trás, temendo a presença de um espião invisível à espreita, esperando para contar tudo a quem quer que o tivesse contratado. Fui passando os olhos pela sala devagar, mas a menos que houvesse uma série de demônios Umbra na cidade, aquele que havia sido contratado por Inveja já tinha partido.

Sacudi o corpo para me livrar dos calafrios e voltei a olhar para a porta secreta. Jurei ter ouvido sussurros distantes de muitas vozes chegando pelo centro da passagem oculta. Pensei no diário de Vittoria, nas linhas que ela havia tentado decifrar e se confundiam como a sessão de divinação de Claudia.

Segui as vozes até uma caverna, bem acima do mar...

... encontrei aquilo, enterrado bem fundo... consegui entender uma frase antes de virar caos.

Pensei no "aquilo" que ela havia mencionado. Se cada uma de nós passou a vida usando parte do Chifre de Hades, isso não poderia ser o misterioso "aquilo" a que estava se referindo. O que, então, ela ouviu surrando bem acima do mar? O que Vittoria tinha desenterrado e resolvido enterrar de novo, bem longe dos Malvagi?

Olhei para a porta secreta, perguntando a mim mesma se seria corajosa o bastante para descobrir onde ela levava. Sussurros me chamavam, um pouco mais altos, um pouco mais insistentes. As palmas de minha mão estavam suadas.

Talvez usar o *cornicello* de Vittoria me desse acesso a sua magia. O que significava que seja lá o que tivesse atraído minha irmã à caverna acima do mar, agora estava me chamando.

Se eu quisesse mesmo descobrir o que tinha acontecido com Vittoria, precisava ver o que havia atrás daquela porta. Fazendo uma rápida prece à deusa, segurei seu *cornicello* com força e entrei na passagem secreta.

43

Uma velha escadaria em ruínas me recebeu. Hesitei no degrau mais alto, espiando a escuridão lá embaixo. Não havia tochas nem luzes para me guiar na descida ao abismo. Apenas teias de aranha e o ímpeto inconfundível de correr na direção oposta. Os sussurros estavam muito mais altos e agitados, e encobriam os outros sons. Se alguém ou alguma coisa tivesse me seguido, não saberia até que estivesse quase em cima de mim.

Rocei o polegar na suavidade do *cornicello*. Eu era uma bruxa abençoada pela deusa usando um dos chifres do diabo. Certamente encontraria um jeito de lançar alguma luz. Concentrei-me no *cornicello* de minha irmã, recordando as vezes em que aquela estranha luz roxa havia surgido, e um minúsculo brilho apareceu. Não era muito, mas seria o bastante para iluminar o caminho. Respirei fundo e comecei a longa descida.

Com uma das mãos segurei o amuleto, me apoiando com a outra na parede e me certificando de que não perderia o equilíbrio e rolaria para a morte. Demorou um ou dois minutos, mas finalmente cheguei ao pé da escada. Olhei com atenção ao redor, para ter certeza de que não estava prestes a ser atacada. Estava em um túnel que lembrava o local do ninho do Viperídeo. Senti um arrepio. Sinceramente, esperava não me deparar com aquilo de novo. Impedindo que aquele medo fincasse raízes, segui em frente.

Alguns metros adiante, o túnel se bifurcava em duas direções. O caminho à minha esquerda parecia imediatamente se inclinar, tampando minha visão. O da direita parecia continuar por um tempo até dobrar para a direita. Para ser sincera, nenhum dos dois parecia uma jornada agradável, mas eu não estava ali para me divertir. Fechei os olhos e escutei a magia que me guiava. Os sussurros eram mais fortes para a direita. E um leve puxão no centro do meu ser me levava para aquele caminho. Então foi essa a direção que escolhi.

Perdi a noção de quanto tempo havia transcorrido quando parei de forma abrupta. O amuleto de minha irmã havia passado de um leve brilho roxo para uma forte luz pulsante. Nunca tinha visto nenhum de nossos amuletos agir daquela maneira, e logo fiquei desconfiada. Olhei ao redor, procurando a razão e vi uma cruz pintada de forma grosseira na parede. Acho que estava embaixo de uma igreja. Quando ia desviar o olhar, algo chamou minha atenção.

Ali, um pouco encoberto pela terra, havia um brilho prateado. Os sussurros, empolgados, ficaram estridentes.

Com o coração disparado, me aproximei e me abaixei para limpar a terra. Meu amuleto perdido brilhou para me saudar. Eu o peguei e quase o coloquei no pescoço, mas parei. A nonna dizia que eles nunca deveriam se tocar. Não tinha certeza se isso ainda importava, mas não queria arriscar outra catástrofe. Tirei o amuleto de minha irmã e enfiei no bolso secreto de minha saia. No momento em que meu *cornicello* encostou em minha pele, meus ombros relaxaram. Não tinha percebido quanta tensão estava carregando. Podia ser um dos chifres do diabo, mas agora pertencia a mim.

Levantei-me e olhei ao redor. Achei que ia encontrar um local de encontros secretos dos transmorfos, mas não havia portas nem ramificações. Ponderava sobre minhas opções quando ouvi um som que não era provocado pelo sussurro de objetos mágicos. Havia alguém ali. Poderia ser quem pintou aquele símbolo na porta, ou algo muito pior.

Pensei em sair correndo, mas não seria prudente. Qualquer que fosse a criatura grande e má que estivesse ali, ela provavelmente adoraria uma perseguição. Olhei bem para a frente, feliz por ver o desvio a poucos metros dali. Se corresse, poderia despistar o que quer que estivesse me seguindo. Não perdi nem mais um segundo pensando naquilo e disparei para o próximo túnel.

Dobrei na curva e corri para as sombras, conjurei um rápido círculo de proteção e me enfiei em uma reentrância úmida, fora do campo de visão.

Um leve deslocamento de cascalho indicou que meu perseguidor não tinha desistido. Prendi a respiração, temendo que a menor inspiração ou expiração pudesse me entregar. O perseguidor parou perto o bastante para que eu conseguisse distinguir suas feições, e segurei uma série de xingamentos.

"Você está completamente..."

Ira estendeu a mão e cobriu minha boca antes que eu terminasse a frase. Ele tinha atravessado meu círculo de proteção sem dar nenhum indício de que o havia afetado. Não era para isso ter acontecido, porque estava ligado ao meu poder. Estava atordoada demais para tomar uma atitude inteligente, como mordê-lo.

"Agora que está com o Chifre, há três dúzias de demônios Umbra se aproximando. Duas delas estão te seguindo desde que saiu de casa." Ele tirou a mão. "Se atacarem, quero que corra. Não olhe para trás nem hesite. Entendeu?"

"*O quê?*" Quase quarenta assassinos invisíveis estavam no meu encalço, e essa nem era a parte mais aterrorizante. Imaginar tantos demônios invadindo esse mundo, e os danos que poderiam causar... Era demais. "Como eles chegaram aqui?"

"Tenho dois palpites. Ou os portões estão cada vez mais enfraquecidos, ou alguém invocou todos eles." Ira nos pressionou com mais firmeza contra as rochas, e seu corpo enorme encobriu todo resquício de luz do meu amuleto que pudesse nos entregar. "Se concordar, posso transferir nós dois de volta ao palácio. Você viria comigo?"

Um leve tranco de advertência segurou minha língua. O que era estranho, já que eu queria muito que ele usasse magia para nos afastar do perigo. Mas também era muito conveniente só *ele* saber dos mercenários invisíveis. Inveja tinha conseguido uma coisa: havia criado dúvidas.

"E como isso funciona, exatamente?"

"Simplificando, você viaja pelas dimensões comigo e é depositada no lugar que eu escolher."

"Você disse que eu teria que concordar... Isso acontece todas as vezes?"

"Assim que der a permissão, é eterno."

Apesar do perigo que se aproximava, ainda havia um sentimento incômodo que não conseguia ignorar. Preferia me arriscar com os mercenários a fazer um acordo eterno.

"E o que mais?"

Ele então hesitou. O que me preocupou.

"Basicamente, quando se muda o tempo e o espaço, a sensação é a de ser incinerado. Dura apenas alguns segundos."

Olhei para ele. Fogo e bruxas combinavam tanto quanto demônios e anjos. Eu tinha decidido. Tentaria a sorte com os assassinos.

"Tem que haver..."

"Corra, Emilia!"

Ele se virou e deu um chute no que só poderia ser um demônio Umbra. Não o vi voar, mas ouvi um som estranho. Se era imaterial, não sei bem como Ira havia feito contato com ele. Ele atacou outro, e mais um. Foi só quando eles desabaram que entendi a anomalia. A adaga demoníaca de Ira cortou suas cabeças. Talvez segurar a arma permitisse que ele os acertasse, também.

Quando morriam, perdiam a invisibilidade. Eu queria correr, mas não conseguia sair do lugar. Fitei os rostos pálidos com círculos pretos intensos ao redor de olhos afundados, e dentes com pequenas pontas que saíam de gengivas apodrecidas. Pareciam cadáveres e tinham o mesmo cheiro.

Era difícil escolher se era melhor ou pior não conhecer seus rostos verdadeiros.

"Pegue os chifres e vá!" Ira se lançou à frente, atacou, cabeças rolaram. Ele era a violência em carne e osso. Ao observá-lo atacando e mutilando demônio atrás de demônio, imaginei que era invencível.

Ele atacava, defendia, chutava e cabeças rolavam. Partes de corpos voavam. Sangue escuro espirrava. Não havia nada que pudesse detê-lo.

Inveja saiu da parte mais escura das sombras, com os olhos brilhando como esmeraldas.

"Ataquem!"

Ele estalou os dedos uma vez, e pude identificar as formas sombrias dos demônios Umbra enquanto se aglomeravam como uma colmeia de vespas ferozes. Ira lutou e se debateu e conseguiu derrubar mais alguns, mas não adiantou muito. Mesmo algo tão poderoso quanto o demônio da guerra não era capaz de conter a onda de corpos invisíveis que continuava a atacá-lo. A não ser que liberasse toda a sua magia.

Curiosamente, nenhum deles sequer respirou em minha direção.

No fim das contas, eles seguraram Ira. Seu poder estrondou, ecoou pelos túneis e desprendeu alguns pedaços de pedra enquanto Inveja apenas gargalhava. Consegui desviar um segundo antes do caminho de um pedaço enorme que caiu no lugar onde eu estava.

"Vá em frente. Use todo esse poder, irmão. Vai soterrar sua bruxa." O ronco que vinha das profundezas da terra cessou. Inveja olhou para mim, sorrindo. "Não se preocupe. Isso continua sem ter relação com os sentimentos dele, queridinha. Você é um meio para um fim. Não é verdade, irmão?"

"Se fizer isso, estará se condenando também." Mesmo contido, cercado por inimigos, Ira não parecia intimidado. "É isso que realmente quer?"

"Talvez eu goste dessa coisa de ser condenado ao Inferno." Inveja limpou terra imaginária da lapela. "Talvez você devesse se lembrar de como é, querido irmão. Quando algo que deseja é tirado de você. Pena que você não lembra que eu, também, sou alguém para se temer. Permita-me recordá-lo disso."

Se não fosse pela pancada molhada de virar o estômago e pelo grito abafado de Ira, não saberia que algo — além de estar cercada por demônios mercenários invisíveis — estava errado. Observei com horror silencioso enquanto Inveja afundava a espada na virilha de Ira e a arrastava por seu corpo, abrindo-o de ponta a ponta. As tripas saltaram para fora enquanto o corpo se curvava, seus olhos arregalados.

"Fuja", grunhiu ele, tossindo. Sangue respingou em seus lábios.

Olhei fixamente, sem piscar. Acho que gritei.

Os sons ao redor foram substituídos por um lamento muito agudo na minha cabeça. Meu rosto ficou quente, depois gelado. O abdome todo de Ira estava aberto. Em um segundo ele estava de pé, lutando e então... então... havia tanto sangue. Caí de joelhos e vomitei.

Inveja riu, o som ecoou pelas paredes.

"Há tempos quero fazer isso, irmão. Não dá para dizer o quanto isso é bom, te ver sangrar." Ele olhou para mim, curvando o lábio superior. "Olhe de perto, queridinha. É assim que trato minha família. Imagine como é ser minha inimiga. Não pense que a perdoei pelo que você e sua avó fizeram comigo."

Ele torceu a adaga e Ira cuspiu um sangue escuro. Forcei-me a assistir, a ficar ali. Não podia desabar ainda. Os demônios Umbra que seguravam o demônio da guerra devem tê-lo soltado; Ira escorregou para o chão, olhando para a brutalidade de seu ferimento.

Inveja levantou a lâmina de novo, mas não consegui aguentar.

"Pare!" Segurei um grito quando Inveja ignorou meu pedido e o golpeou uma vez mais. Ele deu um passo para trás para examinar os danos. Ira se esforçou para olhar para mim, mas não conseguiu. Ele nunca se esforçava. Acho que não era de sua natureza.

"Por favor... Emilia. Eu..." Ele se engasgou; soava rouco e cansado. Estava morrendo. Morrendo de verdade.

Algo se revolveu em mim.

Corri para o lado dele, com as mãos desajeitadas, e tentei estancar o sangramento.

"Está tudo bem. Tudo vai ficar bem. Só precisa se curar."

Mais uma vez, eu não tinha feitiço nem magia para conjurar e fechar aquela ferida. Estava abalada demais para pensar com clareza. Só tinha minhas mãos e a esperança de que ele conseguiria se curar rápido o bastante. Ele lentamente se virou para mim, e a luz deixou seus olhos antes que encontrassem meu olhar suplicante. Isso não podia estar acontecendo. Eu precisava dele.

"Não." Agora, mais do que nunca, ele precisava se levantar e ficar bem. Eu o chacoalhei algumas vezes. Ele estava rígido de uma forma que não era natural, pupilas fixas. Sabia o que aquilo significava e não podia... *ele* não podia estar morto. Esse demônio estúpido e arrogante deveria ser imortal.

"Levante."

Ele precisava se curar. Só precisava de um tempo. Eu poderia pressionar o ferimento por mais alguns minutos. É só o que ele precisava. Alguns minutos. Dava para fazer isso. Eu poderia ficar lá até que ele se remendasse de volta.

Ainda estava ajoelhada, com as mãos ensanguentadas, quando o corpo dele desapareceu deste mundo.

Olhei para o sangue fresco nas mãos. Havia tanto. Sangue demais. Nenhum mortal sobreviveria àqueles ferimentos. Ira sempre tinha se curado de forma instantânea.

Ele estava ferido, mas não estava morto.

Assim como Luxúria, quando foi atingido pela lâmina de Ira. Ele não podia estar morto. É para isso que servia a imortalidade. Mas... eu tinha visto a vida deixar os olhos do demônio. Luxúria não tinha ficado daquele jeito. Ainda respirava quando desapareceu e voltou ao Inferno. De repente, eu não conseguia respirar. Sem ele, eu...

Estendi as mãos; elas tremiam. Olhei para baixo e as observei de uma forma estranha e distante enquanto meu corpo inteiro tremeu com violência. Ver o corpo de minha irmã tinha sido horrível, mas testemunhar alguém sendo eviscerado... Esfreguei as mãos na saia, mas o sangue não saía. Esfreguei e esfreguei e...

"Basta." Inveja envolveu meu punho com longos dedos, fazendo os ossos se rasparem. Um pouco mais de pressão e ele quebraria alguma coisa.

"Todo esse aborrecimento poderia ter sido evitado se você tivesse escutado. Não pode culpar ninguém a não ser a si mesma."

"E-ele... e-ele v-vai s-sobreviver?"

Inveja se ajoelhou ao meu lado e pressionou o lado cego da adaga debaixo do meu queixo. A lâmina ainda estava escorregadia com o sangue de Ira.

"Deveria rezar para sua deusa para que ele não sobreviva. Agora, me dê o Chifre de Hades, e posso pensar em acabar com você rapidamente."

Desviei o olhar da mancha de sangue onde Ira havia caído. Ele tinha lutado por mim. Ele se colocou entre mim e seu irmão, e pagou por isso. A raiva de repente tomou conta, livrou minha mente da dor. Olhei para Inveja e enfiei a mão no bolso da saia. Rapidamente enrolei o amuleto de Vittoria no pescoço, por fim juntando os Chifres de Hades.

O estalo do que parecia um chicote rompeu o silêncio quando os chifres do diabo foram reunidos. O poder fluiu através de mim.

"Saia daqui. Saia daqui antes que eu o *obrigue*."

"Está cometendo um erro terrível." Inveja não recuou nem fugiu, mas me obedeceu. "Não vou esquecer tão cedo de sua desobediência, queridinha. E nem você deveria. Não é pouca coisa ser inimiga de um príncipe do Inferno. Venham."

Ele reuniu seus assassinos invisíveis e foi embora do túnel úmido. Esperei até que ele sumisse para cair no chão. Depois daquela demonstração de poder, não conseguia me mexer. Abracei os joelhos. As coisas tinham dado errado de forma espetacular, e dessa vez eu não fazia ideia de como seguir em frente. Ira não estava mais comigo. Minha família estava escondida, e vencer os príncipes do Inferno sozinha parecia mais impossível do que nunca. Ver Ira rasgado de ponta a ponta despertou algo em mim. Pensei que ele era invencível, então que chance *eu* realmente tinha?

Queria ser corajosa, ousada, esperta e subjugar meus inimigos com astúcia. Admitir que eu tinha muito a aprender parecia uma derrota. Eu tinha a magia e o Chifre de Hades, mas não tinha tempo para aprender truques mais sombrios para equilibrar o jogo. A nonna disse que tentaria retardar a abertura dos portões do Inferno, mas não havia como saber se ela conseguiria antes que nosso tempo acabasse.

Ser realista não significava que eu era uma derrotista. Talvez as coisas *pudessem* melhorar se eu parasse de lutar e esperasse para ver se o diabo me queria.

Ou talvez, agora que tinha seus chifres, devesse invocá-lo, fazer um pacto nos meus termos, e evitar uma destruição maior. Minha atenção se voltou para o lugar onde Ira havia caído. Tinha uma sensação de que sabia o que ele faria. E eu sabia o que Vittoria teria escolhido. Mas ainda não tinha certeza do que eu queria.

Então fiquei ali, sentada, ao lado do sangue do meu pior inimigo, que secava, e chorei.

O REINO DAS BRUXAS
IRMANDADE MÍSTICA

44

Feitiços de ressurreição são parte tanto das artes das trevas quanto do Proibido, pois vão contra a ordem natural. Ao tomar de volta uma vida ceifada pela Morte, ela fará sua desforra em outro lugar, equilibrando a balança. Assim como é em cima, é embaixo.
— Notas do grimório di Carlo —

Uma hora depois, estava em frente ao palácio em ruínas. Não tinha outro lugar seguro para ir, e esperava que, de alguma forma, a magia de Ira ainda estivesse protegendo o edifício. Eu tinha acabado de entrar no andar térreo e fechado a porta quando uma pontinha de frio arranhou meu pescoço. Pensei em ignorá-la, mas lembrei do que a nonna falou sobre ser Marcada por um príncipe do Inferno.

Ira tinha me dado uma forma de invocá-lo.

Subi as escadas correndo e tirei os materiais de uma bolsa extra que havia arrumado dias antes. Velas pretas, alguns ossos de animais do restaurante, meu próprio grimório que havia iniciado e...

Sangue e ossos! Sem a adaga de Ira, eu não tinha o ingrediente principal necessário para invocar um demônio da Casa Ira: ouro. Andei de um lado para o outro, praguejando.

Por um maldito instante desejei que alguma coisa fosse fácil.

Tirei as velas do caminho e me joguei na minha cama, segurando as lágrimas. Tinha ficado com tanta raiva de Ira depois de nosso beijo, tão arrasada por ele não ter me contado o que realmente estava procurando, que até quis machucá-lo, mas nunca daquele jeito.

Ver alguém que você conhece morrer, mesmo que seja alguém de quem *não deveria* gostar, não era pouca coisa. E ainda tinha a ameaça de Inveja, de acabar minha família... Não sabia como agir a partir daquele momento. Recostei-me e observei as linhas finas que atravessavam o teto, pensando que eram como as pequenas fissuras que tinham quebrado minha vida em um milhão de pedacinhos. Cada linha representava outro caminho, outra escolha, outra tentativa de corrigir os erros cometidos. Refiz mentalmente meus passos ao longo das últimas semanas, tentando adivinhar em que momento teria tomado o rumo errado.

Nenhuma resposta sábia se revelou, desisti e rolei para o lado. Encontrei na pequena cômoda ao lado da cama uma garrafa de *prosecco*, duas taças e uma tigela com fatias de laranja cobertas de chocolate. Não lembrava de ter visto nada daquilo ali antes, mas Ira podia ter levado as guloseimas enquanto jogávamos escopa.

Não sabia o que fazer, então afastei os pensamentos e tirei a rolha, observando as bolhas efervescentes estalando levemente enquanto enchia a taça. Se o mundo como eu o conhecia estava acabando, eu merecia uma bebida antes de fazer um pacto com o diabo. Levei a taça aos lábios e fiz uma pausa. Ira tinha dito para olhar na cômoda se eu estivesse entediada. Não estava entediada, mas estava *intrigada*.

Apoiei a taça e abri a gaveta de cima.

Um pequeno anel de ouro em formato de ramos de oliveira repousava sobre uma base de veludo molhado.

Era simples, mas lindo. Eu o peguei e coloquei no dedo indicador. Serviu perfeitamente. Meu coração se contorceu. Sabia exatamente por que ele o havia deixado para mim. Nos tempos da Roma Antiga, um ramo de oliveira era dado por um inimigo como um gesto de paz. Uma lágrima escorreu pelo meu rosto enquanto lembrava dele chamando aquilo de galho de confiança. Ira, provavelmente supondo que eu não teria muito ouro, deu a mim a peça final de que precisava para invocá-lo. Ele havia se preparado para tudo. Estratégico até o osso.

Sentindo-me esperançosa pela primeira vez no que pareciam eras, arrumei as velas em um círculo e as acendi, coloquei os ossos e samambaias recém-cortadas e comecei a invocação. Usei um pouco do meu próprio sangue como oferenda, e pinguei algumas gotas no círculo.

"Pela terra, pelo sangue, pelos ossos. Convido-te. Vem, entra no mundo dos homens. Junta-te a mim. Vinculado a este círculo até eu te mandar embora."

Ajoelhei-me ali, esperando pela fumaça que indicava a chegada de Ira. Segundos se passaram. Contive minha esperança. Da última vez, segundos depois do encantamento ser feito, os primeiros sinais de sua chegada já tinham acontecido. Talvez, por ele estar muito ferido, precisasse de uma oferenda maior. Pinguei mais algumas gotas de sangue no círculo. Nada aconteceu.

"Vamos, demônio."

Refiz o ritual. Arrumei as folhas de samambaia, ossos e velas até que formassem um círculo perfeito. Coloquei o anel dentro da área de contenção e então pinguei mais sangue.

"Pela terra, pelo sangue, pelos ossos. Convido-te. Vem, entra no mundo dos homens. Junta-te a mim. Vinculado a este círculo até eu te mandar embora."

Deixei de fora o latim novamente, já que da última vez ele tinha resultado em um noivado não planejado e Ira disse que não era necessário. Como tudo permaneceu em silêncio, fiz mais uma tentativa, porém usando o mesmo encantamento que nos vincularia em profano matrimônio se Ira aceitasse.

"Pela terra, pelo sangue, pelos ossos. Convido-te. Vem, entra no mundo dos homens. Junta-te a mim. Vinculado a este círculo até eu te mandar embora. *Aevitas ligati in aeternus protego.*"

Uma brisa forte apagou uma das velas. Esperei, prendendo a respiração, pela ascensão do poderoso demônio da guerra. Imortal. Furioso. Arrebatador. Preparei-me para o sermão que certamente viria. Mas o tempo foi passando, não havia fumaça, nem sinal de que eu havia invocado alguma coisa. Esperei mais um pouco. Pássaros começaram a chamar uns pelos outros do lado de fora; a manhã não demoraria a chegar. E o feitiço para Ira só poderia ser conjurado à noite.

Mesmo assim, tentei de novo, esperando que funcionasse.

Por fim, o que restava da minha esperança se extinguiu. A nonna disse que enquanto estivesse vivo, Ira viria. O fato de ele não ter aparecido me encheu de pavor. Lembrei do começo de tudo, quando rezei para a deusa da morte e da fúria, e não conseguia deixar de me perguntar se ela não teria finalmente exercido a vingança, que eu não queria mais, contra ele.

Observei as velas tremeluzindo, desejando que elas incendiassem a cama e todo o palácio. Seria adequado que o resto de meu mundo pegasse fogo. Ira realmente havia partido e levado com ele minha última esperança.

O Chifre de Hades estava comigo, mas não tinha certeza de como usá-lo para fechar os portões do Inferno. Minha família tinha fugido, Antonio foi sequestrado por Inveja e a mente da minha melhor amiga ainda estava presa entre mundos. Demônios Umbra tinham se infiltrado na cidade, e eu não fazia ideia de como me livrar de todos eles.

Soprei as velas da invocação uma a uma até ficar completamente no escuro.

45

Quando o sol espalhou seus primeiros raios sobre o mar, eu já estava vestida para a batalha. Olhei no espelho e terminei de trançar metade do meu cabelo como uma coroa, deixando a outra metade solta. Prendi a parte superior com duas grandes presilhas de ramos de oliveira incrustadas de diamantes que — com exceção das pedras preciosas — combinavam com meu novo anel. Apliquei pigmento cor de vinho nos lábios e passei kajal nas pálpebras.

Dei um passo para trás e admirei meu trabalho; eu parecia perigosa. Meu vestido era de um vermelho intenso com mangas curtas feitas apenas de escamas douradas. Era escuro o suficiente para disfarçar o sangue, mas não era mais um traje totalmente preto. Não me incomodava com a cor, só parecia demais que estava de luto.

E já estava bastante cansada de me sentir triste.

Ira disse que eu tinha uma escolha a fazer — eu poderia ser uma vítima ou uma vencedora. E, por mais que odiasse admitir, ele estava certo. Sempre haveria pessoas tentando me derrubar, ou me dizendo quem eu era ou quem achavam que eu deveria ser. As pessoas com frequência transformavam palavras em armas, mas elas apenas teriam poder se eu lhes desse ouvidos em vez de confiar em mim mesma.

Se meus inimigos quisessem criar dúvidas em mim, eu acreditaria ainda mais em minhas próprias habilidades. Mesmo que tivesse que fingir até parecer real.

Deixei Zisa e rumei para o coração da cidade.

Cortei caminho pela Cidade Velha e fui para o Mercado Ballarò onde as barracas de comida estavam montadas ao redor do palácio real. Não fiquei surpresa ao ver que já havia um pequeno amontoado de gente esperando pelos *arancini* e *panelle* dos Nucci. Tanto os bolinhos de arroz fritos quanto as panquecas salgadas de grão-de-bico eram comidas de rua populares.

O sr. Domenico enxugou a testa com um pano e passou adiante uma sacola de comida. Fiquei feliz por vê-lo longe da casa de jogos de Avareza. Facilitaria parte do meu plano.

Observei a fila diminuir lentamente e as pessoas irem embora com suas sacolas de comida. Meu estômago roncou com a visão e os aromas, e decidi que comprar alguma coisa seria uma boa desculpa para conversar. De qualquer modo, precisava comer.

"*Buongiorno*, signorina di Carlo. O que vai comer hoje?"

"*Panelle* com fatias extras de limão, por favor."

O patriarca dos Nucci fritou as panquecas com perfeição, polvilhou um pouco de sal marinho e depois as colocou em uma sacola de papel com uma fatia a mais de limão. Entreguei minhas moedas e fui para a lateral, onde o toldo fazia um pouco de sombra.

"Como vai Domenico Junior?"

"Ele se meteu em alguma confusão?"

Não tive certeza de como responder àquilo, então usei um dos truques favoritos de Ira e ignorei.

"Minha irmã falava sobre ele, e ouvi dizer que tem passado muito tempo no mosteiro. Deve ser difícil para ele, perder alguém de quem gostava."

O sr. Domenico desviou o olhar para a pessoa atrás de mim, serviu um pedido de *arancini* e colocou mais alguns para fritar.

"Ele está bem. Foi para Calábria hoje de manhã para ajudar o primo."

Parei de mastigar minha *panelle*. De todos os momentos em que Domenico Junior poderia viajar, era estranho ter escolhido este. Mudei de tática.

"Tem frequentado aquela casa de jogos?", perguntei, esperando não ter sido muito grosseira. "Preciso encontrá-la o quanto antes."

Ele balançou a cabeça.

"Receio não poder ajudar. Ouvi dizer que o sujeito que a administra foi embora."

Internamente, gritei e amaldiçoei a deusa das oportunidades perdidas. Estava prestes a sair dali quando notei uma tatuagem estranha no antebraço dele. Uma pata segurando o que parecia ser um ramo de erva-doce. Voltei o olhar para a lateral de seu carrinho de comida — o mesmo símbolo estava pintado ali. Tinha me enganado. Não tinha visto aquilo no diário de minha irmã. Eu o vi no dia em que Ira e eu tentamos nos aproximar para investigar o assassinato de Giulia Santorini. Prendi a respiração quando as peças se encaixaram. *Signore* Nucci era um transmorfo.

Engoli em seco e lentamente levantei os olhos. Domenico notou que eu estava olhando para sua tatuagem e desceu as mangas, apesar do calor que fazia.

A reação dele disparou sinos de alerta.

Lembrei do diário da minha irmã. Ele só dizia Domenico Nucci. Nunca especificou se era o pai ou o filho.

"É você", falei, derrubando a sacola de *panelle*. "Vittoria escreveu seu nome no diário. Nunca foi Domenico Junior. Você a machucou? Ela descobriu o que você é?"

"Não é nada... Não saia por aí fazendo esse tipo de acusação. Me dê um segundo."

Domenico mudou a placa da barraca para FECHADO e fez sinal para que eu o acompanhasse até a esquina, onde a circulação de pessoas era menor. Eu não queria ficar longe multidão, e ele parecia saber disso. Paramos em um lugar onde ainda estávamos cercados de gente, mas que não daria para nos ouvir.

"Sua irmã servia bebidas na casa de jogos de Avareza."

Meu coração batia loucamente. Finalmente, depois de todo esse tempo, tinha uma nova pista sobre o que Vittoria vinha fazendo antes de ser morta.

"E? Ela sabia o que você era?" Ele confirmou. "Você a viu alguma vez com Avareza?"

"Sim. Em uma dessas noites ela foi falar com ele, tinha uma ideia. Eles estavam trabalhando em um plano com o qual ambos se sentiam confortáveis."

"Como você se envolveu em tudo isso?" Ele não parecia disposto a responder, então puxei a faca escondida em meu corpete e deixei o sol refletir na lâmina. Tinha aprendido alguns bons truques com o demônio da guerra.

"De um jeito ou de outro terei minha informação, *signore*. Você escolhe como faremos isso."

"Certo, certo." Ele engoliu em seco e olhou ao redor. "Você sabe sobre os benandanti."

Confirmei. Todo mundo sabia.

"Transmorfos, de certa forma. Seus espíritos mudam para formas animais para fazer uma viagem astral quatro vezes por ano. Eles também lutam nas Batalhas Noturnas."

"Bem, é isso que são os benandanti. Não somos eles, mas eles tomaram nosso símbolo, por isso com frequência nos confundem. Podemos mudar de forma física sempre que queremos. Somos chamados de Lobos Braseiros. Os benandanti são humanos, nós não somos. Pelo menos não completamente. A maioria diria que somos lobisomens."

"Lobisomens", repeti. "Você se transforma fisicamente em lobo?"

O sr. Domenico confirmou com a cabeça.

Eu precisei de um momento para me recuperar. Nunca tinha ouvido falar de Lobos Braseiros, mas havia muitas histórias sobre lobisomens. Nas velhas histórias que me contaram, os lobos permaneciam com sua alcateia e só eram leais uns aos outros. Não entendi como, ou por que, se associariam aos demônios.

"Por que estava com Avareza?"

Ele olhou para o chão.

"Fizemos um acordo."

A lembrança de vê-lo com pilhas de fichas de jogo passou pela minha cabeça. Tinha uma forte suspeita de que sabia o rumo que isso tomaria.

"Ele prometeu perdoar suas dívidas se o ajudasse?"

Ele confirmou.

"Achei que seria um mau negócio para ele. Então descobri que, para começar, a ideia nem era dele. Ele disse que só queria que os lobos lutassem ao lado do diabo quando a hora chegasse. Não nos transformamos há quase duas décadas, então não achei que o acordo tivesse algum valor."

"Por que não se transformam?"

Ele deu de ombros.

"Ninguém sabe. Em um dia conseguíamos, no outro não conseguíamos mais."

"Mas isso mudou recentemente, não foi?", perguntei. "Alguém mudou de forma?"

"Quando um rapaz comemora seu 20º ano, normalmente se transforma pela primeira vez."

E apostaria qualquer coisa que Domenico havia feito aniversário recentemente e ficado muito surpreso ao se transformar em lobo.

"Não contou ao seu filho o que vocês eram?"

Ele negou, balançando a cabeça lentamente.

"Fazia tanto tempo... Não achei que aconteceria. Quando Dom se transformou, sabia que teríamos problemas. Contei a ele o que tinha prometido." Ele enxugou uma lágrima. "A decepção no olhar de meu filho foi o bastante para acabar comigo. A vergonha que eu trouxe pro nosso legado, nossa família. Lobos não lutam por ninguém fora da alcateia. Agora Dom reza por mim e por si mesmo no mosteiro, esperando que meus pecados sejam perdoados."

"Como minha irmã descobriu o que você é?"

Ele ponderou por um instante.

"Não tenho certeza. Mas foi ela que sugeriu que Avareza fizesse um acordo comigo. Quando o acordo foi fechado, ela me fez prometer que manteria minha palavra."

"Vittoria armou o acordo entre você e Avareza?", perguntei, com o coração martelando o peito. "Tem certeza de que a ideia foi dela e não dele?"

"Positivo", disse o *signore* Nucci. "Era parte do tal plano dela. Mas ela nunca me contou o que era, então receio não poder ajudá-la com isso. Só disseram para eu ficar preparado para quando nos chamassem."

Soltei o ar devagar. Vittoria tinha encontrado uma maneira de forçar dois inimigos a trabalharem juntos. Uma frente unificada para lutar contra o verdadeiro inimigo. Que ainda era desconhecido. Ponderei sobre essa nova informação com cuidado. Minha irmã acreditou em Avareza. Eu acreditei em Ira. E Inveja ainda era o assassino óbvio, exceto que... ele não tinha se gabado por ter arrancado o coração do corpo de ninguém, e ele não estava com meu amuleto. O que significa que o assassino pode ainda estar à solta.

"Domenico não viajou mesmo para o continente, viajou?"

"Não", *signore* Nucci admitiu, fungando. "Ele está no mosteiro."

Todos os caminhos continuavam levando ao mosteiro. E eu não acreditava mais em coincidências.

O corpo de minha irmã foi encontrado no mosteiro.

A sessão de divinação de Claudia que deu errado foi no mosteiro.

Domenico rezava no mosteiro quase todos os dias, mas, de acordo com Claudia, ele também conversava com os membros da irmandade. Apostaria qualquer coisa que ele tinha contado seus problemas para a pessoa errada, principalmente pela forma como agiram na noite em que encontrei Claudia.

Eu me despedi do *signore* Nucci e corri para caçar minha próxima pista.

Antes de Vittoria ser assassinada e meu mundo virar um inferno, a nonna disse que havia caçadores de bruxas ativos buscando presas na ilha. Eu os havia descartado depois de invocar Ira e ter encontrado outros três príncipes do Inferno vagando pela terra. Mas talvez tivesse me precipitado.

Se alguém queria matar bruxas, a ordem sagrada era o suspeito perfeito. Quem melhor para erradicar o mal do mundo do que aqueles ordenados por Deus?

Então me lembrei do irmão Carmine na noite em que encontrei Claudia; ele tinha um brilho assassino no olhar. Ele avançou para onde estávamos parecendo sedento por sangue. Sabia que ele desprezava bruxas e não fazia um de seus discursos cáusticos no mercado havia anos. Só podia imaginar o quanto ele adoraria subir de novo no púlpito e vomitar mais ódio. Seu desprezo público pelos usuários de magia fazia dele o principal suspeito de ser um caçador de bruxas.

De um jeito ou de outro, estava perto de descobrir os segredos que a irmandade sagrada escondia.

46

Um grupo de pessoas encapuzadas estava reunido no pátio. A tensão entre a irmandade era densa como o calor do verão. Um de seus membros havia desaparecido, e várias mulheres jovens estavam mortas. Não me surpreendia que culpassem o diabo. Eu me escondi perto da borda do edifício principal e vasculhei a multidão com o olhar, buscando o único membro que eu sabia que não encontraria.

Irmão Carmine estava no centro, socando o ar com a mão a cada palavra apaixonada que saía de sua boca. Aparentemente, eu havia chegado no ápice do discurso que fazia.

"Nosso Deus é um Deus poderoso, e não vai tolerar uma infestação do mal", bradou. "Devemos liderar pelo exemplo Dele nesses tempos sombrios e perturbadores. A hora do julgamento está chegando. Temos que deter o mal antes que ele plante as sementes de seus maus caminhos! Venham, vamos espalhar a Palavra a nossos semelhantes. Vamos conduzi-los à Salvação."

"Amém", gritaram todos em uníssono.

A multidão se dispersou em direção à cidade, para salvar almas humanas. Saí devagar de trás do edifício e soltei o ar, tensa. O irmão Carmine não falou sobre o diabo ter desfeito a maldição, mas o que disse foi um pouco desconcertante pela exatidão. Pela primeira vez, almas humanas realmente corriam perigo. Minha suspeita a respeito dele aumentou. Se um grupo misterioso de caçadores de bruxa havia se formado, era muito provável que eu tivesse acabado de encontrá-lo.

Enquanto ponderava se devia ou não seguir o irmão Carmine, senti o chamado da magia vindo de dentro do mosteiro. Era exatamente igual à noite em que havia encontrado o corpo de Vittoria.

Ou até mais poderoso.

Talvez eu só estivesse mais sensível a ele. Ou talvez isso tivesse alguma relação com o conjunto completo de chifres em minha posse. Retirei o *cornicello* da minha irmã de onde o havia escondido no vestido e o levantei. Até para uma bruxa não humana parecia um sacrilégio usar os chifres do diabo em um espaço sagrado. Mas eu não entraria ali de jeito nenhum sem proteção. Juntei o *cornicello* dela com o que eu já usava e senti minhas veias formigarem com a magia.

Antes de entrar, dei uma última olhada ao redor. Tudo estava tranquilo. Os membros da irmandade não estavam mais ali. Atravessei o pequeno pátio e abri a porta. Enquanto passava com pressa pelos corpos mumificados no corredor vazio, senti... Estava sendo observada.

Virei sem sair do lugar e esquadrinhei o corredor que costumava fazer meu coração acelerar e minhas mãos tremerem. Dessa vez, quando meu pulso disparou, não foi porque eu estava com medo do que encontraria. Eu *queria* que alguém tentasse me atacar.

"Mostre-se."

Diferente do que acontecia nos romances que eu adorava ler, nenhum vilão apareceu, deu uma gargalhada sombria e revelou seus planos malignos de forma poética. Não apareceu ninguém. Eu estava mesmo sozinha. Fechei os olhos, segurei o Chifre de Hades, respirei fundo e me concentrei. Quando voltei a olhar para o aparentemente vazio corredor dos mortos, ouvi sussurros debilitados.

Não eram desse mundo.

Bloqueei todo o resto, exceto o som das vozes abafadas. Eu as segui, indo mais fundo nas catacumbas. Prestei atenção em cada desvio e cada novo corredor em que entrava, esperando encontrar o caminho de volta se precisasse correr. Nunca havia ido tão longe dentro do mosteiro; nem mesmo sabia que *existiam* tantos corredores labirínticos que se retorciam e desciam fundo, até o centro da terra.

Enquanto prosseguia em silêncio, o zumbido das vozes ficava mais alto. Meus nervos se eriçaram. Havia algo mágico por perto. E era poderoso. Parte de mim queria ignorar tudo e sair correndo. Mas muita coisa estava em jogo. Segui em frente, me forçando a enfrentar meus medos.

Vários minutos depois, parei em um corredor úmido esculpido em calcário com uma tocha solitária em uma arandela. A luz tremulava de forma ameaçadora, como a cauda de um gato irritado. Eu não precisava de um sinal da deusa para saber que algo perigoso estava por perto. Não sabia dizer se meu estômago revirava de apreensão ou empolgação. De um jeito ou de outro, alguma coisa estava prestes a acontecer.

Uma porta próxima ao final do corredor estava entreaberta, como um convite. Dei os últimos passos e parei ao lado dela. Podia muito bem ser uma armadilha, mas os sussurros passaram a ser frenéticos.

Precisava descobrir o que havia lá dentro. Aproximei-me devagar, com o coração batendo forte, e abri a porta um pouco mais. De fora, a sala parecia vazia. As aparências muitas vezes enganavam. Antes de entrar, olhei ao redor só para ter certeza de que não era uma armadilha. Partículas de poeira giravam em círculos. Tudo estava quieto. Ilusão era uma magia enganosamente fácil — muitas vezes projetam o que se espera encontrar.

Eu já deveria saber.

O REINO DAS BRUXAS
IRMANDADE MÍSTICA

47

No momento em que passei pela entrada soube que tinha cometido um erro. Parecia que o ar era uma faixa que se partiu e me prendeu no lugar. Fiz força para voltar para a porta, mas foi inútil. Eu ficaria naquela sala até que quem tivesse lançado o feitiço de contenção decidisse me libertar.

Os sussurros se tornaram um burburinho. Havia tantas vozes, tantas conversas, que mal conseguia ouvir meus próprios pensamentos.

"Está aqui."

"Ela chegou."

"Desfaça o laço."

"Liberte-a."

Cobri os ouvidos e procurei por uma saída possível ou meios de desfazer o feitiço. Queria que o barulho parasse. *Imediatamente.* O feitiço cessou de forma abrupta, como se estivesse em sintonia com meu desejo. Meu olhar examinou a versão real da sala. As paredes estavam cobertas de palavras. Frases e mais frases em latim — algumas em letras maiores, outras menores — preenchiam cada centímetro das paredes, do chão ao teto. Alguém esteve bastante ocupado. Nunca tinha visto magia sendo usada daquela maneira.

As letras brilhavam suavemente e pulsavam como se fossem parte de uma entidade viva. Quis cair de joelhos; um feitiço poderoso como aquele não seria facilmente desfeito. Mas eu não desistiria. Procurei por indícios de uma emboscada. Só eu estava ali, a não ser por um livro.

Meu coração sossegou. Aquilo tinha que ser o "aquilo" que Vittoria descreveu em seu diário.

Quando foquei minha atenção para o livro, as vozes recomeçaram, mais suaves, mais sedutoras. Hesitante, tirei as mãos dos ouvidos. Mal conseguia respirar. Aquele era o segredo que minha irmã morreu para proteger. Eu sabia, do fundo do meu ser.

Um único feixe de luz iluminava o tomo antigo, com capa de couro, que repousava sobre um pedestal esculpido em uma sólida rocha de obsidiana. Nunca havia visto uma pedra preciosa tão grande, e avancei com cuidado até parar na frente do livro misterioso. As vozes silenciaram.

Um símbolo de Lua Tríplice moldado em estanho adornava a capa, mas não havia título para indicar o que ele continha. Era definitivamente mágico, dado quanto poder emanava de suas páginas. Uma luz lilás suave o envolvia. Lembrava o *luccicare* que costumava ver ao redor de humanos, e tinha o mesmo tom de roxo da minha tatuagem. Não sabia o que isso significava, mas fazia uma boa ideia do que aquilo era — o primeiro livro de feitiços. Incrivelmente, Vittoria *tinha encontrado* o grimório de La Prima.

Era tão comum, tão simples... E havia custado tanto à minha irmã...

De repente, quis queimá-lo.

Não era maior que qualquer outro livro antigo, mas o poder era diferente de qualquer coisa que eu já havia sentido. A capa estava gasta em lugares onde parecia ter sido aberta e fechada um milhão de vezes.

Como na noite em que encontrei o corpo de minha irmã, havia um puxão silencioso, insistente, no cerne do meu ser. Dessa vez, ele suplicava para que eu abrisse o livro, para que espiasse os feitiços que sentia emanando dele. Estendi o braço devagar e abri o grimório em um ponto que estava marcado com uma fita.

Um familiar papel preto com raízes douradas nas laterais me recebeu. Examinei a página — era uma invocação para a estrela da manhã. Fechei o livro e me afastei.

Alguém havia invocado o diabo. Ou queria fazê-lo.

"Finalmente."

Dei um pulo para trás quando um sujeito encapuzado entrou na sala, e procurei meu giz consagrado. Só podia ser a pessoa para quem o mensageiro havia vendido seus segredos. Jurava que era o irmão Carmine. Era no mínimo irônico um caçador de bruxas preparar uma armadilha usando magia. A pessoa tirou o capuz e eu congelei, pronta para o ataque do irmão que odiava bruxas. Em vez disso, Antonio se moveu mais rápido do que eu achava possível e derrubou o giz das minhas mãos como se ele fosse criar garras e me ferir. Observei o giz se esfacelar no chão e voltei para realidade. Meu corpo foi tomado pelo alívio.

"Antonio! Você está vivo. Pensei que..." Levantei os olhos e percebi a expressão no rosto dele. Não tinha preocupação. Tinha ódio. Meu coração batia forte e dei um passo para trás. "O q-que aconteceu? Inveja machucou você?"

"Um anjo de Deus nunca me machucaria." Os lábios dele formaram um sorriso que estava longe daqueles doces e tímidos dos quais me lembrava. "Diferente de você."

Eu mal conseguia respirar enquanto tudo se encaixava. Inveja não o havia machucado, nem o mantivera preso. Muito pelo contrário. Antonio tinha entregado Claudia por vontade própria aos meus inimigos. Sabia que ela era uma bruxa e...

"Foi você. *Você* matou minha irmã." Minha voz tremia. "Por quê?"

"É tão difícil assim de acreditar? Que eu, um homem de Deus, desejaria livrar o mundo do mal?"

"Você fala como Carmine." Cerrei as mãos, precisando sentir a ponta das minhas unhas perfurando a palma para não atacar. "Assassinar mulheres inocentes não é, por si só, um ato de maldade?"

"Os melhores anjos de Deus são guerreiros ferozes, Emilia. Às vezes, para realizar o bem maior, precisamos primeiro nos tornar uma lâmina da justiça e atravessar nossos inimigos. Você não entenderia. Não é algo que seria capaz de fazer, *bruxa*."

O pouco de controle que eu tentava manter foi embora.

"Você não sabe *nada* a respeito do que posso fazer."

"Talvez não. Mas se usar magia em mim agora, vai provar que estou certo." Ele apontou com o queixo para os meus amuletos combinados. Eles brilhavam furiosamente. "*Todas* as bruxas nascem más."

Minha raiva e minha mágoa preencheram o lugar. Dei um passo à frente e liberei a fúria reprimida à qual me agarrava desde o assassinato de Vittoria.

"Está errado. Não nascemos más. Algumas de nós ficam assim. Por causa do ódio."

Mechas de meus cabelos se levantaram como se uma brisa repentina os tocassem. Uma tempestade estava se formando, e não era desse mundo. As palavras brilhantes que nos cercavam pulsaram mais rápido. A magia queimava no ar e encantamentos que eu não conhecia rodaram por minha mente. Talvez os chifres do diabo estivessem me fortalecendo, ou o primeiro livro de feitiços me suprisse com seus encantos.

Talvez fosse apenas minha própria escuridão escapando. Não importava.

Segurei o Chifre de Hades e sussurrei um feitiço tão vil que as palavras queimavam ao deixar meus lábios. Levantei e baixei o braço com violência, formando um arco. Garras invisíveis retalharam o manto de Antonio.

Dessa vez poupei sua carne.

O olhos dele se encheram de medo. Ele foi se afastando pouco a pouco, com as mãos para o alto. Como se isso fosse me deter.

"Assustado?" Fui na direção dele. "Deveria estar. Estou só começando."

Levantei o braço e ele se encolheu. Sua voz tremia.

"M-misericórdia, Emilia. Po-por favor."

"Agora quer misericórdia?" Uma raiva pura, fervente, queimou em minha alma. "Diga, minha irmã implorou?"

Pensei no peito dela, no buraco aberto onde antes estava seu coração. Ele fez aquilo com ela. Nosso amigo. Joguei o braço para trás e abri o peito *dele*. Olho por olho. Justiça. Ele pôs os dedos na ferida, viu o sangue e se afastou. Era só um arranhão.

A fúria me fazia avançar.

"Concedeu misericórdia a Vittoria quando ela implorou por sua vida? Ou a Valentina? Quantas mulheres imploraram para que as poupasse? Onde estava sua misericórdia?"

Ele caiu de joelhos e começou a rezar. Eu esperei. Mas Deus não apareceu. A deusa da morte e da fúria, sim. Ajoelhei-me, com os olhos brilhando, e o forcei a olhar para mim. Queria que visse o rosto de minha irmã, também. Lágrimas corriam pelas bochechas dele. Rechacei o ímpeto de esmagar seu crânio no chão e ver a vida deixar aqueles olhos cheios de ódio.

A morte seria uma bondade. E eu não me sentia exatamente bondosa.

"Quando eu decidir acabar com você, Antonio, você vai implorar pelo doce alívio da morte." Olhei para o meu dedo e me concentrei em uma lâmina invisível perfurando sua pele. Um pequeno rubi de sangue se acumulou. "Juro pelo meu sangue que daqui por diante você nunca mais vai sentir a felicidade verdadeira. Seu coração será amaldiçoado a se decepcionar cada vez que esquecer dos pecados que cometeu. E cada vez que você sorrir, estarei por perto, esperando, para te lembrar."

Estava prestes a selar o juramento com a gota de sangue, quando o fedor de urina preencheu o espaço que nos cercava, despertando uma lembrança. Fiz Antonio se mijar de medo. Exatamente como Ira havia feito quando tentava obter informações batendo em... Assustada, recuei e baixei a mão.

Ira, um príncipe do Inferno, havia demonstrado misericórdia.

Sabendo o tipo de poder que tinha, não sei como ele conseguiu se conter. E gostaria de estar agindo um pouco mais como ele naquele momento. Mas não estava.

"Novas regras. Você vai me contar a verdade sobre tudo que eu perguntar, e só então vou pensar se poupo sua vida ou não. Entendeu?"

"S-sim." Ele confirmou diversas vezes com a cabeça e respirou fundo. "O q-que v-você quer saber?"

"Algo deve ter motivado o encontro com esse tal 'anjo da morte'. Diga o que cresceu tão distorcido dentro de você. Tão vil."

"Eu... eu não..." Ele balançou a cabeça. "T-tudo bem. Uma semana antes de minha mãe morrer, eu a levei a uma mulher que achei que usasse apenas magia popular e orações para cura. Acontece que ela era uma bruxa." Sua risada era vazia. Olhei para ele com irritação e ele fechou a boca. "Ela causou a morte da minha mãe. Jurei, naquele momento, fazer as pazes com Deus. Prometi que se algum dia encontrasse outra bruxa, eu a mandaria direto para as masmorras do Inferno, que é o lugar delas. Foi então que minhas preces foram atendidas."

"Como?"

"Um anjo veio, pouco depois, e contou sobre a maldição do diabo. Ele disse que, para desfazê-la, o diabo precisaria se casar com uma bruxa. O anjo disse que aquilo não podia acontecer, ou então o diabo se libertaria. Ele disse que daria os nomes de potenciais noivas, e tudo que eu precisaria fazer para nos salvar do verdadeiro mal seria matar essas bruxas."

Meu olhar desviou para o primeiro livro de feitiços. Pensei em minha irmã mais uma vez.

"Esse anjo te deu o nome da minha irmã?"

Ele olhou para o chão.

"A morte de sua irmã foi... eu não queria... até pedi para o anjo poupá-la, mas ele disse que deixar uma semente do mal faria outras crescerem. Resisti por um tempo. Até argumentei que ela não era bruxa, que ele estava errado. Então ela..." Ele se recusou a me olhar nos olhos. "Então naquela noite no mosteiro ela começou a falar sobre invocar o diabo, e não pude negar a verdade. Ela precisava ser detida."

Contive minha fúria. Vittoria sempre brincava sobre invocar o diabo, ou enfeitiçar alguém, ou outras coisas bobas que dizia na frente de humanos. Eles normalmente riam, achando que ela estava brincando. Eu me preocupava que alguém um dia pudesse começar a questioná-la. Nunca pensei que seria alguém próximo de nós.

"Você traiu Vittoria. Traiu a mim."

"E você não fez a mesma coisa comigo?', perguntou, e sua voz ficou momentaneamente mais alta até ele se conter. "Você lançou um feitiço para fazer com que me apaixonasse por você. Mentiu na minha cara todos os dias, escondendo a verdade sobre quem você é." Apesar de minha demonstração anterior de poder, o rosto dele se contorceu de raiva. "Seu lugar é no Inferno com as outras almas amaldiçoadas e condenadas. Você nem mesmo é humana. Você me dá nojo."

"Eu *nunca* usei um feitiço de amor em você."

"Pode dizer sinceramente que, antes de hoje, nunca usou magia em mim sem meu consentimento? Você é uma exceção à regra?"

"É claro que não usei, eu..." Fechei a boca. Eu tinha usado um feitiço da verdade nele, que era proibido, quando éramos crianças. Violei seu livre-arbítrio. O que eu havia feito era errado, mas não dava a ele o direito de assassinar mulheres como vingança.

"Como você planejava impedir o diabo de encontrar uma bruxa em uma outra cidade?"

"Invocando-o."

"Você, um homem de Deus, um homem que faz o trabalho de supostos anjos, quer invocar o diabo?"

"Não, eu não quero fazer isso, Emilia. Mas vou fazer o que tiver que ser feito. Quero que ele assista enquanto destruo seus chifres."

Levei a mão ao meu amuleto.

"Como você..."

"Como eu sei que está usando os verdadeiros chifres do diabo?" zombou ele. "Meu anjo da morte. Veja, primeiro destruiríamos todas as bruxas vivas. Depois, invocaríamos o diabo e o atravessaríamos com uma lâmina."

"Qual é o nome desse anjo?"

Antonio deu de ombros.

"Ele não me disse. Mas havia algo... poderoso nele. Eu sei que não estava mentindo. Apenas algo que o céu enviou poderia inspirar tanta glória."

Quer Antonio soubesse ou não disso, apostaria minha alma que ele tinha sido influenciado por um príncipe do Inferno. E achava que sabia exatamente quem tinha orquestrado tudo aquilo: Inveja. O demônio traidor. Só precisava de provas e então acabaria com ele.

"E onde entram os corações?"

Ele olhou feio para mim.

"Corações?"

Como se ele não soubesse. Claramente, estava parando de cooperar. Ou talvez houvesse partes de seus atos bestiais que não conseguisse encarar. Parei de prestar atenção a Antonio, e comecei a pensar em meu próximo passo. Pensei em minha irmã, no plano dela de invocar o diabo. Ela queria fazer um pacto com ele.

Talvez ela conhecesse Inveja, ou algum outro príncipe do Inferno estivesse tentando interferir no destino, e a única forma de detê-lo fosse ajudando Soberba a desfazer a maldição. O que explicaria por que ela queria que os lobisomens e Avareza se unissem. Quaisquer que fossem seus motivos, ela achou que o melhor caminho seria ir para o submundo. Antonio podia ser o instrumento da morte, podia ter escolhido cometer aqueles atos cruéis, mas não tinha agido sozinho.

Agora, eu queria descobrir quem mais havia ajudado a matar minha irmã.

Uma ideia, arriscada e maluca, se formou em minha cabeça. Se Antonio conseguisse mesmo invocar o diabo agora, eu poderia usar isso a meu favor. Minha irmã acreditava que reinar no Inferno era a sua melhor escolha.

Talvez fosse a minha também.

"Se vai invocar o diabo, estava esperando o quê?"

"*Você* vai invocá-lo." Antonio sorriu. "E vou matá-lo quando o fizer."

Queria vê-lo tentar. Apontei para o círculo de invocação semiacabado e apertei os amuletos entre os dedos.

"Acenda as velas."

Ele fez o que pedi e logo terminei de preparar o círculo. Em vez de usar ossos de animais, ele colocou flores de acônito entre cada vela. Fitei as pétalas roxas e azuis em forma de capacete. Não era o que eu imaginava que alguém usaria para invocar Soberba.

Quando a última flor de acônito estava no lugar, ele se afastou e murmurou um convite para que eu repetisse em latim. O "anjo" havia ensinado direitinho.

Como aconteceu quando invoquei Ira, o círculo se preencheu de fumaça. Relâmpagos ricochetearam por todos os lados, a atmosfera crepitando como se estivéssemos presos no meio de uma terrível tempestade. Esperava ver um belo homem entre nós. Eu não esperava ver Antonio. Seus olhos eram poças de azul prateado; o único indicativo de que aquele não era o jovem que cresceu na casa ao lado.

Ele olhou ao redor, seus movimentos não eram muito naturais. Fiquei parada no lugar enquanto ele me analisava. Soberba tinha possuído o corpo de Antonio. Antes que eu pudesse cobrir minha expressão em uma máscara de tédio, ele se aproximou. Prendi a respiração. Sua atenção se fixou nas presilhas incrustadas de diamantes em meus cabelos.

"Tenho um presente para você, *Stella Strega*."

A voz dele era linda. Depois do que tinha aprendido recentemente sobre o bem e o mal, não sei por que esperava que fosse multitonal e estridente.

"E o que esse presente vai me custar?"

O sorriso dele era tudo, menos terno.

"Apenas sua alma, é claro."

Sorri para ele também, meu novo noivo. Ele não fazia ideia de que uma tempestade logo chegaria no Inferno.

"Você tem minha atenção, Soberba. Pode me impressionar."

Ele passou os olhos por mim lentamente e estalou os dedos. Uma carga de magia inundou o ar. Alguma coisa crepitou e um vestido apareceu.

Ele pendia de algum lugar invisível, a barra esvoaçando. A parte de cima era um espartilho de metal totalmente coberto por trepadeiras espinhosas. Camadas de tecido preto formando pregas partiam dos quadris e fluíam até o chão em ondas de escuridão noturna. Pequenas pedras preciosas esfumaçadas, que lembravam hematita esmagada, ornavam as pregas da saia alternadamente. Serpentes pretas brilhantes se entrelaçavam em complexos nós na cintura, como um cinto.

Não esperava nada menos dramático para a futura rainha do Inferno. Fiquei satisfeita por meu plano estar funcionando, ao mesmo tempo em que me sentia apavorada. Não havia mais como voltar atrás.

O vestido flutuava e girava sozinho, como se algum ser invisível o estivesse vestindo, aproximando-se de onde eu estava, ainda imóvel. Ele resvalou em mim e se enrolou em meu corpo, girando loucamente até eu fechar os olhos. Não gostava de como aquilo me lembrava da festa invisível de Luxúria. Na verdade, odiava.

Tudo parou de repente. Olhei para baixo, surpresa por ver que meu vestido vermelho havia sumido, e que em seu lugar a beleza sombria abraçava minhas curvas.

Sufoquei quando ele me apertou com mais força.

O diabo inclinou a cabeça.

"Todos saúdem a nova consorte."

Meu coração batia acelerado.

"Não recebi a coroa ainda."

"Mas receberá." Do vazio, ele puxou uma adaga com a cabeça de um leão rugindo e apontou para o coração dele/de Antonio. "Ouvi falar da vingança que busca. Aceite esse sacrifício humano como um presente da Casa Soberba, vossa alteza."

"Não!"

Aquela única palavra saiu em uma estranha voz multitonal que era ao mesmo tempo minha e completamente alheia a mim. A lâmina pairava sobre a pele de Antonio, mas não a penetrou.

Respirei, trêmula.

"Encontro você, ou seu representante, em uma hora na caverna onde invoquei Ira pela primeira vez. Preciso fazer uma coisa antes de dar a resposta definitiva."

O diabo focou em mim.

"Feito."

"*Sonnus*", sussurrei, colocando o corpo de Antonio em um sono encantado. Se fosse para alguém se vingar dele, seria a minha mão que o puniria.

Com o coração martelando o peito, olhei para o primeiro livro de feitiços. Queria ter alguns minutos para aprender com ele uma magia de última hora antes de escondê-lo dos Perversos, mas não dava mais.

Não importava. Faria isso de outra maneira. Sem olhar para trás, saí da câmara usando os chifres do diabo e meu sinistro vestido novo, sentido o pulso acelerar a cada passo. Antes que a noite acabasse, faria um pacto com Soberba que, com sorte, seria a ruína de seu mundo.

Em silêncio, prometi à minha irmã que não descansaria até que todos os responsáveis por sua morte encontrassem o fim.

48

O diabo não chegou montado em um cavalo que cuspia fogo, nem no meio de uma tempestade violenta. Na verdade, quem foi ao meu encontro nem era o rei dos demônios em si.

Ira andou até a luz trêmula, parecendo frio e perigoso. Inconscientemente me movi na direção dele, mas então paralisei. Um rugido grave ecoou pela caverna. Não veio dele, mas de algum animal escondido nas sombras. Um aviso da deusa, sem dúvida.

Algo estava muito errado...

Analisei Ira de uma distância segura. Não havia nada de familiar naquele demônio. Aquela criatura deixava pouca dúvida sobre o lugar em que reinava. Era o mais perverso dos Malvagi.

Uma parte traiçoeira de mim estava aliviada por ele estar vivo. Mesmo sabendo que ele era imortal, não acreditei totalmente que houvesse sobrevivido ao brutal ataque de Inveja. Outra parte minha, mais sábia, hesitou tentando negar o conhecimento de que era *ele* quem tinha ido buscar minha alma. A traição queimava dentro de mim.

Não sei por que esperei outra coisa de um desprezível príncipe do Inferno.

Lágrimas de raiva despontaram de meus olhos. A nonna estava certa a respeito de tudo. Os Perversos eram mentirosos habilidosos. Ira certamente havia me enganado com sua encenação. Ele me fez achar que estava morto. E que se importava. Deve ter se divertido muito ao ver que caí em seu encanto. Uma bruxa ingênua e solitária que estava desesperada o bastante para buscar a ajuda de seu inimigo mortal...

E nosso beijo. Pensei ter sentido paixão, desejo. Outra ilusão conjurada por meu inimigo.

Senti um arrepio quando ele passou os olhos por mim. O que antes queimava com intensidade, agora era puro gelo. Era impossível discernir qualquer pensamento dele. Se eu seria sua rainha, ele não parecia impressionado. Queria desesperadamente acreditar que *essa* era a encenação, que ele não era tão frio e cruel. Ele não disse nada, e expressou menos ainda. Inveja, Avareza e Luxúria pareciam completamente humanos comparados a esse alienígena à minha frente.

Ele vestia um terno condizente com sua posição na nobreza, as mãos nos bolsos de forma casual. Uma coroa preta com espinhos com pontas de rubi repousava em sua cabeça. Se virada de cabeça para baixo, pareceria sangue escorrendo. Suas roupas eram camadas de carvão e obsidiana com costuras de ouro. Seda e veludo. Se não olhasse de perto, pareceria mais um anjo do que um príncipe das trevas.

Levantei suavemente o queixo, dando a ele uma visão clara dos amuletos em meu pescoço.

"Demônio."

"Bruxa."

"Achei que estivesse morto."

"Sinto muito por decepcioná-la."

A atenção dele se voltou para o círculo de contenção onde Antonio flutuava em um tipo de animação suspensa. As sombras no teto formaram garras. Era quase possível escutar o som áspero das unhas raspando na pedra. A expressão de Ira permanecia vazia, mas eu imaginava que ele não esperava encontrar um humano preso com magia. Não me importei em esconder meu sorriso de escárnio. Deixei que visse o que sou capaz de fazer.

Ele olhou para mim sem expressão.

"Está pronta para vender sua alma?"

Fitei-o por um instante, assimilando aquela versão dele. Não tinha percebido a frequência com que Ira olhava para mim com os olhos em fogo ardente até esse olhar ser substituído pela gélida indiferença. Aquele que estava na minha frente naquele momento não era o mesmo demônio que pensei que conhecia. Queria me afastar dele, sair correndo.

"Então?"

O tom dele foi direto. Havia vitória em seu olhar demoníaco. Nada de frustração, ou lampejo de desejo, ou respeito conquistado a duras penas. Eu era o meio para um fim. Outra potencial rainha bruxa para acrescentar à lista das que foram abatidas antes mesmo de subir no altar. Tentei não pensar em meu próprio futuro incerto. Mesmo que terminasse vivendo só por despeito, jurei que sobreviveria não importava quem, ou o quê, viesse buscar meu coração. Não tinha dúvida de que minha vida estava em perigo. Ira havia me contado que os monstros viriam em meu encalço, e nisso eu acreditei. Um estava parado na minha frente agora.

"Já decidiu?"

"Quase."

Ele me avaliou, franzindo um pouco a testa. Talvez estivesse decepcionado por não ter me intimidado com sua presença e autoridade real. Eu não ia fingir que estava entendendo o que ele sentia, ou desejava. Não era burra o bastante para achar que ele havia se apaixonado por mim, mas podia jurar que ambos passamos de uma fria animosidade a algo um pouco mais caloroso. Segurei firme o Chifre de Hades enquanto ponderava minhas opções cada vez mais escassas. O suave zumbido da magia era reconfortante, como um abraço da minha avó. Se eu ficasse, os portões do Inferno se enfraqueceriam e abririam, destruindo tudo que eu amava. Eu já havia encontrado demônios Umbra e Aper, o reptiliano Viperídeo, e quatro dos horripilantes sete príncipes do Inferno.

Tive sorte de escapar com vida, e era mais difícil de matar que a maioria das pessoas. O mundo humano não estava preparado para lidar com a carnificina que hordas demoníacas trariam se os portões fossem abertos. Imaginei a nonna usando outro colar vermelho-rubi de sangue, com os olhos esbranquiçados e sem vida. Tive visões dos meus pais sendo assassinados em nosso restaurante. Vi os corpos de cada humano inocente em nossa cidade empilhados, apodrecendo, fedendo sob o sol escaldante.

Já tinha perdido minha irmã; não perderia mais ninguém.

"Eu concordo. Sob duas condições."

Uma nova faísca iluminou o olhar dele. Além da raiva, inteligência e astúcia estavam presentes quando ele olhou para mim.

"Muito bem. Vamos ouvir sua contraproposta."

Fiquei orgulhosa por minha voz não vacilar.

"Desse ponto em diante, nenhuma outra bruxa será caçada, nenhum humano será atacado. Quero que todos os príncipes do Inferno fiquem longe desse mundo. E Antonio será meu prisioneiro para que eu faça com ele o que julgar apropriado. Caso contrário, não me juntarei à Casa Soberba."

"Falou como uma verdadeira princesa do Inferno." O sorriso dele era afiado como uma navalha. Parecia presunçoso, como se soubesse um segredo. "Tem certeza de que é isso que você quer? Que é a sua escolha?" Confirmei com a cabeça. Ira me fitou por um período um pouco longo, como se tentasse me incinerar ali mesmo. "Feito."

Um pergaminho se materializou ao lado de uma pena de corvo, cuja ponta afiada era mais para ferir do que para escrever. Nenhum pote de nanquim apareceu, e imediatamente entendi o porquê. Meu coração batia loucamente. Se não fugisse agora, não teria como desfazer aquilo. Alguns pactos nunca podiam ser desfeitos.

Li o pergaminho com cuidado.

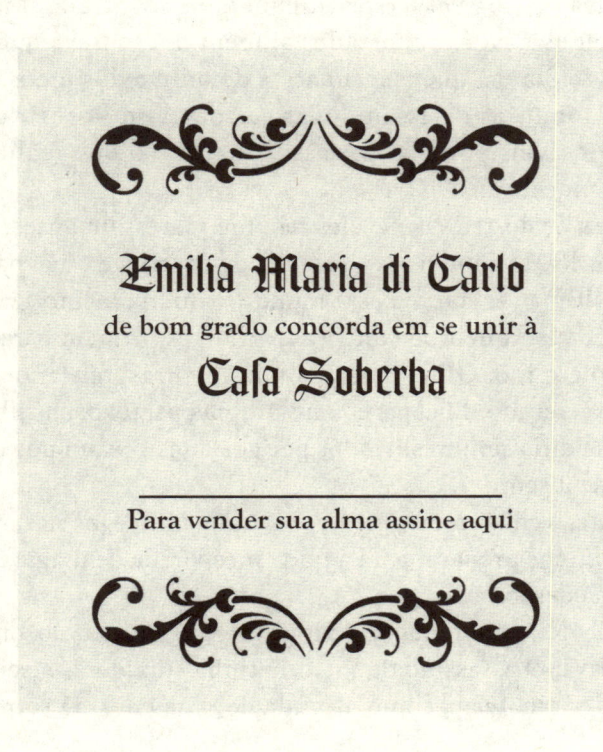

Emilia Maria di Carlo
de bom grado concorda em se unir à
Casa Soberba

Para vender sua alma assine aqui

Era bastante simples. Não parecia uma trapaça. O que era preocupante. Vender a alma não deveria ser assim tão fácil. Tive mais dificuldade pechinchando com os vendedores do mercado por roupas. Parte de mim queria rir. Mas não havia muito humor naquela caverna.

Antes que eu pudesse fugir gritando, furei o dedo e concedi minha alma assinando com sangue, permitindo que a magia me prendesse ao diabo pela eternidade. Assim que terminei, o pergaminho sumiu em um fio de fumaça. Fiquei olhando até o cheiro de enxofre se dissipar, combatendo uma crescente onda de pânico.

"Mais alguma coisa?", perguntei enquanto uma estranha sensação de formigamento me envolvia como um manto. Ira indicou meus dois amuletos com a cabeça. É claro. O diabo queria seus chifres de volta. Eu os arranquei do meu pescoço e joguei no chão da caverna, e a ausência deles já era uma estranha espécie de tortura.

Eles desapareceram.

Respirei fundo. Não precisava mais me preocupar em me esconder dos Malvagi — os Perversos tinham me encontrado. Mas estava tudo bem; eu os havia encontrado também. E esperava que se arrependessem do dia em que vieram atrás de mim e dos meus. Logo eu estaria nos domínios deles, no lugar certo para descobrir os verdadeiros responsáveis por trás dos assassinatos e o que realmente estavam buscando.

E então eu os destruiria. Se eles não me matassem antes.

Passei por Ira, caminhei até a entrada da caverna e olhei para baixo. Podia ser a última vez que via esse mundo, e queria memorizá-lo. Uma onda cheia de fúria quebrou contra as rochas, espirrando para cima em um sussurro ríspido. Olhei para as ondas escuras, tentando acalmar meu pulso acelerado. Elas pareciam lâminas prateadas brilhando ao luar. A nonna diria ser um sinal dos perigos que estavam por vir. Dessa vez, não pude discordar.

De repente, o chão tremeu, seixos rolaram, morcegos saíram voando da caverna. Eu me preparei para a onda inesperada de magia, temendo que a caverna desabasse.

Então me virei, disparando o olhar na direção de Antonio, ou do lugar onde ele estava. O assassino de Vittoria tinha sumido. Em seu lugar, o poder de Ira saracoteava como a cauda de uma enorme serpente. Ele sorriu, mostrando brevemente os dentes. Nós não tínhamos mais um vínculo, e o poder dele era arrebatador, infinito. Mas não permitiria transparecer o medo que sentia.

O risinho do demônio desapareceu e ele, em silêncio, estendeu a mão.

"Você vem comigo?"

Sabia que ele só perguntava com educação por causa da etiqueta demoníaca. Não queria concordar, não queria tocá-lo de novo, mas sabia que não encontraria o caminho para o submundo sem sua magia das trevas.

"Sim."

Entrelacei os dedos nos dele, e minhas emoções me traíram. Havia um poder crepitante em nossa conexão. Pequenas correntes faiscavam em nossas peles. Antes que conseguisse refletir a respeito, fomos cobertos por fumaça. Em seguida, uma dor lancinante. Parecia que meu corpo inteiro queimava. Segurei um grito. Os dedos de Ira apertaram os meus. Não havia terra, nenhuma conexão com o mundo natural, nada tangível, exceto minha mão segurando a do príncipe que eu agora odiava mais do que todos os outros juntos.

A dor durou apenas um instante até que uma nova sensação provocasse um medo ainda maior. Estávamos novamente em terra firme. O que queria dizer que...

Deusa do céu, eu mal conseguia respirar. Queria fechar os olhos para sempre.

Em vez disso, olhei bem para a frente, aprumei os ombros e esperei a fumaça se dissipar.

Agora só me restava esperar que o Reino dos Perversos estivesse pronto para uma rainha vingativa.

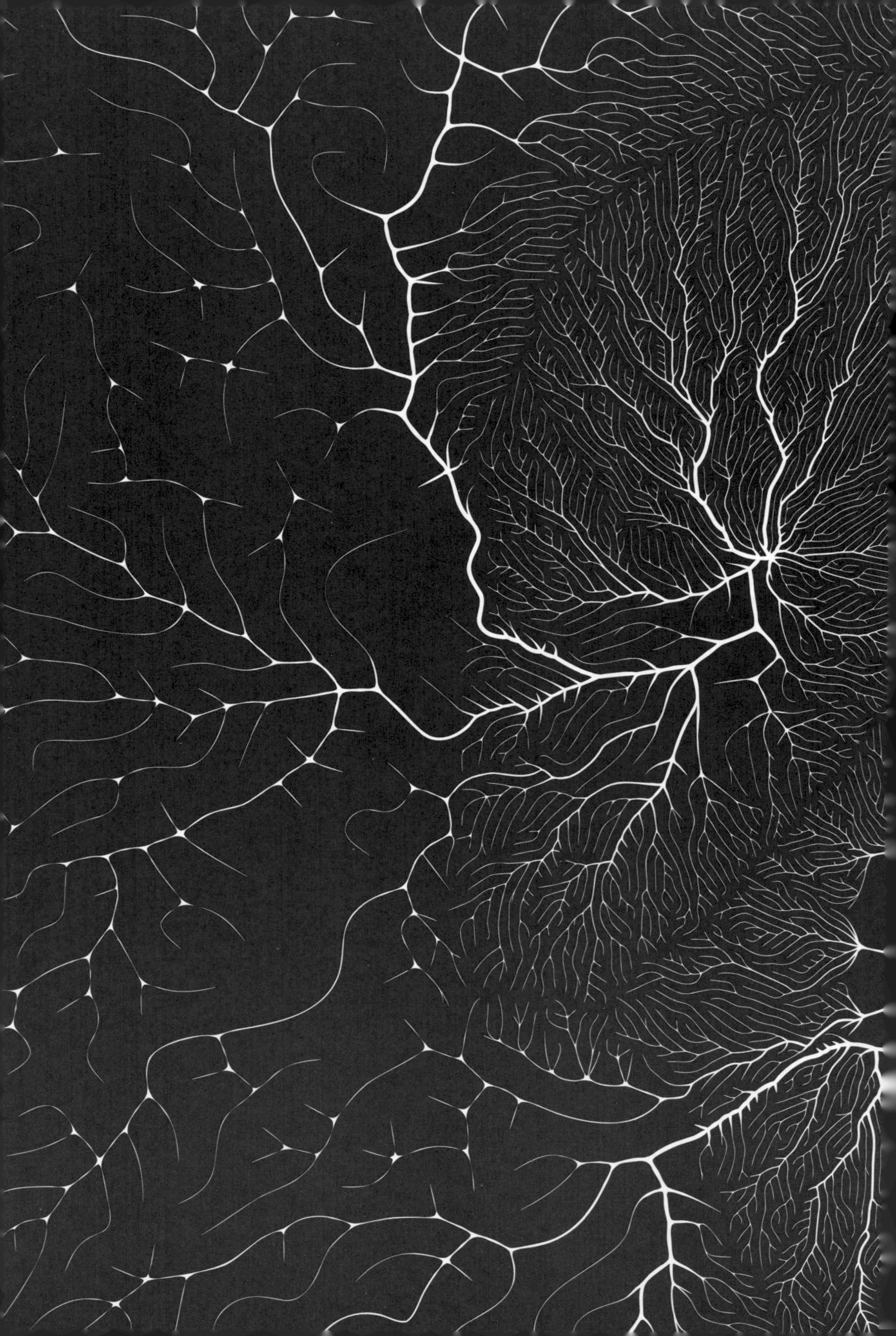

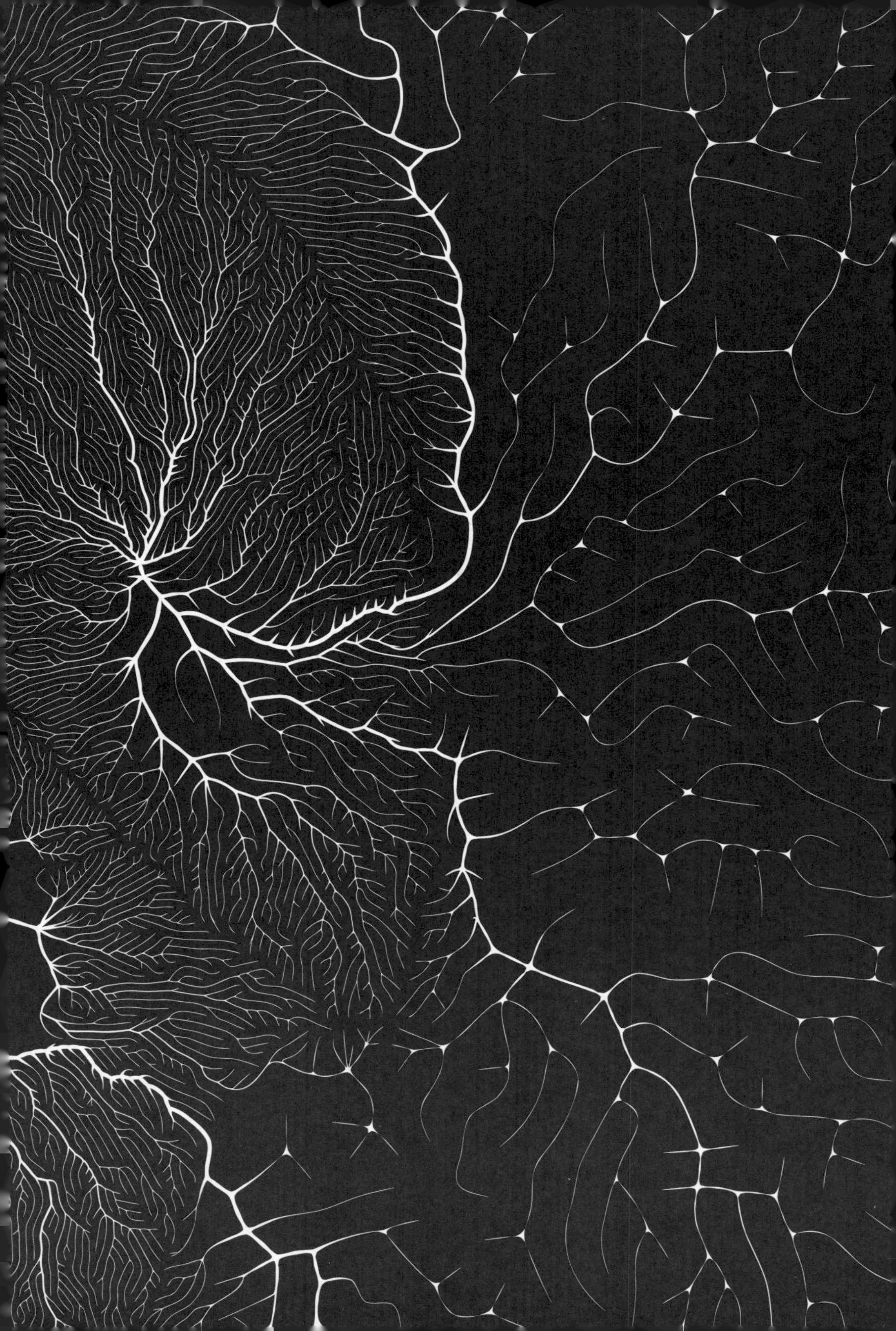

AGRADECIMENTOS

É preciso todo um *coven* de indivíduos talentosos para trazer ao mundo um livro e, como Emilia, fui abençoada pela deusa por ter as seguintes pessoas conjurando poderosos feitiços para esta série:

Stephanie Garber — que sorte incrível a minha por ter uma amiga como você. Este livro não seria o mesmo sem o seu apoio constante, suas sessões de *brainstorming* e sua disposição para pegar o telefone e conversar a respeito até dos mínimos detalhes. Nossas ligações semanais para falar sobre nossos livros (e nossos programas de TV favoritos) tornaram o rascunho tão divertido e estou muito feliz por estarmos fazendo isso mais uma vez!

Barbara Poelle, agente-deusa extraordinária, você nunca deixa de me surpreender com os muitos, muitos papéis que representa: agente, amiga, parceira de negócios feroz, rainha do bitmoji, e campeã do *brainstorming*. Obrigada por plantar a ideia dos Príncipes do Inferno na minha cabeça quando comecei a discutir essa ideia — não consigo mais imaginar esta história sem demônios pecaminosos e desonestos!

Maggie Kane e toda a equipe da Irene Goodman Literary Agency, Heather Baror-Shapiro (Baror International), e Sean Berard (Grandview) que trabalham de forma incansável nos bastidores para levar meu trabalho a países fantásticos e para Hollywood. Não poderia ser mais grata a cada um de vocês.

Minha brilhante editora, Laura Schreiber, você herdou este livro (e eu!) e imediatamente trouxe um entusiasmo inabalável para ajudar a encontrar a história que estava na minha cabeça. Estou muito feliz com o resultado de nosso trabalho duro e, é claro, mal posso esperar pelo que está por vir no próximo volume!

Liam Donnelly, a arte da capa e os detalhes do interior do livro fazem meu coração cantar. Um milhão de *obrigadas* pelas serpentes e flores e caveiras — toda a estética é fabulosa.

Dan Denning, Joshua Johns, Jordan Mondell, Caitlyn Averett, T.S. Ferguson, Erinn McGrath, Charlotte Lamontagne, Maggie Cannon, Ned Rust, Tracy Shaw, Flo Yue, Blue Guess, Alexis Lassiter, a equipe de vendas da Hachette, Barbara Blasucci e a equipe da Special Sales, Linda Arends, Virginia Lawther e a equipe de produção, e todo mundo da JIMMY Patterson Books e da Little, Brown

— seu trabalho, dedicação, criatividade e talento são realmente infinitos. Vocês realizaram uma magia poderosa do nível de Ira para lançar esse livro durante a pandemia global; obrigada por tudo que fizeram nos bastidores.

James Patterson — nada disso seria possível sem seu constante apoio. Obrigada um milhão de vezes.

Minha incrível turma no Reino Unido da Hodder & Stoughton: Molly Powell, Kate Keehan, Maddy Marshall, Oliver Johnson, e toda a equipe — eu ainda me belisco ao lembrar da primeira carta de interesse que recebi e do entusiasmo que todos tiveram por este livro. Ainda estou maravilhada com a incrível edição que criaram.

Jenny Bak, você deu um lar a este livro antes de partir para suas novas aventuras editoriais, e sempre serei grata por você e por sua amizade. Muito amor para você, sempre.

Julie Guacci, também conhecida como "Momma Julie", obrigada por todas as ideias divertidas de marketing que você me entregou antes de embarcar em sua nova jornada.

Anissa de Gomery — estimo nossa amizade e não tenho como agradecer o bastante por você sempre estar presente para iluminar as horas mais difíceis. Trabalhar com você na edição especial da FairyLoot — e ver toda aquela arte fabulosa e os detalhes ganharem vida foi como magia na vida real.

Mamãe e papai, Kelli e Ben, e toda minha família — amo vocês mais do que palavras são capazes de expressar. Obrigada por sempre me escutarem tagarelando sobre personagens e pontos da trama e por oferecerem muitos bons conselhos, e por ficarem tão empolgados quanto eu.

Não há nada tão especial quanto o vínculo entre irmãs, então aqui vai um agradecimento especial para minha irmã, não só por ser minha melhor amiga, mas por me deixar criar produtos de *Reino das Bruxas: Irmandade Mística* e *Rastro de Sangue: Jack, o Estripador* para a loja dela, a Dogwood Lane Boutique. Amo você, Kel!

Blogueiros literários, bookstagrammers, bibliotecários, professores, livreiros, The Bookish Box, Beacon Book Box e FairyLoot — a empolgação de vocês com este livro é coisa de sonho. Obrigada por todo o apoio.

E você, caro leitor. Sem você, nada disto seria possível. Espero que esta história o tenha transportado, por algumas horas, para um novo e exuberante mundo, e espero que esteja animado para a próxima aventura perversa de Emilia e Ira. ☺

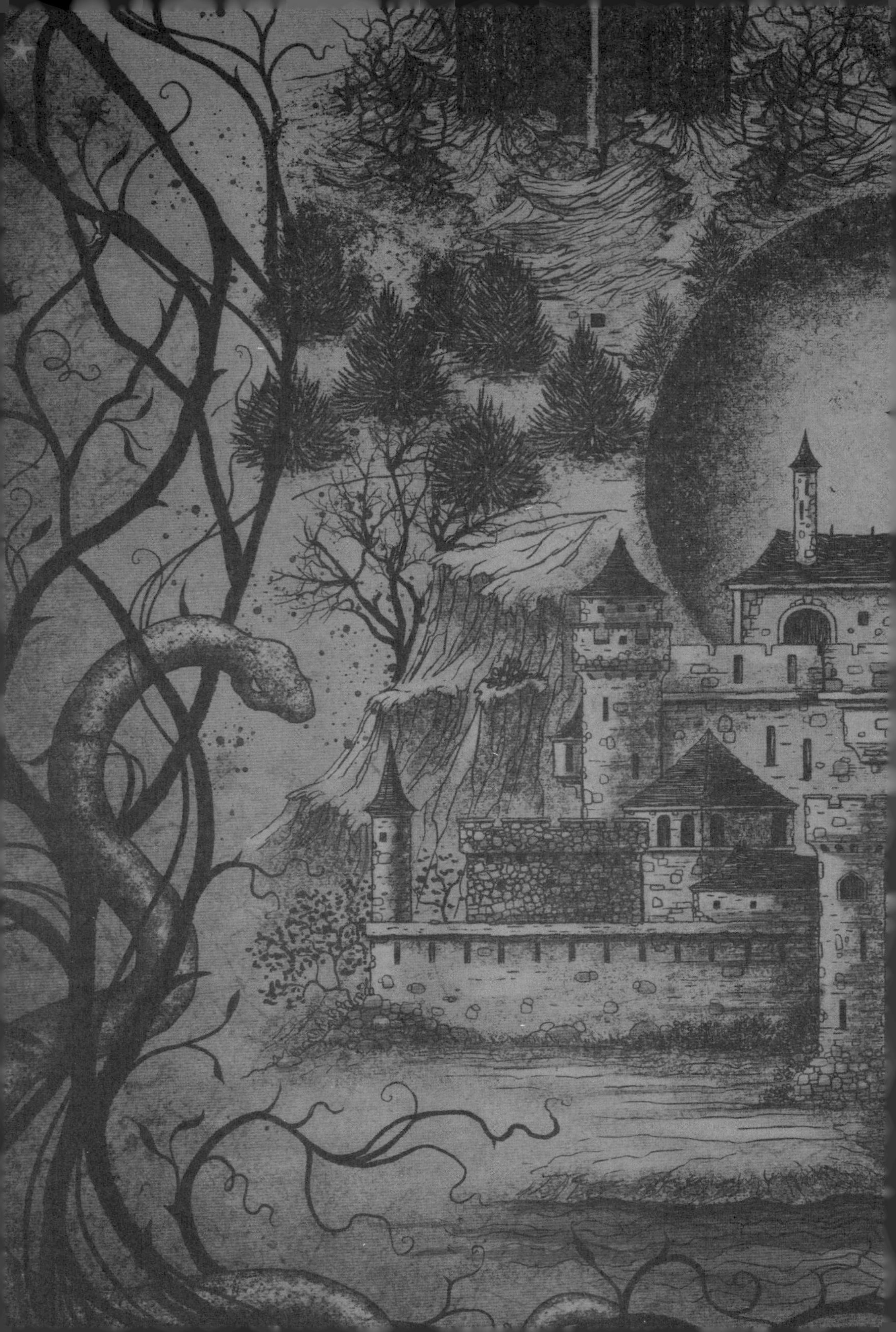

KM
RB

KERRI MANISCALCO cresceu em uma casa semiassombrada nas cercanias de Nova York, onde teve início sua fascinação por ambientes góticos. Em seu tempo livre, ela lê tudo em que consegue pôr as mãos, cozinha todos os tipos de comida com a família e os amigos e bebe chá demais enquanto discute os mais belos aspectos da vida com seus gatos. Seu primeiro romance, *Rastro de Sangue: Jack, o Estripador*, alcançou o primeiro lugar da lista de mais vendidos do *New York Times*. Os outros livros da série, *Rastro de Sangue: Príncipe Drácula*, *Rastro de Sangue: O Grande Houdini* e *Rastro de Sangue: Holmes, o Maligno* entraram para a lista de mais vendidos do *New York Times* e do *USA Today*. Ela está sempre animada para falar sobre crushes ficcionais em suas redes sociais. Saiba mais em kerrimaniscalco.com.

DARKLOVE.

DARKSIDEBOOKS.COM